L'ORGUEIL DES LYON

DU MÊME AUTEUR
CHEZ POCKET

LA BALLADE DE PERN

Les origines :
1. L'AUBE DES DRAGONS
2. LA CHUTE DES FILS, CHRONIQUES
3. LES DAUPHINS DE PERN
4. L'ŒIL DU DRAGON

L'épidée :
1. LA DAME AUX DRAGONS
2. HISTOIRE DE NERILKA

Autres Mondes de Pern :
1. LES RENÉGATS DE PERN

La Grande Guerre des Fils :
1. LE VOL DU DRAGON
2. LA QUÊTE DU DRAGON
3. LE DRAGON BLANC
4. TOUS LES WEYRS DE PERN

Les Harpistes :
1. LE CHANT DU DRAGON
2. LA CHANTEUSE-DRAGON DE PERN
3. LES TAMBOURS DE PERN

LE VOL DE PÉGASE

1. LE GALOP D'ESSAI
2. LE BOND VERS L'INFINI
3. LA ROWANE
4. DAMIA
5. LES ENFANTS DE DAMIA (Rendez-vous d'ailleurs)
6. L'ORGUEIL DES LYON (Rendez-vous d'ailleurs)

LA TRANSE DU CRYSTAL

1. LA CHANTEUSE DE CRYSTAL
2. KILLASHANDRA
3. LA MÉMOIRE DE CRYSTAL

LA TRILOGIE DES FORCES
(avec Elizabeth Ann Scarborough)

1. LES FORCES MAJEURES
2. LES LIGNES DE FORCES
3. LE JEU DES FORCES

LE CYCLE DES PARTENAIRES

1. LE VAISSEAU QUI CHANTAIT

NOUVELLES

LA DAME DE LA HAUTE TOUR

« SCIENCE-FICTION »
Collection dirigée par Jacques Goimard

ANNE McCAFFREY

L'ORGUEIL DES LYON

POCKET

Titre original :
Lyon's Pride

Traduit de l'américain
par Simone Hilling

PRESSECO
PAPIER RECYCLÉ
NATURE PROTÉGÉE

Illustration de couverture
W. Siudmak

ISBN : 2-266-07606-X

PROLOGUE

La première incursion des entités de la Ruche survient à Deneb, où Jeff Raven et les Doués de sa planète repoussent l'attaque de trois astronefs éclaireurs en orbite autour de Deneb IV. Demandant du secours au Méta de la Terre des Télépathes et Téléporteurs Fédérés, Peter Reidinger, Jeff Raven rencontre la Rowane, Méta de Callisto. Au cours d'une fusion mentale, deux des trois envahisseurs sont détruits, et le troisième renvoyé d'où il vient en guise d'avertissement.

Trois ans plus tard, la Ruche Mère apparaît à l'héliopause de Deneb. Les Doués fusionnent une fois de plus pour défendre la planète : la Rowane, enceinte de Cera, son deuxième enfant, est le point focal de la fusion mentale des femmes qui immobilise l'Esprit Multiple féminin de la Ruche. Puis la fusion mentale masculine, avec Jeff Raven pour point focal, téléporte la Ruche dans le primaire de Deneb.

Dix-neuf ans plus tard, en convalescence sur Deneb, Damia Gwyn-Raven, Douée D-1, et Afra Lyon, D-2 Capellan, font des « rêves » qui, réalisent-ils, sont implantés dans leurs esprits par les entités apparaissant dans ces rêves. Contact est pris avec ces visiteurs qui se donnent le nom de Mrdinis. Par l'intermédiaire des rêves, les Mrdinis expliquent que, depuis des siècles, ils défendent leur monde et leurs colonies contre les incursions des Ruches. Ils avaient suivi la Ruche jusqu'à Deneb et assisté à sa destruction sans pertes de vie du côté des défenseurs. Ils proposent une alliance.

Afin d'établir de bons rapports, de jeunes 'Dinis sont élevés avec des enfants humains, partant du principe qu'une connaissance précoce facilite la compréhension. Parmi les enfants sélectionnés pour cette expérience figurent ceux d'Afra et Damia, maintenant Méta du monde minier de Iota Aurigae. Leurs huit enfants ont chacun une paire de 'Dinis.

À seize ans, leur fille aînée, Laria, est envoyée sur Clarf, la planète mère des 'Dinis, pour leur enseigner le langage humain et accroître son vocabulaire. À peu près à la même époque, des éclaireurs 'Dinis observent trois Ruches qui se séparent avant d'être rejointes. Mais elles laissent derrière elles de fortes « queues » ioniques faciles à suivre séparément.

L'Alliance des Mrdinis et de la Ligue des Sept Étoiles décide d'une expédition, divisée en quatre parties. Le premier élément, composé de six astronefs, doit remonter la piste dans l'espoir de localiser le monde originel du Multiple, toujours inconnu. Les trois autres éléments doivent suivre les Ruches jusqu'à leur destination, de préférence pour les détruire, si possible, avant qu'elles n'aient colonisé d'autres planètes en y anéantissant au préalable toutes les formes de vie existantes.

Isthian Lyon, frère de Laria, est détaché par les TTF sur le *Vadim* où il assumera les fonctions de Méta pour l'escadre de six vaisseaux. Sa mission consiste à améliorer les communications et les relations entre les Alliés, et à réceptionner les fournitures, afin que les astronefs puissent continuer vers leur objectif. Cette mission convient parfaitement à Thian, qui a toujours été intéressé par les vaisseaux. Il est accompagné de sa paire de 'Dinis, Mrg et Dpl (Mur et Dip).

Le *Vadim* rencontre une épave stationnaire, bientôt identifiée comme une Ruche, quoi qu'elle soit un tiers plus grande que toutes celles connues jusque-là. Elle paraît avoir été détruite par la chaleur d'une nova en expansion. Trois navettes de sauvetage semblent s'en être échappées, bien que d'autres aient été détruites *in situ*. Un détachement d'humains et de 'Dinis va explorer l'épave. Objet de l'hostilité d'un membre de l'équipage, Thian manque d'être tué dans la Ruche, où il découvre des œufs intacts du Multiple, qui sont envoyés pour étude aux xénobiologistes de l'Alliance. Remis de sa blessure, Thian choisit de continuer à bord du vaisseau Mrdini, le KLTL, les Mrdinis voulant être certains qu'une nova a bien détruit le monde originel du Multiple.

Deux vaisseaux de l'escadre de Thian remorquent l'épave jusqu'à un point où les spécialistes Humains et Mrdinis pourront l'examiner à fond. Les trois vaisseaux restants décident de se lancer à la poursuite des trois navettes de sauvetage. En effet, il est impératif de les détruire, car une seule reine suffit à fonder une nouvelle colonie.

Tandis que Thian continue à bord du KLTL, la poursuite des trois grandes Ruches et des trois capsules de sauvetage continue.

À partir de pièces dispersées, on tente également de reconstruire partiellement la grande Ruche dans l'espoir d'en apprendre davantage sur l'ennemi.

Le *Pékin* découvre et capture une capsule de sauvetage contenant une reine vivante, et l'astronef la prend en remorque. Afra et son fils Rojer sont envoyés sur le vaisseau pour téléporter la capsule sur la Station Lunaire de Heinlein, où on pourra l'étudier en détail. Cela provoque de nombreux débats et la constitution de plusieurs factions, certains voulant exécuter sommairement la reine, d'autres désirant la conserver en vie pour établir des communications avec elle et peut-être acquérir des connaissances sur une espèce jamais capturée jusque-là. Les Mrdinis sont farouchement en faveur de sa mort. Rojer, avec son père pour point focal, transfère facilement la capsule et la reine.

À la station lunaire, la capsule de la reine est isolée et surveillée nuit et jour. Quand elle finit par en émerger, on voit une créature du type mante religieuse, pourvue de dix membres, et au ventre distendu par les œufs. Comme personne n'a réussi à faire éclore les œufs découverts sur l'épave, on décide de les lui confier.

Son maintien en vie provoque beaucoup d'objections, mais ceux qui se représentent que la connaissance de l'ennemi pourrait être un facteur décisif dans l'arrêt des incursions finissent par l'emporter. On la laisse vivre. Des aliments de toutes sortes lui sont fournis, parmi lesquels elle préfère les légumes et les fruits. Tous ses mouvements, quand elle en fait, sont enregistrés et montrés à tous ceux qui s'y intéressent.

Zara, quatorze ans, sœur de Laria, Thian et Rojer, est profondément bouleversée par ce qu'elle interprète comme l'emprisonnement et le désespoir de la reine. Au cours d'une aventure remarquable, Zara arrive à la Station d'Observation, se téléporte dans les locaux assignés à la reine et réalise qu'elle meurt de froid, étant habituée à une température beaucoup plus élevée au moment de la ponte. L'intercession de Zara sauve la reine, mais, malgré l'espoir d'une empathie entre Humains et Race de l'Essaim, ce bizarre incident n'est pas répété, et Zara est incapable d'expliquer les raisons de son acte. Ses parents réalisent, avec quelque regret, que, bien qu'étant Méta, Zara n'est pas de trempe à travailler dans une Tour. Élizara, la doctoresse D-1 dont elle porte le nom, et son arrière-grand-mère Isthia décident qu'elle a sans doute des talents de guérisseuse.

Dans l'intervalle, l'une des Ruches a été suivie jusqu'à un système solaire où elle ralentit. Rojer est envoyé sur le *Genesee* pour expédier des messages à l'Escadre B – deux astronefs humains, un Mrdini – qui orbite, indétectable, dans une ceinture d'astéroïdes du système.

L'équipage assiste à l'arrivée de la Ruche, attaquée à partir de la surface planétaire et de bases lunaires. Quand les munitions de la Ruche sont épuisées, les reines fuient dans des capsules de sauvetage qui sont désintégrées. Tout l'équipage du *Genesee* en est choqué. Bien que les Mrdinis observent leurs ennemis depuis des siècles, ils sont aussi surpris et stupéfaits que leurs alliés Humains. C'est nouveau pour eux également.

Au lieu d'être autorisés à bombarder à tout-va, l'Escadre B et le *Genesee* reçoivent l'ordre de monter la garde et, avec l'aide de Rojer, d'envoyer autant de sondes que possible pour rassembler des informations. Le KLTL ayant définitivement établi que le monde natal du Multiple a été détruit par une nova, Thian le quitte pour revenir à la « civilisation », et l'on pense qu'il rejoindra ou remplacera son frère sur le *Genesee*.

Deux escadres continuent à poursuivre les deux Ruches restantes, tandis que l'Escadre A, groupe originel de Thian, recherche les deux capsules de sauvetage qui ont évacué la grande Ruche avant qu'elle ne soit frappée par l'onde de choc de la nova. L'attente se joue à différents niveaux, et les civilisations des Humains et des Mrdinis se trouvent confrontées à des problèmes éthiques majeurs.

CHAPITRE I

Au cours des semaines qui suivirent, tandis qu'il attendait Thian, son frère aîné, qui devait le remplacer à bord du *Genesee*, Rojer passa beaucoup plus de temps sur la passerelle de commandement qu'il ne l'avait pensé au départ. Rojer Lyon était non seulement le D-1 des TTF qui reliait l'Escadre B à son monde natal, et téléportait deux fois par semaine le ravitaillement des trois vaisseaux, mais il s'acquittait d'autres services non prévus par sa mission. On l'appelait « le civil » ou « le garçon », terme qu'il ne pouvait guère réfuter, vu qu'il n'avait pas encore seize ans, bien qu'il fût grand et musclé par la vie active qu'il avait menée sur sa planète d'origine. Il avait aussi hérité de la mèche argentée de la famille, de sorte que certains avaient du mal à croire qu'il n'était pas encore majeur. La plupart du temps, ces références à son âge ou à son statut étaient faites en plaisantant, mais parfois l'envie ou le dénigrement coloraient ces appellations – jusqu'au prochain téléportage des conteneurs de ravitaillement, qui le remettait dans les bonnes grâces de tous. De temps en temps, il lui semblait que ses 'Dinis, Grl et Ktg, étaient mieux acceptés que lui par les officiers et l'équipage du *Genesee*, mais il les encourageait quand même à continuer d'enseigner leur langue à tous ceux qui désiraient l'apprendre. Le soir, dans sa cabine, il retrouvait le réconfort de ses amis, qui savaient le divertir par leur compagnie et d'amusantes anecdotes du bord. Quand il était particulièrement bouleversé, ils dissipaient sa tension par des « rêves ».

Comme l'Escadre B avait pour mission d'observer sans engager une action contre l'ancien ennemi qui occupait le système, l'ennui devint vite un problème. Même les exercices d'évacuation dans les capsules de sauvetage devinrent des dérivatifs bienvenus à la routine quotidienne. Aussi, quand le Commandant Osullivan lui demanda s'il pouvait téléporter les nouvelles sondes indétectables, pour découvrir tout ce qu'ils pourraient sur les défenses des lunes et les trois Ruches sphériques, accepta-t-il de grand cœur.

Cette activité était tout à fait dans ses cordes, et même il n'était pas peu fier que le « garçon/civil » fût le seul à posséder cette capacité. Il était aussi curieux que les autres d'apprendre tout ce qui était possible sur le monde du Multiple. Il savait, par Gil et Kat, que le Commandant Prtglm du KTTS aurait préféré l'action directe, et qu'il avait été fort contrarié par cet « ordre de surveillance » émanant du Grand Conseil, et signé du Commandant Suprême des Humains, l'Amiral Tohl Mekturian, et le Grand Conseiller Gktmglnt.

L'escadre avait assisté à une démonstration saisissante des défenses de la planète en observant l'attaque dirigée contre la Ruche qu'ils avaient suivie jusqu'à ce système. Leurs trois vaisseaux auraient été en état d'infériorité totale et incapables d'infliger des dommages conséquents aux installations planétaires.

La surveillance de la plus grande partie possible de cette planète était une tout autre affaire. C'est avec enthousiasme que Rojer avait dispersé des sondes, camouflées parmi les matériaux orbitant autour des trois astronefs en orbite de construction. Les capteurs au sol avaient peu de chance de les repérer au milieu des rebuts qui tournaient dans le plus grand désordre, méthode par ailleurs consternante pour s'en débarrasser. Le Commandant Quacho de l'*Arapahoe* et le Commandant Osullivan du *Genesee* ne s'étaient pas attendus à voir la Ruche réfugiée attaquée par sa propre espèce, ni les capsules de sauvetage des reines sommairement désintégrées.

La première tâche de Rojer fut d'inspecter les trois vaisseaux sphériques en orbite d'attente, et la tension diminua encore quand les moniteurs montrèrent qu'un seul était opérationnel. Un autre était presque terminé, quoiqu'il présentât encore des ouvertures, sans doute pour installer des équipements, tandis que la coque du troisième n'était même pas achevée. Ce qui donna lieu à de nouvelles conjectures quant aux raisons pour lesquelles les défenseurs de la planète avaient « canardé » le vaisseau des réfugiés, le rendant inutilisable.

Quelque peu rassuré par cette investigation, qu'il pria Rojer d'inclure dans son message quotidien au Méta de la Terre, le Commandant Osullivan demanda ensuite au jeune homme de faire un relevé cartographique des huit masses continentales de la planète, la plus importante s'étendant d'un pôle à l'autre. Il fallait utiliser au mieux cette occasion d'acquérir des connaissances de première main sur un monde du Multiple. De plus, cela atténuait l'ennui de la surveillance.

La civilisation du Multiple semblait totalement terrestre, et chaque pouce de terrain était cultivé. Les capteurs de Rojer révélèrent des cultures en terrasse sur les versants montagneux, jusqu'à la ligne des neiges éternelles, terrasses construites selon des techniques étonnantes, d'après le Capitaine Metrios, l'officier ingénieur. Quelques champs étaient en friche, mais la majorité d'entre eux étaient couverts d'une végétation vigoureuse, bien qu'inconnue. D'étroits sentiers longeant les champs en permettaient l'accès à d'innombrables créatures insectiformes. Leur présence constante rendait dangereuse toute tentative d'y téléporter une sonde pour prélever des échantillons. Une autre variété de créatures insectiformes, spécialisées dans l'irrigation, trimballaient, dans des sacs corporels, de l'eau qui arrosait goutte à goutte les longues rangées de végétaux. Le Lieutenant Istvan Mrkovic, l'officier des sciences, qui avait dûment pris note de l'exubérante vie marine, s'étonna que le Multiple n'ait fait aucune tentative pour récolter les algues et le plancton si abondants.

– Ils sont végétariens, et alors ? Les algues sont des végétaux, s'exclama-t-il.

– Ils semblent avoir des œillères à bien des égards, dit Anis Langio, l'astrogatrice que Rojer admirait à distance.

C'était la plus jolie femme officier de la passerelle, et Rojer était assez grand pour apprécier sa beauté.

– C'est une culture stagnante, résolue à se reproduire indéfiniment sans changement.

– Ça peut changer, dit le commandant.

– J'aimerais bien voir une seule mauvaise herbe dans toute cette perfection, dit Anis Langio d'un ton dégoûté. Parlez-moi de l'eugénisme ! Une créature pour chaque fonction et une fonction pour chaque créature. Terrifiant ! La spécialisation poussée jusqu'à l'absurde !

– Regardez-moi ça, dit Rojer, réglant ses capteurs au grossissement maximal et en les braquant sur des créatures cueillant des rangées de végétaux verts et globuleux.

Le travail terminé, les cueilleurs formèrent des rangs par trois et roulèrent leur récolte vers une installation centrale où ils disparurent.

Des milliers de ces installations avaient été repérées. Leurs tailles variaient, à l'évidence selon le volume des récoltes, mais pas leurs formes, car elles étaient toutes cubiques, couvrant de trois à quatre arpents, ayant trois ou quatre étages de hauteur, et pourvues d'un accès au niveau du sol sur chaque côté. Rojer approcha une sonde assez près pour se rendre compte que les rampes d'entrée descendaient en pente douce. L'activité se poursuivait nuit et jour, car ces créatures n'avaient apparemment pas besoin de lumière pour accomplir leurs tâches.

– Et nous qui trouvons la surveillance barbante ! grommela un homme d'équipage, provoquant de grands sourires et un froncement de sourcils.

– Ces bâtiments doivent donner accès à des réseaux souterrains immenses, dit pensivement Istvan Mrkovic. Aucun n'est assez grand pour y entreposer les quantités qu'on y apporte quotidiennement. Est-ce qu'ils cueillent uniquement pour la consommation journalière, car j'ai remarqué qu'ils laissent sur pied les végétaux pas mûrs, ou pour la conservation ? Pourtant, je ne relève aucune trace de fumée ou de chaleur qui annoncerait une cuisson quelconque.

– Les végétariens mangent beaucoup de végétaux crus, remarqua Anis. Ou peut-être ont-ils une créature aux pattes résistantes à la chaleur pour touiller le ragoût.

Istvan répondit à cette boutade par un regard réprobateur, mais le commandant ne put réprimer un sourire.

– En tout cas, on n'a rien vu sortir pour la distribution, qui doit donc être faite à l'intérieur. Ouah ! Quelle organisation ! Il faut quand même leur accorder ça !

– Les ouvriers doivent être nourris à un moment ou à un autre, pour continuer à ce rythme, dit Anis Langio, avec sérieux cette fois.

Soutenant sa tête d'une main, de l'autre elle enroulait distraitement une boucle autour d'un doigt, attitude curieusement juvénile pour quelqu'un de son grade et de son expérience.

– On n'en voit pas mourant de faim ou d'épuisement dans les champs, ajouta-t-elle.

– Et toute l'extraction minière doit être souterraine, décida Mrkovic. Je n'ai rien vu qui ressemble à des galeries d'accès, mais leurs vaisseaux exigent des métaux variés. J'ai noté la présence de tous les métaux que nous connaissons, mais seul l'astronef terminé en orbite de construction a reçu une couche de leur revêtement spécial. Et avec chaque pouce de terrain cultivé, la planète est utilisée au maximum.

– Dernière récolte avant le décollage, dit Anis.

– Pas s'ils n'ont qu'un astronef opérationnel.

– Peut-être que les travailleurs agricoles sont multifonctions, et que, la récolte terminée, ils se mettent en mode constructeur, repartit Anis, s'attirant un regard dégoûté d'Istvan.

– Elle a peut-être raison, dit Metrios. Les palpes qui cueillent le poivre pourraient très bien manipuler des appareils délicats.

– Et les rouleurs de brouettes déplacer les poutres et les panneaux..., poursuivit Anis.

– Tandis que les irrigateurs rempliraient les réservoirs, dit Doplas, se joignant à la plaisanterie.

– C'est le moment de faire preuve de la plus grande prudence, dit le commandant Pouvez-vous ramener rapidement les capteurs ? ajouta-t-il, se tournant vers Rojer, qui acquiesça de la tête.

– Le Capitaine Yngocelen et moi, nous tentons toujours d'y inclure un élément autodestructeur, juste au cas où, Commandant, dit Metrios. Assez petit pour que l'explosion n'attire pas l'attention, mais suffisant pour fondre l'intérieur en une masse informe.

Le commandant hocha la tête avec approbation.

– Nos vaisseaux de secours ne sont pas si loin que ça.

De surprise, Rojer en eut le souffle coupé. Allait-il vraiment participer à la première invasion d'un monde du Multiple ?

Il avait entendu l'officier d'artillerie, le Capitaine Yngocelen, et certains de ses subordonnés discuter de ce qu'il faudrait pour « faire taire » les batteries lunaires, mais personne n'avait paru très optimiste. Malgré tout ce qu'ils avaient vu de ce monde du Multiple, il y avait encore beaucoup d'inconnues.

Grâce à leurs alliés Mrdinis, et une fois par leur propre expérience, les Humains avaient appris à connaître les pratiques colonisatrices de la Race de l'Essaim. Ces créatures préféraient les étoiles de type G, les planètes de type M-5, c'est-à-dire les mondes similaires à la Terre ou à Clarf, le monde natal des Mrdinis, ce qui signifiait que les trois espèces étaient en concurrence. La méthode de la Race de l'Essaim consistait à envoyer l'une de ses Ruches sphériques, gouvernée par l'Esprit Multiple de dix à seize reines, avec des ouvriers spécialisés dans chaque tâche. Chaque vaisseau mère était pourvu de capsules de reconnaissance, envoyées en éclaireur pour reconnaître les systèmes appropriés. Puis la Race de l'Essaim « nettoyait » la planète de toutes ses formes de vie, utilisant pour cela une ou plusieurs infections virales, jusqu'à ce que toute vie indigène soit détruite. Enfin, le vaisseau mère débarquait ses reines et propageait l'espèce jusqu'à ce que ce nouveau monde soit lui aussi surpeuplé, et le processus d'exploration et de colonisation recommençait.

– Mais nous n'avons relevé aucune activité autour des vaisseaux, dit Anis. À moins que le vaisseau de réfugiés n'ait déclenché la panique...

– Le Multiple ne reconnaîtrait pas la panique, même si elle le mordait, intervint cocassement Metrios.

– Ou alors, ils réfléchissent ? Je ne comprends pas pourquoi ils ne font rien pour réparer le vaisseau des réfugiés s'ils sont sur le point de lancer une nouvelle expédition coloniale.

– Et ils n'ont pas non plus réapprovisionné leurs installations lunaires, remarqua Yngocelen. Leur artillerie a copieusement craché pendant cette attaque, et il faudra qu'ils renouvellent leurs munitions, à moins qu'ils n'aient des entrepôts immenses là-haut.

Il lança un regard plein d'espoir à Rojer, qui éclata de rire.

– Impossible de glisser une sonde dans ces emplacements lunaires, Capitaine. Pas la moindre niche ou fissure, et je n'ai aucune idée de l'espace disponible à l'intérieur. Je ne peux pas téléporter à l'aveuglette.

– Non, non, Rojer, bien sûr, répondit l'officier d'artillerie avec regret.

– Aucun message n'y a été envoyé. Aucune communication sur aucune fréquence, dit Doplas, baissant les yeux sur sa console comme si, capricieuse, elle avait cessé de fonctionner.

– Je t'avais bien dit que les réfugiés n'avaient pas le mot de passe, plaisanta Metrios, affichant un sourire sardonique sur son visage étroit.

Puis il se redressa, soudain en alerte.

– Regardez ! Activité sur le chantier naval.

Tous les yeux se braquèrent instantanément sur l'écran.

– Tu peux maintenir le capteur stationnaire, Rojer ?

– Bien sûr.

Rojer s'exécuta, s'efforçant de voir ce qui avait attiré l'attention de Metrios. Une large écoutille s'était ouverte au bout d'une des rares aires incultes de la planète – son installation spatiale.

– Doplas, agrandissez ! ordonna le Commandant, qui ajouta après une brève pause : Des appareils spatiaux ! Les unités qu'ils transportent semblent de la taille requise pour des capsules de sauvetage.

– Pour remplacer celles qu'ils ont désintégrées, ajouta inutilement Anis, regardant anxieusement le commandant.

Quant à lui, son visage n'affichait qu'un ardent intérêt pour les activités de surface, où des centaines de créatures multipattes chargées de sections de capsules avançaient lentement sur l'aire plate, déposaient leurs fardeaux en seize places différentes, avant de détaler vers l'ouverture dont ils étaient sortis, et qui s'enfonça immédiatement dans le sol.

– L'*Arapahoe* et le KTTS reçoivent-ils ces transmissions, Doplas ?

– Oui, Commandant, par relais automatique.

Avant que le commandant ait eu le temps de se faire ouvrir une ligne, le Commandant Quacho de l'*Arapahoe* et le Commandant Prtglm du KTTS le contactèrent.

– Eux commencer reconstruction, dit Prtglm. Prendre temps. Doué avertir Alliance.

– Ils ne semblent rien faire pour terminer les deux autres astronefs, remarqua Quacho, ses gros sourcils se rejoignant presque au-dessus de son nez grec.

– Ils sont déjà pourvus de capsules de sauvetage, lui rappela Osullivan.

– Reines toujours les premières, dit Prtglm. Prendre temps.

Rojer prit donc contact avec la Terre et fit son rapport à Jeff Raven qui lui demanda de relayer l'évolution de la situation à mesure qu'elle se produirait. Une fois les entrées au sol fermées, aucune autre activité ne fut observée, et Rojer fut autorisé à se retirer à la fin de son quart. Plutôt que de perdre son temps à éluder d'innombrables questions sur les événements de la journée, Rojer passa une soirée tranquille dans sa cabine avec Gil et Kat, à visionner de vieux trois-D de l'immense vidéothèque du *Genesee*, jusqu'à l'alerte rouge où il se téléporta avec ses amis dans la capsule de sauvetage qui leur était assignée. Lui et les autres occupants de la capsule étaient presque endormis quand retentit le signal de fin d'alerte.

Le lendemain, il se réveilla en retard, et il dut se téléporter sur la passerelle pour être à l'heure. L'air aussi renfrogné que Rojer, le Capitaine Metrios remarqua son arrivée précipitée, mais il ne lui fit aucune réprimande et lui dit qu'aucune autre activité n'avait été observée sur l'aire spatiale.

– Ils attendent peut-être l'éclosion des assembleurs, dit Anis Langio, puis elle bâilla et agita les doigts pour saluer Rojer qui s'installait sur sa couche.

Il lui sourit.

– Corrections nécessaires, Capitaine ? demanda Rojer à Metrios, montrant l'écran et les capteurs en mouvement.

– Non, Roj, répondit Metrios avec un sourire ironique. Ils sont là où il faut pour le moment. On a de la chance : il y a tant de détritus spatiaux que nos capteurs se perdent dans la masse.

– Pour une planète immaculée, dit Éri Gander, l'officier chargé du moral des troupes, qui passait souvent voir Rojer au travail, ils font de leur environnement spatial une vraie décharge.

– Ils n'ont pas encore trouvé la technique pour dévorer leurs ordures, c'est tout, rétorqua Metrios.

– Les végétariens tirent leur fer et leurs minéraux de leur alimentation, hasarda Anis d'un air innocent. Au fait, Éri, il nous faudrait de nouveaux trois-D. J'ai vu tous les nôtres des millions de fois.

Éri et Anis regardèrent Rojer, l'air interrogateur, et il écarta les bras, mimant l'expression d'Anis.

– Moi, j'assure le transport, c'est tout. Je n'ai rien à voir avec le chargement.

– Ce qui me rappelle la raison de ma présence ici, dit Éri, se tournant vers Rojer. J'ai quatre hommes à renvoyer, cette semaine.

– Pas de problème. Mes 'Dinis m'ont dit qu'il y a aussi deux paires de 'Dinis qui rentrent chez eux.

Anis poussa un soupir exagéré.

– Ça me fait toujours plaisir de constater qu'ils ne sont pas aussi insensibles que le prétend Prtglm.

– Les 'Dinis vont hiberner, dit Rojer, qui ajouta en souriant, pour prévenir les critiques : Ce n'est pas considéré comme une faiblesse chez les 'Dinis.

– Au moins, tu leur évites le pire, fit Metrios, hochant la tête avec approbation.

Anis eut un frisson convulsif.

– Peu m'importe l'euphémisme qu'ils emploient pour désigner ce processus, moi j'appelle ça du cannibalisme.

– Appelle plutôt ça nécessité au cours des longs voyages spatiaux et accepte cette interprétation, dit Mrkovic, bien qu'à en juger sur son expression, il fût d'accord avec l'astrogatrice. Au moins, nous avons Rojer. Le meilleur ami des Humains et des Mrdinis est le Doué de service.

Rojer sourit, soulagé que la discussion des traditions 'Dinis s'en tienne là. Sur la passerelle, au moins, il n'était pas questionné jusqu'à l'exaspération par des hommes et des femmes d'une curiosité lascive. Il leur avait bien fait comprendre que, s'il vivait depuis l'enfance avec des 'Dinis « immatures », il ne savait pas grand-chose des adultes.

– Alors, qu'est-ce qu'on fait aujourd'hui, Capitaine ? demanda-t-il à Metrios.

– On continue à surveiller le chantier naval et les sections de capsules. Nous avons inséré un élément autodestructeur dans les nouveaux capteurs que j'ai commandés, au cas où nous devrions en mettre d'autres en action.

– Comme je voudrais qu'il y ait de l'action ! dit Yngocelen, regardant l'écran statique, l'air lugubre. Est-ce qu'ils ne mettent pas la charrue avant les bœufs ? Je veux dire, ils assemblent les capsules de sauvetage avant d'avoir réparé le trou qu'ils ont fait dans le vaisseau des réfugiés. Je ne comprendrai jamais pourquoi ils l'ont canardé. Surtout après avoir bluffé les reines pour qu'elles vident les lieux dans leurs capsules.

– C'est bizarre, en effet, reconnut Metrios, puisque ça a endommagé un astronef parfaitement opérationnel qui aurait été une belle addition à leur flotte.

Parce qu'il connaissait bien ces officiers, maintenant, Rojer se décida à exprimer sa pensée.

– Capitaine, je crois que leur torpille n'a pas frappé une aire de chargement ou de ravitaillement.

– Ah non ? fit Metrios, l'air encourageant.

– Non, Capitaine. Je crois qu'ils ont détruit les systèmes de survie. Parce que la torpille n'a fait qu'un trou. Il n'y a pas eu d'explosion destructrice.

– Montre-moi ça.

Metrios ne fut pas le seul à manifester de l'intérêt.

Rojer téléporta un capteur dans la position appropriée. Malheureusement, le point d'entrée restait dans l'ombre. Ce qui était visible, c'étaient les bords propres et nets du trou percé par la torpille. Les dégâts seraient facilement réparés. Du moins l'auraient-ils été sur les astronefs de l'Alliance.

– Peut-être qu'il y avait quelque chose dans cette torpille, dit doucement Rojer, se préparant à une discussion.

– Oui, mais quoi et pourquoi ? demanda Yngocelen d'un ton caustique. Nous savons, par la reconstruction partielle de la Grande Ruche découverte par l'Escadre A, qu'ils savent sceller des ponts et des sections aussi bien que nous.

– Oui, mais comme les reines étaient parties, il ne restait plus personne pour donner l'ordre de fermer quoi que ce soit. Je crois, dit Rojer, faisant une pause pour ne pas avoir l'air aussi sûr qu'il l'était de sa théorie, qu'ils ne voulaient pas des ouvriers engendrés par d'autres reines. Qu'ils désiraient s'en débarrasser avant de remplir le vaisseau de leurs propres travailleurs.

– Ainsi, la torpille aurait émis un gaz asphyxiant, c'est ça ? demanda Yngocelen, ruminant cette idée.

– C'est pas bête, répondit Metrios par-dessus la tête de Rojer, mais d'un ton approbateur.

– Je pourrais envoyer un capteur à l'intérieur du vaisseau pour qu'on en ait le cœur net, proposa Rojer, vu que personne n'avait ridiculisé sa théorie.

Le Commandant Osullivan n'avait pas pris part à la conversation, mais il avait écouté.

– Alors, exécution, Mr. Lyon. Et programmez pour le grossissement maximal, Mr. Yngocelen. Il est temps que nous apprenions ce qui se passe là-dedans, puisque le Don de Mr. Lyon nous permet d'être discrets.

Rojer guida le minuscule capteur dans les tuyaux de ventilation, dans un dédale de corridors sombres et vides, mais il n'y avait rien, sauf une brume flottant comme une émanation délétère, et particulièrement épaisse au centre du vaisseau.

– Ce pourrait être une combinaison de gaz, dit l'officier des sciences, parce qu'il ne reste aucun ouvrier d'aucune sorte, et qu'il y a des signes de corrosion sur les quelques substances organiques que le capteur identifie. Le Multiple semble être spécialiste des doses mortelles. Je n'aimerais pas avoir à y envoyer quelqu'un pour enquêter. Malgré le trou dans la coque qui communique avec le vide, ces gaz persistent. Il faudra du temps pour les chasser.

– Et les sections n'étaient pas fermées non plus, dit Yngocelen, tapotant l'épaule de Rojer avec approbation. Youpi, et ce truc a même nettoyé les tubes où ils conservent les larves. Nettoyage par le vide !

Rojer ne put entièrement réprimer sa satisfaction de voir sa théorie confirmée, mais comme tout le monde souriait, il pensa qu'il n'était pas déplacé de sourire aussi.

– Bonnes déductions, Rojer, dit Osullivan, couronnant son moment de triomphe.

Néanmoins, Rojer entendit – non pas venant des officiers, mais d'un ou deux hommes d'équipage présents sur la passerelle – des remarques moins élogieuses.

– Ce n'était qu'une théorie, Commandant, dit Rojer, réprimant son sourire et prenant l'air modeste.

Il était vraiment dur de plaire tout le temps à tout le monde, malgré le soin qu'il apportait à se surveiller.

– Il faudra combien de temps pour que ce gaz se dissipe, Mrkovic ? demanda Osullivan.

– Difficile à dire, Commandant. C'est un gaz lourd. Tous les systèmes du vaisseau sont morts. S'ils étaient activés... Sans vous offenser, Commandant, il n'y a pas de combinaisons EVA à bord du *Genesee* qui nous protégeraient contre un gaz corrosif.

Les Mrdinis n'en avaient pas non plus, apprit-on quand la question fut discutée à une réunion des Commandants. Bien que la Grande Ruche endommagée fût soumise à des études minutieuses par les Humains et les Mrdinis, on cherchait avant tout à établir quel était le moyen de propulsion, quel combustible était utilisé, et quelle était la composition du matériau de la coque. La ventilation et les systèmes de survie n'étaient pas des priorités.

– Le Commandant Prtglm aimerait trouver un moyen d'entrer dans ce vaisseau, dit le Commandant Osullivan à son état-major.

Rojer était là, car il avait assisté à la réunion des commandants en qualité d'interprète.

– Il s'est mis dans l'idée, dit Osullivan avec un sourire amusé, d'entrer et de remorquer jusqu'à Clarf une Ruche relativement peu endommagée. Je suppose que Prtglm va prendre sa retraite à la fin de cette mission, et qu'il voudrait partir en pleine gloire.

Cette ambition provoqua des murmures compréhensifs.

– Je ne savais pas que les Mrdinis prenaient leur retraite, dit Anis Langio.

Osullivan s'éclaircit la gorge et lissa ses cheveux en arrière.

– Je crois que c'est une question de taille.

– Ouais. C'est le plus grand et gros 'Dini que j'aie jamais vu, dit pensivement Yngocelen. S'il grandit et grossit encore, il ne tiendra plus dans son propre astronef. Il est obligé de se baisser pour marcher dans nos coursives, et pourtant, elles sont prévues pour des hommes de haute taille.

Comme l'officier d'artillerie mesurait près de deux mètres, il compatissait.

– Au fait, continua-t-il brusquement, peut-être que Rojer pourrait téléporter un petit groupe jusqu'au trou de la torpille. À l'évidence, les Coléoptères attendent que le gaz se soit dissipé. Bien sûr, nous devrions aussi trouver le moyen d'en faire autant.

– Qu'est-ce que nous savons sur les systèmes de ventilation des Ruches ? demanda Osullivan avec emphase.

– Rien de plus que ce que le capteur nous a montré, Commandant, répondit Metrios.

– Et à quoi peuvent ressembler les contrôles, et où peuvent-ils être ? Vous avez une idée ?

Tous se tournèrent vers Rojer.

– Moi ? J'en sais autant que vous, mais...

– Mais quoi, Mr. Lyon ? demanda le commandant d'un ton encourageant.

– Eh bien, Commandant, quand je suis arrivé à bord, je crois avoir mentionné que, sur toutes les planètes, des groupes s'efforcent de réassembler des pièces détachées de la Grande Ruche. Nous savons sur quoi travaille l'équipe principale – sur les moteurs et le combustible – mais peut-être que d'autres groupes ont découvert certaines choses sur les systèmes de survie. Je pourrais me renseigner discrètement.

– Auprès de qui ?

– De l'ingénieur D-8 de la Tour d'Aurigae.

Metrios eut l'air considérablement plus réceptif dès que Rojer eut prononcé le mot « ingénieur ».

– Eh bien, contactez-le, s'il vous plaît. Discrètement, bien sûr, ajouta Osullivan.

– Certainement, Commandant, répondit Rojer.

Il avait eu soin de ne pas adopter l'habitude des marins, qui répondaient toujours : « À vos ordres, Commandant. » C'était sa réaction subtile aux appellations de « garçon » et de « civil ».

– Il te faudra davantage de courant ? demanda Metrios avec un grand sourire.

– Non, pas pour une simple question, dit Rojer, souriant en retour.

Xexo serait aussi renseigné que possible sur tout ce qui avait été assemblé par les obsédés, qu'ils fussent militaires ou civils.

– Et peut-être même qu'il pourra faire quelques hypothèses intéressantes. Ce qui m'inquiète, c'est que l'explosion pourrait avoir détruit le système de contrôle de la ventilation.

– C'est une possibilité, dit Metrios, car le secteur est très endommagé.

Rojer leva une main, indiquant ainsi qu'il avait une question à poser, mais il sentit beaucoup d'excitation sur la passerelle. À l'évidence, le Commandant Prtglm n'était pas le seul à vouloir rapporter un trophée de cette mission. Bien sûr, le *Genesee* et l'*Arapahoe* partageraient les honneurs avec le KTTS. Tous les alliés se réjouiraient d'avoir volé une Ruche presque opérationnelle à une colonie du Multiple. Il réprima un gloussement qui menaçait de perturber sa gravité, et concentra fermement son esprit sur la Gestalt pour transmettre son message.

Sa familiarité avec l'esprit de Xexo facilita le contact. Rojer choisit de présenter sa requête comme une affaire strictement personnelle, parce qu'il n'en sortirait peut-être rien et qu'il était inutile de susciter des espérances qu'il faudrait sans doute décevoir.

Xexo fut surpris d'entendre Rojer.

Je te reçois cinq sur cinq, petit. Mais est-ce que tu ne devrais pas...

Non, ça restera entre nous, Xexo. C'est au sujet de notre jeu de construction. Ici, ils n'ont pas de table d'assemblage, et j'ai besoin de ton aide sur un aspect de la reconstruction.

Ah bon, dans ce cas... Dans le travail des Tours, Xexo s'était toujours plus intéressé au côté mécanique qu'au protocole, de sorte qu'il ne fit pas d'autre objection. *Qu'est-ce que tu veux savoir?*

Xexo n'avait que des connaissances incomplètes sur les systèmes de ventilation et de survie. En fait, Rojer réalisa que son capteur avait accumulé plus d'informations valables, qu'il communiqua au D-8. Ce qui permit à Xexo de confirmer que les systèmes principaux du contrôle de l'environnement avaient sans doute été détruits par la torpille.

Il semble que les reines aient eu un système de survie et de ventilation indépendant. Mettez-le en route, et vous pourrez chasser la plus grande partie du gaz, surtout avec déjà un trou dans la coque. Dites donc, les gars, si vous ramenez ce vaisseau, vous serez vraiment *des héros !* ajouta Xexo, une certaine excitation colorant son ton d'ordinaire imperturbable. *Celui qu'a ramené l'Escadre A est tellement endommagé qu'il y a des sections entières dont on n'arrive même pas à deviner à quoi elles servaient.* Puis Xexo lui « montra » les diagrammes existants, tous très incomplets.

– Comme les reines ont abandonné l'astronef, dit Metrios quand il eut étudié ce que Rojer transféra sur l'écran, cette section n'a pas pu être protégée. Mais il semble, poursuivit-il, promenant l'index sur le diagramme, qu'on puisse chasser le gaz assez efficacement à partir du point central de circulation.

– Si nous savions comment actionner ces contrôles, précisa Rojer. Les 'Dinis disent tout le temps que les reines engendrent des travailleurs spécifiques pour les différentes tâches à effectuer sur un vaisseau. À quoi pourrait ressembler un ouvrier préposé aux systèmes de survie ?

– C'est le problème, dit Metrios, haussant les épaules. Elles semblent produire des ouvriers de toutes les formes et tailles.

Les autres officiers de service sur la passerelle avaient suivi la conversation.

– Les 'Dinis ont archivé des reconstructions de nombreux types à partir de cadavres récupérés après des batailles spatiales, annonça Anis Langio, appelant un programme.

Tous regardèrent les croquis qui s'affichèrent.

– Faites votre choix, dit Langio avec un reniflement dédaigneux.

– Cette reine qu'ils ont à la Base Lunaire de Heinlein, demanda Metrios, est-ce que ses œufs ont éclos ?

– Ils grossissent et elle mange, dit Rojer en haussant les épaules.

Rojer ne savait toujours pas quoi penser de l'intervention de sa sœur Zara, même si elle avait sauvé la vie de la reine.

L'une des trois capsules de sauvetage fuyant la Grande Ruche contenait une reine sur le point de pondre. Le transfert de la capsule à la Base Lunaire de Heinlein avait été la première mission de Rojer en qualité de Méta, bien que son père ait été le point focal de l'énergie kinesthésique exigée par cette téléportation. Un Module d'Observation avait enregistré toutes ses activités depuis qu'elle en avait émergé. En fait, elle était le premier spécimen vivant de la Race de l'Essaim qu'Humains et 'Dinis pouvaient observer. Son existence avait provoqué des controverses et parfois des tensions entre les Alliés. Heureusement, les chefs Mrdinis les plus libéraux pensaient aussi que le besoin d'en savoir plus sur l'ennemi était plus important qu'une exécution sommaire et publique, quelle que fût par ailleurs la satisfaction psychologique qu'on aurait pu en retirer. D'autres trouvaient une certaine beauté à sa silhouette de mante religieuse et les cœurs d'artichaut s'inquiétaient de son isolement et de son incarcération.

– Il paraît que chaque reine engendre différents types d'ouvriers. Peut-être qu'elle est programmée pour le type qu'il nous faut en ce moment, dit Anis, avec un sourire impudent de gamine.

– Si nous savions quel type il nous faut, rétorqua Metrios, lugubre. Si nous pouvions seulement chasser assez de gaz pour y débarquer une équipe de sauvetage..., ajouta-t-il, se penchant sur son écran.

– Nous sommes beaucoup trop loin pour utiliser des rayons tracteurs..., dit Yngocelen.

Puis il se tourna vers Rojer, comme frappé d'une idée subite.

– Hé, ne me regardez pas comme ça, Capitaine. Pour déplacer une telle masse, il faudrait toute une équipe de Tour, protesta Rojer, levant les bras au ciel.

– Il faudra donc débarquer un détachement...

– Avec les batteries au sol du Multiple braquées sur nous ? rétorqua Yngocelen, sarcastique. Dès qu'ils verront bouger la Ruche, ils sont capables de la désintégrer plutôt que de nous laisser la prendre.

– Mais ils ne savent pas que nous sommes là, leur rappela Langio.

– Selon les ordres, soupira Metrios.

– Rojer, pourrais-tu la déplacer juste un peu, hors de portée de leurs missiles surface-air ? demanda Langio d'un ton plaintif.

– Non, pas même pour procurer son moment de gloire au Commandant Prtglm.

– Une minute, fit Metrios, se tournant vers la console et appelant un autre programme. Pour ramener la Grande Ruche, deux vaisseaux de la classe Galaxie ont servi de remorqueurs, et une navette y fut fixée pour contrôler les boosters directionnels...

– Et alors ? demanda Yngocelen.

– Si nous pouvions monter des boosters sur la coque...

– Nous serions vus de la surface..., intervint Yngocelen. Oh..., ajouta-t-il, se tournant vers Rojer du même air que Metrios un peu plus tôt.

Rojer secoua la tête.

– Écoutez, *messieurs*, déclara Rojer, faisant une courte pause pour souligner la solennité de son préambule, je suis toujours prêt à vous obliger quand je le peux, mais, si n'importe qui ou n'importe quoi en bas monitore l'espace – et ils ont été prévenus de l'arrivée de la Ruche réfugiée –, des boosters assez gros pour faire sortir ce vaisseau de son orbite seraient très, très visibles, même si leur transport sur les lieux ne l'était pas.

– Que savons-nous de la vue des Coléoptères ?

– Ils ont sans doute des spécialistes de la vision, remarqua Anis, caustique.

– C'est possible, convint Metrios. Mais pourquoi surveilleraient-ils un vaisseau dont ils savent qu'il est inopérationnel et inhabité ? poursuivit-il, désirant à l'évidence défendre sa stratégie. Ils ignorent notre présence. Et ils ne s'attendent sûrement pas à ce qu'on vienne leur voler un astronef sous le nez. La surprise est un avantage...

– Nos ordres se limitent à la surveillance, messieurs, leur rappela le Commandant Osullivan avec un sourire de regret. Le Conseil ne nous laisse aucune marge de manœuvre. À ce stade, nous devons spécialement éviter d'attaquer l'ennemi.

Entendant leurs murmures déçus et mécontents, il ajouta :

– Si nous pouvons suivre leurs queues ioniques, ils peuvent suivre les nôtres.

– C'est vrai, Commandant, mais ils n'ont pas d'autre astronef opérationnel, dit Metrios.

– Nous avons nos ordres, messieurs, et nous nous y soumettrons, dit Osullivan, s'installant au fauteuil de commandement où il demeura le reste de son quart.

Le lendemain, le commandant demanda Rojer à la passerelle avant son quart habituel.

– Il m'est venu à l'idée, Rojer, commença Osullivan de son ton le plus aimable et détendu, que nous ne devrions pas laisser passer une occasion en or.

– Laquelle, Commandant ? s'enquit Rojer, méfiant, regardant Metrios, Yngocelen et Doplas, rangés derrière le commandant.

Osullivan eut un grand sourire, aussitôt imité par les autres.

– Seule cette section de l'astronef est détruite ? Exact, Rojer ?

Rojer hocha la tête et le commandant reprit :

– Vous semblez avoir manœuvré le capteur à l'intérieur sans difficulté.

– Il était petit, avec une capacité de détection limitée... Oh, je vois...

Osullivan se tourna vers les autres.

– Il comprend vite. Bravo, mon garçon. Si nous pouvons leur fournir des diagrammes cohérents de chaque niveau de *cette* Ruche, les équipes qui restaurent la Grande Ruche pourront travailler sur plans. Le Commandant Prtglm m'informe que, depuis des siècles qu'ils combattent les Coléoptères, la structure de leurs astronefs n'a pas changé.

– Seulement la taille, comme dans le cas de la Grande Ruche..., intervint Metrios.

– Accepteriez-vous ? demanda Osullivan en souriant, l'invitant du geste à prendre place sur sa couche.

– Pourquoi pas, Commandant ? J'ai téléporté des appareils partout où c'était possible. Mais ces gaz corrosifs...

– Tu peux utiliser autant de capteurs qu'il le faudra, insista Metrios. Depuis que le commandant a émis cette suggestion, nous avons trouvé un revêtement qui retardera la corrosion... je crois ! J'espère ! Au premier que tu devras ramener, on fera une analyse et on tâchera d'identifier la combinaison.

– J'ai modifié les données visuelles pour obtenir des données dimensionnelles et identifier toute altération importante dans la conception.

Rojer trouva le processus plus long que fatigant, mais fut quand même content quand ce quart se termina. Cinq capteurs avaient été affectés par le gaz, et il les avait déposés dans des conteneurs étanches au labo de l'astronef. Ce vaisseau n'était pas aussi vaste que la Grande Ruche, mais cette première enquête n'en avait exploré qu'une petite partie. Pourtant, c'était amplement suffisant pour occuper tous les scientifiques et techniciens des trois vaisseaux le restant de la journée, afin d'analyser et interpréter les plans. Le gaz avait parfaitement rempli sa fonction : seuls les matériaux protégés par du métal avaient survécu.

À mesure que le capteur téléporté s'enfonçait dans l'intérieur, les images devenaient plus floues à cause de la densité du gaz, jusqu'au moment où ils ne virent plus rien. Mais ils avaient rassemblé suffisamment d'informations pour se faire une idée de l'agencement de la Ruche que quelqu'un définit comme une masse « spaghettis-macaronis » de tubes, tunnels et conduits. Certaines particularités, sur les plafonds et sur les sols des quartiers des reines, donnèrent lieu à d'innombrables spéculations. Chaque reine était-elle responsable d'une partie des opérations du vaisseau ? Ou s'agissait-il d'un contrôle collectif ?

– La Rowane a été en contact mental avec l'Esprit Multiple, répondit Rojer, s'efforçant de prendre un ton impartial pour rapporter l'exploit de sa grand-mère. C'est un nexus des reines qu'elle a immobilisé au cours de la fusion mentale dont elle était le point focal.

– Il est donc vraisemblable que les reines agissent de concert ? demanda Osullivan.

– Cela concorde avec la mentalité de la ruche : tous travaillent en vue du même objectif, déclara l'officier de xénobiologie, le Lieutenant Sedim Mehmet, qu'on avait invité à assister à cette réunion surtout intéressante pour les ingénieurs.

– Les tableaux de contrôle sont indemnes, dit Metrios, appelant une autre série de plans sur son écran. Mais il me faudrait une échelle pour les atteindre !

– Ils n'ont pas l'air d'être prévus pour être manœuvrés au toucher, remarqua Yngocelen. Mais peut-être le sont-ils par la lumière.

– Les palpes des reines sont de forme bizarre, leur rappela Mehmet. Elles se terminent par des segments triangulaires de différentes tailles.

– Le problème est moins la forme que la fonction, dit Osullivan.

Tous en tombèrent d'accord. Le Commandant Prtglm s'enfonça plus profondément sur son siège, étalant notablement sa masse. Rojer se sentit déprimé par cette impasse temporaire. Gil et Kat lui apprirent que leur Grand Commandant s'était déjà couvert de gloire sur bien des champs de bataille, mais qu'il voulait ajouter un exploit à sa carrière qui s'étendait sur plus de cent années humaines. Rojer comprenait ce souhait, sachant que la couleur de Prtglm jouirait de plusieurs siècles supplémentaires de prestige s'il pouvait ramener une Ruche à Clarf.

Rojer et quelques officiers mineurs furent alors poliment remerciés. Sachant qu'on le rappellerait à la fin de la réunion pour transmettre le rapport, Rojer en profita pour manger un morceau. Ce travail mental l'affamait. Pour avoir l'air de s'empiffrer, Rojer conservait toujours des provisions dans sa cabine. Il avait toujours également quelque friandise pour Gil et Kat. Ils dégustaient ainsi une collation illicite quand son unité-com bippa.

– Assistance Doué requise pour retour sur KTTS, dit Prtglm de son ton inimitable. Doué venir aussi.

– NOUS VENIR AUSSI ? demanda Gil, Kat suspendu aux lèvres de Rojer.

– RJ PENSE QUE OUI. PRTGLM NE JAMAIS VOUS REMARQUER DE TOUTE FAÇON.

Tout en sachant que Prtglm était un Grand, Rojer était vexé qu'il ne daignât jamais s'apercevoir de la présence de ses amis. Il les emmenait sur le KTTS chaque fois que c'était possible, parce qu'ils aimaient rendre visite à ceux de leur race.

– NOUS PRENDRONS LA PLUS GRANDE CAPSULE. VOUS POURREZ VOUS CACHER DANS LE NOIR.

Sachant qu'il faudrait un bon moment au commandant 'Dini pour aller, de son train de sénateur, de la passerelle à la capsule de transfert dans le hangar d'envol, Rojer ôta sa combinaison de bord et revêtit son uniforme de gala, avec le ceinturon et la cartouchière qu'il portait rarement. Le Grand Commandant Prtglm l'impressionnait, et l'uniforme lui donnait de l'assurance.

Gil et Kat étaient si excités qu'ils gigotaient dans ses bras quand il les souleva pour la téléportation. Il atterrit en douceur devant l'écoutille du hangar, dans une coursive vide, mais il sentit sous ses pieds les vibrations d'un pas lourd.

– VITE, VOUS DEUX. LE GRAND ARRIVE, dit-il, poussant les deux corps fourrés devant lui.

Ses deux amis détalèrent vers la grande capsule de transfert. Ils y entrèrent vivement, tandis que Rojer expliquait à l'officier de pont qu'il ramenait le commandant à son bord.

– Son arrivée ne risque pas de passer inaperçue, hein ? dit l'Enseigne Menburia, tandis que les vibrations se faisaient plus fortes. Sans vouloir l'offenser, il passera à peine par l'écoutille. Attention !

Et l'enseigne se pencha sur sa console quand apparut la masse imposante de Prtglm.

Le commandant prit tout son temps pour s'installer dans la capsule, tandis que tout le personnel du hangar s'affairait ostensiblement ailleurs. Rojer y monta enfin.

– Les générateurs sont en phase ? demanda Rojer à l'Enseigne qui leva le pouce.

Il ferma l'écoutille, et se tassa de son mieux à sa place pour ne pas toucher le commandant. Un Grand n'appréciait pas les contacts physiques.

Rojer se concentra sur les générateurs, qui lui étaient maintenant aussi familiers que ceux de Xexo à la Tour d'Aurigae. Il savait où il allait et il les téléporta à bord du KTTS si légèrement qu'il était sûr que Prtglm n'avait pas eu conscience du transfert avant l'ouverture de l'écoutille par un de ses officiers qui le reçut officiellement à son bord. Prtglm débita quelques phrases, si vite que Rojer n'y comprit rien. Il y était question de « nouveaux capteurs » et de « décision ».

– VIENS, ordonna-t-il sèchement à Rojer dès que ses pieds eurent touché le pont.

Rojer descendit précipitamment et vit Prtglm se diriger vers une ouverture conduisant à l'intérieur de l'astronef, et non vers la passerelle comme il s'y attendait.

Prtglm, heureusement, s'ébranla sans jeter un regard en arrière, car Gil et Kat se cramponnèrent soudain aux mains de Rojer.

– Qu'est-ce qui ne va pas ? demanda-t-il à ses amis, qui répondirent du mouvement de tête recommandant le silence.

Leurs doigts tremblaient dans sa main.

Ils étaient seuls avec le commandant dans la coursive, à peine assez large pour livrer passage à la masse de Prtglm. Puis une écoutille glissa, et il fit une pause pour leur faire signe de se hâter. Rojer obéit, malgré les entraves que Gil et Kat imposaient à ses mouvements.

– Qu'est-ce qui ne va pas ? leur demanda-t-il, se penchant vers leur trou d'audition.

Kat émit un son tremblotant, puis, prenant une profonde inspiration comme pour se donner du courage, franchit l'écoutille et entra dans le grand hangar, suivi de Gil et Rojer. Rojer savait que la présence de Prtglm impressionnait toujours ses amis, mais il y avait dans leur attitude quelque chose de nouveau qui commençait à lui inspirer doute et angoisse.

Le hangar était plongé dans la pénombre, mais Rojer distingua des râteliers chargés de longues et minces formes métalliques. Très nombreuses. La lumière s'alluma, et Rojer cligna des yeux pour s'adapter à la clarté soudaine. Gil et Kat gémirent.

Ce n'étaient pas des capteurs, nota instantanément Rojer. Ces objets avaient une précision de ligne qui rendait leur fonction évidente, même avant qu'on eût remarqué leur ogive explosive. Et il y en avait un nombre impressionnant. Les doigts de Prtglm voltigèrent au-dessus d'un clavier, et tous les écrans s'allumèrent, chacun affichant une vue différente. Trois d'entre eux montraient les Ruches en orbite, un autre l'aire spatiale du Multiple, et le reste, des vues du plus grand bâtiment de surface que ses capteurs avaient enregistrées.

L'estomac noué, Rojer acquit bientôt une certitude qui ne devait rien à la précognition. S'il n'avait pas été immobilisé par le choc et la peur, il se serait immédiatement téléporté hors du hangar. Mais il était paralysé. Il ne parvenait pas à *croire* que Prtglm ait pu prendre unilatéralement une décision d'une telle portée. Il fallait l'arrêter d'une façon ou d'une autre.

– DOUÉ !

Prtglm se retourna vers Roger, plus massif et intimidant que jamais.

– GRAND COMMANDANT ! parvint-il à articuler avant de déglutir convulsivement pour s'humecter la gorge.

– TOI ENVOYER BEAUCOUP CHOSES DANS MONDE D'EN-BAS. ENVOIE ÇA. À CES ENDROITS ! PUIS ESCADRE PRENDRE RUCHE ET RENTRER AVEC GRANDS HONNEURS.

– Ce sont des bombes, Commandant ? demanda Rojer, oubliant son 'Dini.

– ÉVIDEMMENT, répondit le commandant, avec une ondulation du corps caractérisant la colère provoquée par cette question, comme d'ailleurs par toute question.

– Je ne suis pas autorisé à détruire, Commandant, objecta Rojer, articulant lentement et clairement.

– TOI TÉLÉPORTER BEAUCOUP CHOSES. TÉLEPORTER BOMBES EST MIEUX !

La plupart des voix 'Dinis n'expriment guère les émotions, mais celle de Prgtlm vibrait de satisfaction vengeresse.

– MOI PAS AUTORISÉ À DÉTRUIRE, COMMANDANT. MES ORDRES SONT TRÈS STRICTS, précisa Rojer, de nouveau en 'Dini, dans l'espoir d'être mieux compris. LES ORDRES SONT DE SURVEILLER, NON DÉTRUIRE. ORDRES VIENNENT DE COORDINATEUR GKTMGLNT ET D'AMIRAL TOHL MEKTURIAN. CETTE PERSONNE INFÉRIEURE NE PEUT PAS DÉSOBÉIR AUX ORDRES.

– PERSONNE INFÉRIEURE RJR DOIT OBÉIR AUX ORDRES DE PRGTLM IMMÉDIATEMENT ! OBÉIS !

Prgtlm commença à pulser et à se dilater, réaction effrayante qui cloua Rojer sur place, sans altérer sa détermination de résister.

– GRAND COMMANDANT PRGTLM, LES GRANDS COMMANDANTS HUMAINS INTERDISENT À RJR DE DÉTRUIRE, dit Gil, s'avançant avec toutes les manifestations du plus grand respect.

– L'HUMAIN DOIT OBÉIR OU L'HUMAIN MOURRA.

Rojer n'en crut pas ses oreilles.

– JE NE PEUX PAS OBÉIR AU COMMANDANT PRGTLM.

Maintenant congestionné de fureur, le Commandant, d'un geste si vif que Rojer ne put le prévenir, abattit ses bras supérieurs sur l'œil pédonculé de Gil et fracassa son corps immature sur le pont.

– Obéis ! rugit Prtglm, qui, relevant ses bras sanglants, leur imprima un mouvement descendant d'une force à tuer Rojer.

– Téléporte ! s'écria Kat, poussant Rojer de côté et recevant le coup qui lui était destiné et qui l'envoya s'effondrer à côté du corps mutilé de Gil.

Et Rojer se téléporta, hors du KTTS, et dans l'unique endroit où ses réflexes automatiques pouvaient le transporter sans pensée consciente !

CHAPITRE II

– Où diable peut-il bien être ? demanda le Commandant Osullivan, fronçant les sourcils de contrariété. Il sait à quelle heure il doit venir pour le rapport quotidien.

– Commandant ? demanda Doplas depuis son poste. L'Enseigne Menburia affirme que Rojer a téléporté le Commandant Prtglm sur le KTTS à 1130. Elle l'a noté et les a vus partir.

– La téléportation ne demande pas à Rojer plus de trente secondes. Où est-il allé ensuite ? Est-ce que l'enseigne l'a vu ?

– Commandant, d'après le journal de bord, Rojer a accompagné le commandant. À sa demande, c'est évident. Il avait ses 'Dinis avec lui.

– Et alors ?

– A-t-on noté quand Rojer est revenu ici ?

– D'après leur journal de bord, la capsule du commandant n'a pas bougé, et Rojer n'a vu personne sur le KTTS. La grande capsule n'est pas rentrée.

– Sapristi, attendez une minute... dit Metrios d'un ton dégoûté. Si la grande capsule se trouve toujours sur le KTTS, Rojer doit y être aussi. En général, les Doués ne se téléportent pas dans le vide spatial. C'est trop dangereux. Mais, par ailleurs, qu'est-ce qu'il peut faire là-bas depuis plus de huit heures ?

– J'aimerais bien le savoir, rétorqua le commandant d'un ton pincé.

– Ça ne ressemble pas à Rojer, dit Anis Langio.

– Bon sang, Anis, je le sais ! s'écria Osullivan, remuant dans son fauteuil de commandement, le visage sinistre.

Metrios, a-t-on constaté une utilisation de courant compatible avec une téléportation à longue distance ?

– Non, Commandant, répondit l'officier ingénieur après un bref regard sur ses organigrammes. Et il est impossible qu'il se soit téléporté sur Aurigae, ni même sur Clarf qui est spatialement plus proche.

Tambourinant des doigts sur son accoudoir, Osullivan fixait le chronomètre qui égrenait imperturbablement les secondes.

– Sonnez l'alerte jaune. Recherche de Mr. Lyon par tout l'équipage. Ce vaisseau doit être fouillé de la proue à la poupe. Alertez le Commandant Quacho. Doplas, je veux parler au Commandant Prtglm.

– Il n'est pas disponible, Commandant, dit Doplas d'un ton d'excuse.

– Il sera disponible pour moi, Doplas !

Au ton glacial du commandant, les doigts de Doplas volèrent sur le clavier.

– Prtglm n'est pas disponible pour communiquer, dit l'officier des communications 'Dini. PRTGLM PAS DISPONIBLE, répéta-t-il dans sa langue pour être sûr d'être compris.

– Nous recherchons Rojer Lyon, dit Doplas.

– RJR LN REVENIR IMMÉDIATEMENT À BORD GENESEE, ajouta Osullivan pour s'assurer aussi que l'officier 'Dini avait compris.

Cette fois, l'officier 'Dini secoua la partie supérieure de son corps et dirigea son œil pédonculé droit sur l'écran.

– AUCUN HUMAIN SUR LE KTTS.

L'écran s'éteignit.

– Que signifie cette disparition du jeune Lyon ? demanda le Commandant Quacho, dont l'image s'afficha sur l'écran principal. J'ai du ravitaillement à réceptionner, et deux hommes d'équipage à renvoyer sur le transporteur de troupes. J'attendais le signal de Rojer pour vous les amener.

– Une fouille en règle de tout l'astronef est en cours, Quacho. Je ne comprends pas mieux que vous la disparition de Lyon. Et il n'est pas non plus sur le vaisseau 'Dini !

Osullivan grimaça en se frottant la mâchoire. Si le garçon était allé sur le KTTS, pourquoi n'était-il pas revenu sur le *Genesee* ?

– Commandant ? fit une voix excitée qui attira immédiatement l'attention de tous. Une capsule de sauvetage a disparu.

– Laquelle ? demanda Osullivan, d'un ton si dur que même Doplas eut un mouvement de recul.

– Un-zéro-huit, tribord, Commandant. Et les contrôles ont été altérés pour faire croire qu'elle était encore en place.

Sur la passerelle, personne n'eut besoin de remarquer que la capsule un-zéro-huit était celle assignée à Rojer Lyon.

– A-t-on relevé une activité quelconque dirigée *vers* la planète ? demanda Osullivan. Ou vers cette maudite épave ? ajouta-t-il après avoir reçu une réponse négative.

– Non, Commandant. Je recherche une queue ionique.

– Le garçon n'aurait pas eu besoin d'utiliser les moteurs, Metrios, dit Osullivan, perplexe, furieux et à moitié désespéré.

Il s'était pris d'affection pour le jeune Lyon, qui s'était extrêmement bien comporté, et avait rendu toutes sortes de services dépassant de beaucoup sa mission originelle.

– Il s'est passé quelque chose pendant qu'il était à bord du KTTS, dit Metrios d'une voix tendue.

– Ses 'Dinis l'accompagnaient ?

Osullivan le savait, mais il se raccrochait à cette possibilité de découvrir ce qui s'était passé.

– Oui, Commandant. L'Enseigne Menburia signale maintenant qu'ils se sont glissés à bord de la capsule avant Prtglm et Lyon.

– Ils allaient souvent avec lui, dit doucement Anis.

Osullivan agita la main pour couper court à toute discussion. Le garçon s'était servi d'une capsule de sauvetage après une téléportation sur le KTTS en compagnie de Prtglm. Le 'Dini était résolu à rentrer chez lui triomphant. Soudain, Osullivan parvint à une conclusion qui ne lui plut pas du tout.

– Espérons qu'il aura regagné sa famille sain et sauf.

Tous les assistants fixèrent leur commandant, éberlués, puis échangèrent des regards choqués. Metrios se prit la tête dans les mains et regarda les lumières clignoter sur ses tableaux. Pour le moment, elles ne le réconfortèrent guère.

Commandant Osullivan, ici Jeff Raven. Mon petit-fils ne m'a pas contacté. Pourquoi ?

Étienne Osullivan attendait une communication quelconque des TTF, depuis que l'heure du rapport quotidien était passée.

– Méta de la Terre, il n'est plus à bord du *Genesee*. Nous espérions qu'il se trouvait près de vous ou sur son monde natal.

Osullivan parlait tout haut pour que les officiers présents sur la passerelle comprennent qu'il communiquait avec le Méta.

Vous réalisez certainement, Commandant, que Rojer est incapable d'effectuer une si longue téléportation sans assistance. Qu'est-il arrivé à mon petit-fils ?

– Nous ne le savons pas, Méta, et nous sommes très inquiets.

Le commandant lui rapporta alors les événements, jusqu'à la découverte de la capsule manquante. Puis il s'éclaircit la gorge.

– Méta Raven, je crois, bien que sans preuves, que le Commandant Prtglm sait soit où se trouve Rojer, soit pourquoi il a disparu si brusquement. Mais il est indisponible. Je demande à Gktmglnt l'autorisation officielle de me rendre à bord du KTTS pour enquêter.

Ce ne sera pas nécessaire, Commandant, quoique j'apprécie votre proposition. J'informe le Grand Conseil de la disparition du Méta Lyon. Vous aurez de l'assistance sous peu. Ayez la courtoisie de l'attendre.

– Naturellement, Méta Raven, dit Osullivan, acceptant cette directive d'un signe de tête.

Puis il soupira.

Demandez un analgésique à votre médecin, Commandant. Une transmission directe à un non-télépathe provoquera une migraine intense. Le conseil de Raven était amical, et quelque chose se dénoua dans les entrailles d'Osullivan.

– On envoie quelqu'un, ajouta-t-il, se souvenant que personne sur la passerelle n'avait entendu le message.

– Bientôt ? demanda Anis, son joli visage rouge d'inquiétude.

– Rien ne sera assez tôt ! grommela Metrios.

Des murmures d'assentiment lui firent écho, dont les vibrations se répercutèrent douloureusement dans le crâne d'Osullivan, qui se retira brièvement dans son bureau pour prendre un analgésique avant que sa tête n'explose.

Trois interminables quarts d'heure se traînèrent avant que le pont d'envol ne transmette un joyeux message.

– Capsule de passagers à bord, Commandant.

– Escortez le passager à la passerelle immédiatement, Enseigne Menburia.

– Inutile, Commandant, dit sèchement une voix féminine.

Et la Rowane parut, un grand 'Dini à son côté, escortée d'Afra Lyon, lui-même flanqué d'une paire de 'Dinis plus petits.

Osullivan bondit sur ses pieds. Il était à mi-chemin de la Rowane quand elle leva la main pour réprimer sa hâte. Une fois encore, il sentit un contact mental et eut un mouvement de recul à cette seconde expérience.

– Désolée, dit la Rowane avec un sourire fugitif, et la douleur disparut aussi vite qu'elle était apparue. Pour moi, c'était le plus rapide.

– Excusez-nous d'avoir mis si longtemps pour arriver, enchaîna Afra. Nous nous sommes arrêtés à intervalles appropriés pour écouter.

– Ooohhh ! gémit Osullivan en un souffle.

– Mon petit-fils est vivant, ajouta la Rowane d'un air sévère, Afra acquiesçant de la tête. Nous le saurions s'il ne l'était pas, si cela peut vous être de quelque consolation.

– Ça l'est, en effet.

– Nous devons nous rendre à bord du KTTS. Avez-vous des images de la passerelle ? demanda Afra.

– Ici, répondit Doplas, montrant son écran.

– Cela suffira, dit la Rowane. Vous êtes le Capitaine Metrios, ajouta-t-elle, se tournant vers l'officier ingénieur. C'est bien ce que je pensais. Il nous faudra un peu de courant.

– Tant que vous voudrez, dit Metrios, levant les bras au ciel, soulagé d'avoir quelque chose à faire.

Leur air de compétence et de détermination soulagea un peu le désespoir qu'il ressentait depuis la disparition de Rojer.

Les générateurs montèrent brièvement en puissance, et le groupe disparut. Quelqu'un lança un « ouah ! » impressionné.

– La Rowane ? demanda Yngocelen à voix basse.

Osullivan acquiesça de la tête.

– Je croyais qu'elle ne quittait jamais Callisto.

– Pas souvent, mais elle a l'autorité qu'il faut dans la situation présente, répondit Osullivan d'un ton encourageant, malgré son pessimisme et ses craintes.

– Commandant ? – La voix de l'Enseigne Menburia retentit, presque s'excusant. – Ils ont aussi apporté le ravitaillement.

– Il faut retrouver ce garçon sain et sauf ! déclara Osullivan, abattant ses deux poings sur ses accoudoirs.

Il avait des raisons personnelles aussi bien que professionnelles de le vouloir, dont quelques-unes pouvaient avoir des répercussions auxquelles il préférait ne pas penser, même sans migraine.

La Rowane s'était souvent mise en colère devant la stupidité des gens et des choses, ou les accidents évitables, mais jamais elle n'avait été dans une fureur si effrayante. Alors même qu'il recevait des informations du *Genesee*, Jeff Raven avait demandé à Gollee Gren de contacter le représentant du Grand Conseil Mrdini en poste sur la Terre. Mrtgrts était non seulement un gris, couleur du Commandant Prtglm, mais aussi l'officier de liaison du Grand Conseiller, et il avait été gouverneur du monde colonial 'Dini de Serf pendant deux décennies. Il s'était immédiatement porté volontaire pour accompagner quiconque le Méta de la Terre désignerait comme enquêteur.

La Rowane avait informé le Méta de la Terre que nulle autre qu'elle-même ne représenterait les TTF, après avoir écarté de force sa fille, qui pensait avoir le droit de découvrir ce qui était arrivé à son fils. *Aurigae ne peut pas se passer de sa Méta, Damia, et il n'y a pas à discuter.* Mais la Rowane s'était assez adoucie pour demander à Afra de l'accompagner. *Tu peux te passer d'Afra, et c'est le père du petit. Mais Aurigae ne peut pas se passer de toi.*

Alors, comment se fait-il que Callisto puisse se passer de sa Méta? avait demandé Damia d'un ton caustique. *C'est mon fils!*

Et mon petit-fils, et j'aurai plus d'autorité. Callisto est en occultation, ou il aurait fallu que j'envoie Jeran.

J'aime mieux que ce soit toi, avait dit Damia, rendant les armes.

Nous retrouverons Rojer, ma chérie. Tu sais qu'il est vivant.

Oui, je sais qu'il est vivant... Et la voix de Damia s'était tue, laissant sa mère sous le coup de son désespoir.

Maintenant, téléporte ton mari et tes 'Dinis. Nous aurons besoin d'eux presque autant que de moi.

La Rowane avait failli refuser d'attendre les conteneurs de ravitaillement destinés à l'Escadre B, mais les équipes de Callisto les avaient attachés à sa capsule à une telle vitesse qu'elle n'avait pas eu le temps de formuler des objections.

Je crois que les conteneurs de ravitaillement seront bons pour le moral, avait dit Jeff d'un ton apaisant. *Rojer semble avoir été très aimé de l'équipage, et le Commandant Osullivan est sincèrement et profondément bouleversé par sa disparition.*

C'est normal. C'est un brave petit. Et pas trop m'as-tu-vu, non plus.

La Rowane n'avait quand même pas attendu que l'équipage du *Genesee* ait détaché les conteneurs de sa capsule, et s'était directement téléportée sur la passerelle avec ses compagnons. Elle écouta les excuses du commandant et le récit de la disparition. Puis elle et Afra se téléportèrent avec leurs 'Dinis sur le KTTS, où ils furent accueillis par le second, – autre gris de belle prestance, qui fit instantanément allégeance à Mrtgrts.

– La présence de Prtglm est exigée, déclara Mrtgrts, d'une voix qui remontait des profondeurs de son corps imposant.

– Moi, Méta de Callisto, j'exige la présence de Prtglm immédiatement! dit la Rowane, se redressant de toute sa taille.

Bien que beaucoup plus petite que tous les autres assistants, son attitude était si impérieuse qu'on lui accorda le même respect et la même attention qu'à Mrtgrts.

– MOI, FR, PÈRE DE RJR LN, EXIGE LA PRÉSENCE DE PRTGLM, dit Afra, dominant tout le monde de la tête et des épaules.

Tout en sachant que les 'Dinis n'étaient pas des empathes, il se permit le luxe d'irradier la colère et l'indignation qui le consumaient, malgré ses efforts pour réprimer ces émotions très peu méthodistes.

Trp et Flk, les 'Dinis qui vivaient avec Afra et Damia depuis dix-huit ans, se mirent soudain à enfler.

– NOUS SAVONS, NOUS ALLONS, dit Trp, et, sans autre explication, lui et Flk détalèrent vers une sortie aussi vite que leur forme le leur permettait, et ils disparurent.

Ce départ précipité fit gémir quelques 'Dinis de rang inférieur, qui en restèrent prostrés.

Mrtgrts prit les choses en main, agitant une série de doigts en guise d'avertissement aux deux humains. La Rowane se hérissa, furieuse d'être ignorée.

Du calme, Rowane. Laisse faire Mrtgrts. Je n'ai jamais vu aucun 'Dini se comporter ainsi et nous devons être patients.

Patients ? Alors que nous ne savons pas...

Nous savons que Rojer est vivant. Si nous parvenons à découvrir pourquoi il s'est enfui ainsi...

Un Gwyn-Raven ne s'enfuit pas, commença la Rowane, d'un ton mental rouge vif tant elle était courroucée.

– Il y a eu une faute de commandement, leur dit soudain Mrtgrts, inclinant humblement la partie supérieure de son corps devant les deux Doués.

– Une quoi ?

– Prtglm a tenté une action unilatérale que ne voulaient pas approuver l'Amiral Mktrn ou Gktmglnt.

Mrtgrts s'inclina de nouveau, sa couleur pâlissant pour exprimer un degré d'embarras qu'Afra n'avait vu jusque-là que chez de très jeunes 'Dinis pris en faute.

– Quel genre d'action ? demanda la Rowane d'un ton impérieux.

– Le Doué fils d'Afra Lyon était devenu si habile à lancer des capteurs indétectables que Prtglm a vu là une occasion de détruire à jamais la fonction de ce monde.

Horreur ! Le mot explosa avec fureur dans l'esprit de la Rowane, donnant l'idée des châtiments qu'elle aurait voulu lui infliger.

– Comment a-t-il osé ? s'exclama Afra.

Sa fureur égalait celle de la Rowane, et Mrtgrts recula en chancelant, comme frappé physiquement.

– Ça ne faisait pas partie de la mission que mon fils avait acceptée, et qu'en ma qualité de père, j'avais approuvée, Mrtgrts. Je ne sais pas quelle sanction on peut imposer à un personnage du grade et de la couleur de Prtglm, mais c'est un détournement inacceptable des services des TTF et un énorme affront à la nature pacifique de leur personnel.

– Tout le personnel des TTF sera rappelé de..., commença la Rowane, soudain livide et tremblante à la suite du contrecoup émotionnel.

Flk et Trp revinrent, leur fourrure presque incolore.

– NOMBREUX MISSILES PUNITIFS AU HANGAR. GRL ET KTG MORTS EN FAISANT LEUR DEVOIR. Le visage de la Rowane refléta l'horreur qu'elle et Afra ressentirent.

Pas étonnant que Rojer ait disparu, dit-elle, du ton le plus triste qu'Afra lui ait jamais entendu au cours de leur longue association. Elle chancela, et il s'approcha pour la soutenir.

– ESCORTEZ-MOI, ordonna Mrtgrts à l'officier qui les avait accueillis.

Frissonnant de tout son corps, il se tourna vers une autre sortie de la passerelle, Flk et Trp lui emboîtant le pas.

La Rowane fit mine de les suivre, mais Afra la retint et la fit asseoir sur le siège le plus proche avant que ses genoux ne se dérobent sous elle. Posant légèrement une main sur son bras pour la réconforter, Afra atténua le flot d'émotions qu'elle continuait à émettre. Mieux valait qu'elle dissipe la violence de ses sentiments avant le retour de Mrtgrts, en ce lieu où personne ne pouvait les entendre et les ressentir.

Pourquoi tuer les 'Dinis de Rojer, Afra ? Pourquoi ? Ils étaient jeunes et innocents...

Rojer a dû refuser catégoriquement de téléporter des armes, quelle que soit leur nature, répondit Afra avec lassitude, car il croyait maintenant avoir une idée de ce qui s'était passé. *En fait, il n'aurait pas dû non plus téléporter des capteurs, mais la quantité d'informations rassemblées grâce à eux justifie largement cette légère entorse à ses ordres. Mais...* Afra branla du chef.

Nous avons entrepris ces opérations pour nettoyer le ciel des incursions du Multiple, non? commença la Rowane, et Afra fut soulagé de la saine indignation de son esprit.

Il avait également été décidé d'un commun accord par les Alliés de ne pas attaquer une position fortifiée du Multiple, parce que nous savions parfaitement que nous ne pouvions pas réussir.

Le moins qu'on devrait faire, c'est de pulvériser ces Ruches pour que ce groupe ne puisse pas quitter sa planète de longtemps, déclara-t-elle, les yeux flamboyants de la détermination d'arracher au moins cette concession à ceux qui préféraient la non-agression. *Nous ne pourrons jamais communiquer avec cette espèce. En tout cas, moi, j'espère bien ne plus jamais avoir à contacter l'un de leurs esprits, singulier ou multiple!*

Afra comprenait l'hostilité et le ressentiment qu'elle éprouvait à l'égard de cette espèce, mais il avait été élevé sur une planète méthodiste, qui réprouvait toute violence, même en état de légitime défense. « Il y a toujours des alternatives: continuons à négocier », telle avait toujours été leur règle d'or au sujet des confrontations qui pouvaient conduire à utiliser la force et à répandre le sang.

Tant que nous n'aurons pas découvert les faiblesses de cette espèce, nous n'arriverons pas à une solution nous permettant de vaincre sans pertes de vies inutiles, objecta-t-il, aussi persuasif et doux qu'il le put. Il ne voulait pas contrarier la Rowane dont il connaissait les sentiments profonds, mais il avait le droit d'avoir son opinion et le droit de l'exprimer.

Même si Rojer a été la première victime de cette attitude? Les yeux gris de la Rowane flamboyaient, et elle se déplaça pour dégager son bras.

Afra soupira, mais il s'attendait à cette réaction.

Une porte s'ouvrit dans un soupir pneumatique, et Mrtgrts s'immobilisa sur le seuil, son œil pédonculé dirigé sur les deux Doués humains. Puis il entra, suivi de Flk et Trp.

– Prtglm a outrepassé ses ordres et manqué à la discipline. Une capsule est disponible pour le téléporter à Clarf, si cette requête peut être agréée par les Doués, sachant qu'un jeune de leur espèce a

ÉTÉ VICTIME D'UN LÂCHE ABUS D'AUTORITÉ. IL N'Y AURA PAS D'HEUREUX RÊVES POUR LES GRIS.

La Rowane frissonna. *Je préférerais expédier Prtglm dans ce soleil, non à Clarf.*

Ce serait lui épargner l'humiliation suprême, Rowane, lui représenta Afra. *Je peux téléporter la capsule seul, si tu ne veux pas participer au transfert.*

Oh, fit-elle, les yeux flamboyants, *dans ce cas, je vais cahoter moi-même la capsule jusqu'à Clarf et l'enterrer à moitié à l'atterrissage.*

Afra lui fit signe d'attendre, et se tourna vers Flk et Trp.

– QU'EST-IL ARRIVÉ À GRL ET KTG ET POURQUOI ?

– ILS ONT VOULU INTERFÉRER AVEC LES ORDRES DONNÉS À RJR, ET PRTGLM A PUNI LEUR AUDACE.

La Rowane, secouée d'un violent sanglot, se cacha les yeux de la main. Afra lui diffusa la pensée la plus apaisante qu'il put ; pourtant, ce sacrifice lui serrait le cœur, et aussi le choc que cette perte avait dû infliger à son fils. Rojer n'était pas plus âgé, en termes 'Dinis ou Humains, que les deux amis qui avaient tenté de l'aider. Il se permit un bref accès de fierté pour ce garçon qui ne s'était pas laissé contraindre à agir à l'encontre de son éducation et de sa conscience.

– ILS FONT HONNEUR À LEUR COULEUR ET À VOTRE DEMEURE, dit Flk, se redressant de toute sa taille.

– ILS FONT ENCORE PLUS HONNEUR À MON FILS, dit Afra d'une voix brisée.

Baissant la tête, il donna libre cours à ses larmes. Les 'Dinis ne comprenaient pas les pleurs, mais, en cet instant, il se souciait peu de leur réaction.

– Mettez votre personne fautive dans la capsule, dit la Rowane d'une voix glaciale. Quelle station dirige les générateurs ?

Tous les 'Dinis la lui montrèrent, et elle s'en approcha, le préposé reculant respectueusement.

– Qui doit être informé du crime et du retour de Prtglm ? demanda-t-elle à Mrtgrts.

Le grand 'Dini s'inclina devant la Rowane.

– Celui qui vous parle informera personnellement Gktmglnt de la terrible inconduite de Prtglm, qui subira son châtiment. Les détails vous seront communiqués.

La Rowane répondit d'un bref hochement de tête. Gktmglnt était l'un des 'Dinis haut placés qui acceptaient les arguments humains dans la campagne de l'Alliance pour restreindre les incursions du Multiple. Un silence de mort tomba sur les assistants, jusqu'à l'annonce que la capsule était chargée et prête pour le transfert.

Afra seconda la poussée de la Rowane, qui ne planta pas tout à fait la capsule dans le ciment de l'astroport de Clarf. Cette arrivée précipitée produisit un choc chez la Méta de la Tour de Clarf, sa petite-fille Laria.

Grand-mère, je viens de recevoir l'ordre extraordinaire de ne pas toucher cette capsule. Il y a toute une équipe qui s'affaire autour, et qui peint dessus quelque chose que je ne comprends pas. Y a-t-il quelqu'un ou quelque chose à l'intérieur? Ici, il fait un soleil de plomb aujourd'hui. Tout ce qui est dedans va rôtir dans son jus.

Alors, obéis à tes ordres, Laria, dit la Rowane. *La créature qui est dans cette capsule a tué les 'Dinis de ton frère.*

QUOI?

En ma qualité de Méta de Callisto, je m'adresse à la Méta de Clarf, poursuivit la Rowane d'une voix uniforme.

En ma qualité de Méta de Clarf, j'écoute, répondit Laria, mais sa grand-mère sentit une légère indécision dans la réponse mentale promettant la discrétion totale exigée par la demande.

La Rowane lui résuma brièvement les événements. Elle perçut chez Laria un bref regret que le Multiple n'ait pas été bombardé.

Méta de Clarf, une telle action n'était pas dans les attributions de ton frère. Il a agi correctement et bravement. S'il avait accepté, on ne lui aurait jamais fait confiance pour diriger une Tour.

Oui, Méta de Callisto, je comprends ça. Tu me préviendras dès qu'on l'aura retrouvé?

Ce n'était plus une Méta qui parlait, mais une sœur aimante.

Il ne t'a donc pas contactée directement pour demander ton assistance?

Non, Grand-Mère. Pourtant, il aurait pu m'atteindre. Il est devenu très puissant, tu sais. Je dirais même, plus puissant que moi...

Je doute que tu aies besoin de la Gestalt pour nous entendre quand nous le retrouverons. Tu as idée de l'endroit où il peut se trouver? Crois-tu qu'il pourrait être allé sur Deneb? Vous autres enfants, vous adoriez toujours rendre visite à Isthia.

Laria était assez astucieuse pour percevoir, dans la voix de la Rowane, le désir qu'il en fût ainsi. *Elle vous aurait prévenus immédiatement si elle avait senti sa présence sur Deneb. Et s'il y était, elle l'aurait senti.*

Oui, elle l'aurait senti.

Laria hésita, étonnée du désespoir qu'elle percevait dans le ton de son indomptable grand-mère. *Tu le retrouveras, Grand-Mère. J'en suis sûre. Surtout si Papa est avec toi. À vous deux, vous pouvez entendre jusqu'au bout du bras le plus lointain de la Voie Lactée.*

Tu as une ridicule tendance à l'exagération, jeune fille.

Le contact fut rompu, mais pas avant que Laria n'ait senti que son « exagération » avait égayé sa grand-mère.

Elle a raison, tu sais, dit Afra, qui avait suivi leur conversation. *Nous pouvons nous faire entendre très, très loin. Plus loin que Rojer n'a pu téléporter cette capsule de sauvetage. Mais il n'avait pas allumé les moteurs, il ne les a donc pas utilisés en Gestalt.*

Ce qui signifie qu'il n'est pas loin, conclut la Rowane, se permettant un soupir de soulagement.

– NOUS RESTONS ICI UN MOMENT. MRTGRTS AUSSI. TOUTES LES COULEURS ONT PÂLI, dirent Flk et Trp à Afra.

– L'INCONDUITE N'EST LE FAIT QUE DE PRTGLM, ET DE SON AVIDITÉ POUR LES HONNEURS, répondit Afra.

– NON. LES AUTRES SONT COUPABLES ÉGALEMENT. ON LEUR A DEMANDÉ DE FABRIQUER LES BOMBES, ET ILS ÉTAIENT TOUS CONTENTS DE PENSER QU'ILS AMÈNERAIENT LA DESTRUCTION SUR LA PLANÈTE DU MULTIPLE QUI A TANT FAIT SOUFFRIR LES PLANÈTES DES 'DINIS.

Ils n'ont pas tort, fit la Rowane, ajoutant, avant qu'Afra n'ait eu le temps de protester : *Je ne resterai pas une seconde de plus sur ce vaisseau.*

– CONTACTEZ-MOI QUAND VOUS VOUDREZ REVENIR SUR LE *Genesee*, dit Afra aux 'Dinis, qui s'inclinèrent en signe d'acquiescement.

Venant faire leur rapport officiel au Commandant Osullivan à son quartier, la Rowane et Afra se virent immédiatement offrir des rafraîchissements.

– Je savais que ce vieux Prtglm mijotait quelque chose, leur dit-il, mais j'ai encore du mal à interpréter certains mouvements corporels des 'Dinis. Le Capitaine Yngocelen m'avait informé, il y a... oh, environ deux semaines, que le KTTS avait passé une commande insolite à nos magasins. Je ne m'en suis pas inquiété, et nous avons ordre d'accéder à toute requête raisonnable. Le KTTS avait fabriqué des capteurs pour Rojer... A-t-on des nouvelles de lui, Méta de Callisto ? Nous sommes très inquiets.

– Nous apprécions votre sollicitude, soupira la Rowane.

– J'aurais donné n'importe quoi pour lui épargner cette épreuve et la perte de ses 'Dinis. Eux aussi... ils étaient très aimés de l'équipage et des officiers. Ils consacraient une grande partie de leur temps à nous enseigner la prononciation et le vocabulaire de leur langue.

Il branla du chef.

– Je ne pense pas qu'il soit allé très loin, Commandant, mais, ajouta-t-elle en montrant Afra, nous aimerions entrer en Gestalt profonde pour le localiser.

– Un choc pareil pour un jeune homme si sensible, dit Osullivan avec tristesse. Il ne désire peut-être pas être retrouvé. Et, sachant ce qui a provoqué sa disparition, je dois dire que je le comprends.

– Ça m'a fait du bien, déclara la Rowane, terminant son dernier canapé et son verre de vin avant de se lever. Allons chercher le disparu, Afra.

– Si je peux me permettre une suggestion..., dit le Commandant, l'air stupéfait de l'idée qui lui venait. C'est toujours le dernier endroit où l'on chercherait. Je veux dire, si on cherchait quelque chose ou quelqu'un.

Il regarda alternativement la Rowane et Afra, espérant qu'ils suivaient son raisonnement décousu.

– Le dernier endroit où l'on irait chercher Rojer – à cause du danger –, ce serait la Ruche des réfugiés !

– Comment cela ?

Puis, s'impatientant de la lenteur de la parole, la Rowane alla pêcher les détails directement dans l'esprit public d'Osullivan.

– Ah oui, je comprends votre raisonnement. La capsule de survie lui assurerait une protection suffisante contre le gaz résiduel, et il connaît l'intérieur de la Ruche comme sa poche.

Son visage s'éclaira d'un sourire radieux dont l'éclat éblouit le commandant. Il envia Jeff Raven, et tous ceux qui vivaient au voisinage d'une personnalité si ensorcelante.

Saisissant un sourire ironique sur le visage d'Afra, il se sentit rougir d'avoir été si transparent. Afra secoua imperceptiblement la tête et accusa un peu son sourire, lui faisant ainsi comprendre que sa réaction était commune chez ceux qui ne connaissaient pas encore la Rowane.

Le Capitaine Metrios céda son fauteuil à Afra, tandis que la Rowane s'allongeait sur la couche de Rojer.

– Nous n'aurons peut-être pas à tirer beaucoup sur la Gestalt, dit-elle, rassurant d'un sourire confiant l'ingénieur, qui se reprochait amèrement de n'avoir pas mieux surveillé les faits et gestes de Rojer, ses messages, enregistrés ou non, lorsqu'il était de service.

– Nous soupçonnons qu'il a parqué la capsule de survie dans l'astronef des réfugiés, dit Afra en guise d'explication.

– Mais bien sûr ! Pourquoi n'y avons-nous pas pensé ?

Et Metrios s'abîma derechef dans ses remords.

– Cela ne vous aurait pas servi à grand-chose, Capitaine, sauf à soulager votre appréhension, dit Afra, émettant des ondes conciliantes.

Puis il regarda la Rowane et la fusion mentale, dirigée vers le vaisseau déserté, s'effectua immédiatement.

La capsule est là ! Dans la soute aux marchandises sur le périmètre du vaisseau, où règne un vide total, sans le moindre gaz résiduel. Je crois que nous pourrions dissiper celui qui reste encore dans l'astronef. Cela résoudrait sans doute le problème du transport.

Peut-être. Mais nous savons qu'il est à portée de tir des missiles surface-air.

Cela est possible à modifier ! Ah !

Rojer, dit Afra, effleurant doucement l'esprit de son fils, si profondément abîmé dans le désespoir qu'il en était presque insensible.

P'paaaa? Joie inattendue/soulagement/honte suivirent.

N'aie pas honte, Rojer, n'aie pas honte, dit vivement la Rowane. *Tu as agi avec honneur.*

Alors, Gil et Kat sont morts avec honneur, eux aussi! Le père et la grand-mère reçurent de plein fouet le choc de l'angoisse/désespoir/haine/fureur de Rojer.

Laria a raison, dit la Rowane à Afra sur bande très étroite. *La puissance de Rojer s'est beaucoup accrue.*

C'est d'autant plus dommage que sa mission se termine aussi tragiquement.

Nous ferons du positif avec le négatif, mon vieil ami. Elle raconta rapidement à Rojer ce qui s'était passé depuis sa disparition.

J'aurais DÛ ARRÊTER Prtglm. Et j'aurais pu *en utilisant la force*, dit Rojer, toujours bourrelé de remords.

NON! s'écrièrent ensemble Afra et la Rowane, si violemment que Rojer eut un mouvement de recul mental.

Désolé, fiston, dit Afra. *Je sais que tu ressens très, très profondément la perte de Gil et Kat. Trp et Flk aussi, et avec une haine implacable que je n'avais jusque-là vue à aucun 'Dini envers l'un de sa race.*

Je crois que Prtglm rôtit dans sa capsule personnelle au grand soleil de Clarf, ajouta la Rowane avec une certaine satisfaction.

Malgré les conséquences navrantes, Rojer, renchérit son père, *tu as fait exactement ce que tu devais.*

Déserter, Papa? J'aurais dû *t'appeler! Voilà ce que j'aurais dû faire. Thian a appelé Grand-Père quand il a eu besoin d'aide. Mais moi, j'ai juste...*

Ils entendirent les sanglots qu'il avait réprimés jusque-là.

Pleure un bon coup, mon chéri, rien ne te fera plus de bien, dit la Rowane avec une douceur inaccoutumée. *Mais tu n'es pas le seul à avoir du chagrin,* soupira-t-elle. *Nous pleurons tous tes amis. Nous ressentons ta perte comme si elle était nôtre, Rojer, et tu n'as qu'à sortir un peu de ta peine pour t'en persuader.* Elle sentit son contact hésitant, et lui laissa sentir à quel point elle et toute leur famille partageaient son deuil. Cela sembla sortir le jeune homme de sa prostration. Elle reprit donc, d'un ton plus décidé : *Maintenant, as-tu besoin de notre aide pour ramener cette capsule de sauvetage à sa place ?*

Tu es fatigué, fiston. Laisse-nous t'aider.

Je suis venu ici tout seul, Papa. J'en sortirai tout seul.

La Rowane approuva cette attitude, mais, dans un aparté à Afra sur bande étroite, elle proposa qu'ils l'aident subrepticement.

Grand-Mère, je ne veux pas être prétentieux, mais je ferai ça seul. Tout seul, répéta Rojer, les stupéfiant tous les deux. Mais, avant même qu'il eût terminé sa phrase mentale, le Capitaine Metrios annonça avec jubilation que la capsule était revenue sur le *Genesee*.

Abandonnant toute dignité, la Rowane téléporta dans ses bras sur la passerelle un petit-fils épuisé.

Ne l'embarrasse pas, Rowane, commença Afra.

Puis il vit que Rojer se cramponnait à sa grand-mère avant de se tourner vers lui, et il comprit que l'instinct de la Rowane ne l'avait pas trompée.

Des acclamations interrompirent ces retrouvailles, et Metrios fut le premier à saisir la main de Rojer et à lui taper familièrement sur l'épaule, oubliant le protocole qui régissait les rapports avec les Doués dans son plaisir à revoir le jeune homme. Rojer était trop épuisé pour s'en offenser, et bien trop reconnaissant à Metrios de sa réaction spontanée. Doplas, Anis Langio, Yngocelen, et tous les hommes et femmes d'équipage présents sur la passerelle firent cercle autour de lui pour l'accueillir. Ils s'écartèrent à l'arrivée du commandant.

– Rojer, quel soulagement de vous voir sain et sauf... commença le commandant, secouant énergiquement la main de Rojer. Non, vous n'êtes pas exactement indemne, mon garçon, après une telle épreuve, mais nous sympathisons avec votre perte et nous apprécions votre courage. J'aurais moi-même eu du mal à m'opposer à Prtglm, qui avait l'esprit manifestement dérangé en vous donnant ces ordres.

Rojer fut si surpris de cette confidence que sa mâchoire s'affaissa.

Ferme la bouche, petit. Apprends à accepter les éloges avec modestie, dit la Rowane, mais avec douceur.

Rojer ferma immédiatement la bouche et afficha un sourire.

– Il dort debout, Commandant, dit Afra, entourant les épaules de son fils d'un bras protecteur. Je l'emmène à sa cabine.

Ce qu'il fit avec autant de tendresse et d'affection qu'il pouvait en manifester sans amoindrir la nouvelle virilité de Rojer.

Puis la Rowane indiqua au commandant qu'elle souhaitait lui parler en particulier, et il la conduisit à son bureau.

– Ce que Rojer n'avait pas l'autorité de faire, je peux le faire, moi, dit-elle, en s'asseyant avec grâce.

Avec les encouragements peu subtils de la Rowane, le commandant lui offrit du vin qu'elle accepta avec plaisir. Ils le dégustèrent un moment en silence, organisant leurs idées. La Rowane avait fortement ressenti le traumatisme de Rojer, plus profond qu'elle ne s'y attendait. Mais elle n'avait jamais eu de rapports très proches avec les 'Dinis. L'attachement que Rojer portait à ses amis était plus profond que les liens familiaux exceptionnellement étroits des familles de Doués, de sorte que son affliction n'en était que plus vive. Ils devraient tous s'efforcer de le guérir à son retour. Mais, pour le moment, elle avait un problème plus immédiat à régler.

– Nous devrons, bien sûr, discuter la proposition que j'ai en tête avec Gktmglnt et l'Amiral Mekturian, commença-t-elle.

Le commandant la regarda, interloqué, et elle se permit un petit sourire pour le mettre à l'aise.

– L'astronef des réfugiés ne doit pas servir aux Coléoptères. Non plus que les autres vaisseaux en orbite. Il y a bien assez d'individus de cette espèce lâchés dans la galaxie à l'heure qu'il est.

Elle leva la main, imposant le silence à Osullivan qui ouvrait la bouche pour parler.

– Je ne peux certainement pas approuver ce qu'envisageait Prtglm, ni sa façon de procéder – quoique, en principe, je sois d'accord pour contenir l'expansion du Multiple. Comme vous le savez sans doute, la controverse fait rage quant à savoir si l'Alliance a le droit de détruire les mondes occupés par la Race de l'Essaim. Les Humains ont maintenant dépassé ce besoin de vengeance barbare. Mais, par ailleurs, nous ne pouvons pas leur permettre de continuer à exterminer toutes les formes de vie des planètes qu'ils souhaitent coloniser.

« On a émis l'hypothèse qu'ils ne reconnaissent peut-être que leur propre espèce comme intelligente et sensible, et qu'ils n'ont pas conscience de massacrer des formes de vie pensantes. Quoi qu'il en soit, plusieurs possibilités d'intervention ont été envisagées, et la situation actuelle nous laisse une certaine marge d'action. Je vais proposer à Gktmglnt et à l'Amiral Mekturian, sous réserve de leur accord, que l'Escadre B détruise les trois astronefs en orbite pour prévenir l'expédition coloniale manifestement imminente. Je téléporterai moi-même les missiles si commodément disponibles, action à laquelle le D-2 Afra Lyon ne pourra pas participer, puisqu'il est méthodiste par éducation et par choix. »

Cette fois, ce fut la mâchoire du commandant qui s'affaissa, et il la regarda avec une stupéfaction teintée de soulagement et de jubilation.

– Toutefois, il sera d'abord indispensable de déplacer subrepticement la Ruche des réfugiés, pour la mettre hors de portée des missiles planétaires. Ensuite, il devrait être assez facile de la remorquer jusqu'à la Grande Ruche.

Elle eut un sourire malicieux.

– Nous apprendrons bien davantage d'un vaisseau intact que d'une coque aux trois quarts fondue.

Le visage d'Osullivan s'éclaira considérablement.

– Méta Rowane, ce n'était pas de gaieté de cœur que je laissais à ces Coléoptères la disposition de quatre vaisseaux colonisateurs.

Elle gloussa, ses yeux gris pétillant par-dessus le rebord de son verre.

– Bientôt, ils n'en auront plus aucun. Je suis ravie que vous approuviez ce plan.

– « Ravie » n'est pas un mot assez fort, mais je m'en contenterai, dit Osullivan. Je suis certain que le Commandant Quacho sera d'accord également. Je suppose... – il hésita – ... que le KTTS nous remettra les missiles.

– Le KTTS insistera pour participer à l'action. Leur honneur y trouvera une compensation.

– Devons-nous obligatoirement en conférer avec le Commandant Quacho ?

– Bien sûr, répondit la Rowane, et Osullivan se tourna vers sa console pour taper le signal.

Afra les rejoignit peu après que la Rowane, ayant obtenu la coopération enthousiaste de Quacho et l'accord de Mrtgrts, eut transmis la proposition à son mari, qui en fit part aux deux chefs de l'Alliance. Le Commandant Osullivan les avait invités à dîner, et fit servir dès l'arrivée d'Afra. Il commença par lui verser un verre de vin.

– Mon cru préféré, Mr. Lyon, commença le commandant, espérant, par cette courtoisie, traduire ce qu'il ne pouvait pas exprimer en paroles au D-2.

Afra goûta le vin avec toute la solennité voulue et un petit sourire de connaisseur.

– Rojer va bien ? demanda le commandant.

– Il dort, répondit Afra, avec Flk et Trp pour le détendre par de bons rêves.

– Puis-je vous confier à quel point cet affreux incident pèse sur ma conscience ?

– Vous l'avez déjà prouvé de bien des façons, Commandant, dit solennellement Afra, dont aucune n'est passée inaperçue, même si nous ne vous avons pas remercié comme il aurait fallu de l'intérêt profond que vous portez à Rojer. Il se remettra. En tout cas, il n'éprouve aucune rancœur à votre égard. Ah, ajouta-t-il, profitant de l'entrée des stewards avec des plats fumants aux arômes délectables, je n'avais pas réalisé que je mourais de faim.

– Je vous remercie de nous avoir apporté ces provisions, sinon mon cuisinier aurait eu du mal à vous préparer un repas passable, je vous assure.

– C'est un festin, dit la Rowane, tendant son verre pour qu'il le remplisse. D'où vient ce cru ?

– Tu ne devines pas ? demanda Afra, feignant la surprise.

– Alors, il vient de Capella, dit-elle avec une grimace. J'ai toujours trouvé comique que cette planète méthodiste produise de si bons vins.

Le lendemain matin, Afra et Rojer partirent pour Deneb, où ce dernier recevrait tous les soins que son arrière-grand-mère Isthia jugerait bons pour son état psychique. La grande capsule emportait également les deux paires de 'Dinis proches de l'hibernation, et les quatre matelots que l'officier chargé du moral avait mis en permission. La Rowane resta à bord du *Genesee.* Elle n'avait pas parlé à Afra de l'action punitive envisagée, mais il devait l'avoir apprise par les émissions du commandant – exalté par ce projet –, ou de n'importe quel officier ou matelot. Il lui dit simplement qu'il informerait Rojer si cela pouvait avoir pour lui une valeur thérapeutique.

La Rowane attendit donc la décision du Grand Conseil, mais Jeff l'avait déjà assurée que sa proposition serait sans doute acceptée. Les conservateurs seraient contents que la planète reste indemne, et les radicaux que ses capacités spatiales soient anéanties.

La décision fut affirmative, mais elle devrait attendre l'arrivée de Thian Lyon, remplaçant des TTF, et d'un autre D-1 pour l'aider à déplacer l'astronef des réfugiés. La Rowane dut en effet reconnaître que la masse de la Ruche était trop importante pour qu'elle la déplace à elle seule, même avec l'assistance d'une Gestalt plus puissante que celle de la Station de Callisto.

Si cela peut te faire plaisir, ma chérie, l'informa son mari, *les D-2 qui te remplacent à Callisto sont sur les rotules et attendent désespérément ton retour.*

Ça leur fait les pieds, répondit la Rowane avec suffisance.

Ça te fait les pieds aussi, ma chérie, de découvrir qu'après tout, tu ne peux pas déplacer des montagnes toute seule, répondit-il, taquin.

Ha ! Et qui nous envoies-tu ?

C'est une surprise. Et qui te fera plaisir, j'en suis sûr.

Il lui donna une étreinte et un enthousiaste baiser fantômes, assortis d'une tape encourageante sur la tête pour le travail supplémentaire qu'elle s'était imposé, mais il ne céda pas sur l'identité du troisième D-1.

C'est aussi bien, je suppose, que Thian n'ait pas été là quand Prtglm a déjanté, dit-elle, sachant qu'elle ne parviendrait pas à lui soutirer cette information.

Prtglm n'aurait pas obtenu davantage d'aide de Thian que de Rojer. Moins, même. Il aurait immédiatement vu les missiles et se serait téléporté hors de danger. Et il aurait peut-être réexpédié Prtglm sur Clarf, avec une note furibonde expliquant qu'il avait outrepassé ses ordres.

Dans ce cas, c'est Thian qui aurait outrepassé les siens, répliqua-t-elle, acide.

Ma chérie, tu ne peux pas gagner sur les deux tableaux !

Je peux essayer !

Thian servant sur l'astronef 'Dini KLTS de l'Escadre A, il fallut attendre que le vaisseau ait atteint un point d'où le jeune homme pouvait être téléporté sur le *Genesee*, et la Rowane en profita pour visionner les vidéos fascinantes que Rojer avait prises avec ses capteurs. Jusque-là, la Race de l'Essaim était composée pour elle d'individus sans visages voyageant dans leurs sphères de mort. Maintenant, ils étaient toujours sans visages – du point de vue humain –, mais elle connaissait leur éthique du travail, leur discipline, les détails infimes de la vie quotidienne de certains ordres de ces créatures, plus l'un des mondes qu'ils avaient colonisés. Elle passa plus de temps que prévu à voir ces bandes, puis, résolument, elle fit ses plans pour détruire les capacités spatiales de la planète. Les deux vaisseaux en construction seraient faciles à démolir, mais le troisième était hermétiquement scellé. Le Capitaine Yngocelen attira alors son attention sur les sabords de tir, suffisamment larges pour permettre aux Doués de pénétrer dans l'astronef, puis, de là, de téléporter les explosifs qui le désintégreraient.

Les dispositions à prendre à l'égard de la Ruche des réfugiés justifièrent plusieurs conférences, et l'on décida que la dispersion des gaz mortels n'était pas indispensable. Rojer n'en avait pas souffert dans sa capsule de sauvetage. Les trois D-1 prendraient place dans une grande capsule de transfert d'où ils pourraient subrepticement déplacer la Ruche hors de son orbite-garage et hors de portée des missiles de surface.

Ils furent également autorisés à détruire tous les vaisseaux de poursuite que le Multiple pourrait lancer. Les plus grands qu'ils auraient à leur disposition, d'après les informations recueillies par les 'Dinis, seraient des navettes surface-orbite. Les vaisseaux de reconnaissance devaient être parqués dans la sphère fermée, et seraient détruits avec elle, mais, s'il y en avait sur la planète, l'Escadre fut autorisée à les détruire aussi.

Présumant qu'il n'existait pas de communications inter-colonies, ce monde du Multiple ne demanderait pas des renforts qui auraient pu suivre la queue ionique de l'Escadre. Et, le temps que l'ennemi reconstruise un astronef spatial, toutes leurs traces se seraient dissipées.

Les plans établis et le matériel en place, on attendit avec impatience l'arrivée de Thian. Sa grand-mère trouva qu'il était un peu maigre, mais qu'il exsudait une énergie remarquable quand il se fut remis de la surprise de la trouver à bord.

– Alors, où est Rojer ? demanda-t-il, cherchant du regard son frère qu'il se réjouissait de revoir.

Ses 'Dinis, Mur et Dip, regardaient aussi autour d'eux, car il leur tardait d'être réunis à Gil et Kat. Thian resta perplexe devant le petit choc qu'il sentit chez sa grand-mère, et la tristesse indéfinissable de son regard. Puis, saluant les 'Dinis de la tête, elle passa brusquement son bras sous celui de son petit-fils et l'entraîna hors du hangar, les 'Dinis suivant discrètement. Marchant lentement vers le bureau du commandant, elle lui raconta les événements, minutant son récit de telle sorte qu'ils étaient dans le bureau quand elle en arriva au sacrifice qu'avaient fait Gil et Kat pour protéger Rojer contre Prtglm. Elle le calma mentalement du mieux qu'elle put, tandis qu'il serrait contre lui ses 'Dinis désolés. Quand ils se furent un peu ressaisis, elle lui exposa l'action envisagée. Thian n'émit aucune réserve sur ce qu'il considérait comme une destruction nécessaire, et ne manifesta que détermination et impatience à l'assister de toutes les façons possibles. Elle fut satisfaite de son attitude mentale qui ne trahissait aucune vindicte, sentiment qu'elle avait perçu chez certains officiers et beaucoup d'hommes d'équipage. Elle préférait considérer cette destruction comme une action préventive plutôt que comme une vengeance.

Tu sais que ton père n'est pas partisan de l'action directe, lui dit-elle, l'honneur exigeant qu'elle mentionne le fait.

Ce n'est pas parce que j'ai passé tant de mois sur un vaisseau 'Dini que je suis devenu sanguinaire, mais je trouve cette action justifiée, Grand-Mère. Jusqu'à ce que nous puissions communiquer avec la Race de l'Essaim...

Ça, *nous ne le pourrons jamais,* dit la Rowane d'un ton sans réplique. *Je le sais !*

Mais il paraît que la reine captive...

N'est comprise qu'au niveau le plus élémentaire. Et les deux occasions où un Humain s'est trouvé en sa présence, il a été totalement ignoré, comme s'il n'existait pas. Je commence à penser qu'ils ne reconnaissent aucune autre espèce vivante que la leur.

Thian eut un sourire ironique. *Tu les hais drôlement, hein, Grand-mère ?*

Non, Thian, ce serait gaspiller mes émotions. Mais, par ailleurs, je ne tolérerai pas des déprédations quand je peux les éviter. C'est une distinction que ton père ne veut pas faire. Tant pis. Au fait, ton grand-père t'a révélé l'identité du troisième D-1 ?

Non, répondit Thian, souriant à sa minuscule grand-mère, qui conservait une silhouette de jeune fille dans sa combinaison de bord couleur lavande. *Il aime bien ses petites surprises, hein ? Surtout quand c'est à* toi *qu'il les fait.*

La Rowane fronça les sourcils, puis éclata de rire, car Thian ressemblait assez à son père pour ignorer ce qu'Afra avait toujours appelé ses sautes d'humeur.

– Rowane, ma'ame, commença le système-com du vaisseau, retournez au hangar s'il vous plaît pour réceptionner une capsule de passager.

– Zut !, fit la Rowane, pivotant pour repartir en sens inverse. Il aurait pu me prévenir.

– Je dirai qu'il a voulu te donner le temps de me mettre au courant, Grand-Mère, objecta Thian, absolument imperturbable.

– Tu es obligé de le soutenir ? demanda-t-elle avec irritation.

– En tant que grand-père ou que Méta ? rétorqua Thian, sentant en elle une impatiente curiosité.

Son grand-père lui procurait subtilement une diversion dans cette cascade de mauvaises nouvelles.

– Bon, n'en parlons plus, dit-elle, repartant vivement vers le hangar.

Ils venaient tout juste d'y arriver quand les générateurs montèrent brièvement en puissance. Une capsule personnelle flambant neuve atterrit en douceur dans la nacelle. L'enseigne de service lança un regard interrogateur à Thian et à la Rowane, qui hocha la tête, lui ordonnant ainsi de soulever l'écoutille.

Oh, suis-je en retard, Méta de Callisto ? demanda avec inquiétude l'esprit féminin qui les contacta.

Étrécissant les yeux, Thian regarda sa grand-mère, qui semblait sincèrement surprise. *Il m'a parlé d'elle plusieurs fois, mais certainement pas pour cette mission*, lui dit la Rowane, avant de s'avancer pour saluer la jeune fille qui sortait agilement de la capsule, avec un sourire aimable à l'Enseigne Tollert qui lui avait offert son aide.

– D-1 Flavia d'Altaïr requiert autorisation de débarquer.

– Autorisation accordée, répliqua Tollert avec un sourire jusqu'aux oreilles.

– C'est un plaisir de faire ta connaissance, Flavia, dit la Rowane, s'avançant à son tour.

Elles s'effleurèrent le bout des doigts. *Ne reste pas planté comme une souche,* dit-elle à Thian sur bande étroite.

Il les rejoignit en deux longues enjambées, comme s'il n'était resté en arrière que pour laisser la préséance à la Rowane. En fait, l'apparition de Flavia l'avait frappé de stupeur, presque autant que Tollert. Flavia n'était pas belle au sens classique du terme, comme Laria ou certaines de ses cousines, mais elle avait de grands yeux verts pleins de vivacité, et de longs cheveux blonds, simplement retenus par deux peignes, encadraient son visage ovale. Debout près de la trop mince Rowane, elle était bien en chair, et sa combinaison de bord vert amande mettait ses formes en valeur.

– Thian d'Aurigae, déclara-t-il, se contrôlant pour ne pas prolonger le contact digital plus que ne le permettait l'étiquette des Doués.

Menthe/vert/rose était son toucher.

– Jeff m'a dit, je crois, que tu étais la petite-fille de Bastian et Maharanjani, dit la Rowane. J'ai travaillé avec eux, Thian, à la Tour d'Altaïr.

Flavia hocha brièvement la tête, avec le sourire réservé de rigueur.

– On t'a expliqué la mission ?

Nouveau hochement de tête.

– C'est un honneur de travailler avec la Méta de Callisto, quelle qu'en soit la raison.

– Hum, fit la Rowane.

Tollert s'éclaircit bruyamment la gorge.

– La conférence n'attend plus que les Métas, ma'ame.

– Tu as un carisak, Flavia ? demanda la Rowane, et comme la jeune fille acquiesçait de la tête, Tollert toussota une fois de plus.

– Je m'en occupe, ma'ame. Les quartiers de la Méta Flavia sont près des vôtres.

– Hum, c'est aussi bien, remarqua énigmatiquement la Rowane. Bon, ne faisons pas attendre la conférence plus que nécessaire. *Nous allons nous téléporter dès que nous serons dans la coursive,* ajouta-t-elle, montrant le chemin.

– Comment s'appellent tes 'Dinis, Méta Thian ?

– Thian suffira, dit-il en riant. Et ils s'appellent Mur et Dip.

– FLV ESPÈRE QUE VOS RÊVES ONT ÉTÉ BONS, dit-elle en excellent 'Dini.

Un bon point pour cette enfant, dit la Rowane sur bande étroite à son petit-fils.

Et pour grand-père, répondit Thian, les yeux pétillants de malice, en ouvrant l'écoutille devant les deux femmes.

– Tes 'Dinis ont-ils peur de la téléportation, Thian ? demanda la Rowane.

– Plus maintenant, répondit-il, refermant l'écoutille derrière elles.

Il colla Mur et Dip contre ses jambes, fit signe à la Rowane qu'ils étaient prêts, et ils se téléportèrent jusque devant la porte de la salle de conférence. La Rowane frappa au panneau d'admission, et un matelot leur ouvrit avec panache. Tous les assistants se levèrent à son entrée et restèrent debout pendant les présentations de son petit-fils et de Flavia Bastianmajani d'Altaïr.

Thian resta impassible sous le déluge de pensées qui l'assaillirent de toutes parts. « Il est plus grand que Rojer. » « Cette gamine, une Méta ? » « Il a un air de famille avec Rojer, et la même mèche blanche. » « Je n'aurais rien contre l'idée d'amorcer les opérations avec elle. » « Il a belle prestance. » « Elle est un peu jeune pour ce genre de mission, non ? » « Ainsi, c'est le garçon qui a passé plus d'un an, seul Humain à bord d'un vaisseau 'Dini ! Il faut des tripes ! » « Pourquoi diable a-t-il pris la peine de sauver des larves du Multiple ? Il y a des moments où je ne comprends pas ces Doués. » « Deux femmes et un homme à peine sorti de l'adolescence pour déplacer *cette masse* ? » « Est-ce que Rojer viendra aussi, je me le demande ? »

Thian identifia l'auteur de cette pensée : la jolie astrogatrice brune, Anis Langio. Son grand-père n'avait pas vraiment fait preuve de subtilité en désignant Flavia pour cette mission. Elle était incontestablement ravissante, mais Thian ne voulait pas fonder une famille si jeune.

Le Commandant Osullivan souhaita cérémonieusement la bienvenue à Flavia, à Thian et à ses 'Dinis. Puis, la Rowane à sa droite, Flavia à sa gauche, et Thian assis en face d'elle, il ouvrit la dernière conférence préparatoire. Le commandant n'était certainement pas complice des machinations de son grand-père, mais la proximité de la jeune fille, son parfum délicat et les vibrations de son esprit attentif et précis le troublaient. Cependant, seul pendant un an sur le KLTS, il avait appris à maîtriser l'art de la concentration.

– Ainsi que vous en êtes tous conscients, j'en suis sûr, c'est la première fois que l'Alliance entreprend une opération contre un monde du Multiple. Vous avez tous vu les vidéos de l'attaque des réfugiés par des missiles sol-air, mais nous connaissons aussi la portée de ces missiles. Toutefois, nous devons rester très vigilants à l'égard de représailles dont nous ne pouvons pas soupçonner la nature.

Mrtgrts approuva cette prudence d'un grognement.

– Comme vous le savez également, la Rowane a déjà téléporté à leur place assignée les explosifs destinés à faire sauter les trois vaisseaux en orbite. Des missiles à tête chercheuse de chaleur sont en batterie sur chaque bâtiment de l'Escadre pour abattre toute navette lancée par les Coléoptères dans les détritus qu'ils laissent autour de la planète. L'opération « Razzia » – et, avec un grand sourire, il les regarda tous, son regard s'arrêtant en dernier sur le visage attentif de Flavia – pourra commencer lorsque nos Métas seront en position. Dès que la Ruche des réfugiés sera hors de portée des missiles de surface, les autres astronefs seront détruits.

Nous sèmerons alors des mines spatiales supplémentaires, au cas où le Multiple disposerait d'autres vaisseaux de reconnaissance qui n'aient pas été détectés par les sondages intensifs de Rojer Lyon.

Il hocha brièvement la tête à l'adresse de Thian, en reconnaissance des exploits de son frère.

– Il y a des questions ?

Après un bref silence, Thian leva la main.

– Grand-Mère, Flavia, puis-je vous escorter jusqu'à notre véhicule afin que le spectacle commence ?

– Si les moteurs du Capitaine Metrios sont prêts pour la Gestalt..., dit la Rowane.

Se tournant vers Mrtgrts et le Commandant Quacho, elle ajouta :

– Êtes-vous prêts à retourner à vos bords respectifs ?

– Prêt, ma'ame, dit Metrios, mais la fin de sa phrase tomba dans le vide, car ils avaient disparu tous les cinq.

– Je voudrais qu'ils perdent cette habitude ! murmura-t-il, branlant du chef.

– Tout le monde à son poste, dit le Commandant Osullivan en se levant. Alerte Rouge !

– Ce doit être celle du commandant, fit Thian, tandis que les trois D-1 s'installaient confortablement dans la capsule de sauvetage. Elle est bien plus grande que la dernière où j'ai pris place.

– Pour trois, oui, elle est assez vaste, dit la Rowane. Bon, on y va ? ajouta-t-elle, hochant la tête à l'adresse des deux jeunes gens.

– Bien sûr, murmurèrent Thian et Flavia à l'unisson.

Ce serait une brève répétition en vue de la fusion mentale, plus longue et plus dure, qu'ils devraient bientôt effectuer.

Thian n'avait jamais travaillé avec la Rowane, mais il avait l'habitude des fusions mentales avec ses parents, et fut très satisfait de sentir Flavia se glisser vivement derrière lui, comme si elle avait autant de pratique.

Pour cette première poussée, la fusion Rowane-Thian-Flavia n'eut pas à faire appel au courant des trois générateurs de l'Escadre reliés ensemble. L'aire de débarquement où ils se téléportaient aurait pu contenir une centaine de capsules de sauvetage. Un choc infime les avertit que la capsule s'était posée sur sa large base dans la Ruche, exactement comme prévu : proche de la coque, face à la direction où elle devait aller. Ils furent immédiatement assaillis par l'intense ping-zing émanant des métaux du Multiple, sensation curieusement limitée aux Doués.

– Qu'est-ce que c'est que *ça* ?

– Excuse-moi, Flavia, nous aurions dû t'avertir, dit la Rowane, lançant un regard accusateur à Thian. Les Doués sont sensibles à des résonances émises par les métaux du Multiple.

– Un mauvais goût dans ta bouche, aussi ? demanda Thian avec sollicitude.

Elle déglutit.

– Oui, au fond de la gorge. Comment fais-tu pour le supporter ?

– *Pour ma part,* dit la Rowane avec hauteur, je l'ignore.

Comme Flavia semblait étonnée, elle s'adoucit :

– La résonance est particulièrement forte parce que nous sommes à l'intérieur du vaisseau, mais, bientôt, nous serons trop occupés pour y penser. Nous ne devrons l'endurer que peu de temps.

– Dieu soit loué, dit Flavia, se frictionnant de la langue l'intérieur des joues dans l'espoir de les hydrater.

La Rowane donna le signal de la fusion mentale, et, très doucement, ils commencèrent à pousser l'astronef hors de son orbite et de l'attraction gravitationnelle de la planète. Cette manœuvre s'effectuant à l'heure où la nuit tombait sur cette partie de la planète, ce mouvement furtif avait peu de risques d'être détecté immédiatement, quelle que fût la sensibilité des instruments des Coléoptères.

Respire, Isthian, lui dit-elle une fois, et il sourit à sa grand-mère, qui, assise sur son siège capitonné, ses cheveux argentés luisant sous l'éclairage de la capsule, semblait aussi calme que si elle était dans sa Tour à Callisto.

Peu à peu, la fusion augmenta en puissance, les trois paires d'yeux surveillant les instruments installés spécialement pour indiquer leur vitesse et la distance relative à la planète. Lentement, les aiguilles des cadrans atteignirent la marque signalant qu'ils se trouvaient hors de portée des missiles surface-air.

Cessez de courber les épaules, vous deux, ajouta-t-elle un peu plus tard. *Tout missile devrait traverser tout le vaisseau pour nous atteindre. En supposant qu'ils sachent où nous sommes.*

Thian et Flavia sourirent. Il fit jouer les muscles de ses épaules ; car il s'était crispé en vue d'une attaque par-derrière. Il sourit à Flavia qui se frictionnait le cou et s'efforçait encore de déglutir pour se débarrasser du ping-zing.

– Parfait. Maintenant, nous pouvons accélérer un peu et compléter la Razzia, dit la Rowane, s'humectant distraitement les lèvres et déglutissant elle aussi à cause du ping-zing.

Thian sentit alors l'intensité de la fusion et s'y abandonna au même instant que Flavia. Il ne s'était pas cru capable de déplacer une telle masse, mais, grâce à leurs capacités unies et à la puissance de la Gestalt, ce fut fait en un instant. Il sentit la baisse d'énergie quand sa grand-mère le libéra de la fusion, puis le petit choc quand les rayons-tracteurs de l'Escadre saisirent la Ruche.

– J'espère que quelqu'un nous a vus d'en bas, dit la Rowane, avec un sourire malicieux, qui aurait mieux convenu à l'âge et aux habitudes de sa sœur Morag qu'à ceux de sa grand-mère. D'abord, l'astronef était là, et puis – son sourire satisfait s'accusa – pfuit, il n'y était plus ! Beau travail, Isthian. Compliments sur ta formation, Flavia. J'ai eu grand plaisir à fusionner avec de jeunes esprits si puissants. Maintenant, sortons de cet égout de contamination, et ramenons la capsule à sa place. Et nous aurons des nouvelles de la suite des opérations.

– J'aurai besoin de mariner longtemps dans la baignoire pour me débarrasser de cette affreuse puanteur, fit Flavia, avec une grimace de révulsion.

– Plus tard, quand notre tâche sera terminée, ma chérie, dit la Rowane. Mais je crois que nous avons quand même le temps de prendre un verre pour nous laver la bouche de ce mauvais goût.

– Quelque chose d'acide, Grand-Mère, comme du jus d'orange.

– Il y en a dans cette capsule ?

Thian leur « fournit » le jus dans de grands verres frais, au grand soulagement de Flavia, et aux remerciements à peine moins fervents de sa grand-mère.

– Vous étiez assez loin pour ne pas avoir senti les ondes de choc, dit le Commandant Osullivan quand ils le rejoignirent sur la passerelle, bondée d'officiers et de matelots, et entourée d'écrans supplémentaires pour afficher toutes les vues du théâtre d'opérations. Ah, voilà notre première victime, ajouta-t-il, comme un écran s'éteignait. Un des capteurs que Rojer avait cachés dans les détritus.

– Les vaisseaux ? demanda Thian, parcourant vivement les écrans secondaires.

– Réduits à l'état de débris que vous voyez flotter en anneau autour de la planète, répondit le commandant avec une satisfaction tranquille. Ce que n'ont pas fragmenté les bombes que vous avez placées, ma'ame, l'a été par les mines que vous avez semées. Il y a un certain décalage entre l'événement et les vues que nous en recevons...

– Certains moniteurs doivent-ils être remplacés ? demanda la Rowane. Maintenant que nous avons terminé l'Opération Razzia, nous sommes à votre disposition. Thian ? Flavia ?

La Rowane s'allongea sur la couche, et le Capitaine Metrios céda son fauteuil à Flavia avec empressement, tandis qu'on en apportait un autre pour Thian.

– Minutage parfait, ma'ame, dit le commandant, montrant les trois écrans qui affichaient les vues de l'aire spatiale. Maintenant, ils vont peut-être tenter des représailles.

– En effet, dit la Rowane, avec une montée presque primitive d'adrénaline en reconnaissant la proue profilée d'un vaisseau de reconnaissance du Multiple qui émergeait d'un hangar souterrain.

– Osullivan, ici Mrtgrts, dit la voix très reconnaissable de l'officier de liaison 'Dini dans le système-com de l'Escadre. La deuxième vague est prête ?

– Elle est prête, répondit la Rowane. Thian, comme tu es familiarisé avec les vaisseaux 'Dinis, tu utiliseras les missiles du KLTS. Flavia, tu as localisé ceux de l'*Arapahoe* ? Pour nous, c'est aussi facile de travailler d'ici que séparément sur les trois astronefs.

Elle attendit de sentir les jeunes Doués « saisir » les missiles sur les autres vaisseaux, sans quitter des yeux l'écran où d'abord un, puis deux, puis trois vaisseaux de reconnaissance s'affichèrent.

– Trois. L'effectif normal d'une Ruche coloniale. Le défi serait plus intéressant s'ils modifiaient un peu leur tactique, déclara-t-elle, presque avec regret. Isthian, prends celui de droite ; Flavia, celui qui est en train d'émerger, et je m'occupe de celui qui est prêt à décoller. Attention... trois, deux, UN !

Chaque Méta téléporta avec aisance les lourdes torpilles à la distance conseillée. Puis, avant que les armes du Multiple aient eu le temps de se déclencher, ils les lancèrent à la vitesse adéquate pour des frappes dévastatrices.

Il y avait, comme le disait le Commandant Osullivan, un décalage entre l'action et son affichage sur les écrans, mais les trois Doués avaient suivi leurs missiles jusqu'à leurs cibles et savaient qu'ils avaient frappé avec précision. Jusqu'à ce que les preuves visibles apparaissent sur les écrans, Metrios joua nerveusement avec un style, dardant son regard d'un moniteur à l'autre. Le Commandant Osullivan paraissait parfaitement détendu, mais tambourinait des doigts sur son accoudoir. Quelques minutes plus tard, les explosions furent enregistrées.

Comme au ralenti, les trois vaisseaux explosèrent, leurs débris décrivant de grands arcs avant de redescendre en pluie sur les Coléoptères massés sur l'aire de décollage. Les débris retombèrent presque avec grâce sur la surface maintenant criblée de trous, et se mirent à brûler en un cercle de destruction qui s'étendit bien au-delà des installations spatiales.

– Quelqu'un a laissé les portes ouvertes, remarqua Thian.

– Dans ce cas, fit la Rowane en haussant les épaules, profitons de cette négligence.

Alors même que des missiles supplémentaires étaient armés et lancés par les trois Doués, d'autres portes des hangars souterrains pointèrent hors des débris du champ de bataille. Leurs portes s'ouvrirent, livrant passage aux formes trapues des navettes qui en sortaient à toute vitesse, mais cependant pas assez vite.

– Feu à volonté, ordonna la Rowane à Thian et Flavia, et ils lancèrent leurs missiles sur les navettes, puis dans une ouverture visible à travers la fumée et les incendies dévastateurs.

– C'est leur seule installation spatiale ? demanda Thian quand plus aucune cible ne fut visible. Il y a d'autres bâtiments importants sur la planète.

– Ils semblent n'être que des entrepôts agricoles, répondit le Commandant Osullivan.

– Ce ne sont pas des cibles militaires, fit la Rowane, avec un regard sévère à Thian, qui haussa les épaules.

– Les capteurs ont-ils découvert où sont logées les reines ? demanda Mrtgrts.

– Non, dit Osullivan. Nous sommes limités à des sondes d'observation, à l'exclusion des sondes de reconnaissance.

– Les reines sont maintenant clouées au sol, ajouta la Rowane. Toute action subséquente n'est pas autorisée.

– Nous resterons en alerte orange, déclara Osullivan, touchant sur son accoudoir la plaque de communication inter-vaisseaux. Commandants ? Des questions ?

– Attaque victorieuse, dit le Commandant Quacho, rapprochant les sourcils en ce qui ressemblait à une grimace de satisfaction.

– N'excluez pas la possibilité de représailles, dit Mrtgrts.

Derrière lui, sur la passerelle, on voyait des 'Dinis agiter les bras, triomphants, après le succès de la mission. Seul Mrtgrts semblait insatisfait et pessimiste.

– Des représailles avec quoi, Mrtgrts ? demanda la Rowane, caustique.

Puis, posant les deux mains sur ses accoudoirs, elle poussa sur ses bras et se leva.

– Si vous avez besoin de nous, appelez-nous, dit-elle au Commandant Osullivan.

Thian saisit l'expression étonnée de Langio, Metrios et Yngocelen, mais lui aussi se leva, faisant signe à Flavia de l'imiter. Il s'arrêta près du fauteuil du commandant.

– Permission de quitter la passerelle, Commandant ?

– Bien sûr, dit Osullivan, écarquillant les yeux devant ce formalisme, tout en haussant les épaules à la disparition de la Rowane.

– Elle ne voudra jamais l'admettre, Commandant, dit Thian, se penchant vers lui d'un air confidentiel, mais

Grand-Mère a dû dépenser plus d'énergie que nous en tant que point focal de la fusion mentale.

– Oui, oui, bien sûr.

Il n'y a absolument aucune raison qu'un D-1 explique ses actions ou s'en excuse, Thian Gwyn-Lyon !

Thian, devant l'air interloqué de Flavia qui avait entendu cette sévère réprimande, sourit à la jeune fille. *Non, Grand-Mère, mais c'est simple courtoisie que d'observer le protocole naval. Et tu* es *fatiguée.*

La porte de la passerelle se referma dans un soupir pneumatique derrière Thian et Flavia.

Peut-être, mais ce n'est pas à toi de présumer...

Grand-Mère, ton mari m'a donné des ordres précis quant aux soins dont il faut entourer son épouse préférée...

Son épouse unique...

Et la seule Méta capable de gouverner Callisto. Et tu ES *fatiguée.*

Faire la guerre est fatigant à tout âge.

– C'était donc une guerre, ce que nous venons de faire ? demanda Flavia, étonnée.

Thian bégaya de stupéfaction.

– En tout cas, une bataille. Que croyais-tu que nous faisions ici ?

– Qu'on empêchait le Multiple de quitter la planète.

– Et ce n'est pas une guerre ?

– Pour moi, on se contente d'exterminer la vermine.

– À grande échelle, alors, rétorqua Thian, surpris de son calme.

– Nous sommes souvent obligés d'exterminer les insectes sur Altaïr, après les grosses pluies sur les marais. Sinon, tous les villages et les villes en seraient envahis, dit Flavia d'un ton pratique.

Ton grand-père savait vraiment *ce qu'il faisait en choisissant Flavia,* dit la Rowane à Thian sur bande étroite, terminant par un grognement amusé.

CHAPITRE III

Papa? La voix de sa fille Laria avait ce ton spécial qui mit immédiatement Afra en alerte. Il était seul à la Tour d'Aurigae, s'acquittant de quelques expéditions mineures intra-système. Damia était sortie chasser avec Morag, Ewain et tous les 'Dinis.

Oui, Laria?

Ça restera entre nous, Papa? Cette note insolite d'exaspération et de doute, Afra n'avait jamais pensé l'entendre chez la Méta confiante et équilibrée de la Tour de Clarf, qui aurait bientôt vingt-trois ans. Après avoir terminé sa formation à Callisto, Laria avait assumé sa charge avec une compétence que même sa perfectionniste de grand-mère n'avait pu prendre en défaut. Yoshuk et Nesrun, les D-2 qui dirigeaient à l'origine la Tour de Clarf, avaient été transférés à la Tour de Sef, le plus important des quatre mondes coloniaux des Mrdinis. Récemment, Laria avait reçu comme assistante Clarissia Negeva, une D-2 formée par David de Bételgeuse. Clarissia remplaçait Stierlman, qui n'avait pu établir le rapport mental indispensable avec Laria. Elle n'avait aucun problème avec le reste de son personnel de Tour : Vanteer, l'ingénieur D-6, ou Lionasha, D-7, expéditrice et directrice de la station. Bien que les appariements Humains/'Dinis aient existé sur sa planète natale, Clarissia n'avait pas l'habitude de travailler avec eux, et elle ne donnait jamais des ordres directs aux six 'Dinis appariés avec les trois autres, et qui remplissaient joyeusement toutes les fonctions n'exigeant pas du personnel des TTF.

Ça ne marche pas non plus avec Clarissia? demanda Afra.

Je m'en tire mieux toute seule, Papa, répondit-elle, acide. *Elle est ici depuis dix-neuf semaines, et elle pâlit encore à la vue de 'Dinis autres que les nôtres, et tu sais que les 'Dinis sont très sensibles aux changements de couleur. Et depuis son arrivée, elle récrimine sans arrêt contre la capsule de Prtglm. Non que sa présence me réjouisse* – et le ton de Laria s'altéra –, *ni la puanteur qui s'en dégage depuis quelque temps. Prtglm est mort, c'est certain, et je commence à croire qu'ils ont l'intention de le laisser là, pour rappeler à tous qu'un Humain fut responsable de sa fin ignominieuse.* La voix mentale de Laria avait pris une nuance sinistre, puis une certaine confusion colora sa pensée. *Maintenant, elle est couverte d'idéogrammes très anciens, que je ne comprends pas, à part ceux indiquant le déshonneur. Tip et Huf refusent de les traduire. Ils ne me répondent même pas quand je leur demande ce qu'ils veulent dire.*

Yoshuk est un spécialiste de leurs anciennes formes linguistiques. Qu'est-ce qu'il en dit? En as-tu seulement discuté avec lui?

Oui, et il dit que ces inscriptions sont trop obscures pour lui, mais qu'il cherche toujours des références. Il m'a quand même assurée qu'ils ne sont pas antihumains.

C'est une de ces circonstances où l'on sait que les Humains n'interfèrent pas avec les coutumes 'Dinis, dit Afra d'un ton conciliant.

Les coutumes, je peux les ignorer s'il le faut, et même la puanteur omniprésente, mais la capsule me gêne pour les transferts. À l'origine, la capsule de Prtglm s'est posée – brutalement – dans la nacelle centrale. On m'a dit de ne pas la déplacer, mais je n'imaginais pas qu'elle allait rester là en permanence! J'aurais pu utiliser cent fois cette nacelle. Le ton changea une fois de plus, et elle poursuivit avec moins d'assurance. *Papaaa, est-ce que quelqu'un sait pourquoi on la LAISSE là? Je comprends presque Clarissia, mais j'ai aussi besoin de savoir ce qui se passe – à propos de Prtglm, je veux dire – afin de comprendre pourquoi on la laisse si longtemps. Est-ce une façon subtile de me punir parce que je suis la sœur de Rojer...*

Pas du tout! dit Afra avec conviction. *Les 'Dinis ne pensent pas en ces termes.*

Je l'espère, répondit Laria, d'un ton exprimant le désarroi qu'elle avait tenté de dissimuler jusque-là.

Je peux demander à Jeff...

Je l'ai déjà fait, et il ne sait pas, mais il n'a jamais eu de 'Dinis. Les tiens savent quelque chose ?

Nous n'avons jamais obtenu de réponses à nos questions sur le code pénal des 'Dinis, si ce n'est que les contrevenants peuvent être exclus des vaisseaux...

Afra fit une pause, car Laria savait ce que cela signifiait au cours d'un long voyage spatial. Les cyniques affirmaient que cela économisait de l'argent, du temps et de la place, et réglait de façon pratique le sort des indésirables, mais Afra frissonnait toujours à cette pensée. Il se força à penser plus positivement dans l'intérêt de Laria. *N'oublie pas que Prtglm est, ou était, coupable de plusieurs... erreurs de jugement, même dans le dictionnaire 'Dini, et incontestablement dans celui des Humains. Ils ne veulent pas que cela se répète, et c'est peut-être leur façon de faire un exemple.*

Alors que son propre fils avait failli être victime des errements de Prtglm, il lui était difficile de ne pas adopter une attitude accusatrice. Maintenant qu'il savait que, sur Deneb, Rojer réagissait à la discrète thérapie de son arrière-grand-mère Isthia, il ressentait moins d'amertume – émotion tout à fait inusitée chez lui – envers les égarements de Prtglm. Aux dernières nouvelles, Rojer parvenait maintenant à fonctionner parmi Humains et 'Dinis sans les intenses réactions d'affliction/perte/dépossession qu'il diffusait auparavant. Il se passionnait de plus en plus pour ses études d'ingénieur. Son oncle Jeran, Méta de Deneb, s'entremettrait pour que Rojer ait une place dans l'équipe chargée d'étudier la Ruche des réfugiés que s'était « appropriée » la fusion Rowane, dès qu'elle arriverait en orbite d'observation aux installations spatiales de Mars. Naturellement, Rojer devrait être assez qualifié pour ce faire, mais cela lui avait donné un but, et il étudiait avec ardeur et diligence pour remplir les conditions requises.

Je le sais, Papa, mais le fait d'avoir toujours ce sinistre rappel devant ma Tour...

Afra sentit l'esprit de sa fille s'enflammer de colère, mais d'une colère si diffuse et ambivalente que son stress était bien compréhensible.

Tu penses que Rojer aurait dû obéir à Prtglm?

Non, je veux dire oui, mais... Prtglm n'aurait pas dû exiger de Rojer...

Qui était le seul à pouvoir exécuter ses ordres...

Prtglm est – était – un vieux commandant révéré et aurait dû être obéi. Cette planète aurait seulement été... dévastée. Le ton se colorait maintenant d'une intense animosité. *Maintenant que je sais tout le mal que le Multiple a fait aux mondes 'Dinis et à des centaines d'autres, ce... cette planète X-33 aurait vraiment dû être...*

Laria ne trouvant pas le mot juste, Afra lui fit des suggestions d'un ton ironique qu'il utilisait rarement avec ses enfants.

Exterminée? Désinfectée par fumigations? Débarrassée de toutes formes de vie? Calcinée?

Il y eut un long silence. *Quelque chose comme ça, pour que cette planète ne puisse jamais coloniser, exterminer d'innocentes formes de vie d'autres planètes.*

Nous devrions donc imiter leurs méthodes?

Regarde simplement ce qu'ils ont fait! Ils ont forcé les reines de leur propre espèce à quitter leur astronef et ils les ont désintégrées, sans même chercher à savoir pourquoi elles venaient. Maintenant, l'indignation se mêlait à la colère.

C'est un point de vue très proche de celui des 'Dinis, Laria.

Ce n'est pas que j'ignore d'autres opinions, Papa. Tous les jours, je transmets des messages dans les deux sens.

Oui, mais en écoutes-tu l'esprit ou juste la lettre?

Que veux-tu dire par là, Papa? Et quel groupe soutiens-tu? Le ton était agressif, comme si toute autre opinion que la sienne lui était suspecte.

Avec beaucoup d'autres individus qui réfléchissent, je trouve que les données sont insuffisantes, et que la plupart des théories ont toujours au moins un défaut fondamental. Nous n'aurons peut-être jamais de réponses aux questions que nous nous posons, parce qu'il n'y a pas de communication. L'observation est aussi ouverte aux interprétations que toutes les autres méthodes de renseignements, car, invariablement, l'observateur interprète à partir de sa propre expérience.

Et il n'a pas non plus fait tellement d'observations utiles, fit Laria, caustique.

Afra sourit, cachant soigneusement son amusement à sa contestatrice de fille.

Je ne suis pas d'accord, Laria. Les matériaux enregistrés par Rojer sont encore en cours d'analyse...

Tout ce qu'ils montrent, c'est que le Multiple n'a pas changé ses méthodes ni la volonté d'expansion de l'espèce, depuis des siècles que les 'Dinis les connaissent.

Les 'Dinis n'ont jamais approché assez près un monde du Multiple pour faire des observations ou tenter un contact, dit Afra d'un ton patient. À en juger par sa voix, Laria exprimait des émotions refoulées, ce dont il déduisit qu'elle n'avait pas discuté de ces questions avec son personnel de Tour.

Mais nous savons ce qu'ils font aux planètes. Et nous savons que ça dure depuis des siècles, dit-elle d'une voix plaintive.

Nous savons ce que les 'Dinis ont fait au cours des siècles pour tenter d'éviter l'extermination, et cela se limitait à la destruction des Ruches dans l'espace. La planète Xh-33 est le seul monde colonisé par le Multiple qu'ont vu à la fois les Humains et les 'Dinis. Nous ignorons beaucoup plus de choses que nous n'en savons... même par extrapolation, Laria. Qu'est-ce qui te bouleverse, exactement, *ma chérie ?*

Je voudrais bien le savoir, Papa, avoua Laria, en proie à des sentiments contradictoires.

Ce n'est pas à nous de remettre en cause le droit qu'ont les 'Dinis de punir l'un des leurs, dit-il avec douceur. *Nos concepts moraux ne doivent pas entrer en conflit avec les leurs. Nous devons admettre que les réactions des 'Dinis sont différentes des nôtres. Tout d'abord, les Humains n'ont pas livré de bataille prolongée depuis des siècles, et cette situation altère certainement notre jugement, d'une façon que nous sommes encore incapables d'évaluer. Que nous soyons parvenus à œuvrer si longtemps en vue d'un but commun et avec aussi peu de friction...*

Alors vous réduisez Prtglm à l'état de « friction » ? rétorqua Laria, atterrée.

... n'est pas un petit exploit. Prtglm a lui-même provoqué sa chute en outrepassant les ordres du Grand Conseil de l'Alliance, ordres décidés d'un commun accord et clairement exposés à tous les commandants. Tu ne comprends pas ça ?

C'est le plus facile. Ce qui me trouble, c'est que Gil et Kat sont morts en défendant Rojer, alors qu'ils n'auraient jamais dû être en danger. Mais Prtglm est toujours là ! *Je ne peux pas m'empêcher de voir sa capsule et de savoir ce qu'il y a dedans et...*

La prochaine fois que tu auras l'occasion de parler à Plrgt ou à – qui est son principal assistant, maintenant ?

Flgtm, et maintenant, Plrgt est devenu Plrgtgl.

Plrgtgl est très efficace. J'entends de plus en plus citer son nom. Insinue en passant que la capsule réduit l'espace disponible pour les expéditions, et qu'elle pourrait donc être exposée en un lieu où elle ferait encore plus d'effet.

Loin des yeux, loin du cœur, hein, Papa ?

En tout cas, loin de tes yeux, si sa vue te perturbe tellement...

Il n'y a pas que la capsule...

Ah, c'est Clarissia ? Si elle ne fait pas l'affaire, demande son transfert, ma chérie.

Mais Grand-Père sera furieux, dit-elle d'une voix hésitante. *Je ne suis pas parvenue à m'adapter à Stierlman, et maintenant, Clarissia... Pourtant, je n'ai jamais eu aucun problème avec Nesrun et Yoshuk ! J'ai d'excellents rapports avec Vanteer et Lionasha.* La voix de Laria grimpa dans l'aigu, pleine de doute, de confusion et de culpabilité.

Ma chérie – et Afra ne put s'empêcher de glousser –, *tout ce qu'on raconte sur les foucades de ta grand-mère dans ses recherches d'un personnel acceptable pour sa Tour n'est pas exagéré !*

Jusqu'à ton arrivée, dit Laria avec fierté, avant de retrouver son ton accablé, *mais tu es toi, elle est la Rowane et...*

Tu as exactement les mêmes droits de... euh... congédier les collaborateurs qui ne te conviennent pas... mais j'espère que tu n'auras pas à en essayer autant avant d'en trouver un qui te semble acceptable. De plus, ta situation à Clarf est beaucoup plus délicate qu'elle ne l'a jamais été à Callisto ou Altaïr, de sorte qu'il est d'autant plus important que tu puisses avoir une totale confiance en chaque membre de ton personnel.

Tu le penses vraiment, Papa ? demanda-t-elle avec une nuance d'espoir.

Mieux, je le sais. De Méta à Méta, informe Jeff Raven que la D-2 Clarissia se montre incapable de s'intégrer et d'accepter les conditions spéciales exigées par la Tour de Clarf, et qu'il doit...

Je ne peux pas dire qu'il « doit » à Grand-Père...

Peut-être pas à « Grand-Père », mais certainement au Méta de la Terre Jeff Raven ! Fais bien la distinction et demande un remplaçant. Et n'oublie pas que tu n'as pas pris de vacances depuis plus d'un an. Tu bénéficieras peut-être d'un répit.

Pas pour le moment, et pas si je n'ai que Clarissia pour garder la boutique en mon absence, répondit Laria avec brusquerie. *Et depuis quand n'avez-vous pas quitté Aurigae, toi et Maman ?*

Notre situation est un peu différente, ma chère enfant. Nous ne vivons pas au milieu d'étrangers...

Les 'Dinis ne sont pas des étrangers. Je les ai connus toute ma vie !

... et nous ne vivons pas sur une planète où un primaire trop éclatant provoque un stress dont tu ne prendras peut-être conscience que lorsque tu t'en seras éloignée. Un peu de distance t'aidera peut-être à résoudre certaines des ambiguïtés qui te perturbent. Tu n'es pas la seule à les ressentir, ni dans la famille ni dans les mondes colonisés par les Humains.

Oh, Papa, je ne me suis jamais crue unique. La voix frémissait d'un rire contenu, mais elle s'altéra aussitôt. *Parfois... parfois je ne sais pas* quoi *croire. Puis j'ai l'impression de le savoir, et alors, survient quelque chose qui remet tout en question. Pourtant, à mon âge, je devrais connaître mon propre esprit !*

Ton esprit, tu le connais, ma chérie, fit Afra avec un gloussement affectueux. *Ce sont tes émotions et tes perceptions changeantes qui posent problème. Je n'aimerais pas que, à vingt-trois ans, tes idées soient gravées dans le granit.*

Afra pensa brièvement au caractère capricieux de sa Damia, dont sa fille aînée n'avait certainement pas hérité. *Et le changement EST une constante que nous devons tous accepter. Au moins* – et il colora le ton d'un grand sourire –, *nous ne sommes pas figés dans un schéma culturel, comme les Coléoptères.*

Oh ! là là, merci de me le rappeler, Papa !

De rien, ma chérie, répondit-il, moqueur. Mais il perçut aussi le nouvel équilibre dans le ton mental de Laria. Elle s'était libérée d'une partie de ses inquiétudes. Si lui et Damia avaient du mal à rationaliser ces problèmes, ce devait être encore plus difficile pour Laria, Méta qui n'avait pas encore trouvé un compagnon pour la soutenir en ces temps difficiles et souvent troublés. *Maintenant, informe le Méta de la Terre que Clarissia ne fait pas l'affaire, et pourquoi, ce qui justifiera amplement un remplacement.*

En fait, Laria était une D-1 aussi puissante que la Rowane l'avait jamais été, et un D-3, ou même un bon D-4, serait pour elle un soutien suffisant s'ils étaient compatibles. Il avait toujours été étonné que lui, Afra Lyon, ait semblé acceptable à la Rowane, Méta de la Tour de Callisto. Peut-être... Il coupa net cette pensée. Dans sa jeunesse, ses parents avaient toujours voulu diriger sa vie, et lui et Damia avaient soigneusement évité de répéter cette erreur.

Quand Laria mit fin à la conversation, il détendit ses muscles, inconsciemment crispés au cours d'un échange télépathique à si grande distance. Il se dit que cette fatigue venait plus de la nature des propos que de l'âge, car la Rowane était plus âgée que lui et aussi puissante que jamais. C'est alors qu'il sentit le châssis de sa couche pointer hors du rembourrage, du côté gauche. Depuis quand était-elle en service? Près de quatre décennies. Il était temps de refaire le capitonnage.

Il chercha l'esprit de Damia, mais elle récupérait joyeusement les oiseaux abattus avec la précision dont elle faisait toujours preuve au lance-pierres. Il sourit en percevant l'envie de Morag et l'admiration d'Ewain pour l'habileté de leur mère. Ils discuteraient plus tard des problèmes de Laria. Ce bref répit, loin des tensions et des théories conflictuelles, lui reposerait l'esprit et lui redonnerait des forces pour reprendre son poste.

Ils n'étaient peut-être qu'à une pensée de distance, comme le disaient souvent les Doués, mais ce n'était pas tout à fait vrai. Ils étaient en contact, oui, mais ce n'était pas la même chose que la similitude ou l'harmonie dans les pensées, ni qu'une étreinte dans les moments de déprime.

Afra se trouvait en désaccord avec son fils aîné sur bien des questions concernant le Multiple, et il était encore plus perplexe devant les actions et les idées bizarres de sa fille Zara. Heureusement, son arrière-grand-mère Isthia, et Élizara, la D-1 médecin dont elle portait le nom, étaient parvenues à l'assagir, et, après une transition hormonale difficile à l'adolescence, elle était devenue une jeune adulte stable. Il savait que Rojer luttait courageusement pour surmonter son chagrin, et encore plus pour dominer le remords d'avoir indirectement causé la mort de Gil et Kat. Laria ne pouvait s'empêcher de ressentir de la sympathie pour les interprétations des Mrdinis, même si des citoyens moins impliqués les trouvaient partiales.

Afra balança ses longues jambes hors de sa couche de Tour, sentant de nouveau l'endroit usé – usé par cette action même – où le châssis n'était plus assez rembourré. Comme le châssis sous-jacent à divers principes éthiques, chez certains, faisait sortir l'esprit d'habitudes confortables datant de nombreuses générations.

Afra avait également pleine conscience d'autres pressions s'exerçant au plus haut niveau – car Jeff et la Rowane essayaient souvent leurs idées sur lui, et suivaient fréquemment ses conseils. L'intransigeance de Prtglm et la mort de Gil et Kat avaient, sur les rapports Humains-Mrdinis, de plus grandes conséquences que la capsule laissée devant la Tour de Clarf. Une puissante faction de Mrdinis de haut rang affirmait que si Rojer Lyon était en âge d'assumer les fonctions de Méta, il aurait dû exécuter les ordres de Prtglm et annihiler la planète Xh-33, sans tenir compte du fait qu'il était un civil et un mineur obéissant aux ordres donnés par ses supérieurs. Il n'était sur le *Genesee* qu'en qualité de remplaçant, en attendant l'arrivée de son frère aîné. Le fait que Thian n'aurait pas non plus exécuté les ordres de Prtglm n'entrait pas en ligne de compte. Thian jouissait déjà d'un statut de « héros » aux yeux des 'Dinis, ce qui lui aurait donné assez de prestige pour tenter de raisonner le commandant et l'aurait aidé à dissiper l'incident avec tact. De plus, il était probable que Prtglm n'eût pas tenté d'exercer de pressions sur le Méta Isthian Lyon.

Pourtant, depuis que les Mrdinis s'étaient alliés aux Humains, ils devaient avoir fait bien des rêves et entretenu beaucoup d'illusions concernant la possibilité d'utiliser les capacités kinesthésiques humaines pour mettre en déroute la Race de l'Essaim. Le fait que les Doués étaient parvenus à vaincre un vaisseau colonisateur du Multiple sans une seule perte en vies humaines était un thème fréquent des rêves-projections et des conteurs 'Dinis. Quand les Humains et les Mrdinis avaient finalement établi le contact, les Humains avaient embrassé avec enthousiasme les aspirations des 'Dinis et accepté leur direction, puisqu'à l'évidence, ils avaient plus d'information que les Humains sur cette race prédatrice.

Au total, ces informations se réduisaient à une connaissance douloureusement intime de l'artillerie du Multiple, de sa portée et de ses capacités destructrices, au nombre de vaisseaux-suicides nécessaires pour détruire les Coléoptères, et à leur mode d'expansion coloniale toujours fatale aux formes de vie indigènes. Deneb était unique, car c'était la seule planète où la tactique du Multiple avait été tenue en échec.

Puisque cette tactique avait été efficace pendant si longtemps, la Race de l'Essaim ne l'avait pas modifiée, non plus que ses vaisseaux et ses armements, durant tous les siècles où les Mrdinis s'étaient défendus contre elle. En revanche, les Mrdinis avaient amélioré leurs astronefs, leurs technologies périphériques et leurs missiles automatisés. Ils étaient parvenus à protéger leurs mondes coloniaux, sans cesser de chercher des alliés, le monde natal du Multiple et de nouvelles ressources pour les aider à remporter la victoire finale.

Les Humains avaient évité les guerres depuis trop longtemps, ne déployant leurs forces navales qu'à la recherche de nouvelles planètes ou contre un pirate occasionnel. En conséquence, de petites frictions étaient inévitables entre une espèce rompue à la guerre et une autre habituée à la paix, où seuls les accidents provoquaient des victimes, et étaient suivis d'enquêtes si strictes qu'ils avaient peu de chances de se reproduire.

À l'actif de l'Alliance, de gros efforts avaient été faits par les deux espèces pour améliorer les communications et l'estime mutuelle, et il y avait eu des opérations significatives qui auraient dû avoir un effet positif sur le moral. La découverte des queues ioniques des trois Ruches avait fourni une occasion magnifique d'envoyer une expédition pour les suivre en sens inverse et tenter de localiser le monde natal du Multiple. La première queue ionique avait conduit à la plus grande Ruche qu'aient jamais vue les Mrdinis, et dont la coque avait été partiellement détruite par l'explosion d'une nova. Pour découvrir si la nova avait effectivement détruit le système ayant donné naissance à la Race de l'Essaim, un audacieux astronef 'Dini, ayant à son bord le Méta Isthian Lyon, était remonté jusqu'à l'origine de la queue ionique de plus en plus faible.

La découverte de l'épave avait révélé que trois capsules de sauvetage avaient quitté le vaisseau mère peu avant que l'onde de choc ne le détruise. Les astronefs humains étaient partis à la recherche de ces capsules pour empêcher qu'une seule reine ne survive et ne fonde une nouvelle colonie sur un monde hospitalier, chose que les Alliés voulaient éviter à tout prix. Une capsule avait été capturée. Elle contenait une reine vivante qui avait été « larguée », selon le terme d'un quidam, à la Base Lunaire de Heinlein, dont il était improbable qu'elle s'évade. C'était le premier spécimen vivant de cette race énigmatique que pouvaient observer Humains et Mrdinis. Peu après son arrivée à la Base Lunaire, elle avait pondu une immense quantité d'œufs.

Les deux autres capsules avaient été localisées, ou plutôt les vestiges de l'une, entrée en collision avec un astéroïde, et la coque vide de la troisième, dont l'occupante était morte après épuisement de ses réserves d'oxygène.

Le KLTS, par l'intermédiaire de Thian, avait annoncé, avec une certitude absolue, l'incinération du système natal du Multiple par son soleil-nova.

Les Escadres C et D étaient toujours à la poursuite des deux autres Ruches, et s'éloignaient de plus en plus de leurs mondes d'origine. Un lobby intriguait avec ardeur pour que ces escadres reviennent, arguant que les deux Ruches étaient maintenant à des années-lumière au-delà de tous les systèmes de l'Alliance et qu'elles ne représentaient plus un danger.

– Pas un danger immédiat, répondait une autre faction, désirant tout aussi ardemment que les deux escadres explorent le nombre significatif de systèmes solaires de type-G possédant des planètes de type M-5 identifiés pendant la poursuite, afin de déterminer pourquoi les Ruches les avaient ignorés.

Ces planètes étaient-elles déjà infestées par la Race de l'Essaim ? De plus, l'exploration permettrait de découvrir si ces primaires avaient généré des planètes convenant à la colonisation par l'une ou l'autre espèce de l'Alliance. La continuation de la poursuite posait un problème qui obsédait le Grand Conseil et qui était de nature éthique. Fallait-il laisser les Ruches continuer leurs recherches, sachant que, lorsqu'elles auraient découvert un monde propre à la colonisation, elles en extermineraient toutes les formes de vie ? Car l'un des buts avoués de l'Alliance était d'identifier les planètes déjà investies par le Multiple et de les empêcher de se développer jusqu'au stade où leur population devrait essaimer pour en coloniser d'autres.

Vingt œufs de la reine captive avaient éclos, donnant naissance à des individus dont les capacités étaient apparemment limitées au service de la reine : ils la lavaient, lui apportaient sa nourriture, ou détalaient dans les couloirs déserts de la Base de Heinlein, pour exécuter des ordres qui restaient inopérants, car il n'y avait que des pièces vides.

La prise la plus belle et la plus intéressante était sans doute la Ruche des réfugiés que la fusion Rowane-Thian-Flavia avait permis de récupérer. Elle arriverait bientôt à la principale base navale terrienne, totalement purgée des gaz qui en avaient détruit tous les organismes vivants.

Les spécialistes navals des Humains et des Mrdinis avaient hâte d'examiner les quartiers des reines indemnes, où se trouvaient tous les contrôles de l'astronef. La découverte la plus importante serait celle des journaux de navigation ou des cartes célestes qui permettraient peut-être d'identifier les mondes occupés par le Multiple.

Depuis la fusion Rowane, qui avait repoussé l'assaut de l'Esprit Multiple de la Ruche-Léviathan attaquant Deneb, on admettait que les reines contrôlaient toutes les fonctions de l'astronef, formulant la tactique et donnant leurs ordres à des acolytes spécialisés. On ne savait toujours pas si les charges étaient également distribuées parmi elles, ou si les dix à seize reines présentes à bord d'un vaisseau colonial avaient des responsabilités différentes ; on espérait le découvrir d'après les types de contrôles trouvés dans le quartier de chacune. Les Humains et les Mrdinis attendaient avec impatience l'autorisation de monter à bord de la Ruche et de commencer leurs recherches.

L'épisode Prtglm avait quelque peu éclipsé les activités positives de l'Alliance, telles que les vidéos prises par Rojer, et uniques pour renseigner sur la culture, ou plutôt l'agriculture, de la Race de l'Essaim.

La destruction de la colonisation imminente de Xh-33 était parmi plusieurs solutions envisageables, une option controversée. La plupart des 'Dinis auraient préféré qu'on dévaste la planète en représailles des destructions perpétrées par les Coléoptères sur tant de mondes innocents. De leur côté, les Humains, à une écrasante majorité, trouvaient que les mettre dans l'impossibilité de quitter la planète semblait une action légitime et la plus acceptable. Les Humains auraient élevé des protestations unanimes si l'on était allé plus loin.

Pour rassurer à la fois les Humains anxieux et la majorité agressive et vindicative des Mrdinis, le Commandant Quacho de l'*Arapahoe* était resté en sentinelle à distance respectueuse, jusqu'à ce qu'on puisse téléporter de discrètes installations de surveillance sur la plus proche des lunes de Xh-33. Toute activité survenant dans l'espace de Xh-33 serait enregistrée. Si cela se produisait, pour improbable que ce fût, l'Alliance devrait décider par un vote d'une action punitive plus durable.

En attendant, il y avait d'autres énigmes à élucider : s'il n'existait aucune communication entre les différents mondes du Multiple, ni aucuns contacts vaisseau-surface, comment l'Alliance pouvait-elle espérer établir une interface avec la Race de l'Essaim ? Car, en l'absence de tout échange inter-espèces, il n'y avait aucun espoir d'arriver à une cohabitation non agressive et mutuellement satisfaisante dans une galaxie qui présentait assez de systèmes de type-M pour contenter tout le monde – avec un certain contrôle de l'accroissement des populations.

Afra soupira. Étant d'éducation méthodiste en même temps que Doué, il évitait la violence ; il ne savait même pas s'il se défendrait lui-même au besoin. Il défendrait ses enfants, assurément, mais lui-même, il en doutait. Sauf que sa mort laisserait Damia sans appui. Alors, peut-être se défendrait-il, même s'il abhorrait cette nécessité. Les Humains avaient dépassé le stade où c'était nécessaire. L'association avec les Mrdinis avait – malheureusement, de l'avis d'Afra – « ressuscité » la guerre. Si seulement il existait une interface possible avec le Multiple...

Toute tentative pour faire communiquer la reine captive – ou seulement lui faire *remarquer* que d'autres êtres intelligents étaient en sa présence – s'était soldée par un échec. Comment sa fille Zara avait-elle su que la reine souffrait d'hypothermie et était à l'agonie ? C'était une question à laquelle personne n'avait pu répondre – et Zara encore moins que les autres. Elle n'avait plus eu de contact empathique avec la reine. Personne d'autre non plus. La reine avait ignoré tous les visiteurs, même un très grand Mrdini qui l'avait dominée de très haut, et pourtant, elle était de bonne taille.

Des tests ingénieux avaient permis d'établir qu'elle voyait et entendait. Différentes combinaisons et fréquences n'avaient provoqué chez elle aucune réaction, à part un léger frémissement d'inconfort, dûment enregistré.

Curieux état d'esprit, pensa Afra, que de considérer son espèce comme la seule valable de la galaxie. Il y avait autrefois des Humains qui avaient entretenu cette illusion. Généralement, ils en étaient morts, et n'étaient plus qu'un court paragraphe dans la grande Histoire de l'Humanité. Il s'ensuivait indirectement que, dans l'extermination par le Multiple de toutes les formes de vie sur les planètes qu'ils choisissaient de coloniser, ils étaient totalement inconscients d'éradiquer des entités qui pensaient sans doute avoir le droit inaliénable de vivre.

Les Coléoptères avaient dû s'étonner également de la résistance des Mrdinis, quoique seules les attaques les plus téméraires de leurs escadres soient parvenues à contenir ces créatures.

Les autres mondes du Multiple savaient-ils que les Mrdinis résistaient ? Si la fusion Raven-Rowane n'avait pas renvoyé l'unique capsule de reconnaissance qui ait survécu au vaisseau mère, auraient-ils su que Deneb résistait ?

Ses ruminations ne résolvaient rien, et il « entendait » sa famille rentrer d'une chasse très fructueuse. Il laissa un mot à Keylarion, la D-6 de la Tour, lui demandant de s'occuper de la réfection des couches, et retourna à la maison commencer les préparatifs du dîner.

Laria suivit immédiatement le conseil de son père, et contacta le Méta de la Terre Jeff Raven pour lui dire que sa D-2 était incapable de supporter les 'Dinis, condition indispensable pour servir à la Tour de Clarf. Elle allait ajouter des excuses quand son grand-père lui coupa la parole.

Des Mrdinis mécontents, il ne manquerait plus que ça, déclara-t-il, avec un tel entrain que Laria sourit, se demandant pourquoi elle avait tant attendu avant d'aborder le problème. En près de cinq mois, Clarissia aurait dû avoir le temps de s'intégrer, mais il n'en était rien. Laria ne mentionna pas certains de ses traits de caractère encore moins attirants, qui faisaient parfois enrager Vanteer et contrariaient beaucoup Lionasha.

J'en parlerai à Gollee Gren, pour voir s'il a des candidats prometteurs. En insistant sur la présence des 'Dinis. Évidemment, le mieux serait de trouver quelqu'un élevé avec des 'Dinis, comme toi. Cela résoudrait la plupart des problèmes posés par Clarissia.

Combien de 'Dinis ont-ils été appariés avec des Humains, Grand-Père ?

Gren a les chiffres exacts. Je crois qu'il y en avait environ un millier dans les premières adoptions. Mais pas toujours placés dans des familles de Doués, bien sûr, et dispersés sur tous les mondes de la Ligue des Neuf Étoiles. Et ensuite, autant que les 'Dinis ont pu nous en donner. On te trouvera quelqu'un. Et n'aie pas peur de me harceler jusqu'à ce que je trouve, mon enfant. C'est plus important que tu ne sembles le réaliser, et c'est MA fonction d'assigner à chaque Méta le personnel adéquat. Tu m'entends ? Tu as supporté Stierlman beaucoup plus longtemps que tu ne le devais. Comme dit ma vieille mère, quand une chemise est sale, elle est sale.

Quoi ?

Et ne viens pas me dire que tu ne sais pas combien de fois ta grand-mère a changé de personnel à Callisto avant de tomber sur ton père !

Bon, d'accord, je ne dis rien ! répondit Laria en riant.

C'est mieux. Gollee travaille déjà sur le problème. Dès qu'il aura trouvé un remplaçant possible, je te l'envoie et tu me réexpédies Clarissia.

Oh, mon Dieu !

Le plus tôt sera le mieux, ma chérie.

Avant que Laria ait pu tergiverser, le Méta de la Terre coupa la transmission. Immensément soulagée de ne plus avoir à supporter longtemps Clarissia, Laria espérait quand même avoir le temps de la prévenir. Ce n'était pas exactement la faute de Clarissia si elle ne supportait pas les 'Dinis... Si, *c'était* sa faute, car elle n'avait fait aucun effort pour voir ce qu'il y avait de « bon » chez eux.

En fait, toute la sympathie latente que Laria ressentait pour Clarissia s'envola quelques minutes plus tard, quand la D-2 la contacta.

Une délégation de ces créatures se dirige vers la Tour, Méta..., commença Clarissia d'un ton dégoûté.

Laria regarda par la fenêtre, bien que la « tour » de Clarf fût une simple coupole de plasverre s'élevant à huit pieds au-dessus du complexe, et vit que la délégation se composait de la haute silhouette de Plrgtgl, de deux assistants de taille moyenne, et de six 'Dinis plus petits et, donc, de moindre importance.

Vanteer, Lionasha, préparez-vous à faire les honneurs. Clarissia, peux-tu au moins préparer les rafraîchissements ?

Oui, répondit D-2, si sèchement que Laria eut l'impression de voir la répulsion sur son long visage et le tremblement de ses mains fines indiquant la répugnance de la jeune Douée à fréquenter ces « créatures », quelle que fût leur fonction. Laria la plaignit fugitivement, car Clarissia avait souhaité ardemment un poste éloigné de son monde natal. Sa xénophobie était passée inaperçue de tous, même de Gollee Gren, mais elle s'était rapidement développée sur Clarf. Vanteer, environ trente-cinq ans, solide natif de Procyon IV, avec le squelette trapu de l'adaptation humaine à cette planète, et Lionasha – yeux noirs, peau noire, cheveux noirs –, que

Laria surnommait « la Liane », empêcheraient les 'Dinis de s'approcher de Clarissia. Laria pensa en soupirant que les 'Dinis indigènes n'interprétaient pas les signes corporels humains aussi bien que ceux de la Tour. Aucun ne remarqua non plus que Clarissia droite et raide et comme rigidifiée par une couche de laque, n'émettait aucun signe corporel. C'était aussi bien, car ses mouvements auraient pu révéler l'intensité de son aversion.

Dès que Plrgtgl eut exposé sa mission, Laria n'eut plus le temps de s'inquiéter des gaffes possibles de Clarissia. Plrgtgl apportait à la Tour une énorme commande : l'expédition de cargaisons considérables vers les autres mondes 'Dinis et les docks spatiaux du satellite. Sans qu'il le précise, Laria et son personnel réalisèrent qu'une grande partie de la flotte 'Dini allait être réarmée et réapprovisionnée le plus vite possible. Ce qui lui fournit le prétexte rêvé pour déplacer la capsule de Prgtlm.

– AVEC TANT DE CHOSES À EXPÉDIER EN DES ENDROITS DIFFÉRENTS, TOUTES LES NACELLES SERONT NÉCESSAIRES, dit-elle en feuilletant les documents. LA CAPSULE QUI SE TROUVE DANS LA NACELLE CENTRALE DEPUIS SI LONGTEMPS POURRAIT PEUT-ÊTRE ÊTRE DÉPLACÉE VERS LE SUD OÙ SON MESSAGE N'AURAIT QUE PLUS D'EFFET.

Affectant une indifférence totale à la réaction de Plrgtgl à sa remarque, elle passa immédiatement à un autre sujet, ajoutant le langage corporel à ses éloges pour leur donner plus de poids.

– UNE SI GRANDE PARTIE DE LA RÉCOLTE DE L'ANNÉE À EXPÉDIER HORS PLANÈTE EST UN HONNEUR POUR LES COULEURS.

Plrgtgl roula son œil pédonculé, frangé du volant de dentelle à la dernière mode chez les 'Dinis. Laria, habituée à être ainsi dévisagée, continua à feuilleter les bordereaux, cherchant les rouges qui indiquaient des téléportations d'êtres vivants.

– CE SERA AGRÉABLE DE VOIR LE KLTS, ajouta-t-elle, aussi nonchalamment qu'elle put, car elle était folle de joie de voir le vaisseau sur ses listes.

Laria suivait de très près ce qui se passait sur le KLTS, où son frère Thian avait servi longtemps. Et sauvé bien des 'Dinis de l'ultime sacrifice. Thian était maintenant le représentant des TTF à bord du *Genesee* et ils échangeaient des nouvelles chaque fois qu'elle avait un chargement pour l'Escadre.

– OUI. LE KLTS FAIT HONNEUR À TOUS LES MRDINIS ET À TOUTES LES COULEURS QUI SERVENT À SON BORD, dit Plrgtgl, remuant ses membres inférieurs en un mouvement qu'elle avait appris à interpréter comme « satisfait ». THN LN A SERVI SUR LE KLTS AVEC HONNEUR POUR VOTRE MAISON.

Laria s'inclina pour le remercier de l'éloge, le visage impassible malgré une intense envie de sourire. Plrgtgl venait d'utiliser une expression humaine. Les 'Dinis de haut rang, comme Plrgtgl, commençaient à émailler fréquemment leurs propos de termes repris au Basic. Si seulement cet usage pouvait modifier la façon de penser et les méthodes de certains 'Dinis !

Chaque chose en son temps, se dit-elle.

Hé, dit Vanteer, le visage neutre mais la voix triomphante, *un point de plus pour le Basic !*

Parce que tu comptes les points, hein, Van ? remarqua Lionasha, les yeux pétillants de malice.

Et loués soient tous les dieux que tu nous débarrasses enfin de cette monstruosité. Vanteer projeta une image de lui-même se bouchant le nez. *Quand on est sous le vent, la puanteur est insoutenable. Même mes 'Dinis s'en plaignent.*

Laria n'osa pas répondre ni même lui lancer un regard d'avertissement, car elle devait concentrer toute son attention sur Plrgtgl. Elle fit signe à Lionasha de prendre les documents et d'établir un horaire pour les téléportations.

– IL Y AURA UNE GRANDE RÉCEPTION POUR L'ARRIVÉE DU KLTS VAINQUEUR, dit Plrgtgl.

– COMME IL SE DOIT POUR UN VAISSEAU QUI A TANT ACCOMPLI, répondit cérémonieusement Laria, avec les gestes signifiant plaisir honneur joie et acceptation. Maintenant, elle pouvait communiquer à haut niveau simplement par le langage corporel, quoiqu'il y eût de plus en plus de 'Dinis qui s'exprimaient couramment en Basic et qui mettaient leur point d'honneur à le parler avec les Humains. Elle lança un coup d'œil à Tip et Huf, qui se tenaient respectueusement à l'écart du grand Plrgtgl, et l'approuvèrent du regard.

– La délégation a-t-elle le temps de prendre des rafraîchissements ? demanda Laria, montrant la table préparée par Clarissia qui – Dieu merci – avait discrètement reculé jusqu'au mur. Tip, Huf et les autres 'Dinis – très conscients de son aversion à leur égard – se chargèrent de faire les honneurs, et apportèrent des sièges 'Dinis, tandis que Vanteer et Lionasha servaient les jus de fruits que Laria importait de la Terre à leur intention, sachant à quel point les 'Dinis en étaient friands.

Je ne veux pas me mêler de tes affaires de Méta, dit Vanteer sur bande étroite, *mais les 'Dinis vont de plus en plus aller et venir dans la Tour, et* elle *va devenir très encombrante.*

On soutiendra tout ce que tu feras pour t'en débarrasser, ajouta Lionasha.

Votre Méta a déjà engagé les pourparlers pour son remplacement, répondit Laria, centrant sa pensée sur ses deux collaborateurs, bien que Clarissia fût si enfermée dans sa xénophobie qu'elle n'aurait sans doute pas entendu un hurlement télépathique dans son voisinage.

Alléluia ! s'écria Vanteer, utilisant un terme archaïque qui surprit les deux femmes.

Malgré Clarissia, la visite officielle se passa bien, et Plrtgrl était si excité à sa façon par l'importance de ce trafic imminent – ayant eu l'initiative de la Tour, il se montrait assez possessif à son égard – que sa réserve passa inaperçue.

– On ne va pas chômer, les enfants, dit Lionasha, dès qu'elle eut fini d'évaluer le temps et l'énergie nécessaires pour l'expédition et la réception des envois vivants et inanimés. Elle promena son regard autour de la salle avec un grand sourire, qui s'évanouit quand ses yeux se posèrent sur Clarissia. La chétive D-2 s'avança alors, déglutissant convulsivement.

– Je ne désire pas déserter Clarf à une époque d'activité maximale, Méta, mais je sollicite un transfert aussi rapide que possible.

– Oh, nous ne manquerons pas de bras, dit Laria d'un ton dégagé. Le Méta Raven nous a déjà promis des renforts. Je peux te téléporter à Blundell quand tu voudras.

Lionasha et Vanteer se contrôlaient trop bien pour afficher la moindre surprise de la brusquerie de Laria, et eurent même la gentillesse d'émettre les protestations de rigueur.

– Non, il faut vraiment que je m'en aille, dit Clarissia, ses doigts frémissant à ses côtés.

Puis, sans ajouter un mot, elle se téléporta hors de la salle.

– Ça alors ! fit Lionasha, se tournant vers Laria dans l'espoir d'une explication.

Quant à Vanteer, son sourire s'élargit et il adressa un clin d'œil à la Méta.

– Comme je vous l'ai dit, je me suis occupée du problème, dit-elle avec désinvolture. Je viens d'obtenir l'autorisation officielle de la renvoyer. Nous devrons peut-être travailler un peu plus dur pendant quelque temps...

Pas si tu me réceptionnes à mi-chemin pour m'amener à bon port, dit une voix masculine que Laria ne reconnut pas.

Elle lança un coup d'œil vers Vanteer et Laria pour voir s'ils avaient entendu. Apparemment non, de sorte qu'elle termina sa phrase.

– Mais pas pour longtemps, semble-t-il. *Alors où es-tu, pour être si facilement récupérable ?*

Pas exactement « facilement ». Je suis actuellement avec l'Escadre C – et il ajouta ses coordonnées spatiales à la transmission télépathique. *T-2 servant à bord du* Redoutable *en qualité de courrier et bête de somme.*

Laria pouvait presque voir le sourire ironique de son interlocuteur. Elle perçut aussi l'ennui et la terrible fatigue que son ironie tentait de dissimuler. « Bête de somme » ? Enfin, ça valait mieux que débardeur.

Quand pouvons-nous espérer ton arrivée ?

J'ai reçu mes ordres. Mes bagages sont faits, et je monterai dans la capsule dès que tu me le diras.

Tu ne perds pas de temps à ce que je vois !

Franchement, Méta de Clarf, je suis bien content de quitter le vaisseau où je suis depuis très, très longtemps.

Le son de sa voix éveilla une profonde empathie chez Laria.

– Générateurs en puissance, s'il vous plaît, dit-elle, montant quatre à quatre les marches de sa Tour. *Si tu viens chez nous, que fera l'Escadre pour son approvisionnement ?*

On m'a informé que mon remplaçant suivra sans délai.

Et tu es... ? demanda Laria, réalisant qu'elle reconnaîtrait maintenant son contact mental à travers toute la galaxie, mais qu'elle ne savait pas son nom.

Oh, gloussa-t-il, je suis à bord depuis trop longtemps. Je suis le D-2 Kincaid Dano, d'Altaïr.

Merci. De nouveau, un éclat de rire tinta dans la tête de Laria.

Mes 'Dinis sont aux anges d'être postés sur Clarf, n'ayant jamais mis le pied sur leur monde d'origine.

Laria poussa un énorme soupir de soulagement. Il venait de lui fournir de lui-même la réponse à sa question la plus importante.

C'est sans doute l'unique raison qui me vaut cette promotion, Méta de Clarf, dit-il, avec un nouveau gloussement ironique, apprenant ainsi à Laria qu'il avait sans doute entendu et compris son soupir. Autre « plus » dont il ne pouvait pas se douter – elle avait dû *expliquer* à Stierlman des tas d'idiomatismes, et Clarissia s'inquiétait tellement de la façon de réagir à la moindre tentative de plaisanterie qu'elle sentait son sens de l'humour s'atrophier.

Pourquoi diable ne lui avait-on pas envoyé tout de suite quelqu'un du calibre de Kincaid ? Puis elle se rappela que les deux Escadres étaient parties depuis très longtemps. Mais quand même... Elle se reprit fermement en main : elle avait très bien dirigé la Tour de Clarf avec Nesrun et Yoshuk. Puis Vanteer était venu les aider jusqu'à l'ouverture de la Tour de Sef où l'on avait envoyé ses D-2. Lionasha avait alors rejoint Vanteer, et Stierlman était arrivé en qualité de D-2. Une Méta de Tour n'avait pas besoin de trouver la personnalité exactement « adéquate » pour établir de bons rapports – ces qualités complémentaires que sa grand-mère avait trouvées chez Afra après avoir tenté de s'adapter à tant de personnalités incompatibles. L'affiliation de Kincaid avec les 'Dinis serait maintenant essentielle pour réparer les dommages qu'avait pu causer le bref séjour de Clarissia.

Une pensée inattendue l'obligea à réprimer un bruyant éclat de rire. Et si Clarissia était la remplaçante de Kincaid ? Un plein astronef d'officiers et de matelots lui conviendrait peut-être parfaitement.

L'appariement avec des 'Dinis est certainement un avantage sur Clarf, répondit-elle, *mais il ne peut pas constituer le facteur décisif, Kincaid.*

Les générateurs montaient en puissance quand elle demanda à Lionasha d'afficher les cartes célestes nécessaires. Elle effectua une triangulation sur la position, et projeta son esprit vers la masse de métal et d'Humains qu'elle avait perçue chez Kincaid dans ses identifications périphériques de sa position actuelle. Elle sentit aussi la masse d'une capsule, avec Kincaid et ses deux 'Dinis à l'intérieur.

Prêt ?

Tu ne sauras jamais à quel point ! répondit-il d'un ton pénétré, et elle souleva la capsule, percevant de nouveau la profonde fatigue de Kincaid dans l'assistance qu'il lui apporta pour la téléportation. Diable, qu'est-ce que l'Escadre avait pu exiger de ce courrier-bête de somme pour l'épuiser à ce point ? Elle déposa doucement la capsule dans la nacelle la plus proche de la Tour, espérant que le vent ne soufflait pas vers lui la puanteur de Prtglm. *C'est aussi très important,* ajouta-t-il en un aparté dont elle n'était pas certaine qu'il lui était destiné.

Vanteer, tu fais les honneurs, s'il te plaît ! Elle saurait ce qui était « très important » quand ils seraient face à face. *C'est Kincaid Dano d'Altaïr, notre D-2 remplaçant, et ses 'Dinis. Clarissia,* ajouta-t-elle sur bande étroite uniquement à l'intention de la jeune fille, *une capsule personnelle vient d'arriver et est à ta disposition pour retourner à Blundell – si tu me donnes une idée du temps qu'il te faudra pour te prép...*

Je peux partir immédiatement !

La joie, ou le soulagement, du départ la rendait hystérique, à moins que ce ne fût les deux. Le temps que Laria se lève de sa couche pour aller regarder à la fenêtre, elle vit Vanteer serrer la main d'un homme assez grand qui lui tournait le dos. Ses épaules avachies accusaient encore l'impression de fatigue qu'elle avait déjà perçue. Quand il se retourna vers la capsule avec

Vanteer pour aider ses deux 'Dinis adultes à débarquer, l'écoutille lui cacha son visage. Clarissia, suivie d'une montagne de bagages, traversa le plaston en courant. Les deux hommes l'aidèrent à s'installer dans la capsule avec ses bagages. Vanteer ferma le sas avec un claquement définitif qui fit sourire Laria.

Elle est prête à partir, Laria. J'amène Kincaid, Npl et Pls à la Tour.

Laria se téléporta presque jusqu'à sa couche tant elle avait hâte de renvoyer la jeune fille. Elle sentit aussi que Clarissia l'aidait à faire remonter les générateurs en puissance pour l'envoi – c'était la première fois qu'elle agissait sans attendre les ordres.

Je te souhaite bonne chance partout où tu iras, Clarissia.

Ne fais pas la magnanime, Laria, répondit-elle d'un ton hargneux. *Tu sais très bien que tu veux te débarrasser de moi depuis l'instant où je suis arrivée et où tu as découvert que je ne suis pas une fan des fouines comme toi. Tu découvriras bientôt que la popularité de tes collaborateurs est en baisse, et ta famille sera remplacée. Ça, c'est une promesse.*

Laria réprima le désarroi que lui causa tant d'animosité. Elle refusa de répondre à ces insultes et menaces stupides. Et les services qu'assumait sa famille pouvaient difficilement passer pour des sinécures. Elle se força à répondre avec dignité.

Tu es une D-2 compétente, Clarissia, et en tant que telle, je peux te recommander pour ton prochain poste. Au revoir !

Tu n'as pas fini d'entendre parler de MOI. Laria ignora la virulence de la réponse, mais téléporta Clarissia aussi vite qu'elle le put vers l'immense champ d'atterrissage de la Terre à la Base de Blundell.

Gollee !

Je t'écoute, Laria.

Clarissia est une bonne D-2, mais surveille-la.

C'était mon intention, vu qu'elle n'a pas pu travailler avec toi, Laria.

Le ton de Gollee fut comme un baume après la dernière flèche empoisonnée de Clarissia.

Tu descends, Laria ? demanda Vanteer, d'un ton signifiant « je pense que tu devrais ».

Et comment!

Clarissia t'a lancé une flèche venimeuse en partant? demanda Lionasha avec un soupçon d'angoisse.

Laria ne répondit pas, mais descendit l'escalier d'un pas beaucoup plus léger qu'en montant. Elle n'aurait pas dû être si naïve, mais elle fondait de grands espoirs sur le nouvel arrivant, ne fût-ce qu'à cause de son humour.

Kincaid était grand, et ses 'Dinis atteignaient presque la taille de Tip et Huf. Malgré la différence des couleurs, les six 'Dinis en résidence entourèrent Npl et Pls avec affection, gesticulant et piaillant avec enthousiasme en signe de bienvenue.

Kincaid sifflotait un très vieil air, que Laria connaissait car son arrière-grand-mère dénébienne le chantait pour endormir ses petits frères et sœurs pendant les vacances d'été. « Si tu vas aujourd'hui dans les bois, tu auras une grosse surprise. »

Après les tensions du matin, Laria éclata de rire. Elle sut aussitôt que Kincaid ne manquerait pas de lui plaire. Il s'avança vers elle, son visage étroit et pâle tout éclairé du plaisir qu'elle eût reconnu la chanson. On ne pouvait pas dire qu'il était « beau », au sens où l'était Yoshuk, mais il était séduisant, malgré la pâleur consécutive à la vie à bord, et la sécheresse de sa peau qui creusait son visage de rides prématurées. Il ne devait pas être plus âgé que Vanteer. Longiligne et beaucoup trop maigre pour son puissant squelette, il lui tendit une longue main aux doigts carrés, paume verticale, pour qu'elle puisse, au choix, l'effleurer, contact que préféraient les Doués, ou la serrer.

Elle était si contente de le voir, apparié à des 'Dinis, toujours prêt à rire et doté d'un humour ébouriffant, qu'elle lui saisit la main et profita au maximum – comme lui, après un instant d'hésitation polie – de ce contact. Il était résineux/vert/curieusement velouté, très, très fatigué, et, bien qu'il tentât de le dissimuler, homosexuel. Ce qui importait peu, s'il était un bon D-2. Il valait même peut-être mieux qu'ils soient amis, comme sa grand-mère et Afra l'avaient été, qu'amants. Malgré tout...

– La première chose que tu vas faire, Kincaid, c'est te reposer le temps qu'il faudra, dit-elle d'un ton sans réplique, tournant sa petite main dans la sienne et l'entraînant hors de la grande salle de la Tour et vers les quartiers d'habitation. Ici, il faudra te méfier du soleil, surtout après ton long séjour en astronef...

– Hélas, dit-il. *Écoute, Méta Laria,* dit-il au niveau le plus confidentiel que permettaient leurs mains jointes, *il y a quelque chose d'extrêmement important...*

– Je vais lui trouver la crème solaire la plus efficace, et des lunettes protectrices pour réduire la réverbération, dit Lionasha. Car elle est gênante, même dans la vision périphérique.

– Passe devant, Laria, et assombris la chambre. Je suppose que Clarissia n'y a pas pensé et que la pièce est étouffante, dit Vanteer, ramassant l'un des sacs de Kincaid. Tu vas dormir !

– Mais je suis ici pour vous aider... *Méta Laria, il faut que...*

– Tu ne seras en état de nous aider dans aucun domaine, Kincaid, dit fermement Laria, répondant à la fois au message parlé et au message télépathique, tant que tu ne seras pas reposé.

Tu ne réalises pas..., insista-t-il, serrant la main de Laria pour souligner l'urgence de sa communication.

Quelques heures ne feront pas tellement de différence, non ? fit-elle, la reconnaissance de sa sexualité comptant peu pour elle. Mais il ne se rendait peut-être pas compte que sa fatigue avait permis à Laria d'accéder aux parties les plus intimes de son esprit. *Même avec mon aide, tu ne pourrais guère transmettre plus loin que ton nez.*

Quelques heures, non, je suppose. Mais – ajouta-t-il à voix haute – Nil et Plus doivent contacter leurs...

– Nos 'Dinis s'en occuperont pendant que tu dormiras, promit Laria, conciliante, lâchant sa main pour pousser la porte de la Tour.

Lionasha saisit le second sac et ils pointèrent le grand D-2 dans la direction où ils voulaient aller. Levant les bras en signe de reddition, Kincaid se laissa guider.

Laria entra dans la première chambre d'invité, réduisant la lumière à une pénombre supportable.

– Ah ! s'écria Kincaid, embrassant la pièce du regard. Un vrai lit !

– Oui, dit Laria en riant. Tu ne devais pas très bien tenir sur une couchette, non ?

Il roula sur le lit extra-long et large et s'y immobilisa, bras et jambes écartés. Un instant, les trois autres Doués attendirent son prochain commentaire.

Puis Laria porta la main à sa bouche pour réprimer un éclat de rire.

– Il dort ? chuchota Lionasha.

– Il s'est éteint comme une bougie !

Ils sortirent tous les trois, Laria éteignant toutes les lumières et refermant soigneusement la porte.

– Non que ce soit nécessaire. Je crois qu'une torpille ne le réveillerait pas..., remarqua Laria, tandis qu'ils retournaient à la Tour.

Au milieu du couloir ils entendirent les voix excitées de leurs 'Dinis, qui s'occupaient déjà des nouveaux venus.

– Vous avez tous congé pour aujourd'hui, déclara Laria en entrant. Nous n'attendons plus rien.

– Tu as raison, dit Lionasha, consultant le premier bordereau de sa pile. Aucune des cargaisons de Plrgtgl n'arrivera avant demain. Mais, ajouta-t-elle, arrachant avec panache un bout de papier à son imprimante, voilà les coordonnées de l'endroit où tu peux transporter cette maudite capsule.

Elle tendit le papier à Laria.

– Décidément, toutes mes prières ont été exaucées, aujourd'hui. Vanteer, pousse les générateurs, dit-elle, s'installant sur sa couche. J'ai l'impression d'avoir fait toute une journée de travail avec une seule expédition et une seule réception. Ça, c'est le bonus.

Coordonnées en main, elle se concentra, se mit à l'unisson des générateurs, et transporta la capsule de Prtglm à l'endroit indiqué.

– Et voilà !

Vanteer renifla avec ostentation.

– Amélioration certaine, dit-il.

– Et dans tous les domaines, acquiesça Lionasha. Je ne sais pas comment tu as fait pour la supporter si longtemps, Laria. Tu as une patience de sainte.

– Qu'est-ce qu'une sainte ? demanda Vanteer.

– Oh, toi ! fit Laria, car l'humour fantasque de Vanteer se manifestait aux moments les plus inattendus.

Ce devait être un de ces moments où il essayait de la prendre en défaut. Lionasha avait pris au sérieux la question de Vanteer. Étant férue d'histoire, elle lui expliqua le concept. Si ce Kincaid s'intégrait avec ces deux-là aussi bien qu'elle le pensait, ils seraient finalement une véritable Équipe de Tour. Vanteer était on ne peut plus hétéro – elle pouvait aussi espérer quelque chose de plus du côté de Vanteer, mais elle ne pouvait pas prendre l'initiative, pas avec la personnalité de Vanteer et ses manières expansives qui l'inhibaient. Et dans la communauté humaine en augmentation, il y en avait plusieurs qui trouveraient sans doute Kincaid à leur goût.

– TLP, HGF, VOUS TOUS, S'IL VOUS PLAÎT, EMMENEZ NPL ET PLS VISITER CLARF. MONTREZ-LEUR BIEN TOUT CE QU'ILS DOIVENT CONNAÎTRE. VOUS AVEZ CONGÉ JUSQU'À DEMAIN MATIN.

Le plus sombre des deux 'Dinis couleur sable de Kincaid se tourna poliment vers Laria.

– KNKD EST FATIGUÉ DE TROP DE STRESS. LE LAISSERAS-TU DORMIR, LR LN ?

– JUSQU'À CE QU'IL SE RÉVEILLE, TRÈS EXCELLENT NPL.

Nil et Plus se récrièrent, ravis, car ils n'avaient pas été officiellement présentés, et ils étaient enchantés que Laria fût capable de les distinguer.

– LR LN CONNAÎT TRÈS BIEN LES MRDINIS, déclara Tip, aussi pompeusement que le pouvait un 'Dini de son âge.

Huf, les 'Dinis de Vanteer, Dig et Nim, et ceux de Lionasha, Fig et Sil, se tordaient de rire 'Dinis. Les trois Humains durent rassembler leurs efforts pour pousser hors de la Tour les huit 'Dinis hilares. Ils continuèrent à rire aux larmes jusqu'aux grilles de sortie, où tous les huit retrouvèrent la dignité convenant à des 'Dinis de rang raisonnablement élevé.

Méta Laria ?

L'appel devait avoir été répété plusieurs fois de plus en plus fort avant que Laria ne se réveille, incapable d'identifier la voix.

Qui est là ? Elle était surprise et assez contrariée d'être tirée d'un profond sommeil.

Kincaid. Je m'excuse, mais je suis assez reposé maintenant pour transmettre un rapport urgent et top secret au Méta de la Terre. Il y eut une hésitation que Laria interpréta comme un signe d'embarras. *Je n'ai pas encore la force de transmettre à si longue distance et je requiers ton assistance.*

Ce qu'il ne dit pas et qui mit Laria en alerte plus que n'importe quoi, c'est que le secret de la communication était crucial. Le personnel de Tour ne devait pas être au courant du message, les générateurs ne devaient pas être utilisés.

Kincaid pouvait bien dire qu'il était suffisamment reposé, mais, à sa voix, Laria comprit qu'il ne l'était pas autant qu'il voulait bien le lui faire croire.

Je te prends en allant à la Tour, fit-elle, enfilant la longue robe vague qu'affectionnaient les Humains de Clarf.

Debout devant sa porte fermée, il portait toujours la combinaison de vol dans laquelle il était arrivé, mais il était pieds nus. Il était quatre heures du matin, heure de Clarf, et le sol était presque frais sous leurs pieds nus. Elle monta les marches deux à deux, et il l'imita. Autre changement bienvenu par rapport à Clarissia, guindée jusqu'aux pires excès du méthodisme. Laria lui montra sa couche, qui, se dit-elle, devrait être rallongée pour être confortable, mais il s'y allongea sans un murmure.

As-tu assez souvent réalisé la fusion mentale pour qu'elle ne te pose pas problème? Il y avait des tas de choses qu'elle aurait besoin de savoir sur lui avant d'effectuer d'importantes téléportations.

Plus souvent avec des D-2 et des D-3 qu'avec une Méta...

Alors, mieux vaut que tu n'aies pas la force de résister, dit-elle, prenant fermement le contrôle. À part soi, elle se demanda une fois de plus ce que la Marine avait pu faire à cet homme pour le réduire à un tel état d'épuisement physique et mental. Puis elle reçut des émissions d'angoisse / douleur / désillusion. Ainsi, outre le surmenage, il avait eu des déboires émotionnels sur le *Redoutable.* Malgré cela, la fusion s'effectua aussi facilement qu'on enfile un gant à sa taille. Un bon point de plus pour le D-2.

Fusion Laria-Kincaid au Méta de la Terre. Urgent.

Je suis là, et j'attendais le message de Kincaid. Soutiens-le, veux-tu, Laria?

Cela surprit Laria, qui assuma immédiatement et facilement la position secondaire dans la fusion, grâce à toute l'expérience acquise à la Tour d'Aurigae avec ses parents.

J'avais des ordres précis, comme tu le sais, Méta, mais l'Escadre a demandé mon aide dans bien d'autres domaines, et comme je n'avais pas d'interdiction spécifique, j'ai jugé par moi-même au cas par cas.

Tu as bien fait, Kincaid. Continue.

Laria s'efforça de ne pas se crisper : cela ressemblait étrangement à ce qui était arrivé à son frère ; pas d'ordres spécifiques *interdisant* une action dont les conséquences s'étaient révélées désastreuses. À en juger par ce qu'elle avait perçu de sa détresse personnelle, même la maturité et la plus grande expérience de Kincaid ne lui avaient pas évité un traumatisme qu'il essayait de surmonter.

On m'a demandé de lancer les nouvelles sondes en plastique vers les planètes de type M-5 quand nous les croisions à distance compatible avec mes capacités. Les Commandants Steverice et Hsiang ont eu soin de trouver des raisons à ces reconnaissances. La première planète rencontrée avait autrefois – et il fit une pause significative – *été occupée par le Multiple, car l'astronef colonisateur était en orbite, et un assez grand nombre de bâtiments maintenant très identifiables des Coléoptères étaient visibles – bien que ce monde ne semble pas avoir été aussi actif que Xh-33. Aucune activité ne fut observée pendant la surveillance parabolique de quarante-huit heures. La seconde planète examinée était totalement dépourvue de vie et de végétation, mais elle était entourée d'un anneau de détritus similaire à celui observé par l'Escadre B, décidèrent les Commandants Steverice et Hsiang. Le troisième monde M-5 n'était pas encore mort, mais il était dans un tel état de déséquilibre écologique que seule une action immédiate pourrait inverser le processus. J'en possède les coordonnées, et je suggère qu'on monte une expédition commune – si c'est politiquement possible – pour sauver une planète qui pourrait être habitable. Il y avait des Coléoptères ; il restait deux petits bâtiments, mais en ruine. Le quatrième monde est colonisé par le Multiple.*

La sonde a-t-elle été vue ?

Négatif.

Merci, Kincaid. Tu en as fait plus qu'on ne t'en demandait, et nous apprécions tes efforts. Méta Laria, tu devras t'assurer que cet homme a complètement récupéré avant de prendre son poste à la Tour.

Tu peux compter sur moi, Méta de la Terre.

Je sais, ma chérie. Et maintenant, retournez vous coucher. Surtout toi, Kincaid.

Laria, toujours en fusion mentale avec Kincaid, sentit qu'il commençait à projeter une autre phrase et, aussi doucement et rapidement que possible, car même la fusion l'avait épuisé, elle rompit le contact.

– Tu as entendu mon grand-père. Assez, c'est assez.

Kincaid avait reposé les pieds par terre, et, le corps avachi, enfoui la tête dans ses mains.

– Tu cherches le bâton pour te faire battre, hein ? fit-elle, un peu contrariée de tant de conscience professionnelle, même si son éducation la forçait à l'approuver par toutes les fibres de son être.

– Pourtant, tu réalises l'importance de ces messages ?

– Oui, bien sûr. Mais, maintenant, mon ami... – et elle fit une pause, pour l'obliger à la regarder dans les yeux –, mon ami Kincaid Dano d'Altaïr, tu vas dormir tout ton soûl, conclut-elle en souriant.

Puis, sans lui demander son avis, elle le téléporta directement dans son lit, s'amusant de cette sollicitude maternelle, mais cachant soigneusement son amusement. Il ne lui opposa ni protestations ni résistance. Trop épuisé pour ça, pensa-t-elle. Passant devant la chambre de Kincaid en retournant à la sienne, elle « jeta un coup d'œil » à l'intérieur. Il dormait sur le côté gauche, la tête sur son bras. Elle étendit sur lui la légère couverture. L'aube apportait toujours une brise fraîche, quelle qu'ait été la chaleur de la nuit ou que soit celle du jour à venir. Elle ne voulait pas qu'il attrape un rhume ridicule.

Kincaid se réveilla dans la soirée du lendemain, et il lui fut immédiatement servi un repas nourrissant que Laria et Lionasha avaient passé pas mal de temps à concocter.

Merci aux inconnus qui m'envoient ça, dit-il, quand il eut nettoyé son plateau. Et il se rendormit avant que quiconque à la Tour ait pu lui répondre.

– Qu'est-ce qu'on a fait à ce pauvre diable ? demanda Lionasha.

– Plus qu'on ne devrait en demander à un D-2, je dirais, répondit Laria un peu sèchement.

– Comme à ton frère, hein ? dit Vanteer.

Laria secoua la tête.

– Pour commencer, Kincaid est un D-2, et il n'avait pas les capacités qu'ont Thian ou Rojer, mais il a fait beaucoup plus de choses qu'il n'aurait dû. Et vraiment différentes des expéditions-réceptions normales.

Vanteer regarda le globe galactique en trois-D remis à jour presque tous les mois par les différentes escadres, des Humains et des Mrdinis, qui exploraient dans toutes les directions.

– Ouais, il devait être dangereusement près de ses limites, même avec les générateurs que possèdent ces astronefs de classe Galaxie.

Lionasha soupira.

– Pourtant, nous aurons bientôt besoin de lui, Laria, dit-elle, tapotant la pile de bordereaux des matériaux lourds à expédier aux docks lunaires. Ce sont des mastodontes.

Laria sonda l'esprit endormi de Kincaid, et fut rassurée d'y constater le retour d'une saine résistance.

– Encore vingt-quatre heures et il sera un autre homme.

– Alors, nous pourrons commencer les expéditions après-demain ? demanda Lionasha, réprimant l'enthousiasme qu'elle ressentait pour le projet.

Vanteer et Laria éclatèrent de rire, connaissant la raison de son impatience.

Depuis les premiers jours de la Tour de Clarf, où Yoshuk et Nesrun s'étaient débrouillés comme ils pouvaient dans cet étrange environnement, des Humains de plus en plus nombreux avaient accepté des postes administratifs ou consultatifs sur Clarf et sur ses deux Bases Lunaires. Près de trois mille Humains, dont certains possédaient les Dons à des degrés différents, bien que ce ne fût pas obligatoire, formaient un groupe social changeant mais agréable. Des spécialistes arrivaient, s'intégraient brièvement, ou demeuraient selon ce qu'exigeait leur travail. Les installations de la Tour avaient été agrandies plusieurs fois et à différents niveaux pour accueillir les transitaires. Une large bande de terre, près de la mer, avait été réservée aux résidents humains permanents. Depuis peu, Lionasha fréquentait un jeune Dénébien, Buzbeth Hawk, ingénieur en servo-mécanique. Bien que D-5, il n'était que marginalement empathique avec les Humains. Lionasha n'en avait cure : elle, elle le contactait très facilement. Vanteer préférait « papillonner », comme il disait, quoiqu'il contribuât déjà à l'entretien de deux enfants de deux mères différentes et Douées mineures. Il était certain que la fille était déjà une télépathe réceptrice. Laria souhaitait souvent que Vanteer « reçût » davantage d'elle qu'il ne le faisait. Mais on ne force pas les rapports humains, surtout entre Doués. Elle le savait très bien, connaissant l'histoire de son père et de sa mère.

Vingt-quatre heures plus tard, reposé et détendu, Kincaid rejoignit les autres à la Tour pour le repas de l'aube. À l'évidence, il s'était renseigné sur les horaires, et savait qu'ils préféraient expédier les lourdes charges aux petites heures du matin.

– Suis-je assez en forme, Méta ? demanda-t-il, s'asseyant en face de Laria.

– Oui, sinon je ne t'aurais pas laissé sortir de ta chambre, répondit-elle en lui passant la cafetière.

Il huma l'arôme en connaisseur et sourit.

– Du vrai café ! La Marine a une concoction qu'ils appellent « café », mais ça n'a rien à voir avec, vous pouvez me croire !

– Dans cette Tour, nous jouissons de certains avantages que même la Marine n'a pas, répondit Vanteer, lui passant les fruits tout frais cueillis que les paysans 'Dinis déposaient régulièrement aux grilles de la Tour.

– Clarf représente une amélioration certaine par rapport à la Marine, ça c'est sûr !

Puis il sursauta et regarda autour de lui en fronçant les sourcils.

– Où sont Nil et Plus ?

– Ils aident les autres, dit Vanteer, montrant du pouce par-dessus son épaule l'aire de lancement de la Tour, encore plongée dans l'ombre. On a des mastodontes à balancer. Ils se sont si bien intégrés qu'on les croirait de la même couleur que les autres.

L'air immensément soulagé, Kincaid se mit à manger.

– Ils ont été... incroyablement compréhensifs pendant notre affectation sur l'Escadre C.

Lionasha se pencha vers lui à travers la table.

– Ne t'étonne pas s'ils gardent leur œil pédonculé relevé pendant un certain temps. On les a accueillis en héros. Ceux de leur couleur ont envahi le complexe le premier matin, et depuis, ils sont invités tous les soirs.

– Ils ont besoin d'être avec les leurs. Ils sont près d'hiberner.

– Oui, nous l'avons remarqué, et Plrgtgl a pris pour eux des dispositions prestigieuses, ajouta Laria, se levant en souriant. Bon, emporte ton café à la Tour, Kincaid. Il faut y aller.

Il avala la fruit qu'il avait dans la bouche, remplit sa tasse à la hâte et se dirigea vers l'escalier.

– Café à volonté, dit Lionasha, s'asseyant à son poste.

– Tu as déjà travaillé dans une Tour ? demanda Laria.

– Mon dossier ne m'a pas encore rattrapé ?

– Si, il est quelque part dans les fichiers, mais j'aime mieux l'entendre de ta bouche. Tu n'as pas eu de problème pour la fusion, même à moitié mort de fatigue, et c'est la partie la plus difficile du travail de Tour. Certains n'y arrivent jamais.

Tout en bavardant pour le mettre à l'aise, elle s'installait sur sa couche.

– Oh, mais elle est toute neuve, fit-il, passant la main sur la suédine du capitonnage et remarquant la longueur de la sienne.

– Tu n'aurais pas tenu dans la vieille couche de Clarissia.

– Eh bien, c'est une attention appréciée, répondit-il, en imitant son ton à la perfection.

Il s'allongea sur la couche, dépliant ses longues jambes avec un soupir d'aise.

– Avec les trucs qu'on a à expédier aujourd'hui, Kincaid, le confort est aussi essentiel que le placement. Lionasha, ajouta-t-elle, élevant la voix, on commence par quoi ?

– Le mastodonte pour la base lunaire...

Laria montra le placement sur l'écran trois-D au-dessus des couches.

– Nous avons plus de trafic inter-système que la plupart des Tours.

Elle vit que Kincaid écoutait la montée en puissance des générateurs, puis sentit son esprit toucher le sien.

– Aujourd'hui, Kincaid, on s'y met tous ensemble pour balancer ces mastodontes, dit-elle, englobant dans la fusion d'abord Lionasha, puis Vanteer, avec le D-2 comme appui.

Les générateurs atteignirent leur pleine puissance, et Laria poussa la fusion à téléporter vivement le cargo dans la nacelle qui l'attendait sur la base lunaire.

Kincaid tourna la tête vers elle et sourit.

– Ainsi, c'est comme ça qu'une vraie Tour manœuvre ces masses.

– La première de beaucoup d'autres. Dieu merci, nous avons huit 'Dinis pour les préparatifs au sol. Ils sont les meilleurs !

Kincaid attrapa le rythme, comme s'il avait fait partie de l'équipe depuis des années. Vanteer et Lionasha ne firent pas de commentaires sur la facilité de son intégration, mais Laria sentit leur soulagement. Presque sans s'en apercevoir, ils en finirent avec les expéditions et ensuite se préparèrent à recevoir. Quand le soleil de Clarf atteignit son zénith, Laria décréta une pause. Malgré la climatisation, la chaleur dans la Tour devenait inconfortable.

Hé, fit la voix joyeuse de Yoshuk, venant de la Tour de Sef, *si tu veux nous envoyer ce mec, je l'accueillerai à bras ouverts.*

Moi aussi, ajouta Nesrun.

Ne venez pas braconner sur mes terres maintenant que j'ai trouvé quelqu'un qui convient, dit Laria avec fermeté.

Oui, ma'ame, non m'sieur, répondit Yoshuk, si effrontément qu'elle vit son sourire malicieux.

Kincaid s'étirait et détendait ses muscles, qu'il avait involontairement crispés en réaction aux « portages » du jour. Son esprit avait perdu la résistance du matin, et Laria espéra qu'elle n'avait pas exagéré pour le premier jour.

– Allons déjeuner. Et après, avec cette chaleur accablante, on va tous faire la sieste, ajouta-t-elle, certaine que Vanteer et Lionasha entreraient dans le jeu. Ça permettra aux 'Dinis de se reposer aussi. Et ne regarde pas dehors en plein midi sans lunettes, ajouta-t-elle à l'adresse de Kincaid qui s'approchait de la fenêtre pour regarder les 'Dinis qui s'affairaient en bas, deux d'entre eux traînant derrière les autres. Nil et Plus sentiront aussi la différence pendant un certain temps, mais ils s'adaptent plus vite que nous.

Clignant vigoureusement ses yeux larmoyants, Kincaid dit, avec un sourire en coin :

– Qui donc prétendait que Clarf était une Tour facile ?

– Oh, elle l'est, dit Laria, qui descendait déjà l'escalier. Il y a beaucoup à faire en ce moment à cause des nouvelles dispositions pour la flotte, mais, la semaine prochaine, nous n'aurons presque rien à bouger.

Ils firent un déjeuner aussi léger que les 'Dinis, ayant adopté cette coutume raisonnable. Nil et Plus ayant mal aux yeux, Kincaid voulut les soigner, mais les six autres 'Dinis l'écartèrent et s'amusèrent comme des fous à trouver le traitement le plus efficace et rapide. Leurs efforts conjugués amenèrent des sourires de fierté sur les visages des trois anciens de Clarf.

– Je suis hors du coup depuis plus longtemps que je ne l'imaginais, dit Kincaid, pelant une poire fondante des marais que les autres lui avaient recommandée.

– Tu as passé combien de temps avec l'Escadre ? demanda Vanteer.

Kincaid, fronçant les sourcils, fit une pause avant de répondre.

– Près de cinq ans, je crois. À peu près.

– Tant que ça ?

Laria essaya de se rappeler depuis quand exactement Thian était parti, mais ça ne faisait pas cinq ans.

– J'étais avec l'Escadre C bien avant la découverte des queues ioniques. C'est dans notre quadrant qu'on les a repérées. Et après, la présence d'un Doué était encore plus indispensable à l'Escadre.

– Ils cherchaient à te griller le cerveau, ou quoi ? demanda Vanteer avec indignation avant que Laria ait pu prendre la parole.

– Oh non, et je ne suis pas grillé, répondit Kincaid, bien qu'il se frictionnât machinalement le front. Et il y avait plus qu'assez de Doués dans l'équipage pour me soutenir au besoin.

Guettant un indice pouvant la renseigner sur ses problèmes personnels, Laria le perçut enfin. Ainsi, cette longue croisière avait été fertile en complications pour le Doué homosexuel.

– Il y a longtemps que tu as des migraines comme ça ? demanda Laria, s'efforçant de dissimuler sa consternation et son inquiétude.

Il cessa de se frictionner la tête, la regarda dans les yeux et gloussa :

– Ça va et ça vient.

– Eh bien, je fais une belle Méta, dit-elle en se levant. Elle vint se placer derrière lui et posa légèrement les deux mains sur sa tête, doigts écartés, comme un filet, émettant doucement les inhibiteurs qui réduiraient à la fois la douleur et la légère enflure des aires cérébrales gouvernant l'activité psionique.

– Ça va aller, Laria, je t'assure, dit Kincaid, tentant de repousser ses mains.

– Surtout pas, s'écria Lionasha, le menaçant de l'index. Laria est une excellente guérisseuse.

Ce que Laria perçut également, parce que Kincaid n'avait aucun moyen de l'empêcher, c'est le tumulte de ses émotions, souffrance/abandon/déception, et aussi une douleur physique que le sommeil et le repos n'avaient pas supprimée. Sa participation à la fusion mentale de la matinée avait presque annihilé les effets thérapeutiques de plusieurs jours de sommeil bien mérité. Étant donné son état, il s'était comporté en bon petit soldat.

– Ça va mieux, mon ami ? demanda-t-elle négligemment, retirant ses mains car elle en savait plus que lui désormais sur sa propre condition physique et mentale.

Il attacha sur elle un regard aussi pénétrant que possible, sans attirer l'attention. Puis ses lèvres crispées se détendirent en un bref sourire. Elle alla se rasseoir, et prit une autre poire dans la coupe, comme si son traitement n'avait été qu'un simple blocage antidouleur.

– Oui, *mon amie*, beaucoup mieux. Merci, ajouta-t-il, terminant sa propre poire.

– Lionasha, on n'a que des trucs légers à expédier ce soir, non ? demanda Laria, feignant un bâillement très convaincant. On n'aura pas grand-chose à faire à la fraîche.

– Exact, dit Lionasha.

– J'ai entendu un « ping » dans mes moteurs ; je vais voir ce que c'est avant la sieste, dit Vanteer, se dirigeant vers l'escalier conduisant à la machinerie.

Et c'est ainsi que la Tour de Clarf parvint à embobiner Kincaid, pour le forcer à se reposer jusqu'à ce que son épuisement physique et mental commence à de dissiper.

CHAPITRE IV

Quand le profond traumatisme de Rojer commença à s'atténuer, Isthia recommanda qu'on lui permette de reprendre les études d'ingénierie qui le passionnaient tant avant la tragédie. Il fallait distraire son esprit de la perte de ses amis. Elle proposa un séjour dans son bien-aimé cottage, plus aussi isolé qu'autrefois, Deneb City, s'étendant dans toutes les directions, se rapprochait de plus en plus de sa retraite près du lac, réduisant à néant les arguments de ceux qui prétendaient qu'un excès de solitude n'était peut-être pas indiqué pour l'affliction du jeune homme.

Crois-tu donc que l'un ou l'autre d'entre nous ne sera pas constamment en contact mental avec lui, Damia? avait déclaré Isthia avec dédain. *Nous ne sommes toujours qu'à une pensée de distance, moi, toi, Afra...*

Jeff, ajouta le Méta de la Terre.

Le séjour au cottage a été salutaire pour toi et Afra, non? poursuivit Isthia, ignorant l'interruption de son fils. *Nous savons tous qu'il a besoin de donner libre cours à son chagrin. Alors, qu'il le fasse en paix. Pour le moment, il se soucie peu d'avoir des compagnons. En fait, ils ne feraient que lui rappeler sa perte. Nous avons fait tout ce que nous pouvions sur le plan métamorphique. Maintenant, il faut distraire son esprit, et si c'est l'ingénierie qui le passionne, va pour l'ingénierie.*

Damia et Afra englobèrent Xexo dans la discussion, et le D-8 approuva sans hésitation la proposition d'Isthia. Rojer avait des dispositions naturelles pour l'ingénierie, et il se trouvait au bon endroit pour faire ses études. Il y avait d'autres étudiants ingénieurs sur Deneb, de sorte qu'il pourrait, au choix, avoir beaucoup ou peu de contacts avec ses pairs. Après tout, il y avait plus de Métas que de Tours à diriger, poursuivit Xexo, et, après une longue discussion avec le Capitaine Metrios du *Genesee*, il rédigea un programme sur mesure pour que le jeune D-1 Rojer Lyon oublie son chagrin dans l'étude.

Après des débuts décousus et sans enthousiasme, Rojer commença à réagir au programme astucieusement conçu pour lui, et à passer des heures devant son terminal à se défier lui-même sur IngéProf. Ses progrès furent dûment notés. Si Xexo arborait un sourire suffisant chaque fois qu'on parlait de Rojer, personne ne le contredisait lorsqu'il affirmait que les progrès du jeune homme constituaient sa plus belle réussite professionnelle.

De temps en temps, son oncle Jeran, Méta de Deneb, lui demandait de venir l'aider à la Tour, « pour conserver la main ». Il y rencontrait des cousins et cousines différemment Doués et qui mettaient aussi la main à la pâte. Il n'avait jamais eu beaucoup de sympathie pour son cousin Rhodri, mais il se trouva attiré par la plus jeune des Eagle, la timide Asia qui étudiait aussi l'ingénierie.

Il recevait constamment des invitations de ses nombreux parents, les Eagle, les Raven, les Sparrow, mais il les refusait toutes, sous prétexte qu'il devait étudier, s'occuper du jardin et maintenir à un niveau acceptable la population du lac. D'abord, il s'était révolté contre ce qu'il considérait comme leur indifférence à l'égard de ce qu'il venait d'endurer. À part Asia, dont les grands yeux gris-bleu s'attristaient toujours quand il la surprenait à le regarder au cours des réunion de travail mensuelles. Mais cette révolte ne dura pas longtemps, car, empathe comme il l'était, il sentit bientôt une présence compréhensive chaque fois qu'il avait un accès de cafard. Ce n'était jamais la même personne, et jamais une présence envahissante, mais il y avait toujours *quelqu'un* lorsque son chagrin s'avivait. Le plus souvent, c'était Damia ou Afra ; une fois, ce fut sa grand-mère, plusieurs fois Élizara, surtout au début ; mais, la plupart du temps, c'était son arrière-grand-mère Isthia ou sa tante Besseva. Une fois, au milieu d'une nuit particulièrement pénible, il fut certain que c'était Asia, puis il s'aperçut ensuite que c'était la Rowane. Il lui était impossible d'ignorer qu'ils faisaient tout pour partager sa perte, son profond chagrin – surtout quand, par inadvertance, ils pensaient à leurs propres expériences de chagrin et de deuil. Ainsi, bien qu'on le laissât tranquille pour guérir à son rythme, il n'était jamais vraiment *seul*, et cela était en soi le baume le plus efficace.

Environ six semaines après son installation au cottage, Isthia ou Besseva – elles avaient insisté pour supprimer les références familiales – proposa de l'emmener dîner en ville. D'abord, il soupçonna une amicale conspiration quand il remarqua qu'il n'y avait aucun 'Dini. Mais ses parentes, n'ayant que l'embarras du choix pour les invitations, choisissaient astucieusement les familles sans association avec des 'Dinis. Il raccompagnait souvent Asia chez elle parce qu'elle écoutait ses théories et lui faisait souvent d'astucieuses suggestions.

– Pourquoi ne dis-tu jamais rien lors des réunions mensuelles ? On pourrait croire que tu es tout juste tolérée dans la classe ! fit-il, un jour qu'elle le surprit par sa connaissance des jo-jonctions.

– Oh, répondit-elle, agitant nerveusement la main, je pourrais me tromper et on se moquerait de moi.

– En tout cas, tu ne t'es jamais trompée avec moi, insista-t-il, contrarié de sa timidité.

– Oui, mais tu n'es pas comme les autres de ma famille, répliqua-t-elle. Toi, tu m'écoutes.

Rojer garda sa contrariété pour lui, se souvenant à quel point Roddie était bravache ; c'était sans doute pour ça que sa sœur n'osait pas parler.

– Ça te dirait, de manger du poisson ? Disons, demain soir ? demanda-t-il quelques semaines plus tard. Seulement, ajouta-t-il avec un grand sourire, il faudra que tu pêches le tien.

Elle eut un petit rire cristallin et, pour qu'elle ne rentre pas immédiatement dans sa coquille, il lui sourit jusqu'aux oreilles, ajoutant :

– Mais comme je suis très bon cuisinier, tu n'auras pas à le faire cuire.

– Il faudrait vraiment que j'étudie les quanta..., dit-elle, se repliant déjà sur elle-même après ce bref instant d'extériorisation.

– Moi aussi. Alors, on se fera une soirée travail : d'abord on pêche un poisson, puis on le cuisine, et après, on discute des quanta en mangeant.

Il savait qu'Asia était une D-4 – elle avait été testée –, mais cela ne faisait pas de mal de fortifier son Don, et il était assez habile pour le faire. Comme beaucoup de Dénébiens, elle apportait une grande nonchalance au perfectionnement de ses capacités. Il n'en était que plus facile pour Rojer de procéder à quelques ajustements, de l'aider à se considérer de façon plus positive.

– Tu comprends les quanta mieux que moi...

– On verra demain si c'est vrai. D'accord? Bon, il faut que je rentre, maintenant, dit-il en arrivant au carrefour d'Asia.

Il lui fit au revoir de la main et talonna Koko, son poney.

Ils se revirent une ou deux fois au cours des semaines suivantes. Entre-temps, il avait pris assez d'intérêt à ses études pour faire des incursions dans l'ingénierie spatiale, qui constituaient le meilleur remède pour un esprit en convalescence. Bien des Raven avaient des dispositions pour l'ingénierie, et Rojer en avait reçu sa bonne part, en même temps qu'un sens aigu des relations spatiales. De plus, les maths étaient apaisantes et, au cours des quatre mois suivants, il progressa aussi vite que le lui permit l'Ordi-Prof. Quand il participait avec Asia aux réunions mensuelles, il réalisait que les connaissances fondamentales de la jeune fille étaient aussi solides que les siennes, parce qu'elle participait à la discussion quand il était le seul étudiant présent.

Parfois, quand il avait travaillé jusqu'à épuisement mental complet, son arrière-grand-mère lui demandait de lui apporter quelque chose du cottage et, enfourchant Koko, il lui apportait l'article demandé là où elle se trouvait. Il savait, et elle savait qu'il savait, que l'un ou l'autre aurait pu téléporter l'article en question si elle en avait eu un besoin urgent, mais ils savaient aussi tous les deux que l'exercice lui faisait du bien. Il se soumettait de bonne grâce à ces exigences thérapeutiques. Isthia n'eut jamais à lui reprocher aucune impudence, et elle approuvait son amitié avec Asia.

Mais, la nuit, comme les corps tièdes de ses 'Dinis nichés contre lui lui manquaient! Combien de fois fut-il sur le point de demander l'avis de Gil ou de partager une plaisanterie avec Kat ! Il trouvait souvent son oreiller trempé à son réveil, mais Isthia affirmait que les larmes lui faisaient du bien.

J'ai cinq fois ton âge, Roger Lyon, et je pleure encore ! lui avait dit Isthia avec force, la première fois qu'il avait prétendu être trop grand pour pleurer.

Ça lui donnait mal à la tête, mais, après, il se sentait mieux.

Puis il y eut le jour où Jeran requit son aide pour accueillir tout un astronef de spécialistes 'Dinis qui voulaient examiner les pièces et les morceaux des deux Ruches originelles récupérés par les Dénébiens. Comme Jeran ne parlait pas le 'Dini, Rojer dut les recevoir à l'atterrissage. C'était son premier contact avec eux depuis la tragédie et, à sa grande surprise, il retrouva spontanément le langage parlé et corporel pour les civilités d'usage. De plus, c'étaient des 'Dinis qu'il n'avait jamais vus et ne reverrait sans doute jamais, de sorte qu'il ne se sentait pas personnellement impliqué.

Isthia avait raison, se dit-il en rentrant au cottage. Le temps est un grand guérisseur. Il réalisa qu'il avait fait un grand pas vers la guérison. Il se mit à passer de plus en plus de temps avec Asia, et parvint à lui apprendre à frire son poisson sans le brûler.

Rojer ? C'était la voix de son oncle Jeran. *Téléporte-toi ici immédiatement.*

Depuis un an qu'il était sur Deneb, Rojer avait appris à ne pas attendre d'explications de Jeran. Il sauvegarda donc le problème sur lequel il travaillait à l'Ordi-Prof et vérifia que sa tenue était présentable pour la Tour. Le matin même, il s'était appliqué un dépilateur sur le visage et il avait récemment fait rafraîchir sa coupe de cheveux, mais, se détaillant dans le miroir, il remarqua que la mèche argentée des Gwyn-Raven s'était élargie. La repoussant de la main, il prit une profonde inspiration et se téléporta sur l'aire de plaston s'étendant au pied de la Tour de Deneb.

Il avait bien choisi son atterrissage, car plusieurs véhicules étaient parqués un peu plus loin, sans compter les omniprésents poneys dénébiens. Il se demanda ce qui se passait.

Le temps d'évaluer la population de la grande salle et de « sentir » la présence et la nervosité de sa cousine, Asia Eagle, il décida que c'était le Jour du Test pour les étudiants en ingénierie, et grimpa l'escalier quatre à quatre. Jeran accueillit son neveu essoufflé d'un bref hochement de tête – son oncle pouvait être plus méthodiste que son père ne l'avait jamais été – et lui montra l'unique poste de travail encore libre. Ils étaient six, se tournant le dos, et disposés de telle sorte qu'aucun étudiant ne pouvait voir l'écran des autres. Asia était au poste en face de lui. Il lui adressa un sourire encourageant car elle était verte d'appréhension.

– Il aurait peut-être dû te prévenir au lieu de te sauter dessus comme ça, non ? murmura-t-il en s'asseyant.

– Il sait que ça me rend malade, dit Asia, plus défaillante que jamais.

– Tu vas réussir, Asia. Tu es plus rapide que moi en jo-jonctions et en quanta.

Elle lui lança un regard lugubre.

– Personne n'est plus rapide que toi pour les quanta, Roj...

Pas de bavardages ! D'aucune sorte, ajouta Jeran tout haut. C'est moi l'examinateur.

Asia fit la grimace.

– Vos écrans afficheront les questions dans une minute quatre secondes exactement. Vous avez deux heures pour la première partie, suivies d'une pause de quinze minutes pendant laquelle vous pourrez bouger ou vous soulager. Il y a quatre problèmes, avec une demi-heure pour le déjeuner. Naturellement, vous pouvez quitter votre poste de travail si vous finissez en avance.

Cette remarque fut accueillie par un mélange de grognements et de rires étouffés. Jeran se permit un petit sourire.

– Cela arrive parfois. Tout le monde est prêt ?

Des grognements plus accusés saluèrent cette question.

L'écran de Rojer s'alluma soudain et afficha la première page d'un problème qu'il *savait* pouvoir résoudre facilement. Cela lui donna beaucoup d'assurance. Il allait leur montrer...

– Impossible que je passe, se lamenta Asia, désespérée, à la fin de l'examen.

– Pas de ça avec moi, Asia, dit-il, aussi sévèrement qu'il l'osa, car même avec lui, elle se renfermait parfois dans un silence impénétrable de victime. Ça fait trop longtemps que je travaille avec toi. Je connais tes capacités. Et je ne veux pas que tu te rabaisses.

Il projeta quelques ondes positives pour l'encourager à plus d'optimisme.

– Nous avions vu ensemble toutes les questions, et tu connaissais tous les problèmes structuraux parce que nous les avons repassés tous les deux. Alors, on va attendre pour voir si j'ai échoué moi aussi.

Le choc de cette remarque lui fit oublier son autocritique, et elle eut un rire cristallin, un peu hystérique dans son incrédulité.

– Toi, échouer ? Rojer, c'est impossible !

– Puisque tu en sais autant que moi, tu n'as pas pu échouer non plus. Ou alors, on a échoué tous les deux. Fais ton choix ! ajouta-t-il avec désinvolture en lui faisant un grand sourire.

Parfois, il parvenait à la faire sourire à son tour. D'un sourire timide et hésitant, mais c'était un sourire quand même.

Il remua la tête pour dissiper les tensions de cette longue journée et expira à fond. Il était sûr de s'en être assez bien tiré, alors elle n'avait pas dû sécher non plus. Surtout pas sur les équations spatiales et les jojonctions. C'était du gâteau. Il avait vu le Capitaine Metrios s'en servir si souvent, quand il était à bord du *Genesee*...

Il se leva, pinçant les lèvres. Il n'avait pas pensé à Gil et Kat de toute la journée – même pendant la pause déjeuner, quand ils avaient tous émis leurs plaintes sur la difficulté de l'examen.

C'est aussi bien, Rojer, car tu dois maintenant aller de l'avant, lui dit Jeran tout bas, non parce que quiconque écoutait, mais parce que Jeran voulait lui communiquer davantage que sympathie et encouragement. « Tout bas » exprimait mieux ces multiples sentiments.

– Tous les candidats peuvent partir, dit Jeran tout haut. Vos travaux seront notés et les résultats transmis sur vos terminaux personnels plus tard dans la soirée.

Vous avez étudié avec diligence, et je suis certain que tous ceux qui le méritent passeront.

– Il dit ça tous les ans, murmura un garçon inconnu de Rojer.

– Rojer, poursuivit Jeran qui avait sûrement entendu la remarque cynique, Raini te demande de passer à la maison avant de quitter la Cité.

Rojer sourit à cette invitation implicite à dîner. La femme de Jeran était un fin cordon-bleu et, ce soir, il apprécierait vraiment de ne pas avoir à faire la cuisine. Il pourrait même supporter la présence des 'Dinis de son cousin Barry.

Jeran saisit cette pensée, et hocha de nouveau la tête, les yeux brillants d'approbation, comme ceux de Grand-Mère.

– Pas le veau gras, mais le ragoût que tu aimes tant, ajouta Jeran quand les autres furent partis.

Il ferma la station, et transféra la messagerie à son foyer.

– Je peux t'aider ? demanda Rojer.

– Je n'en ai pas pour longtemps. Va te dégourdir les jambes, mon vieux, dit Jeran, faisant signe à son neveu de quitter la salle.

Juste comme il arrivait en bas de l'escalier, Rojer s'étonna d'entendre les générateurs démarrer.

Trouve-toi une capsule, Rojer. Tu as cinq minutes pour rassembler tes affaires. Maman t'enverra ce qu'il y a sous ton lit.

Grand-Père ?

En cette qualité, permets-moi de te féliciter des notes obtenues à ton examen. Reçu avec mention très bien. Il gloussa. *En qualité de Méta de la Terre, je t'annonce ton départ pour la Base Lunaire de Mars. La Ruche des réfugiés vient d'être mise sur orbite géosynchrone et les techniciens se bousculent pour y entrer. Le Grand Conseil m'a demandé d'envoyer des Métas pour les assister dans cette incursion en territoire étranger.*

Papa, intervint Jeran, *Rojer a eu une journée épuisante. Et tu sais parfaitement que les Métas ne supportent pas la proximité des métaux du Multiple. Leur influence sur un esprit fatigué en sera d'autant plus intense...*

Jeran, tu le maternes encore plus que ta grand-mère. Et c'est à Rojer de choisir. Ça te dit de venir ?

Soudain, toute sa fatigue disparut dans la décharge d'adrénaline provoquée par ce nouveau défi. Même la Base Lunaire avait des distributeurs de repas. Et dormir ? En ce moment ?

Mention très bien, Grand-Père ? Asia aussi, alors !

Oui, ce qui rend Xexo impossible, d'après ta mère. De plus, le Méta de la Terre souhaite avoir l'un des siens là-haut pour surveiller les opérations. Tu ne seras pas obligé d'entrer « dans » l'astronef. On te demandera seulement d'allumer les lumières et de récupérer tous ceux qui se perdraient dans les tubes.

Rojer ne savait pas exactement s'il était aux anges parce que Xexo était fier de lui, ou parce qu'on lui proposait d'explorer la Ruche intacte, même à distance.

Mais, Grand-Père, je pourrais même aller à l'intérieur – si je n'y reste pas trop longtemps.

Alors, remue-toi, mon garçon, sinon j'aurais à désigner quelqu'un d'autre.

Grand-Père, Asia Eagle est reçue ?

Asia Eagle ? Il y eut une pause. *Oui, mais ne perds pas de temps.*

Rojer considéra que communiquer cette bonne nouvelle à Asia n'était pas une perte de temps, mais, quand il tenta de la contacter, son esprit était fermé comme une huître, tant elle était angoissée. C'était bien d'elle ! Quelle idiote ! Enfin, elle serait bientôt prévenue, et il la taquinerait – gentiment – sur son manque d'assurance. Puis il concentra son esprit sur sa chambre du cottage, et commença à téléporter des bandes vidéo, des disques et divers autres articles, se rappelant après coup qu'il devait y ajouter un carisak pour transporter le tout.

Tu auras besoin d'au moins une tenue de rechange, mon garçon, dit Jeran avec un grognement amusé. Et il téléporta lui-même quelques vêtements, mieux pliés que Rojer ne les avait laissés. Ils furent ajoutés au carisak.

Rojer le referma et partit en courant vers la capsule individuelle la plus proche. S'allongeant sur l'étroite couchette, il tendit le bras pour en rabattre l'écoutille. Il sourit en entendant un coup sourd frappé dessus de l'extérieur : son oncle vérifiait que les fermetures étaient bien enclenchées. Ce qu'il pouvait être méthodiste !

S'il te plaît, remercie Raini de ma part, Jeran. Je suis sûr de ne pas manger aussi bien...

Bonne chance, Rojer, intervint son grand-père, ferme mais affectueux.

Merci pour t... puis Rojer éprouva la sensation indéfinissable indiquant au voyageur expérimenté qu'il était qu'il ne se trouvait plus où il était un instant plus tôt. Il entendit un gloussement.

Grand-Père? Alors ça, c'est de l'impudence ou je ne m'y connais pas!

Tu crois? Et le gloussement de son grand-père se colora d'une certaine satisfaction.

– Tout va bien à l'intérieur, Méta? demanda une voix un peu moins assurée.

– Très bien!

L'écoutille s'ouvrit sur l'obscurité d'un dôme constellé d'étoiles, mais Rojer connaissait trop bien le firmament de Callisto pour penser que c'était là qu'il avait été transporté. Il s'assit et vit un matelot qui le regardait.

– Rojer...

*Méta...*rectifia fermement son grand-père.

– ... Lyon, Méta. Suis-je attendu?

– Oui, Méta, certainement, Méta.

Il s'extirpa de la capsule, passa son carisak à son épaule et fit signe au matelot de le conduire. Contournant la capsule pour rejoindre le sas séparant le hangar d'envol des gigantesques installations de la Base Lunaire, il s'arrêta pile. Là, au-dessus de lui, à demi éclairé par Sol, flottait la sphère indemne de la Ruche des réfugiés qu'il devait explorer, équipée des feux de position réglementaires.

– Elle est magnifique, Méta, même pour un astronef ennemi, dit le matelot, avec une curieuse nuance de fierté. On a de la chance de l'avoir ici, même s'il y a maintenant autant de 'Dinis que si l'on était sur un de leurs mondes.

– Les 'Dinis vous gênent? demanda Rojer, se hérissant devant l'intolérance qu'il crut discerner dans le ton.

– Moi, Méta? Pas du tout, répondit le matelot d'un ton étonné, tandis qu'ils entraient dans la première de plusieurs cheminées ascensionnelles qui devaient les amener à destination. Mignons petits ch... nounours, pour la plupart. Et plus polis que certains que je pourrais nommer. À tribord, maintenant, Méta.

Un rapide sondage de l'esprit du matelot confirma à Rojer qu'il était assez sincère – dans la mesure où il ne devait pas fréquenter les 'Dinis de trop près.

– Ce n'est pas ici que se trouve la reine des Coléoptères ?

Le matelot frissonna et lança un regard nerveux à Rojer.

– Non, elle est à la Base Lunaire de Heinlein. Impossible qu'elle, ou ce qui éclôt de ses œufs, puisse en sortir.

– Tiens ? Elle a couvé d'autres larves ?

Sûrement que quelqu'un lui en aurait parlé, se dit-il, si c'était à une échelle importante.

– Quelques machins bizarres. Des petits trucs qui détalent, fit le matelot avec un grognement dédaigneux. Elle leur fait vérifier les bouches d'aération, comme dans l'idée de les envoyer à l'extérieur. Mais c'est impossible ! conclut-il, fier des mesures de sécurité de son service.

Tout en enfilant plusieurs couloirs et en effectuant une dernière longue montée, Rojer se demanda quand il trouverait l'occasion d'aller l'observer sur la Base Lunaire. Si, comme les spécialistes en étaient maintenant pratiquement certains, les reines contrôlaient toutes les fonctions de l'astronef, il devrait voir par lui-même la reine et les serviteurs qu'elle avait couvés. À sa connaissance, son cousin Rhodri était toujours posté là-bas.

– Nous y voilà, Méta, dit le matelot, s'arrêtant devant une porte et lui montrant une plaque de sécurité. Si vous voulez bien faire le nécessaire...

Rojer s'exécuta, posant la main sur la plaque, et il sentit le léger picotement qui enregistrait ses empreintes. Puis, dans un soupir pneumatique, la porte s'ouvrit sur un salon meublé avec goût : quelques bons crans au-dessus d'un salon d'astronef. Regardant autour de lui, il vit qu'il avait aussi une chambre et une salle de bains séparées. Mais le matelot insistait surtout pour lui montrer comment actionner l'unité-com intérieure, où trouver le matériel de survie en cas d'urgence, et les différents numéros d'appel des différents services. À peine avait-il terminé, que l'unité-com clignota.

– Je vous laisse à vos occupations, Méta, dit le matelot, et, après un salut impeccable, il sortit.

Rojer enfonça le bouton « Audition », et une voix chaude – beaucoup plus agréable que l'habituelle voix mécanique de l'ordinateur – l'informa que le Commandant Enarit del Falco aimerait le voir dès qu'il serait installé. Un bouton directionnel tomba de la boîte à messages.

Rojer consulta la pendule murale et, tout en mettant sa montre à l'heure locale, décida que « dès qu'il serait installé » signifiait : après qu'il aurait calmé les grognements de son estomac. Ici, on n'était qu'au milieu de la matinée, et il se sentait trop affamé pour attendre le déjeuner.

Le distributeur était le modèle standard de la Marine ; mais le menu qui se déroula sous ses yeux stupéfaits n'avait rien de standard. Ravi, Rojer y découvrit un grand nombre de ses plats préférés et beaucoup de mets exotiques, avant de commander l'article le plus insolite qu'il trouva – un aliment à forte teneur en protéines présenté comme « authentique steak de bison », et qui était assez succulent pour *être* authentique. Alors seulement il informa le bureau du commandant qu'il était installé.

Accrochant à sa tenue le bouton directionnel qu'on lui avait envoyé par tube pneumatique, il se laissa guider dans le dédale des couloirs et des ascenseurs. Il savait que la Base Lunaire de Phobos comportait autant d'étages sous la surface qu'au-dessus. Étant donné le nombre d'ascenseurs qu'il avait empruntés avec le matelot, il estimait être logé en « territoire VIP3 », mais il monta à un niveau encore plus prestigieux, rencontrant de plus en plus d'officiers de haut rang à mesure qu'il s'élevait et avançait – vers l'intérieur maintenant, estima-t-il. Bien qu'il fût manifestement un civil, on lui accordait plus souvent un salut qu'un sourire. Puis, comme il arrivait devant une porte à double battant, le bouton l'informa qu'il était arrivé.

L'enfilade des bureaux du commandant était impressionnante – à égalité avec celle de son grand-père à Blundell. Il sentit de nombreux esprits tout proches, et se demanda si, en prenant le temps de manger, il avait retardé une réunion importante. La plaque de sécurité, placée en évidence, suggérait que chacun devait y apposer la main, ce qu'il fit. Un battant s'ouvrit sur un foyer immense mais vide, aux murs et plafond luxueusement décorés de vaisseaux marins et spatiaux de toutes les époques.

Zut, j'aurais dû me renseigner sur le statut de ce commandant dans la table d'organisation de l'Alliance, pensa-t-il.

Il n'est pas aussi important que grand-père, dit une voix fort bienvenue, *mais il croit l'être.*

Où es-tu, Thian? demanda Rojer, regardant les nombreuses portes qui donnaient sur le foyer.

Allons donc, c'est élémentaire, mon cher frère!

Rojer sourit et se tourna vers la plus proche des deux grandes portes qui se trouvaient sur sa droite. Elle s'ouvrit sur une immense salle d'état-major, entourée d'écrans et de claviers, sans compter deux sphères transparentes, dont l'une équipée de composants internes. Il y avait des postes de travail, tous occupés, devant tous les écrans qui affichaient sans discontinuer équations et messages. Il en repéra cinq consacrés à l'ingénierie. La salle était pleine d'Humains... et de Mrdinis... et personne n'accorda la moindre attention à son entrée.

Salut, frérot, dit Thian d'un ton joyeux. *C'était bon, le bison? Tu as bien fait de manger tant que tu en avais l'occasion, parce que l'amiral ne prendra sûrement pas en compte le fait que tu as déjà une pleine journée de travail derrière toi.*

Dès que son frère commença à parler, Rojer le repéra à l'autre bout de la salle, dans un groupe d'officiers de haut rang, à en juger par leur raideur et leurs visages sombres. Autour d'eux, comme des satellites, s'affairaient des hommes d'équipage, vérifiant fiévreusement leurs blocs ou attendant les ordres.

Tout en avançant vers son frère, Rojer remarqua que, bien qu'en uniforme de la marine, Thian portait l'insigne des TTF sur l'épaule, et celui de Méta sur le col. Il trouva aussi que son frère paraissait bien plus âgé que lors de leur dernière rencontre. Il ne se rappelait plus quand. Ah oui, quand Laria était rentrée à la maison pour son anniversaire. Il y avait des changements subtils dans le visage et l'attitude de son aîné.

Observe bien celui qui me parle, ajouta Thian, tandis que Rojer traversait l'immense salle, et tout en donnant l'impression d'être totalement concentré sur ce que lui disait un petit brun au visage curieusement taciturne. *Si Prtglm avait eu le bon sens de rechercher des appuis humains pour détruire Xh-33, l'Amiral Enarit del Falco, commandant de notre base, le lui aurait apporté avec joie. Del Falco est également très astucieux, intelligent et compétent. Rien ne se passe sur cette base qu'il ne le sache dans les secondes suivantes... Il n'a absolument aucun Don, de sorte que nous pouvons dire tout ce qui nous plaît sous son nez. D'autre part, il a un écran naturel aussi impénétrable qu'une Ruche, ce qui est très incommode. Même Grand-Père et Grand-Mère n'arrivent pas à le percer.*

Au même instant, l'amiral se tourna légèrement et, frissonnant devant son visage fermé, Rojer rejoignit son frère sous son regard scrutateur.

– Ah, Amiral, quand on parle du loup... dit Thian, comme s'il venait seulement de remarquer l'arrivée de son frère.

Il lui entoura les épaules d'un bras affectueux, et continua son briefing mental tout en faisant les présentations.

– Je vous présente le Méta Rojer Gwyn-Lyon, Ingénieur Mécanicien, mention très bien – *parce que tu as obtenu la mention très bien, raison pour laquelle on t'a arraché à la tranquillité de Deneb et du cottage de Grand-Mère pour te fourrer sans transition dans cette situation* –, qui a reçu mission, avec moi, de vous aider à pénétrer l'intérieur du *Réfugié – c'est sa désignation officielle, frérot. Ne te laisse pas impressionner par ses manières, Roj. Il fait le coup à tout le monde, même à Grand-Père et Grand-Mère. Ça n'a pas marché avec eux, alors, on doit faire honneur à la famille. Il n'aime pas les Doués, mais il a besoin de notre aide. Heureusement, nous ne sommes pas placés sous son autorité, même si nous devons l'assister.* Content de te voir, mon frère.

Thian retira son bras, baissant les yeux sur l'amiral avec son sourire le plus charmeur, comme sa grand-mère l'aurait fait en pareille circonstance. Après une journée pleine d'événements heureux, couronnée par le soutien physique et mental de Thian, il se détendit et sourit, faisant appel à ce qu'Isthia appelait la déplorable tendance de ses hommes à charmer aussi facilement qu'ils respiraient. Adoptant une attitude d'assurance détendue, il salua courtoisement de la tête l'amiral, qui ne lui tendit pas la main, mais darda sur lui un regard si perçant – il avait de ces grands yeux noirs qui semblent voir jusqu'au tréfonds de l'âme – qu'il se félicita de l'avertissement de son frère.

– C'est un privilège que d'être à votre bord, Amiral.

– Je croyais que vous étiez plus jeune que votre frère.

– Nous n'avons pas une grande différence d'âge, Amiral.

Réponse parfaite, Roj. Il n'a pas eu le temps de lire ton dossier, car nous avons dû attendre le résultat de l'examen avant de t'enlever. L'équipe montant à bord du Réfugié *exige de sévères qualifications. Tu en as plus que certains, moins que d'autres. Il a un implant-info. Et il est en train de consulter ton dossier. Ses yeux papillotent quand il écoute. Mise à jour à la demande. Je ne comprends pas comment il n'est pas schizo. Oh, et nos dates de naissance ne figurent pas au fichier. Grand-Père connaît l'oiseau. Heureusement que tu n'as pas l'air de n'avoir que dix-sept ans.* Cette dernière remarque fut faite avec tristesse, reconnaissant la tragédie, le deuil de Rojer et avec une affectueuse étreinte mentale. *Attention ! Il arbore « le look » !*

C'était vrai, et, malgré l'avertissement de Thian, Rojer fut presque renversé par l'intensité de ce regard noir et pénétrant. Il afficha donc un sourire aussi placide que possible jusqu'au moment où del Falco détourna les yeux, ayant à l'évidence reçu assez de renseignements de son implant-info pour situer Rojer dans la catégorie adéquate.

Un 'Dini arrive derrière toi, Roj, dit Thian avec un peu d'appréhension.

Rojer eut donc juste le temps de se préparer à la rencontre quand une voix 'Dini s'éleva.

– RJ LN N'A PAS D'OBJECTIONS À TRAVAILLER AVEC DES GRIS ?

Il fait partie des types sympas, ajouta Thian, souriant au nouveau venu.

Rojer continua donc à sourire et faillit commettre une gaffe en abaissant son regard à la taille habituelle des 'Dinis. Mais le 'Dini qui venait de parler était presque aussi grand que lui. Et il ne ressemblait en rien au gris Prtglm.

– Gris a toujours été une excellente couleur, dit Rojer, ajoutant les signes corporels exprimant qu'il était honoré de cette rencontre, tout en s'inclinant à partir de la taille comme le justifiait un 'Dini aussi grand. Le souvenir de Prtglm et de sa couleur ne le perturbait plus.

– Quel nom doit utiliser Rj Ln pour s'adresser à l'honorable personne ?

– Celui qui parle se nomme Glmtml.

– Je suis content que vous ayez l'occasion de faire la connaissance de Glmtlm, dit l'amiral, observant cet échange. Il est le chef du détachement qui nous révélera les secrets du *Réfugié.*

Un sourire, qui était plutôt une menace qu'un sourire, entrouvrit légèrement ses lèvres.

– Le Méta Lyon vient d'arriver, Glmtml, il n'a donc pas encore reçu les instructions...

– Non qu'il en ait besoin, dit Thian d'une voix égale en haussant les épaules. Transfert direct des capsules dans le sas du *Réfugié*, puis nous agissons en qualité de guides. Et nous sauvons quand c'est nécessaire. Vous savez que les tubes ne manquent pas dans une Ruche !

Rojer hocha solennellement la tête, tandis que l'amiral, peu accoutumé à être interrompu, hésita une fraction de seconde avant de poursuivre dans la foulée.

– ... Il est donc inutile de tarder plus longtemps, n'est-ce pas ? Votre équipe est prête pour le transfert ? ajouta-t-il, se tournant vers Glmtml.

– Tous sont prêts, dit poliment Glmtlm en Basic, puisque apparemment, l'amiral ne parlait pas couramment le 'Dini.

– Alors, mettons en route l'Opération Lumière, dit l'amiral, dardant son regard de basilic sur les deux Doués.

Il fit claquer ses doigts derrière son dos, et un enseigne bondit de l'avant.

Le geste même hérissa Rojer. Un amiral avait peut-être des prérogatives qu'un commandant de vaisseau n'avait pas, mais l'obéissance absolue exigée par ce geste discourtois l'ulcérait.

Pourquoi crois-tu que j'ai tant de plaisir à l'agacer, Roj ? dit Thian.

– Enseigne, escortez les Métas jusqu'à leur poste de travail.

– Inutile, Amiral. Je sais où nous sommes postés, rétorqua Thian, projetant à Rojer l'image mentale de l'endroit où ils se rendaient – une petite pièce avec trois couches, dont l'une déjà occupée.

Encore des surprises, Thian ?

Thian sourit. *Nous ne serons pas trop de trois pour cette opération d'évaluation et je souhaiterais même qu'on soit plus. Bon, allons-y. J'adore partir en télé-portation. Il déteste ça, et il ne peut rien y faire, vu qu'il a besoin de nous pour transporter ses troupes.* Mes compliments et tous mes vœux de réussite, Glmtml.

Cet amiral ferait bien de surveiller ses manières, s'exclama la ravissante occupante de la couche à l'entrée de Thian et Rojer. *Il a des femmes officiers, alors pourquoi suis-je obligée de longer les murs comme une voleuse, Thian ?*

– Je t'ai prévenue qu'il ne fallait pas te pavaner, Flavia. Voici, à l'évidence, mon frère Rojer qui se rappellera ses bonnes manières quand il ne sera plus bouche bée.

Complètement pris de court à la vue d'une si jolie femme, Rojer lui tendit la main pour effleurer la sienne. Vert/mentholé/velouté. Flavia lui sourit aimablement, puis elle se tourna vers Thian, très professionnelle.

– Ils ont maintenant les faisceaux qu'il leur fallait, et je crois que tous les Humains et 'Dinis sont plus enguirlandés de lumières qu'un arbre de Noël, dit-elle, s'allongeant avec grâce sur sa couche.

Thian attira l'attention de Rojer sur l'immense écran trois-D qui dominait le mur en face de leurs couches. À l'endroit que Rojer identifia comme le hangar principal du *Réfugié*, il y avait trois globes colorés : bleu, vert et jaune. Se concentrant brièvement sur ce point, Rojer sentit aussi un grand nombre de 'Dinis et d'Humains.

– Rojer, je suis nominalement le chef de notre partie des opérations. Ce tableau s'allume à chaque centimètre que nous explorons, de sorte que nous saurons toujours où nous sommes passés. Je sais que tu as déjà jeté un coup d'œil à l'intérieur du *Réfugié*...

– Dans le brouillard, frérot, car c'était plein de gaz...

– Et puisque tu es si calé en ingénierie, tu chercheras la salle des machines...

– Je l'avais déjà trouvée – je crois.

– Dans l'hémisphère Sud, non ? Parfait. Moi, je me charge du système de survie, que nos intellos pensent trouver autour de l'axe central.

– Ils ont des combinaisons protectrices ? demanda Rojer.

– Non, la Marine a inondé l'intérieur avec un volume d'oxygène qui suffirait à remplir la Grande Ruche, et il y a un système auxiliaire dans un coin du hangar. De plus, chacun est équipé d'un respirateur de secours. Plus vite on mettra en marche le système central de survie, mieux ça vaudra. Ton autre tâche est de trouver le carburant que Multiple utilise, et qui est également entreposé dans l'hémisphère Sud. Flavia, poursuivit Thian en souriant à la jeune fille, pénétrera dans les quartiers des reines, et il faudra peut-être qu'on t'y transporte aussi, Rojer, pour découvrir comment on branche la lumière. Pour l'essentiel, on repère tous ceux qui vont glisser dans les tunnels ou rester coincés dans les tubes étroits.

– Comme toi dans la Grande Ruche, non ?

Thian feignit un froncement de sourcils contrarié.

– Moi, je suivais les ordres quand j'ai découvert les larves.

– Bref, on va faire les nounous, dit Rojer, affectant un grognement.

– Il vaut mieux que les marines ne t'entendent pas parler comme ça, Rojer, l'avertit plaisamment Flavia.

– Les marines se cassent les jambes comme tout un chacun, répondit Rojer avec désinvolture.

– Pas avec cet amiral, rétorqua Thian, acide. Tout le monde est bien installé ? Parfait, dit-il, montrant la lumière rouge qui clignotait sur l'unité-com, alors, comme tous les intellos sont chargés, allons-y !

Rojer concentra son attention sur trois grandes navettes pleines d'Humains et de Mrdinis surexcités, et qui attendaient d'être téléportées.

– Prêts ? demanda Thian, les regardant alternativement.

Flavia et Rojer acquiescèrent de la tête et, simultanément, les trois Métas soulevèrent les navettes et les déposèrent bien en ligne dans le hangar du *Réfugié* qui abritait autrefois les redoutables vaisseaux de reconnaissance du Multiple.

Qu'est-ce que c'est donc que ça, bon sang ? Une odeur ou une émanation ? La voix était féminine, le ton hésitant et écœuré.

– Ils ont envoyé des Doués là-haut ? demanda Flavia, surprise et indignée.

– L'amiral ne croit pas au ping-zing, répondit Thian, bien que je lui aie soigneusement expliqué ce que c'était, et Grand-Père et Grand-Mère aussi.

– Qui parle alors ? Pouvons-nous la rassurer ? demanda Flavia.

Thian avait brièvement fermé les yeux.

– Je crois que c'est le capitaine de corvette Semirame Kloo, chef de l'équipe navale d'exploration. D'après son dossier, c'est une D-5 émettrice, avec peu ou pas de formation. Elle a opté pour une place à l'École Navale.

– Alors, nous ne savons pas si elle reçoit ? demanda Rojer.

Capitaine Kloo ?

Euh ? Qu'est-ce que c'est ?

Ici, Méta Thian. Vous êtes en train de faire l'expérience de ce que nous autres Doués appelons le ping-zing des métaux du Multiple.

Ce n'était pas dans mon briefing. Le ton était à la fois soulagé et contrarié.

L'amiral ne croit pas à cette réaction. Comme vous êtes actuellement entourée de métaux du Multiple, vous serez heureuse de savoir qu'une telle réaction confirme la possession d'un Don latent.

Merci ! répondit-elle d'un ton cocasse.

D'autres membres de votre équipe sont-ils affectés de même ?

Jusque-là, je suis la seule à me plaindre, Méta Lyon, dit-elle avec résignation.

Thian, s'il vous plaît, Rame.

Comment connaissez-vous mon diminutif ? Peu importe. Pour vous, c'est facile. Et comment me débarrasser de ce ping-zing ? Ou réduire ses effets d'une façon ou d'une autre ? C'est plutôt... déconcertant.

Ça ne vous rendra pas malade, mais un contact prolongé peut vous rendre très irritable.

Ha ! J'ai déjà cette réputation, alors maintenant, j'aurai une bonne excuse. Tant que ça ne mord pas, je vais poursuivre l'enquête. On y va ?

Mon frère Rojer est votre guide, Rame. Il peut atténuer la réaction dans une certaine mesure. Faites-lui savoir si vous remarquez que quelqu'un d'autre se trouve incommodé, ou si le ping-zing commence à affecter votre jugement.

Merci. Hé, ça va mieux. Et je ne savais pas que j'étais réceptrice.

Rojer prit la relève. *Les Métas peuvent communiquer dans les deux sens avec des Doués de niveau bien inférieur au D-5, Rame. Maintenant, j'ai allumé mon globe-guide, et si votre groupe le suit, nous allons mettre l'Opération Lumière sur le chemin de la salle des machines.*

Il y a assez d'échelles à descendre pour revenir sur Mars. Et, dites donc, c'est bien mieux que l'unité-com. Rojer voyait presque son sourire. *Allons-y*, et, à la nouvelle autorité du ton, ils surent qu'elle s'adressait à son détachement. *Suivez les lumières jaunes. Forries, prenez à gauche, Maumu, prenez à droite et plantez ces cellules... Ouah, Maumu vient de disparaître dans un tube. Oh, dites donc, c'est formidable !*

Rojer récupéra Maumu, aussi secoué par le sauvetage inattendu et presque instantané qu'il l'avait été par sa chute imprévue.

Eh bien, mettez une lumière près de ce maudit tube, matelot, ordonna-t-elle avec irritation. *Et si vous avez été arrêté avant le fond du tube, remerciez les Doués qui surveillent nos arrières. Pardon, qui nous éclairent le chemin !*

À mesure que les équipes débarquaient, la sphère se remplit lentement des différents détachements. Des tubes ovales de circonférences variées sillonnaient la périphérie, à l'évidence à l'intention des Coléoptères spécialisés, pour passer d'une section à une autre. Peu se révélaient confortables pour ceux qui les exploraient, mais, au bout d'une semaine, un réseau de circulation commença à émerger dans chaque hémisphère et chaque quadrant.

Rojer trouva la salle des machines et l'incroyable entassement de composants qui, une fois activés, assuraient la propulsion du *Réfugié.* On découvrit du carburant dans des réservoirs scellés, chacun d'entre eux étant relié par des serpentins à une section de l'énorme moteur. Ceux qui s'étaient livrés à une descente épuisante par des tunnels ovales, étroits et lisses demandèrent des éclairages plus puissants. En outre, la salle des machines n'était pas très spacieuse, et seuls des conduits trop petits pour les Humains et les 'Dinis y donnaient accès.

– Carburant combiné.

Telle fut la théorie immédiate d'un expert.

– Alors, pourquoi cette mixture semble-t-elle passer par ce gros objet cristallin si soigneusement fixé dans son logement ?

Des tuyaux opaques faisant le tour de la salle suggéraient un éclairage, théorie soutenue par le fait que les différents fils avaient un codage couleur. Mais, pour la vérifier, il faudrait brancher l'énergie de l'astronef.

– Il faudrait être acrobate pour entretenir ce maudit truc, dit un spécialiste de la propulsion, originaire de la Terre.

Il essayait de grimper sur l'unité principale pour avoir une meilleure vue d'ensemble.

On découvrit au niveau du sol des panneaux fascinants, du genre tableau de bord. Ils étaient segmentés en différentes couleurs et devaient être actionnés au toucher. Quelques autres sections semblables couvraient la partie la plus basse du plafond. Le démontage judicieux de quelques panneaux de sol montra qu'ils étaient directement reliés soit au moteur, soit aux réservoirs de carburant. Pour introduire dans la salle les appareils permettant d'étudier la machinerie du Multiple, on dut faire appel à Rojer et évacuer une douzaine de spécialistes. Les « évacuer » dans le hangar où on leur servit à manger et où ils purent suivre les opérations sur des écrans, ce qui atténua un peu leur déception et leur colère de ne pas participer à l'action.

Le groupe de Flavia s'introduisit plus facilement que prévu dans les quartiers des douze reines, disposés en cercle autour de l'axe central du vaisseau. Quatre d'entre eux étaient plus grands que les autres, suggérant qu'il existait une certaine hiérarchie entre les reines. Une fois de plus, ils constatèrent que les contrôles étaient bizarrement situés – pour les Humains et les 'Dinis : pendant du plafond, saillant du sol en diagonale, et dans le petit arrondi des cellules ovales.

– Personne n'a encore trouvé le bouton d'allumage, remarqua Rojer à l'adresse de ses compagnons.

Il avait presque réprimé une pensée involontaire, trop ridicule pour s'y attarder, quand son frère éclata de rire.

– On sera peut-être obligés d'en arriver là, Roj.

– D'en arriver à quoi ? demanda Flavia, tournant à demi la tête tout en gardant son attention sur sa tâche.

Nous avons une reine, dit doucement Thian. *On peut présumer qu'elle saurait comment démarrer...*

Les yeux de Flavia s'arrondirent. *L'amener à bord de ce vaisseau ?*

Elle ne pourra l'emmener nulle part, et si tous les chevaux du roi ne trouvent pas la solution... Thian haussa les épaules, sans formuler la conclusion évidente.

– Oh ! fit Flavia, ruminant cette idée. Mais sûrement que quelqu'un...

– Je l'espère ! dit Rojer.

Pourtant, en regardant son groupe grimper sur la machinerie, suivre les fils colorés en s'efforçant de comprendre l'architecture bizarre de la propulsion du Multiple, il n'était pas très optimiste. Apparemment, le moteur était plus efficace qu'il n'en avait l'air.

Il n'y avait qu'un nombre limité de propulsions spatiales viables, du moins Humains et 'Dinis le pensaient-ils. Peut-être auraient-ils dû capturer une vedette de reconnaissance ou une navette de Xh-33 quand ils en avaient eu l'occasion. Mais, d'après ce qu'on avait dit à Rojer, cela s'était révélé impossible en même temps qu'improbable. Et on avait considéré que l'enlèvement du *Réfugié* constituait un coup assez fumant en même temps qu'une solution.

D'ailleurs, ces recherches n'étaient-elles pas quelque peu académiques ? se demanda Rojer. Ils n'avaient pas vraiment besoin de savoir comment fonctionnait une Ruche, ni qui faisait quoi, où et comment. La Marine devait seulement découvrir exactement l'endroit où diriger tel ou tel genre de missile pour détruire une Ruche ou la réduire à l'impuissance.

Thian avait localisé le système de survie, juste au-dessus des quartiers des reines. Le gaz avait détruit les installations productrices d'oxygène, mais des bouteilles de secours étaient soigneusement fixées dans leurs logements. Thian fit une seconde trouvaille : les caisses sphériques de ravitaillement, toutes affectées d'un code couleur, mais dont les glyphes restèrent indéchiffrables.

Les experts en sémantique furent ravis d'avoir ce problème à résoudre. L'astronef était curieusement dépourvu de signes de quelque sorte que ce soit, mais les lumières prouvaient que certaines couleurs devaient être reconnaissables pour différentes sortes d'ouvriers, sinon, pourquoi auraient-ils tout coloré ?

Un xénobiologiste 'Dini proposa d'envoyer à la Base de Heinlein un échantillon de chaque caisse alimentaire. La reine restait immobile depuis bien trop longtemps, et l'on pensait qu'il lui manquait des éléments nutritionnels vitaux. Des aliments indigènes remédieraient sans doute à ces carences.

Sur le plan principal, tubes, couloirs, conduits d'accès, tuyaux et tunnels étaient colorés comme les originaux. Hormis les fermetures en iris des sas, et des hangars d'envol et de chargement, il n'y avait pas de portes.

Il ne semblait pas y avoir de quartiers d'habitation pour l' « équipage », mais il y avait des tubes à larves, partant en éventail de chaque cellule de reine, semblables à ceux que Thian et le Lieutenant Auster-Kiely avaient trouvés. Vides, naturellement.

Après deux quarts complets d'exploration – et la vigilance qu'ils exigeaient des trois Métas – Thian envoya un message à l'Amiral del Falco, l'informant que les Métas suspendaient leur service.

– Ne le laisse pas te persuader du contraire, Thian, supplia Rojer, la fatigue inexorable de trente heures d'intense activité ininterrompue le pénétrant jusqu'aux moelles. Je suis crevé.

– C'est évident, dit Flavia, mais avec tant d'amicale sollicitude que Rojer ne se formalisa pas.

Elle balança les jambes hors de sa couche.

– Les objectifs principaux sont localisés, et ils ont largement de quoi s'occuper pour le moment. Ils ont assez de personnel pour instaurer des relèves, mais nous, nous n'avons pas cette chance. Et j'ai une de ces faims ! Les sandwichs qu'ils nous ont envoyés – ça fait des heures, non ? – m'ont ouvert l'appétit.

Une fois contacté, l'amiral grogna et fronça les sourcils.

– Et que se passera-t-il s'il survient une urgence requérant les services d'un Méta ? Y avez-vous pensé ?

– Effectivement : le Méta de la Terre a délégué un D-2 compétent dans ce but.

Et, à point nommé, on frappa à la porte.
– Ici Clancy Sparrow.
Encore un cousin? demanda Rojer, stupéfait, au moment où la porte de leur salon-Tour s'ouvrit.
– Je sais. J'essaye de ne pas m'en vanter, répondit Clancy, avec un sourire qui s'élargit encore quand il se tourna vers Flavia. Dites donc, les gars, vous avez fait des illuminations, là-dedans !
Puis il déglutit, arrondissant les yeux d'inquiétude.
– J'espère que je n'aurai pas plus d'un accident à la fois avec un espace pareil à couvrir !
Thian éclata de rire et lui fit signe de prendre sa couche.
– Appelle Beva Margellis si tu es submergé. C'est une D-3 guérisseuse, mais elle peut téléporter indépendamment ou en fusion. Tu as rencontré Beva pendant le briefing, non ?
– Oui, je connais son contact. À bientôt. Et félicitations, Rojer.
Il s'était passé tant de choses ce jour-là que Rojer ne comprit pas tout de suite pourquoi Clancy le félicitait.
– Ah oui. Merci. Et Asia ?
Clancy eut un grand sourire.
– La petite cousine n'a eu que deux points de moins que toi !
– Je lui avais bien dit qu'elle passerait. Asia n'est pas stupide !
– Oh, je le sais, dit Clancy, sur la défensive devant la véhémence de Rojer. Nous le savons tous sur Deneb. Il n'y a qu'elle qui ne le sait pas.
– Va te coucher, Roj, dit Thian.
Et, sans tarder davantage, Rojer utilisa son reste d'énergie pour se téléporter dans sa chambre. Il prit le temps de se doucher et d'avaler un breuvage nutritif. Quand il s'allongea avec soulagement dans son grand lit douillet, il n'eut que le temps d'un bref regret avant de s'endormir : il y aurait eu bien assez de place pour Gil et Kat.

– Ce sont des conduits pour les réparations d'urgence, et ils étaient utilisés par les créatures détalantes, disait Thian quand Rojer se présenta le lendemain pour reprendre son poste.

Il parlait à un écran qui affichait le visage renfrogné d'un officier grisonnant, arborant sur son col l'insigne de capitaine.

– Si vous les avez sondés à distance, vous ne pouvez pas faire mieux. À moins que vous vouliez encore emprunter l'un des réparateurs couvés par la reine ?

Salut, Roj ! Je te sens cent pour cent plus en forme cet après-midi, mon vieux !

Tu n'aurais pas dû me laisser dormir si tard.

Tu en avais besoin, et il faut que tu sois en pleine forme.

– Permettre à une de ces... vermines... d'entrer dans le *Réfugié ?* demanda le capitaine, cramoisi d'indignation.

Flavia, allongée sur sa couche, menaça Rojer de l'index sans tourner la tête. Rojer vit qu'elle dirigeait une sonde dans un tube étroit.

À en juger par les couleurs qui sillonnaient le plan de la Ruche, l'exploration avançait bien.

– Ces « vermines », Capitaine, ont été conçues pour manœuvrer dans ces espaces en qualité d'unités de réparation mobiles. Les fils semblent être codés couleur selon des dispositions précises, puisqu'il n'y a pas assez de lumière pour voir les couleurs. Comme ni les Humains ni les 'Dinis n'ont la petitesse voulue, ce n'était qu'une suggestion !

– Et totalement inacceptable ! Totalement ! Vous êtes peut-être Méta, mais vous êtes ici pour exécuter un travail précis. Tenez-vous-y !

– En tant que Méta, permettez-moi de vous rappeler, Capitaine, que j'aurai un contrôle absolu sur la créature, rétorqua Thian, Rojer n'ayant aucun mal à « entendre » la satisfaction que Thian retirait de cette conversation.

Personne n'a trouvé le bouton d'allumage, dit Flavia, avec l'équivalent mental d'un éclat de rire, bien que son expression restât sereinement polie. *Les 'Dinis boudent, les Humains ont des crises de nerfs, et tout est* notre *faute.*

Sirotant sa troisième tasse d'excellent café, Rojer s'assit sur sa couche pour écouter la conversation à double niveau de Thian. Intéressant, que son frère ait eu la même idée que lui. Les seuls individus pouvant faire fonctionner cet astronef étaient ceux pour lesquels il avait été conçu. Malgré tous les consultants, conseillers, experts et techniciens qui grouillaient dans le *Réfugié*, pas un seul n'avait la forme, la taille ou l'équipement digital requis pour actionner les contrôles. Aucune enquête ne pouvait aboutir.

– Oubliez cette stupide suggestion, Méta, et j'oublierai que vous l'avez faite.

Thian haussa les épaules.

– Comme vous voudrez, Capitaine, mais je me sens obligé de mentionner qu'il n'y aurait aucun risque. Ces créatures sont couvées en vue d'une fonction précise, et ne peuvent pas faire autre chose que ce pour quoi elles ont été conçues – ici, s'introduire dans ces tubes exigus pour effectuer les réparations nécessaires.

– Les réparations NE SONT PAS le problème, Lyon. Si – et le capitaine fit une pause significative – vous avez d'autres idées géniales de ce genre, passez par la voie hiérarchique.

L'écran s'éteignit.

Flavia eut une crise de fou rire qui la plia en deux. *Thian, tu as été formidable !* projeta-t-elle, vu qu'elle était incapable de parler tant elle riait. *Rojer, cet homme est impossible depuis notre arrivée. Pour commencer, il n'aime pas les Doués et il a horreur de travailler avec nous. Et les idioties qu'il voulait faire faire à Clancy ! La seule personne de ce quart douée d'un peu de bon sens, c'est Rame Kloo. ELLE, elle pense que nous devrions fabriquer un appareil imitant les palpes de la reine pour voir si nous pouvons activer le tableau de bord avec.*

Actionné par la pression ? Selon quelle séquence ? Quoi ?

Thian se détourna de son écran, l'air écœuré et frustré.

– Alors, ingénieur, tu as une idée ? Parce que j'aimerais drôlement que ce soient les Métas qui démarrent leur maudit vaisseau ! Bon sang, c'est nous qui avons fait tout le boulot jusque-là : on l'a suivi, capturé, volé et ramené jusqu'ici. On a éclairé cette saleté d'astronef pour qu'ils puissent voir ce qu'ils faisaient. Et maintenant, c'est nous qui sommes censés le démarrer ! Eux, ce sont les grands spécialistes. Nous, on n'est que des débiles de TTF !

Puis Thian expira à fond et s'excusa de cette sortie.

– C'est bien ton droit, frérot. Et ton idée est juste, dit Rojer, penchant la tête. Sauf qu'en mettant dans le vaisseau un détalant de la reine, tu ne résoudras rien. Si je me rappelle bien, Grand-Mère Rowane avait la nette impression que les reines donnaient tous les ordres ; alors, si le détalant ne reçoit pas d'ordres, il ne bougera pas.

Thian regarda son frère, posa ses yeux gris sur Flavia, et ses lèvres s'entrouvrirent en un sourire.

Pas si vite, Thian, dit Rojer, avec plus de véhémence qu'il ne voulait. *Je me suis mis dans le pétrin...*

Ce n'est pas TOI *qui t'es mis dans le pétrin,* fit Thian, les yeux flamboyants de colère. *Et tu as eu l'intelligence de reconnaître le Grand Pétrin quand tu l'as vu. Gil et Kat aussi.* À ce rappel inattendu, Rojer eut les larmes aux yeux. C'était la première fois qu'un membre de sa famille faisait directement allusion à l'incident. Mais Thian avait les nerfs en pelote, et Rojer se força à écarter ce souvenir douloureux pour se concentrer sur ce que disait son frère.

Mais je crois que nous avons tous la même idée. Flavia ? Elle acquiesça de la tête. *Je vais demander l'autorisation à Grand-Père,* ajouta Thian. *De plus, nous avons besoin de son aide, et de celle de Roddie qui est à l'Observatoire. Mais c'est faisable.*

Les huiles de la Marine vont en avoir une attaque, commença Rojer, même cette idée lui semblait de plus en plus la seule façon d'atteindre plusieurs objectifs, dont le moindre n'était pas de confondre des gens comme l'Amiral del Falco, qui n'aimaient pas les Doués et ne faisaient pas mystère de leur aversion.

D'accord, Thian. Comment va-t-on s'y prendre ? demanda Rojer.

Les jambes pendant hors de sa couche, Thian croisa les chevilles et coinça les mains entre ses cuisses. *Il faudra bien régler le minutage. Un, demander à Roddie de falsifier les enregistrements de l'Observatoire, pour que personne ne s'aperçoive que la reine a disparu. Deux, il faudra évacuer les quartiers des reines, actuellement bondés de techniciens dont chacun pense qu'il ou elle va trouver le bouton d'allumage. Trois, le personnel de service devra être composé d'Humains et de 'Dinis qui ne paniqueront pas quand le moteur démarrera.*

Comment pouvons-nous savoir si la reine va coopérer, même si nous l'amenons à pied d'œuvre ? demanda Flavia.

Si, après avoir été enfermée longtemps loin de ton environnement familier, tu te retrouvais tout d'un coup dans un vaisseau que tu sais piloter, tu n'essaierais pas de t'évader ? demanda Thian.

Étant humaine, j'essaierais, dit Flavia.

Un 'Dini essaierait aussi, rétorqua Rojer. *Mais une reine ?*

Je crois que oui, Roj, dit pensivement Thian. *Tu as dit qu'elles n'ont pas perdu de temps à évacuer le* Réfugié *quand elles ont été menacées. Je crois que la survie est l'instinct primordial des reines.*

Mais s'il faut douze reines pour piloter un vaisseau, intervint Flavia, *et c'est la conclusion à laquelle sont arrivés nos experts...*

Eh bien, si elle reste immobile comme elle le fait depuis si longtemps, nous n'aurons rien perdu, d'accord ? déclara Thian. *Mais regardez comme tout ce qu'elle a fait est orienté vers la survie : d'abord, elle a couvé des serviteurs pour satisfaire tous ses besoins, puis les minuscules créatures dont elle espérait à l'évidence qu'elles parviendraient à sortir de la Base. Elle n'a plus rien fait depuis qu'elle a échoué. Le bon sens suggère qu'elle essaierait de démarrer les moteurs.*

Et c'est tout ce qu'il nous faudrait, non ? Qu'elle essaye ? dit Flavia. *Qu'elle nous montre comment on démarre ce maudit vaisseau. Et après nous pourrions quitter cette Base et nous consacrer à des activités plus dignes de notre rang et de nos Dons.*

Thian et Rojer regardèrent Flavia avec étonnement.

Je suis Méta de Tour, déclara Flavia, avec une nuance acide, *et, tout en m'acquittant avec plaisir de cette mission qui me change de ma routine habituelle, je n'apprécie pas d'être rabaissée par des individus comme cet amiral.*

Thian sourit, et Rojer leva les yeux au ciel tandis que son frère apaisait Flavia.

– Oui, ça peut taper sur les nerfs. Mais tu as tous les droits d'être contrariée par le traitement qu'on nous fait subir. J'ai déjà servi sur des astronefs de la Marine, alors ça me perturbe moins, mais l'amiral aurait besoin de modifier son attitude.

Il adressa un clin d'œil à Flavia, puis à Rojer. Ils étaient à peu près sûrs que toutes leurs conversations étaient enregistrées, procédure standard dans ces installations. *Alors, nous communiquons cette brillante idée à qui de droit ?*

À Grand-Père ? Et si elle ne lui plaît pas ? Des émotions conflictuelles, qui, à l'évidence, ne tourmentaient pas Thian, assaillirent Rojer. Mais il fallait dire que Thian... Rojer écarta cette pensée.

Alors on se fera frictionner les oreilles par une huile de plus, répondit Thian en haussant les épaules. *Ce serait quand même amusant d'essayer ! Bon sang, Rojer, c'est ton idée, au départ.*

Ouais, mais... Rojer s'interrompit pour réfléchir aux ramifications.

Oui, mais si c'est le jeune Ingénieur Méta Lyon qui montre aux intellos de la Marine comme c'était facile de démarrer la Ruche... ça donnera une bonne leçon à des tas d'Humains et de 'Dinis, et ça constituera un petit triomphe pour nous autres Métas.

J'en suis ! dit Flavia en riant, les yeux pétillants de malice et de joie. Puis son visage s'assombrit. *Mais pourrons-nous transporter une reine ?*

Je n'ai jamais rien trouvé que je ne puisse pas téléporter, dit Thian, *et nous avons balancé notre compte de mastodontes, Rojer et moi ! Bon sang, Flavia, tu étais avec Grand-Mère et moi quand nous avons volé cette Ruche. Ce sera pareil : on va voler la reine – juste pour quelques minutes. D'accord ?* Et, sans attendre la réponse de ses autres conspirateurs, Thian envoya un message au Méta de la Terre sur bande très étroite.

Es-tu disponible, Méta de la Terre ?

Pour toi, Thian, toujours.

Nous avons une idée, mais, pour la mettre en pratique, nous avons besoin de ton autorisation et de ton aide, Grand-Père.

Je t'écoute. Quand Thian eut terminé ses explications, les trois jeunes Métas retinrent leur souffle pendant le silence, qui leur parut interminable, de leur supérieur. *Étant donné que les recherches navales semblent au point mort, il faut faire quelque chose pour sortir de l'impasse. Ton idée est plus sensée que la plupart de celles que j'ai entendues, et sans danger pour personne. Bien sûr, la reine va peut-être se déchaîner quand elle réalisera où elle se trouve. Avez-vous considéré cette possibilité et pensez-vous être capables de la contrôler?*

Tout ce qu'on aura à faire, c'est de la re-téléporter à Heinlein.

Mais si elle s'enfuyait à bord de l'astronef...

Grand-Père, dit Rojer, *dans un vaisseau de cette taille, les moteurs mettent un certain temps avant d'atteindre le régime permettant la propulsion. On l'aura rendue à Roddie avant qu'elle en arrive là dans le compte à rebours.*

Écoutez, je vais ouvrir un parapluie de mon cru pour me garantir contre des problèmes possibles, fit Jeff Raven. *Je contacterai Roddie moi-même pour voir comment nous pouvons organiser cette... excursion de notre côté. Je crois que la reine est dans une de ses périodes d'immobilité, en ce moment.*

Le Lieutenant Rhodri Eagle ne fut que trop heureux de participer à la conspiration pour « prêter » sa reine.

J'ai des kilos de bandes vidéo que je peux mettre en place. Mais vous êtes sûrs qu'elle ne va pas détaler du quartier des reines et se perdre dans la Ruche?

Nous avons envisagé et résolu ce problème, l'assura Thian. Il y avait eu tant de blessures mineures à la suite de chutes dans des tubes, tunnels et recoins que des grilles avaient été installées sur toutes les ouvertures inemployées. Et les conduits menant aux quartiers des reines pouvaient être « bloqués » par télékinésie.

C'est plutôt cruel de notre part, non? De lui donner un faux espoir? demanda Roddie, manifestant une sympathie inattendue pour la reine.

Dis donc, il faut que tu changes de poste si tu commences à penser comme ça, répondit Thian.

Je devrais sûrement demander un transfert. Ce poste était passionnant – au début. Mais il y a longtemps que j'en ai épuisé les charmes. Vous pourriez placer un mot pour moi, les gars?

Bien sûr. Tu penses à qui? Au Méta de la Terre ou à ton officier supérieur? Quel genre de poste tu as en tête?

N'IMPORTE QUOI! J'ai même appris assez de 'Dini pour travailler avec eux!

On te préviendra quand il faudra changer les bandes vidéo. Choisis-en une à l'avance parce qu'il faudra faire vite quand on passera à l'action.

Trouver l'occasion de parler en privé au Capitaine Semirame Kloo aurait pu poser un problème, mais elle le résolut en se présentant à leur table avec son plateau à la prochaine pause déjeuner. Ils avaient choisi cette partie du mess des officiers parce que la table voisine était libre.

– Je peux me joindre à vous ? Ou vous fuyez tous les officiers de marine ?

– Et pourquoi les fuirions-nous ? demanda Thian, étonné.

– Baldwin ! répondit-elle succinctement, glissant son plateau sur la table et s'asseyant. J'ai entendu ce qu'il vous a dit aujourd'hui, ce xénophobe à la cervelle de petit pois. Il déteste travailler avec des équipages mixtes, aussi bien vous que les 'Dinis. Et il voudrait aussi s'attribuer tous les honneurs des progrès faits pendant son tour de service, vu que sa promotion au grade supérieur se fait un peu attendre.

Thian lui adressa un grand sourire. *Il y a des micros, dans ce mess ?*

Rame Kloo leva les yeux au ciel et lui sourit.

– Naturellement. Qu'est-ce que tu as à me dire ?

Les yeux brillants de curiosité et le corps tendu d'anticipation, elle se mit à manger avec un naturel parfait.

– Mais n'oublie pas de dire quelque chose tout haut, pour que personne ne s'étonne du silence dans ce coin de la salle.

Thian s'embarqua donc dans une de ces conversations à deux niveaux dont il s'acquittait si bien maintenant.

– La bouffe est bonne aujourd'hui, et on avait bien besoin de cette pause. *Nous pensons que nous pourrions amener la reine ici pour nous montrer comment démarrer le* Réfugié.

– Hum, très bonne, dit Rame, mastiquant avec une satisfaction évidente. *Dis-m'en plus, rusé Méta !*

Les trois Doués se relayèrent pour lui exposer le plan, saupoudrant leur conversation mentale de remarques banales faites à voix haute. Quand tout fut bien clair, Rame regarda son assiette vide avec mélancolie.

– Je sais que j'ai fait un très bon repas, mais je n'ai aucun souvenir de ce que j'ai mangé...

– Tu as failli t'étrangler une fois..., dit Rojer, faisant effort pour garder son sérieux.

– Et tu as eu deux quintes de toux..., ajouta Flavia, serviable.

– Mais c'est faisable, assura Rame. Seulement, il faudra que ça se passe au cours du prochain quart. Je suis de service, et Glmtml aussi...

– Il marchera avec nous ? demanda Thian, étonné.

– Oh oui, répondit-elle, avant de passer à la télépathie. *Vous seriez surpris de ce que ce bon vieux Glmtml pourrait faire, tellement il en a marre des huiles qui travaillent sur ce projet.* Elle se tamponna la bouche avec sa serviette, se leva et prit son plateau.

– Merci pour la compagnie. On devrait déjeuner ensemble plus souvent, tant que vous êtes là. *J'aurais peut-être besoin de votre discrète assistance pour modifier les tours de service. Pour expédier les plus récalcitrants vérifier l'artillerie, par exemple ?* Elle eut un sourire de pure malice. Le *Réfugié* avait des râteliers à missiles, mais pas de lanceurs, ce nouveau détail confirmant à quelle rapidité ils avaient quitté leur système et son primaire sur le point d'exploser.

– Quand tu voudras, dit Thian. À bientôt ?

– Avec plaisir !

Et Semirame Kloo se dirigea d'un pas assuré vers le désintégrateur, y glissa son plateau et quitta le mess.

Une heure plus tard, Kloo frappa poliment à la porte avant de se glisser chez les Doués. Elle se plaqua contre le mur avec un grand sourire

Il faudrait me bricoler un peu le tableau de service, et cela, dans les cinq minutes. C'est possible ?

Jette-le en l'air et je le rattrape, dit Thian sans bouger de sa couche.

Rame hésita un instant, puis, haussant les épaules, jeta en l'air le film, qui disparut.

Je peux mettre en place toutes les personnes indispensables pour votre opération quinze minutes avant la fin de mon quart. Ça va ?

Ça ne pourrait pas aller mieux.

Elle sortit aussi discrètement qu'elle était entrée. Thian déplia le film sur sa cuisse et sourit.

Couvrez-moi, voulez-vous, Rojer, Flavia ? Il faut que je m'introduise dans le principal... Ah, voilà. Cette fille n'est vraiment pas bête. Là, ça devrait aller. Roddie ?

C'est toi, cousin ?

Thian lui fit part de l'heure de l'opération.

Oncle Jeff est d'accord ? Oh là là ! Je retire tout ce que j'ai jamais dit de mon illustre parent, gloussa Rhodri Eagle, plein d'une joyeuse anticipation. *S'il défend votre peau, il défendra la mienne aussi. Ouah ! Pourquoi est-ce qu'on ne peut jamais se vanter des choses vraiment bien qu'on fait ?*

Parce que, sinon, ce ne serait pas vraiment bien, dit inopinément Flavia. Je crois que j'ai le système de survie en ligne, ajouta-t-elle tout haut. Vous trouvez que les feuilles de *sgit* font une différence... pour la qualité de l'air, je veux dire ?

– Il y a des plants de *sgit* sur tous les vaisseaux 'Dinis que je connais, et les 'Dinis ne respirent jamais de l'air vicié.

– Je te fais confiance, dit Flavia. Et ça économisera les réserves de la Base Lunaire, bien sûr.

Les Doués étant réduits à un rôle de surveillance, maintenant que le plan de la Ruche avait été relevé, le reste du quart sembla se traîner interminablement.

Mon équipe est en place, Thian, fit Rame. Puis, dans l'unité-com, elle ajouta :

– Méta Thian, ici le Capitaine Kloo. Pouvez-vous surveiller ? Nous faisons un exercice de décontamination.

– Nous vous recevons cinq sur cinq, Capitaine. Allez-y.

Rojer saisit une ombre du coin de l'œil et, se tournant pour voir ce que c'était, faillit tomber de sa couche.

Grand-Père est là, dit-il à Thian.

Thian ne tourna pas la tête, mais arbora un grand sourire.

Je m'en doutais un peu, Grand-Père.

Dans la mesure où j'aurai peut-être à sauver votre peau, comme le dit Roddie si vulgairement, autant participer aux réjouissances.

Et nous apporter ton appui, aussi. Tu n'as pas confiance en nous ? demanda Thian, ne plaisantant qu'à moitié.

Je te fais complètement confiance, Thian. C'est cet insecte géant qui m'inquiète. Nous en savons si peu sur leur psychologie.

Prêt quand vous l'êtes, leur parvint la voix joyeuse de Rhodri.

C'est votre plan. Allez-y, dit Jeff Raven, croisant les bras et s'appuyant contre le mur, à peu près au même endroit que Rame tout à l'heure.

Roj, Flavia, fusion, dit Thian.

Les trois esprits fusionnèrent immédiatement, comme si ce n'était pas la première fois qu'ils établissaient ce contact. Avec Thian comme point focal, Rojer sentit davantage la force des deux autres esprits que pendant leurs activités plus ou moins en solo sur le *Réfugié*. Il eut aussi conscience d'une autre force, qui les soutenait et les encourageait, mais sans participer à la fusion.

Ils n'eurent aucun mal à trouver la reine, blottie dans son tas de copeaux, entourée de serviteurs qui polissaient sa carapace et lissaient les poils fins de ses membres. L'intense ping-zing qu'elle émettait fut presque insoutenable au premier contact, mais, après un instant d'hésitation, ils la déposèrent avec précision dans l'une des plus grandes cellules du quartier des reines.

Flavia avait mis la pièce en « éclairage nuit », dans lequel la reine se détachait en ombre chinoise. Ils l'avaient prise en position à demi couchée dans ses copeaux, mais la Fusion l'avait déposée verticalement, et elle dut ajuster ses membres à la position debout. Cela fait, elle demeura immobile.

Bon sang, fit Thian, *on ne va pas attendre des jours que tu reconnaisses l'endroit où tu es et que tu décides quoi faire.*

Du calme! dit avec assurance la force observatrice.

Brusquement, la reine entra en action, à une telle rapidité qu'ils faillirent rater ses premiers mouvements. Les palpes, levées vers le plafond, semblèrent glisser sur les panneaux. Elle se renversa sur ses pattes postérieures pour libérer les antérieures qui se mirent à danser sur les tableaux latéraux. Instantanément, des lumières orange s'allumèrent tout autour de la pièce dans des tubes dont on pensait qu'ils servaient effectivement à l'éclairage. Puis les panneaux s'allumèrent, décorés de curieux symboles de nuances différentes.

Bon sang, ça vient de s'allumer partout dans ce maudit sabot, dit Rame d'une voix étranglée par la surprise. *Je ne suis pas sûre de pouvoir l'expliquer.*

Laisse tomber.

Oh Seigneur, tout se met en branle dans la salle des machines. Hé, c'est allé assez loin, cette plaisanterie, Thian ! reprit Rame d'une voix qui commençait à paniquer.

Ne vous en faites pas, Capitaine, dit Jeff Raven. *Ce vaisseau est ancré si solidement que, même à la puissance maximale, il ne bougerait pas d'un pouce.*

Je connais la séquence pour allumer l'électricité, dit Rojer.

Je connais les séquences pour activer toutes les fonctions, dit Flavia.

Désolé, ma belle, ta permission vient d'être supprimée, dit Thian, et la Fusion redéposa la reine dans sa prison.

Qu'est-ce que vous lui avez fait, les gars ? gémit Rhodri. *Elle est complètement déchaînée.*

Je dois dire que je la comprends, remarqua placidement Jeff. *Moi aussi je serais drôlement en rogne si j'avais cru retrouver le chemin de la maison et qu'il avait disparu tout d'un coup.*

Ton exercice de décontamination vient de se terminer, Rame, lui dit Thian. *La reine est rentrée chez elle et elle fait la danse de mort.*

Super ! Mais vous pourrez tout redémarrer à volonté ? demanda-t-elle d'un ton dubitatif.

Aussi souvent qu'on voudra.

Ça nous fera une belle jambe, remarqua Jeff. *Beau travail, Métas, et sans mettre une seule vie en danger. Je vous laisse le plaisir de tout expliquer à l'amiral. Mais comme je serai à l'écoute, ne dites rien qui m'obligerait à lui faire des excuses.*

Grand-Père !

CHAPITRE V

– Ce fut un effort concerté, Amiral, répéta Rojer, las des doutes de l'amiral et surtout de son feu roulant de questions agressives.

Étant le seul ingénieur parmi les trois Métas, il s'était porté volontaire pour expliquer quelques détails techniques. Mais ce « quelques » s'était transformé en « des tas ». Et aucune de ses réponses ne satisfaisait le xénophobe Baldwin, aussi près de bouder que pouvait l'être un adulte. Les trois Doués s'étaient montrés très prudents dans leurs réponses, car ils « entendaient » clairement ses soupçons dans son esprit public.

– Étant donné la taille de la reine, expliquait Rojer d'un ton patient, la position de ses membres manipulateurs et de ses organes optiques, le panneau supérieur était logiquement le contrôle principal, tandis qu'elle recevait des informations sur l'état du vaisseau par le panneau inférieur. Nous avons tous les trois tripoté les panneaux jusqu'à ce qu'on tombe sur la bonne combinaison. Je crois que c'est Flavia qui a allumé les lumières.

– Les membres supérieurs de la reine sont pourvus de palpes triangulaires, dit Flavia, comme récitant par cœur sa partie des explications, et j'ai donc exercé une pression triangulaire.

– Pourquoi avez-vous programmé un exercice de décontamination à ce moment-là, Capitaine Kloo ? demanda Baldwin, s'en prenant brusquement à l'autre « suspect », l'officier de service.

– Si vous vous rappelez bien, Capitaine, c'est vous-même qui avez suggéré de commencer les exercices de sécurité sur le *Réfugié* parce que le système de survie n'était pas sûr, dit Semirame avec sérieux, se penchant vers lui non comme pour s'excuser, mais comme pour lui rafraîchir gentiment la mémoire. *En fait, il donne tellement d'ordres qu'il ne s'en rappelle pas la moitié. Un exercice est une procédure standard, surtout dans une nouvelle installation. S'il ne l'a pas ordonné, il l'aurait dû.*

Je ne sais pas ce qu'il en est de vous, Thian, Rojer, dit Flavia d'un ton extrêmement contrarié, *mais je trouve leur attitude soupçonneuse, désagréable, ingrate et positivement malveillante. Quelle différence ça fait, de savoir qui a activé quoi dans ce vieux sabot ? Il n'ira jamais nulle part. Mais il* EST *activé maintenant, et je n'aime pas qu'on m'accuse « d'avoir agi derrière leur dos dans un but de gloire personnelle » ou « d'avoir outrepassé les prérogatives de ma fonction ». Nous avons assuré la sécurité de leur personnel, et encore renforcé cette sécurité en activant le système d'éclairage. Nous nous sommes décarcassés à donner des explications et à faire des diagrammes, et je trouve qu'il est temps d'arrêter ce cirque.*

Sans tambours ni trompettes. Et je suis tout à fait d'accord avec ton analyse, Flavia, répondit Thian. *J'en ai soupé de son sermon. Nous avons rempli notre « fonction ». Par conséquent, nous pouvons partir. Rame, ça te fera du tort si on leur fausse brusquement compagnie ?*

Je ne sais pas comment vous avez fait pour les supporter si longtemps, mais comme je surveillais l'exercice de décontamination et que j'étais loin du lieu du crime, ils ne peuvent même pas m'accuser de négligence dans le service. De plus, ce n'est pas après moi qu'il en a, del Falco. Je fais partie de l'équipage. Il en a après vous parce que vous n'en êtes pas.

Flavia, tu te charges des adieux ou tu préfères que ce soit moi ?

Plutôt toi, Thian, répondit Flavia. *Moi, je risquerais d'exploser.*

Thian et Rojer se regardèrent, étonnés.

– Méta Lyon ! dit del Falco, répétant manifestement une question car il plissait le front de contrariété.

Les deux Métas Lyon le regardèrent.

Il t'a demandé pourquoi tu avais choisi ce moment pour mettre ta théorie à l'épreuve, lui souffla obligeamment Rame.

Thian se leva, aussitôt imité par Rojer et Flavia.

– Nous avons choisi ce moment parce que, les quartiers des reines étant vides, nous ne mettrions personne en danger au cas où nous aurions pressé le mauvais bouton, dit Thian. Maintenant, vous pouvez activer et désactiver les panneaux à discrétion. L'astronef est totalement exploré, indépendamment alimenté en électricité et en oxygène, de sorte que notre mission est terminée. Le Méta de la Terre vient de m'informer que nous sommes attendus à la Base de Blundell. Ce fut pour nous un plaisir de participer à ce projet de la Marine sur la Base Martienne de Phobos, Amiral, Capitaine Baldwin, Capitaine Kloo, Glmtml, et messieurs les officiers.

Thian s'inclina devant la brochette d'Humains et de Mrdinis qui les interrogeaient depuis trois heures, puis il sortit de la salle.

Les discours d'adieu de Rojer et Flavia à leurs inquisiteurs furent aussi polis, mais beaucoup plus courts, puis ils se retrouvèrent dans le couloir.

Tirons-nous d'ici en vitesse, dit Thian.

Ils entendirent tous la commotion dans la salle qu'ils venaient de quitter, et se téléportèrent dans leurs chambres, où ils vidèrent pêle-mêle placards et tiroirs.

Où on va ? demanda Rojer.

À Blundell, bien sûr, répondit Thian, comme si ça allait de soi. *Il y a une capsule assez grande pour nous trois sur le pont de transport.*

Ils s'y retrouvèrent un instant plus tard, ce départ spectaculaire et précipité mettant une rougeur séduisante aux joues de Flavia.

Et on n'aura même pas à tirer sur les générateurs de la Base, gloussa Thian, le dernier à monter dans la capsule. Il claqua bruyamment l'écoutille. *Prêts ?*

Prêt ! cria joyeusement Rojer.

Prête ! pouffa Flavia à l'unisson.

Leurs trois esprits fusionnèrent, et ils se propulsèrent de la Base de Phobos, sur la Terre, au quartier général des TTF.

Quelle bande d'effrontés, gloussa Jeff Raven. *Présentez-vous à mon bureau pour profiter de la colère dont m'accable l'Amiral del Falco.*

Cet homme est non seulement ingrat, mais grossier, dit Flavia. *Il ne nous a même pas remerciés d'avoir résolu son problème à sa place.*

Téléportez-vous directement dans mon bureau, mes enfants. Je vous ai déblayé la place, dit Jeff, à l'instant où l'expéditeur en chef de Blundell ouvrait la capsule.

– Le patron veut vous voir au trot, dit-il avec un sourire jusqu'aux oreilles.

La nouvelle est déjà connue partout ? demanda Rojer à Thian sur bande très étroite.

Non, et elle ne le sera pas de sitôt, répondit Jeff, s'introduisant sans problème entre ses petits-fils. *Pressez-vous. L'amiral en est à l'insubordination et aux initiatives non autorisées, et je soupçonne que la mutinerie ne va pas tarder.*

– Désolé, dit Thian à l'expéditeur, et il se téléporta comme il en avait l'ordre, Rojer et Flavia une nanoseconde derrière lui.

Connaissant bien le bureau de Jeff Raven, tous les trois eurent soin d'atterrir hors de portée visuelle de l'écran, occupé pour l'heure par l'Amiral del Falco, qui, le Capitaine Baldwin à sa droite, déployait toute son éloquence contre les « bouffonneries » de ces « Doués turbulents, indisciplinés et sans scrupules ».

– Je croyais que vous connaissiez mieux votre personnel, Raven. Vous nous aviez dit qu'ils étaient bien entraînés, habiles, et compétents pour cette mission. Ils sont partis au milieu d'un débriefing, laissant beaucoup de questions sans réponse. Je ne vous cache pas que moi-même, le Capitaine Baldwin ici présent, et...

Il tourna la tête sur sa gauche, son front se plissa davantage avant de revenir face à l'écran avec un grognement mécontent.

– Nous ne recommanderons aucune de ces trois personnes pour d'autres affectations sur aucune unité de la Marine.

– Vraiment ? fit Jeff. C'est curieux. Parce que j'ai une vingtaine de demandes urgentes – et il souleva une pile de messages pour les montrer à l'amiral – émanant de groupes d'exploration navals, des Escadres C et D, actuellement en réparation sur Clarf, et des Commandants Osullivan, Ashiant, Cheseman, Quacho, Plr, une demande prioritaire d'urgence du Commandant Spktm du KLTS et une autre affectation ultra-secrète dont je ne crois pas que vous soyez autorisé à la connaître.

Hé, Grand-Père, c'est un coup bas, gloussa Thian.

Remets ça plus fort, suggéra Rojer, aux anges.

L'Amiral del Falco le foudroya, et son visage impassible se figea dans une impassibilité encore plus menaçante.

– Ils changeront peut-être d'avis quand ils liront le rapport que j'attacherai à leur formulaire NE-440.

– Vraiment ? Le fait qu'ils ont prévenu des blessures graves en se portant au secours de soixante-quinze membres d'équipages, Humains et Mrdinis, au cours de cette exploration terminée avant les délais alloués ? Le fait qu'ils ont pu découvrir et démarrer les systèmes d'éclairage et de propulsion de l'astronef ? Ce qui, soit dit en passant, ne faisait pas partie de leur mission, mais les Doués mettent leur point d'honneur à en faire *plus* qu'on ne leur demande, tant ils sont dévoués à leur tâche. Et ne remplissez pas de formulaires NE-440 : c'est une perte de temps vu qu'ils ne sont pas sous votre juridiction. Merci de votre rapport et bonne chance avec votre astronef ennemi maintenant opérationnel.

D'un geste péremptoire, Jeff éteignit son écran.

– Et cela place la Base Lunaire de Phobos tout en bas de la liste pour les services des TTF.

Il se leva, toujours plus grand que ses petits-fils, vigoureux, et à l'évidence amusé par cet incident.

– Je suppose qu'ils ne vous ont rien donné à manger pendant les trois heures que vous avez passées sur la sellette, non ? Annoncez vos préférences, ajouta-t-il, leur faisant signe de s'asseoir dans la partie salon de son immense bureau.

– Mes tripes n'auraient pas accepté une bouchée de leur nourriture, de toute façon, dit Rojer, qui, tournant la tête vers le distributeur, se commanda un copieux repas.

Jeff gloussa devant ses choix, puis fit signe à Flavia de placer sa commande.

À son tour, Thian réalisa que son estomac se dénouait, et se trouva bientôt devant des plats aussi nombreux que son frère.

– J'espère que tu n'as pas pris en grippe la vie dans la Marine, Flavia, dit Jeff après avoir commandé une salade et qu'ils furent tous assis devant la magnifique table en fruitier d'Altaïr maintenant couverte de mets succulents.

– Non, Méta. Je n'ai pas eu de problèmes avec le style de vie. Thian et Rojer m'ont raconté certaines choses...

Elle lança un regard inquiet à Rojer, puis s'aperçut qu'il avait déjà attaqué son repas et n'écoutait que d'une oreille.

– ... sur le service. Je n'ai pas peur de servir sur un vaisseau. Objectivement, je crois que les conflits internes et les ambitions de l'Amiral del Falco expliquent son comportement.

– Bien vu, marmonna Jeff en riant, avec un sourire malicieux à ses petits-fils.

– Parce que tu penses à une nouvelle affectation navale pour moi, Méta ? demanda-t-elle.

Regardant Flavia enrouler délicatement ses spaghettis sur sa fourchette, Thian imaginait très bien l'impression qu'elle pouvait produire sur n'importe quel équipage. Peut-être avait-il attribué à son grand-père des intentions qui n'existaient pas. Sauf que Jeff Raven désirait que ses petits-enfants épousent des Doués, il le savait, afin de produire une autre génération de TTF.

– Plusieurs postes sont ouverts à des D-1, alors je vais tous les mettre sur la table, déclara Jeff. L'Escadre C a été ramenée pour réparations, réapprovisionnement et changement de personnel. C était partie depuis plus longtemps que D.

– Alors ils vont suivre les autres Ruches jusqu'à leur destination ? demanda Thian, à la fois excité et soulagé.

Car il lui déplaisait de penser que ces vaisseaux resteraient lâchés dans la nature pour attaquer des planètes sans défiance.

– C'est ce qu'on m'a dit, répondit Jeff Raven, d'un ton impliquant que cela pouvait changer. L'Escadre A remplace des éléments de C et de D. Elle continuera les recherches, et voudrait bien que tu y reviennes, Thian, spécialement le Commandant Spktm. L'Escadre B sera dorénavant composée de quatre vaisseaux Humains et de quatre vaisseaux 'Dinis ; si tu envisageais cette affectation, Rojer, tu ne rencontrerais aucun préjugé, crois-moi, dit Jeff, regardant Rojer d'un air rassurant. Le KTTS en fait partie, mais il a un nouveau commandant, un nouvel équipage et de nouveaux officiers. Le Commandant Quacho a finalement été relevé à Xh-33, mais l'*Arapahoe* aura besoin de réparations. Il y aura quelques remaniements dans les unités de B, mais je ne sais pas lesquels. Les escadres vont repartir en mission, avec ordre d'examiner les planètes M-5 que le Multiple a dédaignées. Le lobby des xénobiologistes est impatient d'aller sur ces planètes ravagées, autant pour déterminer ce qui n'a pas marché que pour voir si quelque chose peut en être sauvé après l'occupation des Coléoptères. De plus, je n'envoie aucun D-1 sur ces croisières au long cours sans une équipe de soutien, et, avec l'augmentation des escadres, j'aimerais avoir deux D-1 dans chacune, ou un D-1 et un bon D-2 en soutien. Il y a aussi quelques courtes croisières dans le quadrant spatial d'Xh-33, si vous n'aimez pas les longs voyages. La présence de Doués à bord a constitué un atout de taille. Je ne sais pas pourquoi je n'y ai pas pensé plus tôt, si ce n'est que les TTF ont toujours travaillé essentiellement sur des planètes. Réfléchissez à ces différentes options. Et il y aura toujours des postes sur les planètes si vous désirez un changement complet.

Puis Jeff eut un grand sourire.

– Autre nouvelle, reçue juste avant que del Falco me saute dessus : la Base de Heinlein m'a fait savoir que la reine est dynamisée.

Il haussa un sourcil, les yeux pétillants.

– Je ne sais pas si c'est la nourriture que vous lui avez envoyée ou autre chose, mais Roddie rapporte qu'elle réexamine minutieusement toutes les larves de la Grande Ruche, et qu'elle a fait quelque chose aux œufs qu'elle a pondus elle-même – sans parler du bon casse-croûte qu'elle a pris dans trois des neuf conteneurs que vous avez envoyés. Les autres, elle ne les a pas ouverts.

– Ça n'était peut-être pas très gentil de lui donner de l'espoir alors qu'on n'avait pas l'intention de la relâcher, déclara Flavia, avec un soupir de regret.

– Je ne crois pas que leur psyché est suffisamment évoluée pour reconnaître la gentillesse, objecta doucement Jeff.

– En tout cas, ils n'en ont montré aucune, dit Rojer, pensant à la destruction des capsules des reines par leur propre espèce à Xh-33.

– N'est-ce pas une bonne chose, qu'elle s'active ? dit Thian à Flavia. C'est mieux pour elle.

– Est-ce qu'on a envoyé des échantillons de ces conteneurs alimentaires à Heinlein pour analyse ? demanda Jeff.

– Bien sûr, dit Rojer. Il y avait assez de conteneurs portant les mêmes marques pour que nous puissions en téléporter un de chaque à chacun des xénobiologistes travaillant sur les Coléoptères. Et ça n'a pas laissé de brèche visible dans les quantités encore disponibles dans les soutes.

– Bien pensé, dit Jeff, hochant la tête avec approbation.

– Ce n'est pas moi, Grand-Père. C'est Roddie qui l'a suggéré. Il pensait que la nourriture indigène contenait peut-être des éléments indispensables qu'elle ne trouve pas dans le régime que nous lui fournissons.

Thian sourit jusqu'aux oreilles.

– Et une nourriture adéquate ne suffit-elle pas à expliquer son renouveau d'activité ?

Jeff eut un sourire aussi large, avec une nuance de malice en plus.

– Je pense que ce sera l'explication officielle, confirmée par les xénobs de service.

– Grand-Père, commença Rojer, reviens un peu en arrière, tu veux ? Tu as mentionné des planètes de type M-5 où les colonies du Multiple ont échoué ?

– Ah oui, vous n'êtes pas au courant, s'exclama Jeff, jetant sa serviette près de son assiette et repoussant sa chaise.

Posant un genou au bord de la table, il se renversa contre son dossier.

– Nous avions un D-2, Kincaid Dano. Le nom ne vous est pas familier ? Peu importe. Heureusement qu'il était avec l'Escadre C. Je commençais tout juste à mettre des Doués dans les vaisseaux pour les croisières au long cours. Quand la Ruche que C poursuivait ne s'est arrêtée dans aucun des systèmes M-5 rencontrés, le Grand Conseil m'a demandé si l'on ne pourrait pas lancer des sondes semblables à celles de Rojer pour enquêter. À l'évidence, ces deux Ruches cherchaient des planètes à coloniser, alors pourquoi ne s'arrêtaient-elles pas sur celles qui auraient pu leur convenir ? Nous avons envoyé des sondes à Dano. Il avait assez de Doués mineurs à bord pour l'aider à les lancer selon une courbe parabolique. Cela a révélé des détails intéressants. Sur les quatre planètes examinées, deux avaient été colonisées par les Coléoptères, parce qu'il y avait des ruines de bâtiments semblables à ceux d'Xh-33.

– Des ruines ? fit Thian.

– Oui, des ruines. Des ruines du Multiple. Y compris le même genre d'ordures spatiales qu'autour d'Xh-33, et, dans un cas, une Ruche en orbite. Une autre planète est au bord de la ruine écologique, sans doute parce que la politique d'extermination du Multiple en a éliminé quelque chose de vital. L'important, c'est qu'il y a davantage de mondes de type M-5 que les Coléoptères ne se sont souciés d'en explorer. Pourquoi, c'est l'une des questions qui se posent. Ont-ils des rapports sur tous les systèmes que leur espèce a colonisés ? Autre question : l'une des espèces de l'Alliance peut-elle utiliser certaines de ces planètes abandonnées ? Et il y en a encore davantage – comme nous l'avons toujours su – à explorer. L'Escadre C est rappelée. Pendant que l'Escadre A augmentée reprendra la poursuite là où C l'a interrompue, l'Escadre B évaluera les mondes coloniaux abandonnés.

– Et réduira à l'impuissance celles qui sont habitées, comme nous l'avons fait pour Xh-33 ? demanda Thian avec une certaine jubilation.

Jeff attacha sur lui un regard pénétrant.

– Je n'ai pas de renseignements spécifiques pour le moment. J'aimerais autant que l'un d'entre nous ne prenne pas l'initiative d'une nouvelle bataille. La Marine semble trouver que ça fait partie de *ses* prérogatives. Même si certains Doués semblent leur prêter main-forte quand on s'y attend le moins, ajouta-t-il en souriant. Toutefois, le Grand Conseil m'a tapé sur les doigts, alors, cette fois, les ordres devront être suivis à la lettre.

Chacun le sentit sonder doucement son esprit.

– Grand-Père, dit Thian, le menaçant plaisamment du doigt.

– Désolé, fit Jeff, levant les mains en un geste d'acquiescement. La force de l'habitude, ajouta-t-il, avec un sourire où il n'y avait pas la moindre nuance d'excuse.

– Cela signifie-t-il que les Escadres vont continuer à pourchasser les Ruches restantes ? demanda Flavia.

– Je le répète, c'est le plan actuel, répondit-il, soulignant le dernier mot. Ces poursuites dans des régions inexplorées de l'espace se révèlent toujours plus longues que prévu...

– Bien des événements qui sont survenus ne pouvaient pas être prévus, dit Thian, pensant à la Grande Ruche et à l'étoile morte qui avait autrefois brillé sur le monde natal du Multiple.

– Je pourrais en dire autant, murmura Rojer, repensant aux événements inattendus auxquels il avait pris part. Où sont tes 'Dinis, Thian ? demanda-t-il soudain.

Thian le regarda, ajoutant une touche de compassion/ affection/ fierté et soulagement/ parce qu'il avait posé la question.

– En hibernation. Ils sortiront dans une semaine.

– Oh !

– Mur et Dip aimeraient bien te voir, si c'est d'accord avec toi, Roj. Enfin, si Grand-Père ne nous a pas expédiés à tous les bouts de la galaxie d'ici là, rectifia-t-il en se tournant vers Jeff.

– Pas dans les deux prochaines semaines, dit Jeff, affable. Vos parents ont exprimé le désir de vous voir – ses yeux pétillèrent, tandis que son visage mobile semblait dire qu'il ne comprenait pas pourquoi – et vous avez tous besoin de vacances après les dangers rencontrés dans la Marine.

Il se tourna vers Flavia.

– Ma femme serait ravie que tu viennes chez nous sur Callisto. Damia t'invite aussi à venir à Aurigae avec les garçons, si tu préfères.

– Deux semaines de vacances à Aurigae, dit Rojer. Tu montes à cheval ? On a des poneys super et la chasse est terrible.

Flavia s'éclaira à ces perspectives.

– Ça fait tellement longtemps que je n'ai pas chassé ! Quel genre de gibier avez-vous ? Je ne sais pas grand-chose sur Iota Aurigae, j'en ai peur.

– Il y a une chance que Laria ait aussi des vacances ? demanda Thian à son grand-père.

Jeff sourit et hocha la tête avant de croiser les mains derrière sa nuque, se balançant dangereusement sur sa chaise. Se relaxer avec ses petits-fils était une bonne façon de voir d'un autre œil des problèmes complètement différents.

– Réfléchissez aux différentes affectations : Escadre A ou B, poste sur une planète, ou croisière d'exploration courte. Tous les Doués ne sont pas obligés d'expédier à partir d'une Tour.

Il eut un grand sourire.

– Ceux qui vous réclament seront d'autant plus contents quand vous arriverez... où vous choisirez d'aller.

Il reposa sa chaise sur ses quatre pieds.

– Je devrais sans doute décider en dernier ressort, mais vos préférences seront prises en considération. Je vous dois bien ça, Doués.

Thian et Rojer échangèrent un regard surpris devant tant de déférence.

Conformément à cette générosité, Jeff parvint, par des méthodes frisant la coercition, à renvoyer tous les Raven-Lyon à la maison en même temps. Il persuada David de Betelgeuse de prêter son fils Perry à la Tour de Clarf, empruntant Yeshuk à la Tour de Sef jusqu'à ce que Perry soit habitué aux singularités de la planète.

Perry n'a pas assez fréquenté les Mrdinis jusqu'à maintenant, et il en aura besoin à l'avenir, dit Jeff au D-1 de Betelgeuse. *Tu ne lui laisseras pas ta maudite Tour avant d'être gâteux, alors autant lui donner quelques distractions dans la vie.*

Jeff exerça des pressions extravagantes pour obtenir des permissions à Rhodri Eagle et Clancy Sparrow, et les fit inviter à Aurigae. Il suggéra aussi à sa fille qu'Asia Eagle se trouverait bien de travailler un peu l'ingénierie de Tour avec Xexo, et Zara n'avait-elle pas droit à une pause dans les sévères études qu'elle faisait sous la direction de la guérisseuse D-1 Élizara ? Damia avait tellement envie d'avoir tous ses enfants à la maison en même temps qu'elle eût même volontiers conclu un marché avec la Race de l'Essaim.

Tu recommences à faire le marieur, Jeff Raven, l'accusa sa femme.

Comment peux-tu dire ça, alors que tous ces jeunes seront téléportés ensuite dans des systèmes stellaires éloignés et ne se verront pas pendant des années ?

Peu importe s'ils ne sont qu'à une pensée de distance, Jeff Raven !

Jeff sourit et confirma ses différentes dispositions avant d'appeler son assistant administratif, Gollee Gren, pour choisir les Doués convenant aux différents postes qu'il avait à remplir. Au moins, pensa-t-il avec soulagement, il avait plus de choix que Peter Reidinger, son prédécesseur, n'en avait jamais eu, avec la nouvelle génération de parents et d'amis qui développaient splendidement des Dons puissants. Maintenant, si les Grands Conseillers voulaient bien se mettre d'accord, il saurait bientôt où envoyer ses poids lourds. Une fois de plus, il remercia les mânes de tous les Métas de la Terre qui étaient parvenus à préserver l'indépendance économique et politique des Télépathes et Téléporteurs Fédérés.

Préserver quoi ? demanda une voix rieuse, et Gollee Gren, ses cheveux noirs rayés d'argent, entra dans le vaste bureau.

– Je fais toujours au mieux pour les Doués, précisa Jeff d'un ton bourru, en imitant si parfaitement son prédécesseur Peter Reidinger que le sourire de Gollee s'élargit encore.

– Alors, qu'est-ce qui est le mieux pour qui cette fois, Jeff ?

Jeff joignit le bout des doigts et les porta pensivement à ses lèvres. Il n'y avait plus ni rire ni imitation dans sa voix quand il répondit :

– Nous verrons s'ils ont été capables de faire les bons choix.

Le temps que Damia ait installé tous ses invités, elle regrettait presque qu'ils ne soient pas arrivés un par un à un jour de distance, pour savourer pleinement chaque retour. Rojer surtout l'inquiétait, qui revenait sans Gil et Kat dans une maison pleine de 'Dinis. À l'instant où la capsule des frères et de Flavia se posa, elle « contacta » Rojer. Il était un peu anxieux, mais surtout heureux de rentrer à la maison. À peine avaient-ils débarqué que Laria, Tip, Huf et Kincaid Dano arrivèrent. La poussière avait à peine eu le temps de se reposer sur le complexe de la Tour, que Zara se téléporta avec Pal et Dis.

Morag, Kaltia, Ewain et Petra dansaient de joie de revoir leurs « célèbres » frères et sœurs. Xexo et Keylarion s'efforçaient de maintenir l'ordre, mais la situation était chaotique, avec les plus jeunes qui couraient de l'un à l'autre de leurs aînés, suivis de leurs 'Dinis pris de vertige.

Comme un coup violent assené sur une blessure ouverte, Damia sentit Rojer réagir aux salutations enthousiastes des 'Dinis de Kaltia et Ewain. Gagnés par l'ivresse générale, aucun d'eux n'avait pensé à lui laisser l'initiative du premier contact. Damia était prête à renoncer au protocole et à se téléporter en bas pour intervenir, quand elle perçut un changement d'émotions chez Rojer. Il souleva Petra de terre – Rojer avait grandi tout d'un coup, et il s'était musclé, nota Damia, testant sa force –, tandis que Big et Sil se collaient affectueusement contre ses jambes, bien plus longues qu'autrefois, elles aussi. Toute réserve ou hésitation s'envolèrent dans les caresses et les baisers affectueux dont le couvrirent sa petite sœur et ses amis.

– Ne t'inquiète pas, Damia, dit Afra avec douceur. C'est peut-être pour lui la meilleure façon de surmonter cette épreuve.

Il la serra dans ses bras, l'embrassa tendrement, puis s'écarta. Il regarda par la fenêtre de la tour, et un sourire béat illumina son visage.

– C'est impressionnant, même s'ils sont tous à nous.

– Presque tous à nous, rectifia Damia, voyant Flavia et Kincaid présentés et accueillis chaleureusement.

Elle descendit vivement pour les accueillir à son tour.

Les étreintes parentales furent peut-être un peu plus retenues, mais tout aussi aimantes. Damia s'efforça de ne pas serrer Rojer dans ses bras plus longtemps que Thian, Laria et Zara, mais il *fallait* qu'elle sache.

Ça va bien, Maman, lui dit-il sur bande très étroite. *Revenir à la maison me fait du bien.* ENCHANTÉ DE REVOIR TRP ET FLK, ajouta-t-il, s'inclinant devant les 'Dinis de ses parents.

Surprenant tout le monde, Trp et Flk s'inclinèrent très bas devant Rojer, leur œil pédonculé touchant presque le sol. Puis chacun lui tendit un membre supérieur qu'il saisit docilement. En silence, ils le conduisirent vers la maison, et tous les autres 'Dinis, même ceux de Petra, leur emboîtèrent le pas.

Ça va toujours, Maman, répéta Rojer, alors elle se tourna pour parler à Flavia et Kincaid et les présenter à Xexo et Keylarion.

– On va tous à la maison ? proposa Damia. Ne te pends pas comme ça à ton frère, Ewain. Oui, Petra, Zara voit certainement que tu as beaucoup grandi. Bon, rentrons.

– Quelles braillardes ! Aucune tenue, dit Afra, faisant les gros yeux à Kaltia et Morag, déterminées à monopoliser leur grande sœur.

Puis il se tourna vers Kincaid.

– Le Méta de la Terre m'a dit que tu as rencontré certaines situations exceptionnelles pendant ton dernier tour de service avec l'Escadre C.

– Même si tu as été aidé par d'autres Doués, on a beaucoup trop exigé de toi, déclara Damia, après avoir rapidement évalué la fatigue du jeune homme. La Marine traite les Doués avec beaucoup trop de désinvolture. Nous ne sommes pas des débardeurs ! ajouta-t-elle avec véhémence.

Maman, lui répondit Laria sur bande très étroite, *laisse faire Papa. De D-2 à D-2. La dernière chose qu'il lui faut, c'est une autre D-1 fouilleuse d'esprit !*

Tiens ! T'es-tu donc montrée maladroite, ma chérie ? demanda son père.

– Non, poursuivit Laria tout haut. Mais nous devenons des poires dès lors que quelqu'un nous demande si nous autres Doués sommes capables de faire ceci ou cela, d'un ton qui nous force à prouver que nous le pouvons. Franchement, je trouve que les mots « ours savant » ou « bête de somme » conviendraient mieux que celui de « débardeur » !

– Laria ! s'écria Damia, mi-rieuse, mi-surprise de ce commentaire.

Puis elle fronça les sourcils, regardant devant elle Rojer qui était... « rabattu » vers la maison. Et... elle eut envie de courir, pour être *avec* Rojer. Mais Zara la prit par le bras.

J'ai ressenti la même chose, Maman. Mais nous ne devons pas nous en mêler.

De quoi parlez-vous donc, toutes les deux ? demanda Afra.

Je n'en suis pas sûre, répondit Damia, s'efforçant de concilier le comportement bizarre des 'Dinis et l'impression croissante qu'un événement extraordinaire se préparait. *Ce matin, quand j'ai dit à Fok que tout le monde venait, il m'a demandé si Rojer venait aussi. Puis il a marmonné quelque chose où il était question de réparations adéquates et d'excuses pour le temps que ça avait pris.*

Laria s'approcha de sa mère, et Zara, le visage crispé d'inquiétude, se frictionna distraitement le diaphragme comme pour le détendre.

– Maman, j'ai une sensation curieuse...

– Moi aussi, dit Flavia, tout aussi perplexe.

– En tout cas, Fok et Tip mijotent quelque chose, Maman, ajouta Morag. Ils ont l'air tout drôle depuis quelque temps, et Fip et Kim ne veulent pas me dire *pourquoi.* Je ne sais pas ce qu'ils préparent, mais tous les 'Dinis ont l'air fichtrement contents d'eux.

Désormais, tous les Doués de la famille étaient touchés et s'interrogeaient sur cette étrange imminence. Devant l'air perplexe, presque méfiant, de Flavia et Kincaid, ils se sentaient affectés également.

– Il y a des moments où je regrette de n'être pas un peu précog, dit Damia, allongeant le pas et se retenant tout juste de courir.

– Et ce que tu ressens en ce moment, qu'est-ce que c'est, d'après toi ? demanda Thian avec un grand sourire.

Elle lui lança un regard de reproche.

– C'est trop nébuleux pour être utile.

Ils étaient maintenant en vue de la maison. Rojer se tenait au milieu du perron menant à la terrasse, entouré de tous les 'Dinis de toutes les tailles. Puis il s'arrêta.

Une explosion de stupeur, totalement incontrôlée, figea tout le monde sur place, mais suivie d'une telle joie que tous sourirent sans savoir pourquoi. Puis Damia, Laria, Zara et Morag se mirent à pleurer, et elles partirent en courant toutes les quatre pour voir ce qui provoquait ce flot d'émotions, suivies par le reste de la famille et les amis.

Les 'Dinis s'étaient alignés sur la dernière marche, leurs couleurs avivées par leur joie. Rojer était à genoux sur la terrasse, un 'Dini de chaque côté, étreignant l'un puis l'autre contre lui, les caressant, puis les serrant tous les deux sur son cœur.

Gil et Kat sont revenus ! Maman ! Papa ! J'ai retrouvé mes 'Dinis ! Ils sont jeunes, mais c'est Gil et Kat ! C'est bien eux !

Il fallut un certain temps pour comprendre, malgré la coopération pleine et entière de Trp et Flk, les 'Dinis les plus âgés de la maison, et les commentaires occasionnels de Tip, Huf, Mur et Dip. Aucun Humain n'avait jamais été admis dans un hibernatoire. On supposait que c'était le lieu de la procréation, mais le processus de gestation restait inconnu.

– Je ne suis pas encore sûre de comprendre, répondit Damia, quand Trp et Flk lui eurent tout expliqué de leur mieux.

– C'est comme les amibes qui se divisent, Maman, expliqua Zara. Ou comme un zygote humain qui se divise en deux pour donner deux jumeaux identiques *in utero*. Pas tout à fait comme...

– Merci, Zara, dit Damia, tapotant la main de sa fille pour s'excuser d'interrompre ce cours de biologie.

Zara ne se formalisa pas.

Le problème « temps » venait de la nécessité de consulter les archives de l'hibernatoire pour découvrir quel appariement avait produit Grl et Ktg à l'origine. Ils n'étaient pas issus de la même « division », car une « division » ne produisait qu'un seul Mrdini. Il avait donc fallu retrouver les deux couples de parents originaux, les amener à l'hibernatoire d'Aurigae au moment voulu, et programmer une nouvelle « division » des mêmes éléments qui avaient produit Gil et Kat, ce qui, disait Flk, nécessitait une forme d'intense méditation pour « susciter l'apparition de traits similaires » dans la nouvelle forme. Avec ce type de procréation, aucun individu « valable » n'était jamais perdu, mais pouvait être reproduit en encourageant une « division des deux Mrdinis ayant produit l'original ». Ceux qui s'étaient sacrifiés pour sauver leurs aînés au cours de longs voyages n'étaient donc pas « perdus », mais leur vie était différée.

– Oh ! s'exclama Laria à ce stade des explications. C'est donc ça que signifiaient les symboles sur la capsule de Prtglm. Aucun élément de sa personne ne serait réadmis dans le cycle de procréation. Ouah ! Quel châtiment !

– Cela explique aussi l'affliction des Mrdinis quand ils perdaient des vaisseaux en combattant le Multiple, dit Thian.

– NON, THN. CEUX DES VAISSEAUX-SUICIDES ÉTAIENT SPÉCIALEMENT CHOISIS CAR LEURS COMPOSANTS ÉTAIENT DISPONIBLES POUR LEUR RE-CRÉATION. LES MRDINIS NE SONT PAS GASPILLEURS.

– ALORS CELA EXPLIQUE AUSSI POURQUOI LES MRDINIS SONT PLUS BRAVES QUE LES HUMAINS ET FONT FACILEMENT LE SACRIFICE DE LEUR VIE, déclara Thian, soulagé de comprendre enfin ce comportement. LES MRDINIS NE MEURENT PAS RÉELLEMENT. ILS SONT RÉPLIQUÉS.

– NON, PAS RÉPLIQUÉS, dit Flk avec fermeté. CE N'EST PAS LE MÊME PROCESSUS. LES VIES DES MRDINIS NE SONT PAS RÉPLIQUÉES, ELLES SONT REPRODUITES.

– APPELEZ ÇA COMME VOUS VOULEZ, fit Damia, avec un rire tremblant. MAIS N'AURIEZ-VOUS PAS PU DIRE À RJ QU'IL N'AVAIT PAS PERDU GRL ET KTG ? IL LES A TANT PLEURÉS.

– CELA AUSSI EST NÉCESSAIRE, dit Tri sans s'excuser. LES MRDINIS ONT FAIT UNE DISPENSE SPÉCIALE POUR RJ. L'HONNEUR L'EXIGEAIT. ET IL FALLAIT DU TEMPS. CE QUI A ÉTÉ DIT RESTE DANS CETTE FAMILLE.

– NATURELLEMENT, répondit Afra, s'inclinant très bas en acceptant cette requête. C'EST UN HONNEUR INSIGNE POUR NOUS TOUS. UN HONNEUR INESTIMABLE.

– En tant que guérisseuse, déclara Zara, je trouve que cela règle leur compte à bien des théories farfelues.

Puis elle soupira.

– Je sais que c'est une connaissance qui doit rester privée, mais je suis fière de la connaître.

Elle caressa ses 'Dinis, Pal et Dis, collés contre ses flancs.

– FAITES ATTENTION QUE ÇA NE VOUS ARRIVE PAS À VOUS DEUX !

– PEU PROBABLE, répliqua Pal, agitant les bras et tortillant les doigts.

– Toute la famille a perdu la tête, fit Damia avec une nuance d'irritation, mais son sourire revint bientôt, et elle dut une fois encore essuyer des larmes de joie, qui lui montaient aux yeux chaque fois qu'elle regardait le visage radieux de Rojer.

– Essayons de retrouver un peu de dignité.

Afra se leva avec une vigueur renouvelée.

– Et de nous occuper un peu de choses pratiques. On a besoin de chasseurs pour remplir les marmites du dîner. Qui est volontaire ?

Ils le furent tous. Damia montra donc leurs chambres aux invités tandis que les enfants retrouvaient les leurs comme s'ils ne les avaient jamais quittées, et tout le monde se mit en tenue de chasse. Une fois tous rassemblés en bas, Afra leur demanda de se diviser en plusieurs groupes, excusant l'absence de Rojer qui restait à la maison avec ses 'Dinis.

Thian choisit Flavia, Ewain et Kaltia pour venir avec lui. Afra et Damia prirent Morag et Petra, qui informa fièrement Kincaid qu'elle était un as au lance-pierres. Ce qui laissait Laria, Zara et Kincaid.

– Tu as déjà monté ? demanda Laria à Kincaid.

– Monté quoi ? répondit Kincaid, hésitant.

– Des poneys, des petits chevaux.

– Oh, monter des animaux ! Oui, si l'on veut, dit-il, et Laria lui fit signe de la suivre à l'écurie.

– Je peux venir avec vous ? demanda Zara.

– Bien sûr, répondit Laria sans hésitation. *Saki est à moi !* hurla-t-elle à ses frères et sœurs déjà dans l'écurie.

Qui oserait le prendre quand tu es là ?

Laria pensa que cette remarque venait de Rojer, car elle avait quelque chose de jubilatoire.

Il est à toi, sœurette ? demanda Zara sur bande étroite.

Kincaid ? Il n'est ni pour moi ni pour toi, ma chérie. Et tu ne t'en es pas aperçue, toi, une guérisseuse ! Attention, Zara, parce que je sais que tu ne résistes pas à « un coup d'œil » guérisseur ! Je n'avais jamais eu de « contact » avec quelqu'un d'aussi grillé émotionnellement. Je me demande ce que la Marine fait aux empathes !

Grillé émotionnellement ? fit vivement Zara, ses instincts de guérisseuse en alerte.

Plus un stress considérable imposé à ses capacités de D-2. Je crois qu'il est en voie de guérison, mais si tu pouvais le sonder discrètement, je serais soulagée, Zar, ajouta Laria avec gratitude. *Je parle ici en Méta de Kincaid.* Zara hocha la tête, passant la longe à son poney, tandis que Laria choisissait une selle convenant à la taille de Kincaid. Elle était contente de se retrouver entourée de poneys, heureuse de voir que les plus vieux étaient toujours vigoureux et hennissaient anxieusement pour qu'on les emmène. D'ailleurs, ils furent tous mis à contribution pour monter les chasseurs, sauf trois qu'on mena à la longe pour rapporter le gibier qu'on espérait abondant.

Kincaid dédaigna lance-pierres, arc et flèches, et choisit une carabine de petit calibre qu'il examina en connaisseur. Laria, plutôt surprise quand Flavia s'empara d'un arc et d'un carquois, remarqua aussi le sourire de Thian.

Une fois armés et montés, tous les groupes se dispersèrent dans des directions différentes. Laria se dirigea vers l'est et les collines. Le groupe de ses parents, avec les petits et tous les 'Dinis, ne s'éloignerait guère de la maison où ils trouveraient en abondance des gazelles naines, des lapins et ces petits aviens dodus qui nichaient tout près. Laria avait eu la prévenance de choisir un poney docile pour Kincaid, mais elle s'aperçut qu'il montait presque aussi bien qu'elle, et il s'éleva d'un nouveau cran dans son estime. Elle leva le bras pour annoncer une allure plus rapide, et mit Saki à l'amble, cette allure chaloupée n'exigeant guère qu'un bon équilibre du cavalier. Elle entendit que les deux autres poneys l'imitaient. Regardant furtivement Kincaid, elle le vit qui souriait de plaisir, parfaitement à son aise.

Et il était bon tireur, également : quand leur approche fit envoler une compagnie d'aviens de leurs buissons, il en abattit deux couples, chacun adroitement touché à la tête. Zara avait aussi choisi la carabine, mais elle tira des gazelles naines qui s'enfuirent aux coups tirés par Kincaid. À cette première halte, Laria, pour sa part, tira trois lapins, deux gazelles et un avien.

– Voilà longtemps que personne n'a chassé par ici, dit Laria, tandis qu'ils ramassaient leurs prises.

– Ça fait combien de temps que tu n'étais pas venue à la maison ? demanda Zara. C'est toujours toi qui chassais, par ici.

– Oui, mais je pensais qu'on empêcherait le gibier de trop proliférer dans ces collines.

– Vous chassez toujours pour la table ? demanda Kincaid, leur tendant ses deux couples d'aviens.

– Oui, firent en chœur les deux sœurs, et tous trois éclatèrent de rire.

– Quand nous étions plus jeunes, nous emmenions nos 'Dinis avec nous..., commença Zara.

– À l'époque, ils étaient assez petits pour monter en croupe..., enchaîna Laria.

– ... et ne se croyaient pas déshonorés de s'accrocher à un étrier pour s'aider à monter une côte.

– Euh..., demanda Kincaid avec hésitation, qu'est-il arrivé aux 'Dinis originels de votre frère ? Je n'ai saisi que des bribes de l'histoire, et je ne voudrais pas comprendre de travers.

Laria et Zara se regardèrent et s'excusèrent.

– Toutes nos excuses, Kincaid, dit Laria, prenant l'initiative.

Elle relata brièvement l'incident, s'efforçant de ne pas laisser son émotion déformer les faits. Ni l'une ni l'autre ne s'attendait à la réaction amère de Kincaid.

– C'est déjà assez répréhensible de soumettre un adulte à ce genre de coercition, mais un gosse...

Il rougit, craignant d'avoir fait insulte aux capacités de leur frère.

– J'avoue que j'aime Clarf plus que je ne m'y attendais, malgré mon arrivée récente à ta Tour, Laria, mais cela ne me fait pas changer d'avis sur les pratiques de la Marine.

Il baissa les yeux sur les dessins qu'il faisait machinalement du bout du pied dans la mousse.

– Tu ne sauras jamais combien je suis reconnaissant d'avoir été transféré et de vivre de nouveau avec des *civils* !

Zara toucha le poignet de Laria sous son gant de chasse et Laria « entendit » le message : *Cela mérite une enquête. La blessure s'envenime. Je le ferai pendant son sommeil.*

– Reconnaissant ? fit Laria avec un rire enjoué. Tu ne sais pas ce qui t'attend, Kincaid ! Tu auras peut-être envie de retourner dans la Marine.

Il la regarda droit dans les yeux en serrant les dents.

– Non, jamais.

Il se retourna et sauta à cheval avec une aisance respectable.

– Notre gibecière est assez pleine ?

– Seulement si tu commences à sentir la selle, répondit Laria avec un sourire de défi.

La chasse est bonne pour lui, dit Zara sur bande étroite.

– Je sentirai la selle demain, dit Kincaid avec un sourire ironique, dirigeant son poney vers le sentier presque envahi par les herbes. Mais, pour le moment, continuons la chasse.

La chasse avait été si bonne pour tous les participants que, dépouillant les bêtes avec les 'Dinis, Damia décida qu'ils n'auraient plus besoin de chasser de la semaine. Elle envoya Zara, Petra et leurs 'Dinis cueillir des légumes, et désigna Rojer, Ewain et leurs 'Dinis pour arracher des tubercules. Avec ses amis, Laria se mit à préparer un dessert, tandis que Flavia regardait avec fascination Tip et Huf mesurer les ingrédients, sortir les pots et les moules adéquats. Thian emmena Kincaid à l'écurie pour l'aider à nourrir et étriller les poneys. Le D-2 apprécia cette activité, car les animaux lui avaient beaucoup manqué quand il était dans la Marine.

Comme il restait un peu de temps avant le dîner, ils prirent un bain dans la piscine, mais chahutèrent bien davantage qu'ils ne s'entraînèrent.

Au dîner, la joie exubérante de Rojer avait pris un tour plus serein, et les nouveaux Gil et Kat avaient été suffisamment informés par lui-même et par tous les autres 'Dinis pour paraître à leur aise au milieu de cette grande tablée. Au début, ils se servirent de leurs couverts avec une certaine maladresse, mais ils apprirent à une vitesse stupéfiante et apprécièrent manifestement le repas.

Laissant les enfants et les invités débarrasser la table et faire la vaisselle, Damia et Afra allèrent s'asseoir au salon, pour boire tranquillement une liqueur, regarder le soleil se coucher sur la mer et échanger quelques mots avec leurs 'Dinis.

– DITES-NOUS, S'IL VOUS PLAÎT, QUEL EST LE DEGRÉ DE MATURITÉ DES NOUVEAUX KTG ET GRL, demanda Damia à Trp et Flk.

– Ils sont plus âgés que les premiers, parce que des individus immatures ne pourraient pas accompagner utilement Rjr.

– Pouvez-vous nous dire comment cela fut accompli ? Nous ne voulons pas être indiscrets...

Damia laissa sa pensée en suspens.

Fok vint s'asseoir tout près de Damia, posant une main sur son bras et frottant sa tête contre son épaule.

– Dm est une trop bonne amie pour être indiscrète. C'est en partie à cause de la méditation que ceux-ci sont plus matures. Cela exige une grande attention à certains traits qui apparaissent généralement plus tard. Ils sont à demi adultes, et capables d'absorber les données nécessaires, maintenant que Rjr est plus âgé lui aussi.

– Vous savez que cela signifie beaucoup pour nous aussi bien que pour Rjr, dit Damia, et, tout en sachant que les 'Dinis n'ont pas une once de télempathie, elle projeta des ondes de gratitude, et sentit qu'Afra faisait de même.

– Nous savons. Tous les Mrdinis savent. Nous regrettons pour Rjr que cela ait pris si longtemps. Mais il fallait réussir, sinon le chagrin aurait troublé Rjr à jamais.

– Oui, lui donner des espoirs prématurés aurait pu l'affliger encore plus. Vous avez fait preuve de sagesse, répondit Afra.

– Oui, nous avons fait preuve d'une grande sagesse, dit Trp d'un ton si suffisant qu'Afra et Damia éclatèrent de rire devant tant d'arrogance inusitée.

Puis, les corvées ménagères étant finies, les enfants, les invités et les 'Dinis les rejoignirent dans le salon soudain plein d'agitation, mais d'une agitation joyeuse.

Le lendemain, moulus de courbatures car ils n'avaient pas monté depuis longtemps, Thian, Laria, Zara et les invités décidèrent, pour se détendre, d'aller se promener à pied dans les collines. Leur raideur fit sourire Rojer qui avait monté régulièrement à Deneb et qui avait d'autres plans pour la journée. La promenade terminée, Thian et Laria emmenèrent Flavia et Kincaid visiter Aurigae City et le village des 'Dinis, où ils aperçurent Rojer, Kat et Gil, faisant une visite officielle de remerciement.

– Rjr saura-t-il qui..., ne put s'empêcher Laria de demander à Tip.

– Il ne saura jamais. Nous ne savons pas non plus. Nous savons que ce fut fait. C'est suffisant.

Eh bien, tu as voulu poser la question, dit Thian, en voyant l'air chagrin de sa sœur devant ce brusque refus.

Il n'y avait pas de mal à demander, fit-elle avec un reniflement dédaigneux. *Sinon, comment aurais-je pu savoir qu'il y a une limite à ce qu'ils connaissent du processus ? Ils ne sont pas offensés.*

Non. Ils nous connaissent trop bien pour ça.

Dieu merci. Parfois... Laria s'interrompit, refermant son esprit.

Thian la poussa du coude. *Hé, c'est moi, ton frère.*

Laria lui lança un regard en coin. *Si j'arrivais à éclaircir le brouillard, je te parlerais, mais je n'y parviens pas. Quand je pourrai formuler la question que j'ai besoin de poser, je m'adresserai à toi et à Zara.* Le ton mental était empreint d'une tristesse et d'une perplexité que Thian ne connaissait pas à sa sœur, toujours si raisonnable et pratique.

Pas à Maman et Papa ?

Laria eut un rire hésitant. *Quand j'en saurai assez pour demander, peut-être. Mais je crois que toi et Zara saurez mieux me conseiller.*

Je suis très flatté. Thian ébouriffa les cheveux de sa sœur. Elle était grande, mais il la dépassait maintenant de quelques bons centimètres.

– Eh, qu'est-ce qui te donne le droit de me décoiffer ? s'écria-t-elle avec une feinte indignation.

Leur échange mental avait été si rapide que leurs invités ne pouvaient pas s'en être aperçus.

– Dis donc, je suis plus grand que toi maintenant, sœurette ! déclara Thian avec un grand sourire.

Flavia et Kincaid échangèrent un regard amusé.

– Où on va, maintenant ? Visite des mines à ciel ouvert ? Descente de la rivière pour admirer le paysage ? Ah, je sais. Le petit déjeuner est loin, et je connais un endroit formidable où ils servent des crustacés comme nos invités, je le parie, n'en ont jamais mangé !

– J't'ai eu !

– J'aimerais autant que tu ne dises pas ça devant moi, sœurette, s'écria Thian, le souffle coupé par la terreur que cette expression innocente avait réveillée en lui.

– Oh, désolée, Thian, répondit Laria, pleine de remords.

Une fois de plus, leurs invités se trouvaient exclus de la conversation, et ils s'excusèrent d'un sourire.

– Tu pourrais peut-être nous en parler à nous qui sommes capables de comprendre... ? demanda Flavia, scrutant le visage livide de Thian.

Thian fut tenté par l'intérêt sincère de Flavia, mais il perçut aussi la méfiance de Kincaid, une brusque rigidité des muscles qui fit hésiter Thian à ajouter ses problèmes à ceux qui accablaient déjà le D-2, car il était aussi sensible que Zara à ses difficultés.

– Je suis certain que tu comprendrais, Flavia, assura-t-il d'un ton léger en lui touchant l'épaule, et Kincaid aussi, mais une autre fois.

Ils mangèrent toutes sortes de poissons et de fruits de mer, et Laria commanda dix kilos de crustacés pour Clarf.

– J'avais oublié à quel point j'aimais ça, dit-elle tandis qu'ils revenaient vers la Tour.

Elle rentra par le chemin des écoliers, contournant l'airbob juste après le complexe minier pour survoler les collines suivantes.

– On ne croirait jamais qu'il y a une ville industrielle juste derrière la colline, déclara Flavia, cependant que Laria ralentissait pour leur laisser admirer le paysage.

L'été finissait sur Aurigae, et les vignes arboraient des couleurs qui rivalisaient avec les plantes et les buissons encore en fleurs.

– Et c'est la belle saison ici, soupira Laria.

Elle était maintenant habituée à la chaleur de Clarf, mais l'air frais d'Iota Aurigae et la douceur de la lumière du lointain primaire étaient subtilement apaisants. Et c'était aussi son foyer, avec tout ce que ce terme impliquait : c'était familier, sécurisant, réconfortant, agréable. Même Kincaid semblait détendu, à son aise. Flavia, d'autre part, contemplait avidement tous les paysages, regardant sans cesse autour d'elle, ou baissant la tête pour admirer une vue particulièrement belle. Thian regardait l'Altarienne avec un sourire cocasse.

Elle est ravissante, lui dit Laria sur bande étroite.

C'est incontestable, répondit Thian avec désinvolture. *Grand-Père ?*

Je déteste succomber facilement à ses manipulations.

Tu trouves que c'est juste, pour Flavia ?

Je ne sais pas. Elle est très cool. Je ne peux pas pénétrer au-delà de son esprit public.

Tu as essayé ?

C'est une question d'éthique, Laria !

En amour comme à la guerre, tout est permis, non ?

Il ne s'agit ici ni d'amour ni de guerre, sœurette. Et, à ce propos, comment se fait-il que Kincaid Dano ait été posté à Clarf ?

Parce que je ne m'entendais pas avec cette mégère de Clarissia. Elle était encore pire que Stierlman, et tellement 'Diniphobe qu'elle finissait par mettre la Tour en situation embarrassante. Je ne pouvais pourtant pas tout le temps séparer Yoshuk et Nesrun...

Ils forment donc un couple ?

À ma connaissance, oui.

Et comment Kincaid se débrouille-t-il ?

Aussi bien qu'on peut l'attendre d'un homme mentalement aussi fatigué que lui. Mais il fait des progrès.

Laria volait à basse altitude et à vitesse réduite pour que Flavia puisse admirer le paysage. Elle remontait le flanc d'une colline quand, soudain, une compagnie d'aviens s'envola devant elle. Pour éviter un massacre inutile, Laria vira sur la gauche, mais, ce faisant, déséquilibra ses passagers qui glissèrent vers bâbord. Étant donné la vitesse réduite et la proximité du sol, cela suffit à lui faire perdre le contrôle de son appareil. Les Humains saisirent les 'Dinis plus légers pour les empêcher de passer par-dessus bord, mais perdirent à leur tour l'équilibre et tombèrent lourdement de côté. Laria saisit le bras de Tip, vit que Kincaid tenait solidement Huf, laissant à Thian et Flavia le soin de s'occuper de ses propres 'Dinis. Tous se téléportèrent sans problème jusqu'au sol, tandis que l'appareil piquait du nez dans la colline.

Posant Tip sur ses jambes, Laria, frappée de stupeur, regarda l'airbob dont le moteur tournait toujours.

– Je ne pensais pas que j'étais si rouillée, déclara-t-elle, branlant du chef. Après tout, je vole beaucoup sur Clarf, et Vanteer préfère que je le pilote.

Le moteur s'arrêta soudain, dans une bruyante pétarade de son pot d'échappement, qui émit une fumée pestilentielle.

– Pouah ! fit Thian, dissipant la fumée de la main.

– Personne n'est blessé ? demanda Laria, regardant autour d'elle.

– J'avoue que tu sais inventer des distractions originales pour tes hôtes, dit Kincaid.

Laria rougit.

– J'ai sans doute surcompensé pour éviter les oiseaux, mais ils font tellement de dégâts quand ils sont aspirés dans le moteur.

Kincaid éclata de rire.

– Je ne voulais pas te critiquer, Laria. Et c'est un soulagement de savoir que les réflexes de survie sont toujours opérationnels.

Thian, suivi de ses 'Dinis, s'approcha de l'appareil planté de biais dans la colline et regarda dessous.

– C'est grave, Thian ? demanda Laria, ne sachant trop comment prendre la plaisanterie de Kincaid.

– Tu as fait pire quand tu apprenais à piloter...

– Isthian Lyon, je n'ai jamais...

Thian éclata de rire. Brusquement, l'appareil recula, sortant de la tranchée de broussailles et de terre qu'il avait creusée, et se remit d'aplomb autant du moins que le permettait la surface inégale. Flavia et Kincaid le rejoignirent, et Laria, abandonnant sa dignité outragée, rallia leur groupe en courant.

– Il n'aurait pas dû se déséquilibrer comme ça, fit Thian.

– Non, ça arrive rarement chez ce modèle, ajouta Kincaid, ouvrant la trappe de maintenance.

– Tu crois qu'il va redémarrer ? demanda Laria.

– Sans doute, répondit Kincaid, mais il doit y avoir un problème avec l'alimentation, sinon il n'aurait pas pétaradé comme ça.

– Je vais vérifier les prises d'air, dit Thian, se mettant à plat ventre à tribord.

– Grands dieux, Thian, pourquoi ne pas « regarder », tout simplement ? demanda Flavia.

– C'est plus amusant de bricoler, pour une fois que j'en ai l'occasion, rétorqua Thian, d'une voix étouffée à cause de sa posture. Ouais, celle-là est pleine de plumes. Vérifiez l'autre, Flavia ou Laria.

Flavia émit un grognement dégoûté qui jurait avec l'élégance de sa personne, et déposa un petit tas sanguinolent près de la bouillie sanglante que Thian avait extraite de l'autre prise d'air.

– Pourquoi ne pas nous téléporter à la Tour, tout simplement ? demanda Flavia.

– Quoi ? s'écria Laria. Et avouer qu'on a pris une gamelle ?

– Il y a des outils à bord ? demanda Kincaid, brandissant un objet graisseux.

– J'en doute, fit Laria. Ce petit airbob ne sert que pour les courts trajets. Bien sûr, le grand a tout ce qu'il faut.

– Personne ne s'en sert aujourd'hui ? demanda Thian.

– Je ne crois pas.

Laria se concentra, « trouva » le grand airbob au garage, « localisa » la boîte à outils et la téléporta aux pieds de Kincaid.

– Merci, dit-il, ouvrant le couvercle et cherchant l'outil qu'il lui fallait. Pas de chiffons ? ajouta-t-il d'un ton grognon.

– Tiens ! fit Laria, lui jetant une pile de loques, prises dans la corbeille où les mettait sa mère, à côté de la boîte à outils.

Flavia les observa encore un moment, puis s'éloigna nonchalamment de la scène de l'accident pour examiner les buissons.

– Il y a des plantes toxiques dont je devrais me méfier ? demanda-t-elle à Laria.

– Aucune, répondit distraitement Laria, plus intéressée par Kincaid le mécanicien, car il se mettait à nettoyer le moteur d'un air compétent.

Thian nettoya les prises d'air.

– C'est fait. Mais je ne crois pas que tout le problème vienne de là. En général, Xexo maintient les appareils en état de marche, dit-il en fronçant les sourcils.

– Xexo, oui, mais nous ne savons pas quand il l'a révisé pour la dernière fois, et Maman dit que Morag a maintenant le droit de piloter.

– Hé, ce n'est pas juste, s'écria Thian avec une feinte indignation. Nous avons attendu jusqu'à quinze ans pour piloter, et elle n'en a que treize !

Laria sourit à son frère.

– Je soupçonne que nous leur manquons, et qu'ils ont dû réviser quelques principes, maintenant qu'ils ont moins de personnel. De plus, Morag est très mûre pour son âge.

– Je crois qu'il va falloir inspecter l'injection de carburant, déclara Kincaid.

– C'est dessous, répondit Laria, montrant le ventre de l'appareil.

– Pas de problème ! s'écrièrent en chœur les deux hommes.

Puis ils se sourirent et, lentement, l'appareil se souleva à hauteur suffisante pour leur permettre de travailler confortablement.

Au loin, Flavia cueillait des fleurs sauvages, portant parfois l'une d'elles à son visage pour l'examiner et la respirer. Rares étaient celles qui avaient un parfum, mais Laria ne vit aucune de ces herbes puantes dont l'odeur persistait pendant des jours.

– Je vais soutenir l'appareil si ça vous libère pour le bricolage, proposa-t-elle, s'appuyant confortablement contre un rocher. Vanteer dit que ça l'aide énormément.

– Oh, si tu veux participer à l'action..., répondit Thian.

Elle se chargea donc du « levage », tandis que les hommes « dévissaient » les boulons fixant le panneau, qu'ils posèrent ensuite à l'envers pour servir de réceptacle aux pièces qu'ils se mirent à démonter pour atteindre la tuyauterie.

– Tu ne peux pas te contenter de « voir » à l'intérieur, Thian ? demanda Laria. Tu viens bien de passer deux semaines à « regarder » dans des tubes et des tuyaux, non ?

– Ce n'est pas tout à fait la même chose, Laria, répondit Thian d'un ton patient. Ici, il s'agit de réparation manuelle.

– Ah !

Kincaid avait tiré doucement sur une Durit, qui non seulement lui était restée dans la main, mais s'était désintégrée.

– Pourtant, je n'ai pas tiré fort ! fit-il d'un ton étonné, regardant le magma et le carburant qui s'en échappait et coulait sur sa main.

– Mais c'est la pièce défectueuse ! s'écria Thian. Complètement fichue. Tu te rappelles où Xexo range ses pièces détachées, Laria ?

– Non, mais Roj doit le savoir.

– Ça m'embête de le déranger, dit Thian, faisant la grimace.

– C'est ça, ou avouer à Xexo qu'on s'est crashés, dit Laria.

– Et quel mal y aurait-il à ça ? demanda Flavia qui revenait.

Puis elle se mit à rire.

– Xexo est un D-8. Vous pouvez entrer dans son esprit et en sortir avant même qu'il s'en aperçoive.

Laria et Thian échangèrent un regard dubitatif, puis se mirent à sourire. Thian gloussa, se grattant la joue d'un doigt graisseux.

– Les vieilles habitudes reviennent quand on s'y attend le moins.

– Tu n'es pas si vieux que ça, Thian, remarqua Flavia, très amusée.

Tenant la Durit endommagée par les deux bouts, Thian se concentra brièvement dessus. Puis une Durit de longueur identique se matérialisa entre ses mains.

Laria acclama son frère, puis dit d'un ton penaud :

– Je suppose que c'est moi qui devrai apprendre à Xexo qui a chamboulé son inventaire.

– Laisse-lui une fiche, comme ça, tout sera en ordre.

L'appareil fut rapidement réparé. Kincaid redressa même la bosse de la proue.

– Pendant qu'on y est !

Le retour fut joyeux, Laria abandonnant à Thian le pilotage, pour apprendre à Flavia le nom des fleurs de son bouquet.

La première semaine passa très vite grâce à tous les divertissements que les Doués appréciaient autant que les gens ordinaires. Laria et Kincaid se rendirent à l'école mixte que fréquentaient les jeunes Lyon pour parler de Clarf aux Humains et aux Mrdinis. Kincaid s'en dispensa, mais Thian et Rojer firent des exposés dans les classes secondaires sur leurs aventures dans la Marine. Maintenant qu'il avait retrouvé ses 'Dinis, Rojer n'eut pas de problème à glisser discrètement sur certains détails. Au dîner, ils se reprochèrent d'avoir peut-être donné aux jeunes une idée trop romanesque du service dans les Escadres.

– La Marine recrute activement, dit Afra. C'est une carrière intéressante pour ceux qui n'ont pas envie de rester sur Aurigae.

Damia sourit béatement à son mari, sachant combien les rapports qu'il avait eus avec sa propre famille l'avaient rendu tolérant. Mais il ne demanda pas à ses fils ce qu'ils avaient décidé de faire à la fin de leurs vacances.

Flavia participa à une soirée de discussion sur la Ruche avec les ingénieurs et les mineurs des deux espèces, impatients d'avoir des informations de première main sur la question. Ils voulaient aussi savoir si le nouveau vaisseau à long rayon d'action de classe Nebula était terminé. Thian ne le savait pas exactement, mais pensait qu'il serait bientôt lancé. Sa masse ne passait pas inaperçue, sur son orbite de construction, au-dessus de la Base Lunaire de Phobos. Mais aucune date de lancement n'avait été fixée, et la déception des hommes qui avaient fourni les métaux était palpable.

– Est-ce parce que cette planète est si nouvelle que tous les Doués semblent prendre leur Don avec désinvolture ? demanda Flavia à Damia sur le chemin du retour.

Damia dut réfléchir avant de répondre.

– Eh bien, la Tour est peut-être plus importante pour les Aurigéans que pour d'autres : la planète est essentiellement minière, et presque tout y est importé. Enfin, quand j'étais toute seule ici, avant mon mariage avec Afra, j'étais toujours accessible pour tout le monde. Nos enfants ont grandi avec les enfants des mineurs et des ingénieurs – mes enfants montant leurs poneys, leurs 'Dinis se mêlant aux nôtres.

Elle soupira.

– Je n'aimerais pas qu'Aurigae City s'agrandisse trop et que nous perdions cette atmosphère amicale que nous apprécions.

– J'ai de la chance d'avoir eu l'occasion de voir ça, dit Flavia avec envie.

Damia posa un doigt sur le bras de Flavia.

– Tu es la bienvenue ici n'importe quand.

– C'est très gentil de ta part, dit Flavia, baissant la tête de sorte que Damia ne vit pas son expression.

Non, pas ça! dit Afra à sa femme d'un ton sévère.

Vraiment, Afra! Comme si j'étais femme à ignorer le protocole avec quelqu'un que nous connaissons à peine!

Et quelqu'un que tu aimerais connaître *mieux, je crois.* Elle reconnut la taquinerie au ton mental. *Kincaid lui a manifesté plus d'intérêt que Thian.*

Kincaid ne s'intéresse pas aux femmes, Damia. À moins que tu n'aies pas perçu ce détail?

Damia parvint à ne pas s'étrangler de surprise. Elle était rarement prise en défaut. *Et Laria...*

S'en est aperçue le jour de son arrivée, mais elle l'aime beaucoup, et cette amitié est déjà très importante pour lui.

J'avoue que ce choix m'étonne. Sûrement que Papa le connaissait...

Bien sûr, mais Kincaid mérite d'être récupéré et Laria est si stable qu'elle peut y parvenir sans l'étouffer. Kincaid a davantage besoin d'une véritable amie que d'un amant et il lui fournira le soutien dont elle besoin.

Elle a aussi besoin d'un mari, dit Damia d'un ton définitif.

Elle n'a que vingt-trois ans, mon cher cœur...

À cet âge, j'avais déjà deux enfants, elle-même et Thian.

Elle a une personnalité totalement différente, ma chérie, rétorqua Afra, reprenant son ton taquin, *et vos besoins ne concordent pas. Maintenant, notre Zara, qui a aussi sondé Kincaid assez profondément, assure qu'il s'est trouvé au milieu d'un triangle amoureux destructeur qui a encore augmenté le stress d'une mission difficile. À Clarf, il peut se détendre et guérir. Laria a un effet apaisant sur les gens, et c'est la raison pour laquelle Jeff l'avait essayée sur des personnalités aussi difficiles que Stierlman et Clarissia.*

Essayée? Damia projeta un éclair de colère à l'idée de ces manipulations paternelles.

Afra éclata de rire. *Je crois que ton père comprend et apprécie beaucoup Laria, plus même que nous.*

Cette remarque irrita et attendrit Damia tout à la fois. *Alors, jusqu'à quand Laria devra-t-elle attendre pour se réaliser?* demanda-t-elle avec une nuance d'indignation.

J'ai comme l'impression que Laria n'a qu'à regarder d'un peu plus près ceux qu'elle connaît déjà.

Yoshuk?

Vanteer.

Vraiment?

Ce n'est qu'une supposition, mais tu auras remarqué que son nom revient souvent dans la conversation.

Damia rumina cette idée toute la soirée. Elle n'avait jamais rencontré l'ingénieur de la Tour de Clarf, mais elle aurait préféré pour sa fille un Doué supérieur à un D-6. Quoique, apparemment, cela n'avait pas grand-chose à voir avec la transmission des gènes, qui produisaient des D-1 dans des familles totalement improbables. Comme Flavia... Comme la Rowane et Jeff Raven aussi, d'ailleurs.

La deuxième semaine, arrivèrent le D-2 Clancy Sparrow, le Lieutenant Rhodri Eagle et sa jeune sœur Asia, récemment diplômée en ingénierie avec mention très bien. Aucun d'eux n'était jamais allé aussi loin qu'Iota Aurigae, tout en prétendant en riant que Deneb IV était presque aussi écarté dans son quadrant de la galaxie habitée.

Roddie, autrefois le fléau de l'adolescence des jeunes Raven-Lyon, s'était amélioré au-delà de toute espérance. Clancy, ayant récemment travaillé avec Thian, Rojer et Flavia, s'adapta immédiatement à la famille, et demanda l'autorisation d'aller chasser. Aussitôt, Morag, Kaltia et Ewain supplièrent leurs parents d'être ses guides. La permission fut accordée et les trois jeunes Raven-Lyon entraînèrent leur cousin à l'écurie.

Malgré tous les efforts de Damia, Afra et Laria pour mettre Asia à son aise et la rassurer, elle demeurait raide de timidité et terrifiée de dire ou faire quelque chose « de travers ». Elle ne protesta même pas quand la moitié des rampeurs de la maison décidèrent d'explorer son corps frêle, restant rigide sur le tabouret où elle s'était assise, et ignorant un grand nombre de fauteuils confortables et vides.

Petra la regarda un moment, puis, s'approchant d'un pas décidé, détacha tous les rampeurs enroulés autour d'elle.

– La prochaine fois, n'hésite pas à dire que tu n'aimes pas qu'ils te rampent dessus comme ça, dit Petra, plutôt écœurée qu'on puisse supporter une telle incommodité.

Ignorant la rougeur d'Asia, elle pencha la tête et ajouta :

– Tu aimes les chats ?

– Oh oui, répondit aussitôt Asia.

– C'est un soulagement. Et les chienbuls ?

Asia ravala sa salive.

– Qu'est-ce que des chienbuls ? demanda-t-elle, si bas que Petra la regarda un moment, bouche bée, avant d'appeler une de ces créatures canines. Oh, ils ne sont pas mal non plus, dit-elle vivement, apparemment pour racheter aux yeux de Petra la sottise dont elle avait fait preuve avec les rampeurs.

– Je vais dire aux chatcoons de veiller sur toi, décida Petra avec l'autorité sans réplique d'une fillette de six ans.

Tout en sortant pour aller mettre son projet à exécution, elle dit à ses parents : *Quelqu'un devrait faire quelque chose de positif pour cette Asia. Elle ne sait même pas se plaindre proprement. C'est la première Douée que je rencontre avec ce problème.*

Petra a raison. Elle a vraiment besoin qu'on la secoue, dit Zara, écœurée de tant d'effacement. *Pourquoi diable n'a-t-elle pas décollé les rampeurs, s'ils lui font tant horreur ?*

Et pourquoi n'avons-nous pas remarqué son désarroi avant Petra ? répondit Damia, contrariée d'avoir elle-même pris l'immobilité d'Asia pour de la courtoisie.

Elle a l'habitude d'être ignorée, non ? demanda Zara, après réflexion.

Étant la dixième d'une nombreuse et bruyante famille qui a produit Roddie, ce n'est pas étonnant, répondit Damia. Puis elle soupira. *Aucun de vous ne s'est jamais laissé ignorer bien longtemps. Asia doit être d'une compagnie apaisante.*

Zara lança un regard en coin à sa mère pour voir si elle plaisantait ou parlait sérieusement.

Un peu les deux, ma chérie.

Elle est jolie aussi, remarqua Zara, *si on regarde la structure de son visage. Quoique sa tenue ne soit pas ce qu'il y a de mieux pour quelqu'un de si mince... Enfin, ça va avec le problème de personnalité. Pourtant, si elle s'arrangeait un peu...*

Tu as raison, elle est jolie, mais elle n'est sans doute pas aussi délicate qu'elle en a l'air. Les Eagle sont tous physiquement solides. Afra, nous devons faire tout ce que nous pouvons pour cette enfant. Elle a le Don, mais il est cadenassé en elle car elle est fermée comme une huître.

Avant qu'elles aient pu l'arrêter, Rojer s'approcha d'Asia, la prit par la main et la força à se lever.

– Je vais te présenter mes 'Dinis. J'ai reçu les nouveaux modèles améliorés en rentrant à la maison. Et puisque tu es là pour apprendre quelques petites choses de Xexo, je vais venir avec toi faire les présentations. Xexo te plaira, poursuivit-il, entraînant sa victime récalcitrante. Allons, viens, Asia. Et je ne veux pas t'entendre gémir « je ne peux pas faire ci, je ne peux pas faire ça », tu m'entends? *Ne te mêle pas de ça, Zara. Asia est à moi!* Et, quittant la pièce avec sa cousine, il lança un sévère avertissement à sa sœur par-dessus la tête d'Asia. Et un autre à sa mère. *Je vous connais trop bien, toutes les deux! Laissez-la tranquille!*

Après cette semonce de source si inattendue, Zara et Damia échangèrent des regards perplexes, et sourirent en « entendant » Rojer parler à Asia du puzzle et des pièces qu'il avait pu assembler quand tous les ingénieurs de l'Alliance essayaient de reconstruire la Grande Ruche.

– Bien sûr, c'était avant qu'on chipe le *Réfugié* sous le nez des Coléoptères.

– Notre Rojer serait-il amoureux? demanda doucement Afra à ses femmes.

– Je ne suis pas sûre..., répondit Damia.

– En tout cas, il est en bonne voie, si vous voulez mon avis, fit Zara, d'un air entendu. Protéger quelqu'un qui semble sans défense peut faire naître une relation profonde. Pourvu, naturellement, que cela n'entraîne pas une surprotection inhibant le partenaire le moins sûr de lui.

Damia sourit, devant le ton plein d'autorité de sa fille qui venait tout juste de contrôler ses hormones et sa jeune féminité.

Et je t'interdis de penser ça de moi, Maman, ajouta Zara avec quelque irritation. *J'ai beaucoup, beaucoup appris avec Isthia et Élizara depuis trois ans. Je suis qualifiée pour les psychothérapies du premier niveau, et le problème d'Asia n'est pas tellement complexe.*

Laissez Asia tranquille! Elle n'a pas besoin de deux mères de plus! intervint Rojer, acide.

Faites ce qu'il vous demande, suggéra Afra, lançant un regard modérément sévère à sa femme et à sa fille.

Rhodri portait maintenant un élégant costume d'intérieur, et il fit remarquer à ses hôtes que c'était un soulagement de quitter l'uniforme. Il prit Zara par le bras et s'introduisit prestement avec elle dans le groupe formé par Flavia, Laria, Thian et Keylarion, l'expéditrice de la Tour.

Plus tard, ce fut lui qui proposa de rouler les tapis pour danser. S'il invita plus souvent Flavia que les filles Lyon, il dansa pourtant trois fois avec Damia, deux fois avec Asia, une fois avec Morag et Kaltia, et exécuta une polka endiablée avec Petra, danse qu'il affirma tout à fait à la portée des 'Dinis qui cabriolèrent bientôt aussi joyeusement que lui et Petra.

Et c'est le frère aîné d'Asia? commenta Zara, énigmatique.

Les enfants se suivent et ne se ressemblent pas, répondit Afra, son ton mental essoufflé après la polka dansée avec Damia.

Puis il sourit jusqu'aux oreilles devant la révérence étudiée que Petra fit à Rojer, qui venait la chercher pour une valse, danse suivante sur la cassette.

Est-ce que, oui ou non, Petra se téléportait la moitié du temps, quand Roddie la faisait voltiger autour de lui? demanda Damia, s'épongeant le visage d'un main et s'éventant de l'autre.

J'en doute. Elle est agile comme un rampeur. Afra se laissa tomber sur l'une des chaises rangées autour de la grande salle, et se téléporta un grand verre d'eau fraîche.

Il y avait toutes sortes de vins, bières et liqueurs sur la table des rafraîchissements. Une bonne bière aurigéane eût été plus indiquée, mais Afra était déjà à demi enivré par l'atmosphère étourdissante et l'énergie impétueuse des danseurs.

Asia n'eut pas le loisir de faire tapisserie. Rojer et Xexo, qui s'était soudain présenté à cette soirée familiale – il se consacrait plus souvent aux objets mécaniques malades –, dansèrent ou bavardèrent toute la soirée avec elle. Elle ne semblait pas aimer les danses exubérantes, et ils tinrent compte de ses préférences. Mais, quand elle ne dansait pas, Rojer, Xexo, ou l'un des chatcoons – pour éloigner les rampeurs, l'avait informée Petra –, restait avec elle.

Afra aurait voulu l'inviter, car lui aussi déplorait son manque d'assurance et d'amour-propre. Il craignait également que sa turbulente famille ne soit trop intimidante pour elle, et trop semblable à ce qu'elle vivait sur Deneb. Il aurait bien dansé avec elle, comme il l'avait fait avec Damia, Flavia et chacune de ses filles, mais elle réagit si négativement à son approche qu'il feignit d'être essoufflé et s'assit près d'elle, émettant autant d'ondes rassurantes et apaisantes qu'il le put sans lui donner l'éveil. Elle était trop crispée, cependant, pour les recevoir.

Le lendemain matin, lui et Damia assumèrent leur service à la Tour, avec une Keylarion qui, les muscles endoloris par la danse, évoluait avec une sage lenteur. Xexo, en pleine forme, annonça que Rojer et Asia étaient avec lui et qu'ils s'initiaient aux exigences du travail de Tour. Les téléportations et les messages télépathiques étaient rares, ce jour-là, de sorte qu'ils mirent la Tour « en veilleuse » et rentrèrent à la maison. Ils y trouvèrent un Clancy somnolent qu'alimentaient Morag et ses 'Dinis. Roddie avait « demandé » une bassine de café que Petra insista pour lui servir avec ses 'Dinis qui portaient tasse, édulcorant et lait. On savait que les Dénébiens, même arrivés à l'âge adulte, buvaient quantité de lait.

Clancy ? Es-tu assez réveillé pour parler d'Asia ? demanda Damia sur bande étroite.

Clancy darda sur son hôtesse un regard pas du tout endormi, avant de reprendre sa posture alanguie. *Il y a des moments où je soupçonne notre Asia de faire un numéro...*

Ce n'est pas un numéro, Clancy...

... Non, on a fini par me persuader que c'est réel. Et comment cela a-t-il pu arriver à la plus douce de mes cousines ? soupira Clancy, sirotant son café et souriant à Morag qui lui présentait un petit déjeuner gargantuesque. *C'est arrivé sans qu'on s'en aperçoive. Tu sais comment est Roddie – eh bien, ils étaient treize autres enfants dans la maison et je suppose que Tante Alicia était bien contente d'en avoir ne serait-ce qu'un qui faisait tranquillement son petit travail dans son coin, et qui était assez raisonnable pour ne pas avoir besoin de surveillance. Asia a toujours été responsable, silencieuse et effacée. C'est seulement après une longue séparation – et après avoir entendu Rojer déblatérer contre la « négligence » dont elle a souffert – que j'ai réalisé qu'elle avait effectivement été négligée. Mais que faire, maintenant ? Elle est aussi intelligente qu'on peut l'être, et elle a assez de Don pour fonctionner n'importe où. Elle réparait toutes les machines qu'on avait chez nous, sans compter celles de Tante Alicia. On la taquinait tout le temps, disant qu'elle aimait mieux jouer avec des machines qu'avec nous.* Il fit la grimace.

– Ce n'est pas bon ? demanda anxieusement Morag.

– Le déjeuner est excellent, ma chérie. Ce sont mes pieds qui me tuent, après les danses d'hier soir.

Son sourire rassura Morag.

– Tu es vraiment mon cousin ? demanda-t-elle, question adressée moitié à lui, moitié à ses parents.

– Au deuxième ou au troisième degré, je crois, répondit Clancy, attaquant avec appétit son assiettée d'œufs, pommes de terre, haricots, tomates grillées et champignons.

– Et tu dois vraiment te présenter à Blundell dans six jours ?

Clancy, elle a treize ans ! fit Damia sur bande étroite, reconnaissant chez sa fille les symptômes de l'adolescence.

Crois bien que je le regrette, Damia. Tu as mis au monde une nichée de briseurs de cœurs, et ce n'est pas juste pour les pauvres mortels, comme nous autres, pauvres péquenots d'une planète arriérée !

Arriérée ? Péquenots ? Damia éclata de rire, sachant que Clancy traiterait avec douceur le béguin de Morag. *Garde-toi de répéter ces mots devant mon père !*

C'est lui qui me les a appris, mais je n'ai jamais eu le culot de les répéter devant ta mère !

Roddie apparut alors, annonçant son intention de se baigner pour adoucir les courbatures de la veille ; l'idée parut si bonne que la piscine chauffée grouillait déjà de monde quand le dernier Lyon descendit.

– Je crois que ça vous intéressera d'apprendre les dernières nouvelles, dit Roddie à Rojer, Thian et Flavia, quand ils se retrouvèrent plus ou moins seuls au salon après un goûter dînatoire.

– Comme quoi ? demanda Thian.

Roddie sourit jusqu'aux oreilles.

– Notre reine a couvé des tas d'autres créatures spécialisées, et, bien que je n'en sois pas sûr, je parierais qu'elle prépare un équipage pour piloter le *Réfugié* et la sortir de son infâme captivité.

Il s'interrompit un instant, puis reprit :

– Elle est beaucoup plus active, et envoie les détaleurs faire toutes sortes de courses. Certaines des nouvelles créatures sont capables de passer dans les tuyaux et conduits qui, paraît-il, sillonnent le *Réfugié*. Et il y a aussi deux gros costauds dont nous ne comprenons pas la fonction. Ce ne sont pas vraiment des mâles, ce n'est donc pas un accouplement qu'elle recherche. Et elle a commencé à planter... toutes sortes de choses... avec les pépins et noyaux qu'elle mettait de côté. En utilisant ses propres déjections comme fumier. Enfin, elle a couvé un trio pour s'occuper du jardin.

– Quel genre de plantes cultive-t-elle ? demanda Flavia.

– Des plantes à grandes feuilles, répondit Roddie.

– Ça va nous faire une femelle très déçue, dit Thian avec un petit sourire.

– Compter sur des œufs éclos n'est pas sage, dit Rojer.

– Non, non, tu veux dire : Ne compte pas tes œufs avant qu'ils soient éclos, dit Thian.

– Pas du tout, dit Roddie, brandissant l'index. Vous vous trompez, tous les deux. C'est ne pas mettre ses œufs dans le même panier.

– De quoi parlez-vous donc ? demanda Laria en les rejoignant.

– D'œufs ! De poussins ! D'espérances ! s'écrièrent-ils en chœur.

Rojer regarda autour de lui, l'air inquiet.

– Où est Asia ?

Comme personne ne le savait, il se rendit à la cuisine.

– Maman, tu as vu Asia ?

– Elle est avec Xexo, fit Damia, ajoutant, dans le dos de Rojer qui disparaissait déjà : Elle est ici pour apprendre l'ingénierie de la Tour, tu sais.

CHAPITRE VI

Le dernier jour de leurs vacances, Rojer, Thian et Flavia furent demandés à la Tour pour une conférence avec le Méta de la Terre.

Thian se sentit tout drôle de se retrouver ainsi sur la couche de ses parents, et se demanda si Rojer avait la même impression que lui. Le silence des générateurs, aussi, était inhabituel, mais une liaison entre Métas ne nécessitait pas l'usage de la Gestalt. Ce fait inspira à Thian une certaine satisfaction – que son grand-père ne tarderait sans doute pas à dissiper.

Isthian Lyon, Rojer Lyon, Flavia Bastianmajani, dit Jeff Raven, annonçant ainsi la nature officielle de l'entrevue, *je sais que je vous avais donné le choix de votre prochaine affectation, mais des événements imprévus sont survenus depuis. J'ai entendu ce grognement, Thian.*

Oui, Grand-Père, alors ? Ils ont annulé la poursuite ? C'est ce que Jeff Raven allait dire, Thian en eut l'affreux pressentiment, et il *savait* qu'interrompre les recherches maintenant aurait de sérieuses répercussions pour les générations futures, quand les Coléoptères armeraient d'autres Ruches qui appareilleraient depuis leurs mondes coloniaux, à la recherche d'autres planètes M-5 à coloniser.

Le Washington...

Le quoi ? Thian pensait connaître les noms de tous les grands astronefs de l'Alliance. Perplexe lui aussi, Rojer haussa les sourcils et les épaules.

Le Washington *est le char de combat de classe Nebula que l'Alliance a construit, essentiellement avec des métaux aurigéans, ajouterai-je,* dit Jeff d'un ton cocasse, *et cela ne doit pas être connu du grand public pour le moment. Comme je le disais, le* Washington *sera le vaisseau amiral d'une escadre comprenant six astronefs de classe Galaxie et quatre destroyers, tous armés des nouveaux missiles capables de percer les Ruches. Il y a encore deux Ruches à retrouver.* Jeff fit une pause, pour permettre à ses auditeurs d'assimiler ses paroles. *Puis il y a une seconde expédition, également importante pour le Grand Conseil, qui devra explorer et évaluer les mondes de classe M-5 que les Coléoptères ont négligés, et tous ceux qui seront identifiés par la suite. L'Escadre B s'est vu assigner une mission de cinq ans, et on lui a ajouté un destroyer léger. Le* Genesee *a un nouveau commandant; le KTTS a un nouvel équipage, et le Commandant Brikowski est nommé sur le* Pékin, *sans compter les commandants des unités plus petites.*

Ouah ! fit Rojer.

Grand-Père, je suis prêt à servir sur le Washington *s'ils veulent de moi,* déclara Thian, d'un ton calme et réservé.

S'ils veulent de toi, Thian? Tu es le premier de leur liste. Ashiant a été promu au commandement du Washington. *J'ai dit à ce bureaucrate d'amiral qu'Ashiant t'avait spécialement demandé.*

Vraiment? Thian s'efforça de dissimuler sa jubilation, mais un sourire béat se répandit sur son visage.

Le Commandant Spktm a déclaré qu'il ne bougerait pas le LSTS de son orbite si tu n'étais pas Méta à bord du Washington.

Ouah! répéta Rojer, son amusement se muant en respect.

J'espère, Rojer, que tu trouveras autre chose à dire que « ouah » quand je te dirai que tu vas faire partie de l'équipe de ton frère sur le Washington.

Moi, Grand-Père? Après...

C'est mieux. Oui, toi. Ta conduite lors de l'incident du KTTS a été approuvée par de nombreux 'Dinis. Sans compter l'habileté dont tu as fait preuve pendant le débriefing de l'Opération Lumière.

Après ça? Rojer écarquilla tellement les yeux que Flavia sourit de son étonnement.

– Je t'avais dit que tu t'étais bien débrouillé, mais tu ne me croyais pas.

Silence, Flavia, j'en viens à ton affectation. Avant d'aller plus loin, permettez-moi d'ajouter, Métas, que je n'avais jamais prévu que les TTF auraient à fournir du personnel à la Marine. Mais les distances parcourues et la longueur des voyages actuels, ajoutées au besoin de garder un étroit contact avec les unités, requièrent des services que seuls les Métas sont capables de fournir. Vous ne serez pas sous l'autorité de la Marine, et j'ai exigé que les Métas servant à bord d'un astronef aient un grade égal à celui du commandant.

Vraiment ? s'écria Rojer, ravi.

– Ne te laisse pas tourner la tête, Roj, dit Thian.

Non, mais c'est une bonne surprise.

Tous entendirent glousser le Méta de la Terre. *Ça n'a pas été aussi difficile à obtenir que je ne le craignais. Et j'entends que vous vous conduisiez en toutes circonstances avec la même probité et la même discrétion qu'un commandant.*

Oui, Méta, répondirent-ils tous avec reconnaissance, même Flavia.

J'assigne deux Métas à l'Escadre de Poursuite, parce que je ne laisserai jamais plus jamais mes Doués exposés aux problèmes que vous avez rencontrés tous les deux. À propos de problèmes, et pour en prévenir la répétition, je veux que vous me donniez les noms du personnel de soutien, Doués de préférence, que vous aimeriez avoir dans vos équipes, soit ouvertement, soit secrètement. Vous aurez peut-être besoin de mobiliser des Dons pour vous soutenir.

Capitaine Semirame Kloo, répondit Thian du tac au tac.

Clancy Sparrow, dit Rojer en même temps.

Lieutenant Alison Anne Greevy, du Vadim, ajouta Thian.

Très bons choix, tous les trois. Surtout Greevy, Thian. Savais-tu qu'elle avait pris des cours complémentaires en médecine 'Dini, et qu'elle était transférée sur le Washington, *de toute façon ? Car le* Washington *aura un équipage mixte.*

Thian n'avait reçu qu'un bref message de Gravy, dans lequel elle disait qu'elle était « en forme et sur les dents. Souhaite de même pour toi ». Il fut enchanté qu'elle ait eu l'initiative d'augmenter ses connaissances. Il lui tarda d'autant plus de se retrouver sur le même vaisseau qu'elle.

Je devrai peut-être vous envoyer quelques Doués supplémentaires dans diverses spécialités, mais ils se feront connaître. En tant qu'aîné, Thian, tu es nominalement le chef, mais je crois que vous vous entendez assez bien, de sorte que je ne prévois pas... – il fit une brève pause pour souligner sa pensée – *... de discorde.*

Maintenant, Flavia, j'aimerais que tu prennes la direction d'une équipe de Doués à bord de l'Escadre d'Exploration. Je sais que tu as travaillé dans différentes Tours, et tu dois donc connaître des spécialistes que tu aimerais avoir avec toi. Je ferai de mon mieux pour les affecter à cette mission, s'ils sont d'accord, naturellement. L'expérience de Tour te sera précieuse, mais des Doués biologistes, ingénieurs et sociologues constitueraient une bonne addition à l'équipe de spécialistes déjà désignés pour cette mission.

J'aimerais avoir Zara, Asia et...

Tu aimerais Zara et Asia?

Thian et Rojer parvinrent à réprimer leur jubilation devant la stupeur de leur grand-père.

Oui, Méta de la Terre. Zara a des qualifications médicales du premier niveau qui seront inappréciables pour une longue croisière. Elle pourra continuer ses études avec le personnel médical du bord. Asia a passé ses examens d'ingénieur en mécanique avec mention très bien, et seulement deux points de moins que Rojer. Un long voyage sera très bénéfique pour son évolution et lui donnera confiance en elle. Zara et moi, nous veillerons sur elle. J'aimerais aussi Rhodri Eagle, dont le talent d'officier de liaison est gâché auprès d'une reine qui n'ira nulle part, et Morgelle de Betelgeuse, parce qu'elle a étudié l'archéologie.

Je ne le savais pas, dit Jeff Raven, d'un ton de nouveau surpris.

Ça ne m'étonne pas, étant donné sa situation, rétorqua Flavia, d'un ton sec.

Tes choix sont excellents et bien pensés, Flavia, et je crois que leur nomination ne posera pas de problème, dit-il, d'un ton mental très satisfait et amusé. *Le nouveau commandant du* Columbia, *qui est le vaisseau amiral de l'Escadre B, est une certaine Vestapia Soligen, et, bien que son équipage soit mixte, elle a demandé* une *Méta, si possible.*

Il y a aussi deux hommes de ma connaissance qui seraient très utiles, un D-3 et un D-6, ajouta Flavia d'un ton égal, mais en regardant d'un air malicieux Thian et Rojer, qui l'encouragèrent d'un sourire.

Leurs noms ?

Le D-3 est mon frère Mallen, et le D-6 mon cousin Jesper Ornigo, qui a des 'Dinis et qui s'intéresse beaucoup aux civilisations extra-planétaires, quoiqu'il s'agisse plus d'un hobby que d'une profession...

Naturellement...

Tous deux sont Altariens, et occupent actuellement des postes que n'importe quels Doués de force égale pourraient remplir.

Plût au ciel que je m'oppose au népotisme d'une autre, Flavia !

Je te demande pardon, Méta ?

– Blague familiale, s'écrièrent en chœur Thian et Rojer, tandis que Jeff répétait télépathiquement. Tous éclatèrent de rire.

Ce briefing préliminaire revêt une grande importance, mes jeunes amis. J'ai posé certaines conditions à vos affectations, qui devront être respectées quoi qu'il arrive : vos fonctions sont strictement définies dans la Charte des TTF, et vous serez à bord en tant que civils et non-combattants. À l'exception possible du lancement de sondes et de capteurs comme ceux que Rojer a utilisés à Xh-33, vous ne pouvez apporter aucune autre assistance à l'exploration ou aux contacts, quelles que soient les pressions, même pour sauver des vies. Tout « projet » dépassant vos fonctions doit être discuté avec moi et je répondrai personnellement aux commandants impliqués.

Cela ne vous plaira peut-être pas, mais vous devrez sauver votre peau en priorité, même si, comme Thian le sait déjà, vous deviez faire de votre mieux pour sauver le personnel essentiel désigné par les commandants. La Marine est censée se suffire à elle-même.

Flavia, tous tes Doués devront être escortés en permanence quand ils seront sur une planète. On a conçu des combinaisons spéciales pour les Doués qui réduisent le ping-zing produit par la proximité d'artefacts du Multiple.

Dernier détail – le lancement du Washington *a déjà eu lieu et il se trouve largement au-delà de notre système à l'heure actuelle.*

On ne craignait pas des manifestations, Grand-Père? demanda Thian.

Autour du plus grand hologramme jamais tenté, répondit Jeff d'un ton à la fois amusé et soucieux. *Le bon sens a prévalu sur la pompe, et si vous entendez dire que les isolationnistes ont fait sauter le* Washington, *n'y faites pas attention. Pourtant, vous ne devez discuter de vos affectations avec personne, pas même avec vos parents. On prépare les ordres de mission pour le personnel que vous avez demandé. Rhodri et Clancy seront informés par la Tour, comme Zara et Asia. Et les autres seront contactés par les canaux officiels. Tous trois, présentez-vous pour le transport à vos postes respectifs demain matin à 0800, heure d'Aurigae. Profitez bien de votre dernier jour sur le plancher des vaches.*

Avant qu'aucun d'entre eux n'ait pu seulement remercier Jeff Raven, il rompit le contact.

– C'est bien de lui, fit Thian avec une grimace de contrariété. Il te fourre dans les bras ce dont tu as toujours rêvé, et il te plante avant que tu aies pu le remercier.

– Nous ne le remercierons peut-être pas sur le long terme, dit Rojer avec une ambivalence inusitée. Cette maudite Opération Lumière aurait dû être du gâteau, et elle s'est transformée en un interrogatoire digne de l'Inquisition espagnole.

– Digne de quoi? demanda Flavia.

– Peu importe, Flavia, répondit Rojer en souriant. Et je tiens à te remercier d'avoir demandé Zara et Asia. Je ne les voyais pas participer à une mission de poursuite...

– Je vais les faire trimer comme des bagnardes, assura Flavia avec sérieux en se levant.

Puis elle sourit.

– Je trouvais que ça valait la peine de les employer, mais je ne pensais jamais que le Méta de la Terre accepterait. Et Mallen et Jes, en plus. Ils ont tous les deux des boulots nuls, et je sais qu'ils valent bien mieux que ça. Et si c'est du népotisme, je m'en moque! ajouta-t-elle, rejetant la tête en arrière avec défi.

– Bravo, Flavia, approuva Thian. Et maintenant, prenons l'air un peu lugubre et efforçons-nous de profiter de ces dernières heures de vacances avant que le poids d'un travail épuisant et d'une longue séparation ne s'abatte sur nos têtes innocentes.

Rojer émit un rire de dérision.

– Mais ce sera un travail épuisant, c'est vrai, dit Flavia, descendant l'escalier de la Tour.

Les deux frères levèrent les yeux au ciel devant son pragmatisme, puis, descendant quatre à quatre, arrivèrent en bas avant elle. Rojer lui ouvrit la porte, tandis que Thian la faisait passer devant lui en s'inclinant avec panache.

– Grands dieux ! s'écria Rojer, s'arrêtant si brusquement que Flavia faillit le bousculer. Qu'est-ce qu'on va dire aux parents ?

– Qu'est-ce que tu veux dire ? Notre permission est terminée. Grand-Père nous demande de nous présenter à Blundell demain matin à 0800, dit Thian avec désinvolture, en commençant à descendre le perron. Salut, Asia. Xexo t'a laissée mettre les mains dans la graisse aujourd'hui ?

– Oui, dit la jeune fille, l'air à la fois étonné et ravi. J'ai graissé et lubrifié l'une des turbines de secours. Xexo m'a laissée faire toute seule. Mais j'avais le manuel ouvert à côté de moi tout le temps.

– Comme il se doit quand on travaille sur de nouvelles machines, dit Rojer.

Et il lui sourit avec tant de fierté que, pour une fois, elle ne rentra pas dans sa coquille.

– Laquelle ? ajouta-t-il. La 8-32-XR ? Ou la 184-QJ ?

– La QJ, répondit-elle d'une voix égale. Ce n'est pas un modèle extraordinaire, mais Xexo assure qu'elle fournit un très bon service avec un minimum de pannes.

– C'est intéressant quand on ne peut pas se procurer facilement des pièces de rechange.

– Tu sais très bien qu'on est obligé de *fabriquer* soi-même les pièces pour la QJ, dit-elle, souriant de sa mauvaise mémoire.

– Et que j'en ai déjà fabriqué, maintenant que tu m'y fais penser.

Asia le regarda en penchant la tête, réprimant un sourire.

– Tu as reçu de bonnes nouvelles ?

– Oui, répondit Rojer, se tournant vers Thian et Flavia pour chercher un soutien, car la question d'Asia l'avait pris au dépourvu. On peut dire que oui, je suppose.

Il poussa un gros soupir.

– Mais les vacances sont terminées.

– Retour au Cube de Blundell demain matin, dit Thian d'un ton léger. Tu as fini ta leçon ? Alors, allons nous baigner !

Si, de temps en temps, leurs parents les regardèrent bizarrement pendant les préparatifs, le trio parvint à maintenir ses écrans relevés et son excitation à un niveau acceptable. Damia s'était inquiétée en apprenant que Zara, Asia et Clancy devaient se présenter à Blundell. Rhodri, quant à lui, était étonné mais ravi, car il avait reçu de ses supérieurs l'ordre de se présenter à la Base de la Marine pour réaffectation.

Une dernière et longue chevauchée en fin d'après-midi ramena à la maison ce qu'Afra appelait en plaisantant « la cavalerie Raven-Lyon » avec des appétits dignes du banquet préparé. Même Petra eut droit à une gorgée du vin pétillant qui accompagna la fête. La soirée fut si conviviale que Kincaid lui-même parut totalement détendu et sourit plus souvent. Il est, bien sûr, possible que Rojer ait rempli le verre d'Asia plus souvent que nécessaire, mais elle aussi rayonnait et souriait à toutes les plaisanteries, même celles qu'elle ne comprenait pas, et que Rojer lui expliquait ensuite à l'oreille.

Pendant la semaine, elle s'était un peu détendue et l'on avait pu vérifier son statut de D-4. Pourtant, vers la fin de la soirée, réalisant que ces merveilleuses vacances se terminaient, elle se mit à ressasser sombrement cette idée avec intensité et Rojer ne put s'empêcher de lui dire en secret que le meilleur était encore à venir et qu'elle devait patienter jusqu'au lendemain. Détendue par le vin et par ces paroles rassurantes, Asia s'endormit, la tête sur l'épaule de Rojer, avant que personne, même lui, ne s'en aperçoive.

Je veillerai sur elle pour toi, Rojer, lui assura Flavia, quand elle remarqua qu'il se tenait raide et immobile pour ne pas la réveiller.

Ça saute aux yeux à ce point-là ? demanda Rojer.

Pas aux siens, en tout cas, répondit Flavia d'un ton rieur. *Pour le moment, ta présence est bonne pour elle...*

Et quand elle aura gagné plus d'assurance et qu'elle se sera « trouvée »..., ajouta Rojer, avec une nuance à la fois sceptique et cynique.

Je sais que c'est banal, mais elle ne sera qu'à une pensée de toi. Tu pourras certainement renforcer ta position. Si vos rapports doivent s'approfondir, ils s'approfondiront et, personnellement, je pense que ce sera le cas. Elle est déjà cent pour cent mieux qu'à son arrivée à Aurigae.

Pour tout le monde, 0800 sembla arriver plus tôt que d'habitude à Iota Aurigae le lendemain matin, mais tous les voyageurs étaient nourris, habillés et rassemblés avec leurs bagages devant les capsules personnelles, quelques minutes avant l'heure fatidique. Et les générateurs fonctionnaient à pleine puissance.

Papa dit qu'il a quelque chose de spécial en tête pour toi, Thian, et pour Rojer aussi, déclara Damia, tandis que ses fils et Flavia s'installaient confortablement dans la capsule, les 'Dinis des garçons bien sanglés dans leurs plus petits harnais.

Il adore avoir quelque chose de spécial pour nous, fit Thian avec un grognement résigné. *Quand on naît dans cette famille, il faut s'attendre à faire le tour de la galaxie.*

Vous ne serez qu'à une pensée de nous, intervint Afra. *Prêts ?*

Prêts ! Go ! s'exclama Rojer, incapable de s'en empêcher, et il entendit ses parents éclater de rire car son « go » fut parfaitement synchrone avec la téléportation.

Thian et Rojer eurent à peine le temps d'aider Flavia à descendre de la capsule, que le Méta de la Terre leur annonçait qu'ils devaient rejoindre immédiatement le *Washington,* déjà sorti du système de Sol. Jeff Raven, les mettant rapidement au courant de ce qu'on appelait les émeutes du *Washington*, leur apprit que l'ampleur des manifestations avait tout à fait justifié les sages précautions prises pour le lancement.

Il y avait eu de nombreuses tentatives pour endommager l'hologramme – des missiles ayant même explosé sur la cible, mais sans endommager la coque massive, « grâce à sa construction novatrice et à sa conception révolutionnaire, prouvant que l'astronef était assez puissant pour s'attaquer même à une Ruche du Multiple ». Les partisans avaient été aussi nombreux que les contestataires, et aussi astucieux dans leurs tentatives pour protéger ce grand vaisseau à la pointe du progrès.

On a fait tout un cinéma pour le baptême du Washington *par Gktmglnt et l'Amiral Mekturian, avec la mise à feu des fusées auxiliaires pour le dégager des échafaudages, puis celle des roquettes intérieures pour qu'il commence son majestueux voyage de poursuite.*

Grand-Père, je ne savais pas que tu étais poète !

C'était une citation, Thian, répondit Jeff.

Qui s'est chargé des effets spéciaux ? voulut savoir Rojer.

Tout le monde a mis la main à la pâte, assura Jeff, d'un ton légèrement suffisant. *Je ne m'étais jamais autant amusé depuis que, votre grand-mère et moi, on s'en est pris aux capsules de reconnaissance du Multiple au-dessus de Deneb, il y a plus d'un quart de siècle. Le* Washington *vous plaira. Quand vous saurez vous y orienter. Mais votre première tâche sera de l'amener en vitesse jusqu'au pauvre destroyer* Maine, *laissé en arrière par l'Escadre C pour continuer à suivre la queue ionique des deux Ruches. Puis il faudra amener au même endroit tous les autres vaisseaux de l'Escadre A, un par un, au cours des prochaines vingt-quatre heures. Même avec l'aide que peut vous apporter la fusion mentale de tous les Métas, ce sera une tâche épuisante. Flavia, Zara, Asia et tous les Métas de la famille sont prêts à vous assister, alors, ne traînez pas. Vous apprécierez vos cabines de luxe. Le* Washington *est une merveille.*

Grand-Père ne plaisantait pas, hein ? déclara Rojer à Thian lorsqu'ils débarquèrent de leur capsule dans un hangar quatre fois plus grand que tous ceux qu'ils connaissaient, y compris celui, très vaste, du *Réfugié.*

– Permission de débarquer, Commandant ? demanda Thian, avec un bon coup de coude à Rojer, parce qu'il avait vu qui se trouvait dans le comité d'accueil. *Ashiant en personne, frérot, on ne se fiche pas de nous !*

– Permission de débarquer, Commandant Ashiant? bredouilla Rojer.

– Permission accordée, Métas, et très heureux de vous avoir à bord, répondit Ashiant en s'avançant tandis que Thian et Rojer descendaient sur le pont.

Puis ils aidèrent les 'Dinis à sortir de la capsule.

– Le reste de votre équipe est en route, pour que nous puissions amener le *Washington*... – et il prononça le nom de son nouveau vaisseau avec satisfaction et fierté – ...là où il sera le plus efficace.

– GRAND PLAISIR DE SERVIR DE NOUVEAU AVEC VOUS, COMMANDANT SPKTM, dirent Thian et Rojer au grand 'Dini auquel leurs amis manifestaient toutes les marques possibles de déférence.

– CELUI QUI PARLE VOUS A DEMANDÉS, THN, RJR. AVEC VOUS, NOUS VAINCRONS, répondit le Commandant Spktm, inclinant son œil pédonculé de façon flatteuse.

– Méta Thian, vous remarquerez que quelques visages connus m'ont suivi sur le *Washington*, mais nous verrons cela après le dîner et la poussée initiale, poursuivit Ashiant.

Dis donc, il est drôlement pressé, dit Rojer à son frère d'un ton amusé.

Nous aussi, ajouta le Méta de la Terre. *Travaillez maintenant, vous jouerez plus tard, mes enfants.*

Une autre capsule fut déposée dans la nacelle voisine de la leur. Clancy Sparrow en descendit, sollicitant traditionnellement l'autorisation de venir à bord. Ashiant lui souhaita la bienvenue et ses 'Dinis adressèrent leurs respects à Spktm.

De la tête, le Commandant Ashiant fit signe aux enseignes de prendre les bagages, puis, du geste, il invita les Doués à les suivre, lui et le Commandant Spktm, Clancy fermant la marche.

– Vous aurez à cœur, je pense, d'apprendre à vous orienter dans le dédale des nombreux ponts et installations du *Washington*, Métas..., dit-il, gratifiant Thian d'un regard significatif.

– J'avais peur que vous ne me teniez rigueur de mes bévues jusqu'à la fin de mes jours, Commandant, fit Thian avec un grand sourire.

– Elles sont devenues légendaires dans la Marine, répondit Ashiant, se tournant vers Rojer. Votre frère vous a-t-il dit combien de règles protocolaires il a foulées aux pieds, dès sa première heure sur mon ancien vaisseau ?

– Commandant, vous auriez dû entendre ce qu'en a dit Papa, qui pourtant n'est pas dans la Marine, mentit Rojer, mais avec un sourire charmeur.

– Je suis heureux d'apprendre que vous n'essaierez pas de le surpasser.

– Moi, Commandant ? Non, certainement pas. Ce n'est pas ce que je fais de mieux.

– Et qu'est-ce que vous faites de mieux, Méta Rojer ?

– Secret défense, Commandant.

Ashiant attacha sur Rojer le même regard cynique dont il avait gratifié Thian.

– Je vois que ce voyage sera des plus instructifs... pour *nous tous*, dit-il, et il y avait comme un avertissement dans cette phrase anodine.

Ils firent quelques pas jusqu'au turbo-lift, suivis de quelques mètres dans une coursive moquettée, à l'évidence en territoire des officiers, puis Ashiant s'arrêta devant une porte à double battant gardée par deux marines qui se mirent au garde-à-vous.

– Cette suite a été spécialement conçue pour les Doués, Métas. Donc, si vous voulez bien déposer votre empreinte... ajouta Ashiant, montrant de la tête la plaque de sécurité.

Thian, Rojer et Clancy y apposèrent leur paume.

– Commandant, vous aurez besoin d'y avoir accès également, dit Thian. C'est votre vaisseau.

Ashiant hocha la tête et posa sa main sur la plaque.

– J'apprécie cette courtoisie.

Puis Thian remit la main sur la plaque, et les deux battants s'écartèrent. Avec beaucoup plus d'assurance qu'ils n'en ressentaient, les trois jeunes gens entrèrent dans un vaste salon, suivis du commandant.

– C'est scandaleusement luxueux, déclara Thian, regardant autour de lui.

Par les portes entrouvertes de chaque côté de la pièce, ils virent des chambres à coucher, mais il y avait deux autres portes fermées devant eux, et une troisième, de biais sur la gauche.

Ashiant traversa le salon.

– Ceci, dit-il, posant la main sur la plaque d'ouverture, c'est votre Tour du *Washington*, et là, poursuivit-il, ouvrant la deuxième pièce, c'est un bureau, et celle-là, termina-t-il, montrant la porte de biais, donne accès à la passerelle. Vous avez donc tout sous la main.

– C'est beaucoup mieux que ce que nous étions en droit d'espérer, Commandant, assura Thian, s'inclinant en signe de remerciement.

– Ordres du Méta de la Terre, répondit Ashiant, le visage impassible, puis il sourit. Pas plus que vous ne méritez pour les services que vous rendez à toute la flotte. Si vous voulez bien rassembler le reste de votre équipe du bord, ajouta-t-il, montrant l'intercom de la Tour, nous pourrons commencer.

– À vos ordres, Commandant, dit Thian.

– Laissez ces sacs ici, les gars, dit Clancy aux enseignes qui arrivaient avec les bagages.

– Si vous voulez bien regagner la passerelle, Commandant, fit Thian, ouvrant la porte, nous allons organiser les opérations. Oh, à propos, qui est l'officier ingénieur du *Washington* ?

Ashiant le regarda, l'air surpris.

– Tiekele, bien sûr. Quand vous aurez le temps, dit-il, montrant l'écran, consultez la liste du personnel. J'ai conservé tous les officiers que j'ai pu.

Le Commandant Spktm suivit Ashiant, murmurant qu'il retournerait sur son propre astronef dès que les Métas auraient le temps de l'y téléporter.

– Rojer peut vous y transporter immédiatement, Commandant, car vous préférerez vous trouver sur le LSTS au moment du saut, j'imagine, déclara Thian, donnant son premier ordre dans sa nouvelle fonction.

– Bien sûr, Commandant, si vous voulez bien avoir l'amabilité de retourner au hangar et à votre capsule, ajouta Rojer, entrant dans la salle de la Tour. *Dis donc, c'est ce qui s'appelle tomber le cul dans le beurre, hein, frérot ?*

Quoi ! Thian se téléporta près de Rojer et regarda autour de lui.

Assez plaisanté ! dit le Méta de la Terre, un peu irrité.

Rojer s'allongea sur la couche la plus proche, qui semblait avoir été faite sur mesure pour sa taille. Thian et Clancy s'attribuèrent deux des six couches restantes et s'installèrent aussi.

Dès que Rojer eut téléporté le commandant Mrdini dans son astronef de classe Constellation, Thian l'intégra dans la fusion mentale, puis fit de même avec Clancy, et annonça enfin que les autres pouvaient se joindre à eux.

D'abord arriva Jeff, assumant la position focale, tandis que la Rowane se glissait près de lui. Sublimées dans son esprit, Thian reconnut Flavia, Zara, Asia, le courant anonyme de tout le personnel de Blundell et de la tour de Callisto, puis le contact familier de ses parents, de Laria et Kincaid, de David de Bételgeuse, des D-2 d'Altaïr, des Métas de Capella et Procyon, de son Oncle Jeran et de sa Tante Cera, et même la touche à peine familière de son Oncle Ezro sur Vega... plus tous les Doués disponibles, et la fusion mentale la plus puissante jamais réalisée lança, le temps d'une longue inspiration, l'énorme masse du *Washington* à l'endroit où le point minuscule du *Maine* suivait patiemment la queue ionique des deux Ruches.

Puis, un par un, les autres astronefs – deux de classe Constellation, quatre de classe Galaxy et quatre destroyers – furent téléportés à leurs positions assignées dans la flotte. Malgré les restrictions imposées par la fusion, Thian activa les écrans de leur Tour et vit, non plus comme un point minuscule, mais quand même petite en comparaison du *Washington*, la forme profilée du *Maine*. Il se demanda si son équipage avait conscience de la proximité de ses puissants voisins, mais il était trop intégré dans la fusion pour s'en enquérir.

Brusquement, la plupart des participants à la fusion, ayant assumé leur part de ce transport gigantesque, se retirèrent. Seuls les éléments de la Terre et de Callisto demeurèrent.

Thian, tu peux maintenant apprendre à l'équipage du Maine, dit cette fusion d'un ton amusé, *qu'il est relevé de sa surveillance. Le Commandant s'appelle Bremerton.*

Encore enivré par son contact avec tant d'énergies, Thian n'eut aucun mal à établir la liaison. L'esprit de Bremerton était grand ouvert, tant il était soulagé de l'arrivée de la relève.

Onze astronefs d'un seul coup ? s'exclama Bremerton, mi-stupéfait, mi-jubilant. Thian eut l'impression très nette que des mouvements physiques accompagnaient les décharges mentales de joie et d'euphorie. *Oh, mon Dieu, mais c'est vrai ! La flotte est là ! Réjouissez-vous !*

La flotte est là ! Ouvrez un canal pour le Washington, *Sparks. Nous allons être relevés !*

Commandant Bremerton, nous pouvons vous téléporter à votre Base immédiatement, dit Thian. *Je ne voudrais pas vous bousculer, Commandant, mais la fusion est prête et vous attend.*

Étant le plus proche de ces contrôles, Clancy se brancha sur l'écran de la passerelle. Malgré un uniforme impeccable, le commandant du *Maine*, relativement jeune, avait le visage fatigué, mais il fit un salut énergique.

– Clark Bremerton, Commandant Ashiant, avec mes respects.

Il eut un grand sourire, empreint de respect, de déférence et d'étonnement.

– Je vous envoie mon journal de bord pour vos archives, mais il ne s'est rien passé de notable, Commandant. Aucune déviation dans la queue ionique depuis la séparation d'il y a trois semaines, et la Ruche que nous suivons n'a pas modifié sa vitesse.

– Bon travail, Commandant. Je ne vous retarderai pas davantage, car vous avez tous hâte de rentrer chez vous, j'imagine.

– Oui, Commandant, répondit Bremerton du fond du cœur.

– Votre journal de bord est transféré. En route, *Maine.*

Ashiant salua, et Bremerton lui rendait son salut quand son visage disparut de l'écran.

– À vous, Métas, dit Ashiant dans son intercom.

Pas trop tôt. Thian reconnut la voix bien connue de la Rowane. *Toute cette pompe et ces simagrées de la Marine, quelle perte de temps !*

Thian sentit dans son esprit la pression de la fusion, et le *Maine* disparut. De même que la constriction de la fusion. Près de lui, Rojer poussa un soupir exagéré de soulagement, et Clancy s'étira – à se faire craquer les jointures.

– Savons-nous où nous sommes ? demanda Clancy.

– Puisque c'est moi l'ingénieur..., dit Rojer, se levant de sa couche et s'approchant de la console.

Flambant neuve, elle n'avait pas une seule égratignure, mais elle lui était pourtant familière, de sorte qu'il eut tôt fait d'appeler sur l'écran une vue de l'extérieur, vaste étendue d'étoiles de toutes les tailles, couleurs et pulsations.

– Loin, très loin de toutes les étoiles que nous connaissons et reconnaissons, commenta pensivement Clancy.

Un coup discret frappé à la porte les fit sursauter.

– Entrez.

– Lieutenant Greevy au rapport, Métas. J'ai pris la liberté de vous apporter des diabolos menthe.

Alison Anne, avec toute la solennité voulue, s'avança avec son plateau, qu'elle présenta d'abord à Thian – à qui elle adressa un clin d'œil malicieux –, puis à Rojer et Clancy.

– Bonne idée, Lieutenant. Et toutes mes félicitations. Alison a pris des cours en médecine 'Dini, Rojer, Clancy, expliqua Thian.

– En attendant que vous accomplissiez votre première tâche, j'ai fait la connaissance de tous vos 'Dinis, déclara Gravy, toujours dans l'attitude très digne d'un officier de la Marine. Le Capitaine Kloo aussi...

– Rame est là ? s'écria Rojer.

Et, veillant à ne pas renverser son verre, il passa dans le salon où Semirame lui fit un salut impeccable, avant de lui adresser un sourire plein de fierté et de reconnaissance.

– Je ne vous remercierai jamais assez, mes amis. Del Falco est devenu odieux quand vous lui avez faussé compagnie, dit-elle. Ce qui l'a rendu difficile à vivre, jusqu'au moment où on lui a aussi enlevé Clancy. Quand l'Amiral a découvert sa destination, tout l'enfer s'est déchaîné. Je serrais les dents en attendant la suite, quand j'ai reçu mon ordre de mission. Je crois que personne n'a jamais évacué la Base de Phobos aussi vite que moi. Et pour le *Washington,* en plus ! Vous avez seulement idée du nombre de gens qui me détestent cordialement, maintenant ?

– Non, et on s'en tape, répondit Clancy, prenant Semirame par la taille et la faisant tournoyer avant de la reposer par terre.

Toujours souriante, elle rajusta sa tunique, car elle était en uniforme, comme Gravy.

– Alors, tu es sur le *Washington* depuis une semaine ? demanda Thian.

Elle acquiesça de la tête, toujours souriante, et Thian lui demanda quels officiers du *Vadim* Ashiant avait emmenés avec lui.

– Je n'ai pas encore rencontré la moitié de ceux de mon quart, répondit Rame, mais je sais avec certitude qu'il a amené son officier ingénieur, Youri Tikele, son premier officier Ailsah Vandermeer, le Capitaine Fadh Ah Min pour les systèmes d'armes, plus pas mal de sous-officiers du *Vadim.*

– Pas son second ? Le Commandant Germys ?

– Il a été promu Commandant du *Vadim*, dit Rame avec un grand sourire.

– Le Capitaine Exeter est médecin-chef, et nous avons un service pour les Mrdinis, parce que c'est un équipage mixte, et c'est moi qui assure la liaison, dit Alison Greevy avec un sourire de fierté.

J'ai toujours affirmé que tu étais plus intelligente que tu ne le croyais, Gravy, dit Thian.

Et tu as tenu ta promesse.

Seulement parce que tu as ajouté un élément qui me l'a rendu possible. Dûment cérémonieuse, Rame tendit alors une disquette à Thian.

– On me dit que tu es le chef officiel des Doués, Méta Thian, et j'ai personnellement reçu cela du Méta de la Terre avec ordre de te le donner en main propre. C'est pour vous trois seulement : une liste de tous les Doués de la flotte. Une poignée d'entre eux sont connus de leurs supérieurs comme possédant un certain Don, mais, dans l'ensemble, ils sont d'un grade supérieur à ceux indiqués ici. Certains remplissent de petits postes, avec des qualifications de D-2 ou D-3. Je suggère respectueusement que tu les téléportes ici pour les voir en particulier, ou que tu nous permettes, à moi et au Lieutenant Greevy, de les contacter. Un mot de code a été choisi pour que tous les Doués de la flotte t'ouvrent leurs esprits, mais le Méta de la Terre m'a dit que *nous* ne le connaissons pas.

– Sur fréquence ouverte, lorsque vous entendrez le mot de code « Saki », vous devrez vous rendre disponibles pour moi et pour quiconque nommé après le code.

– Maintenant, dit Alison en s'avançant, nonobstant les diabolos menthe, comment faut-il vous appeler ? Métas ou Messieurs Métas ?

– Je ne suis pas Méta, répondit Clancy avec un grand sourire.

– Ici, nous ne faisons pas de cérémonie, mais, en situation officielle, Méta suffira, fit Thian.

Alison pencha un peu la tête.

– Il paraît – d'après la rumeur – que vous avez grade de commandant ?

– On m'a dit, répondit Thian avec un sourire suffisant, que, bien qu'étant d'humbles civils, les D-1 seront considérés comme de grade égal à celui d'un commandant de vaisseau.

– Mais ça ne veut pas dire que nous pouvons commander le vaisseau, déclara Rojer, terminant l'explication.

– Alors, un D-2 comme moi serait l'équivalent d'un lieutenant de vaisseau ? demanda Clancy.

Thian haussa les épaules.

– Pourquoi pas ?

– Tu as bien réussi... Clarence, dit Semirame Kloo, haussant les sourcils.

– J'ai le Don, mon petit.

– Ce que je voulais dire, intervint Alison d'un ton sévère, c'est que, nonobstant les diabolos menthe, vous êtes invités au dîner des commandants – commandants au pluriel –, et des premiers officiers, de sorte que le mess sera bondé. Je vous conseille donc de vous reposer. Parce que c'est une fameuse poussée que vous avez exercée là. Même Rame et moi, on l'a sentie !

Pour confirmation, elle regarda le Capitaine Kloo qui acquiesça d'un sourire.

– On est en pleine forme, assura Rojer d'un ton désinvolte.

– C'est parce que tu n'as jamais participé à un dîner des commandants, cousin, dit Clancy, regardant autour de lui. Ma chambre, c'est laquelle ?

Rame haussa les épaules.

– Puisque vous ne faites pas de cérémonie, n'importe laquelle.

– Tu n'as pas... – Et Clancy s'interrompit, montrant vaguement les portes des chambres.

Elle secoua la tête.

– Non. La mienne se trouve tout près, et Alison est à côté de l'infirmerie. Maintenant, au lit, mes amis ! Viens, Alison, ou ils n'arrêteront pas de bavarder.

Gravy adressa un clin d'œil complice à Thian, tandis que la porte se refermait derrière elle.

– Am-stram-gram-pic-et-pic-et-colégram ! – Et le doigt de Rojer aboutit sur la porte centrale à tribord.

Thian ramassa son sac et se dirigea vers la chambre du bout, tandis que Clancy prenait la plus proche sur bâbord.

Thian nota avec plaisir que c'était une vraie chambre – bien qu'il y eût des tiroirs de rangement sous le lit double – avec des placards, et douche et toilettes particulières. Il ne se sentait pas fatigué, jusqu'au moment où il s'allongea. Presque comme répondant à un ordre subliminal, il sombra immédiatement dans un sommeil sans rêves.

CHAPITRE VII

Le dîner des commandants fut aussi cérémonieux que Thian, Rojer et Clancy l'avaient craint. Le Commandant Ashiant, profitant de ce qu'ils connaissaient bien les Mrdinis et leur langue, les encadra tous les trois de 'Dinis. Les Humains étaient assis en face d'eux, et les conversations à travers la table étaient autorisées.

Le Commandant Ashiant présidait au haut bout, avec Spktm, maintenant commandant du Constellation 'Dini LSTS, à sa droite, et Thian à la droite de Spktm, tandis que le premier officier 'Dini, Mgl, du Galaxy KLTL était à la droite de Thian. Rojer était en face de son frère, avec le Commandant du Galaxy 'Dini KLTS, Ktpl, d'un côté, et le premier officier du LSTS, Tlpl, de l'autre. Les quatre 'Dinis avaient de la conversation, de sorte que tout alla bien pour les deux frères. Tous deux envoyèrent des messages télépathiques d'encouragement à Clancy, assis au bas bout de la table entre deux commandants 'Dinis, l'un d'un destroyer, l'autre d'un vaisseau de classe Galaxy. Mais Clancy était aussi en face d'une des trois femmes présentes, ayant grade de capitaine et très séduisante. La femme commandant le destroyer *Athene* était assez loin de Rojer, et la troisième, autre premier officier, était à deux places de Thian. Clancy répondit donc qu'il était mieux loti qu'eux.

Le repas fut succulent, avec les spécialités les plus renommées de chaque espèce pour satisfaire les différents palais. Les vins étaient excellents, et, à l'évidence, Spktm apprécia beaucoup le breuvage jaune qu'on lui servit, même si son premier officier, Tlpl, ne but que de l'eau.

Le dîner s'éternisa, avec de nombreux services, séparés par de longs intervalles pour faire la conversation. Puis Thian commença à comprendre le motif ultérieur d'une réunion si longue et apparemment si cérémonieuse. À la fin de la soirée, tous les hauts gradés avaient eu l'occasion de faire connaissance entre eux et avec les Métas, soit par la conversation directe, soit par l'observation.

Quand le dessert et les liqueurs eurent été servis, les maîtres d'hôtel se retirèrent, les portes se refermèrent dans un soupir pneumatique, et le Commandant Ashiant se leva.

– Commandants, Métas et Capitaines, tant que nous sommes encore loin de la Ruche, où qu'elle soit par ailleurs, commença Ashiant, provoquant quelques gloussements, je propose de profiter de cette accalmie pour visiter les nouvelles installations du *Washington.* Je sais que les nouveaux systèmes d'armes ont été installés sur deux vaisseaux de classe Galaxy, et aussi sur le *Solidarité,* mais nous devons tous savoir comment ces missiles peuvent être utilisés avec efficacité. *Si* nous avons besoin de nous en servir.

– POURQUOI LES AVOIR SI ON NE LES UTILISE PAS ? demanda Ktpl avec brusquerie.

Ashiant le gratifia d'un regard significatif.

– NOUS AVONS DES ORDRES ÉCRITS, DE SORTE QU'ILS NE PEUVENT AVOIR QU'UNE SEULE SIGNIFICATION, COMMANDANT KTPL.

Il embrassa la table du regard, pour s'assurer que tous les Humains avaient compris sa réponse en 'Dini. Tout en remarquant qu'Ashiant avait fait des progrès en 'Dini, aussi bien pour le vocabulaire que pour l'accent, Thian ne s'étonna pas quand il continua en Basic.

– Le Grand Conseil de l'Alliance a exprimé sa volonté à travers ces ordres, qui seront nos guides pour atteindre les objectifs de cette mission. Nous disposons de la flotte la plus grande qui soit jamais partie explorer la galaxie. Nous accomplirons notre mission, et nous assurerons que les Ruches restantes ne détruisent aucune forme de vie et ne fondent pas de nouvelles colonies. Cela fait, comme vous le savez tous, la flotte se scindera pour explorer d'autres systèmes stellaires de type G possédant des planètes M-5 où les Coléoptères ne se sont pas arrêtés. Et pour évaluer leur état. Cinq ans nous sont accordés pour accomplir ces tâches. Buvons à notre succès, Commandants, Métas et Capitaines.

Tous se levèrent solennellement et répétèrent le toast en Basic et en 'Dini.

Thian espérait ardemment que cela mettrait fin à la soirée, mais les dîneurs, quittant la longue table, formèrent de petits groupes, certains pour renouer connaissance, d'autres pour discuter divers problèmes.

– Ne vous retournez pas, dit une voix grave derrière Thian, qui reconnut celle d'Ashiant. Auriez-vous l'amabilité de me téléporter chez vous demain matin pour le petit déjeuner, Thian ? Raven assure que vous me connaissez assez bien pour me trouver n'importe où, même sur un vaisseau de la taille de celui-ci.

Thian baissa la tête, feignant de lisser ses cheveux en arrière, tout en murmurant :

– Je le peux, si une telle sécurité est indispensable, Commandant.

– Cette fois, oui.

Ashiant s'éloigna immédiatement, élevant la voix pour saluer le Commandant Cheseman du *Solidarité*. Thian ruminait encore cette requête insolite quand Clancy s'approcha pour lui dire qu'ils pouvaient se retirer sans être impolis maintenant que deux commandants avaient pris congé du Commandant Ashiant, et Thian l'« informa » de la démarche de celui-ci.

– Pourquoi le commandant de la flotte doit-il recourir à une telle tactique, Clancy ? demanda Thian, que le subterfuge mettait mal à l'aise.

– Il nous le dira demain au déjeuner, répondit Clancy, pas perturbé le moins du monde. Et on n'aura pas à attendre longtemps, ajouta-t-il en jetant un coup d'œil sur la pendule qui clignotait 0235. A 0645.

– Je vais quand même fermer cette porte, dit Thian, passant la main sur la plaque de sécurité intérieure. Je ne savais pas qu'un dîner pouvait durer si longtemps avec tous les convives – enfin, presque tous – sobres comme des chameaux jusqu'à la fin.

Ayant branché son alarme intérieure, Thian, fut réveillé à 0630, douché et habillé à 0642. Il trouva Clancy au salon, devant une table pour quatre chargée de plats couverts.

– Merci !

– Je m'y connais mieux que toi pour trouver le chemin de la cambuse sur un vaisseau.

– Menteur, dit Rojer en bâillant, ses cheveux encore humides mouillant le col de sa combinaison propre. Tu as jeté un bon coup d'œil dans l'esprit des maîtres d'hôtel hier soir, pour savoir exactement où trouver ce que tu voulais et à quel moment intervenir pour ne pas les faire tomber du haut mal en téléportant la bouffe ici.

Clancy écarta l'accusation d'un geste désinvolte.

– Thian, c'est l'heure ! fit-il tandis que la pendule sautait de 0644 à 0645.

Thian localisa facilement Ashiant, logé tout près sur le même pont, mais, sans avertissement, posa sa tasse avant de la téléporter. Le commandant la regarda rapidement pour s'assurer que le liquide ne s'était pas renversé, et sembla étonné de ne pas même voir une ride à la surface.

– Quelle douceur, Thian, quelle douceur, dit-il, puis il fit signe à Clancy de quitter le garde-à-vous : Chez vous, Sparrow, pas de cérémonie avec moi.

– Merci, Commandant, répondit Clancy, avec un de ses sourires charmeurs. Vous reprenez un déjeuner, Commandant ?

Simultanément, une chaise s'approcha de la table et les couvercles se soulevèrent des plats qu'ils recouvraient.

– Hum, remarqua Ashiant avec un sourire ironique, déjeuner ici pourrait devenir une habitude agréable.

– Quand vous voudrez et avec plaisir, Commandant, dirent en chœur Thian et Rojer.

– J'en doute, dit Ashiant en riant, aussi vous préviendrai-je à l'avance.

Ils étaient tous assis quand Ashiant tendit à Thian un carré de quatre centimètres de côté.

– De la part de Jeff Raven. C'est son autorisation d'ouvrir vos oreilles mentales pour surveiller le moral.

S'efforçant de dissimuler son aversion pour cette facette du travail de Doué, Thian mit le carré dans sa poche poitrine.

– Ça ne vous plaît pas, jeunes gens, dit Ashiant, incluant Rojer et Clancy dans sa remarque, et ça m'ennuie aussi d'avoir à vous demander ce service, mais vous connaissez les problèmes que nous avons eus lors du lancement du *Washington.* S'il ne s'était pas agi d'un hologramme, certains de ces missiles auraient pu lui infliger des avaries empêchant sa mise en service.

Thian n'était pas au courant, mais Clancy hocha la tête d'un air entendu.

– Il y a donc des dissidents à bord ? demanda Thian, commençant à comprendre le besoin de surveillance.

– Nous connaissons la plupart d'entre eux, assura Ashiant avec un sourire sardonique. C'est ceux que nous ne connaissons pas ou que nous n'avons pas pu identifier – les dormants – qui m'inquiètent, et nous devons présumer qu'il y en a quelques-uns. Vous n'avez aucune raison de savoir que des éléments subversifs ont essayé de saboter le *Washington* dès l'instant où sa quille a été mouillée – pour autant qu'on puisse mouiller dans l'espace. Il a été construit par sections, comme s'il s'agissait de quatre vaisseaux plus petits de conception révolutionnaire.

Ashiant sourit.

– Quand ces sections ont été connectées, nous avons pu installer un système de sécurité de façon à compléter son armement sans trop risquer l'implantation d'appareils télédestructeurs.

« Maintenant, je ne vous demande pas d'“ espionner ” au sens ancien et mélodramatique du terme. Et certainement pas de sonder l'esprit privé de quiconque – à moins d'avoir de très bonnes raisons et mon autorisation expresse. Mais je vous demande de vous mettre en contact avec tous les Doués des astronefs humains, en leur demandant de vous signaler tous les comportements étranges, anomalies et bizarreries qu'ils pourraient remarquer. Et si vos ‘Dinis trouvaient des prétextes pour se mêler aux équipages des cinq vaisseaux ‘Dinis, ce ne serait pas plus mal non plus.

– Vous prévoyez des problèmes de la part de nos Alliés ? demanda Thian, car les ‘Dinis étaient bien les derniers auxquels il aurait pensé pour saboter l'expédition.

Ashiant hocha la tête, sans regarder Rojer.

– Nous ne voulons pas que l'incident d'Xh-33 se répète, Méta.

– Ah non, Commandant Ashiant, intervint Rojer, avec plus de véhémence qu'il n'en avait l'intention. Certainement pas !

– Je ne prévois aucun problème dans l'immédiat. Ce voyage sera sans doute très, très long. C'est pourquoi j'ai pensé que c'était le bon moment pour vous informer de cet aspect de votre fonction. Et même en cela, vous restez des non-combattants, et, comme votre supérieur vous le confirmera, dans cette situation précise, une telle surveillance est compatible avec l'éthique des Doués. Je prendrais bien encore un toast, Clancy Sparrow.

Tout en le beurrant, il ajouta :

– Plus souvent on vous verra – à partir d'aujourd'hui – dans toutes les parties du *Washington* et sur les autres vaisseaux, soit seuls, soit en groupe, plus vite cette habitude sera acceptée sans éveiller la curiosité. Rojer, vous trouverez d'immenses puzzles dans l'un ou l'autre des entrepôts des six vaisseaux humains. Nous avons des concours inter-vaisseaux de toutes sortes. L'autre prétexte que Jeff Raven a trouvé, c'est le droit pour chaque homme ou femme des équipages d'envoyer un message à la maison.

Rojer leva les yeux au ciel.

– Je sais que nous avons six mille personnes uniquement sur le *Washington*, gloussa Ashiant, mais nous avons des familles complètes, ce qui réduit beaucoup le nombre de ceux qui profiteront de ce privilège. Néanmoins, certains seront trop timides pour vous apporter leurs messages ici, ajouta-t-il, montrant la porte de la tête, et ce sera un prétexte pour circuler fréquemment.

Il leva les yeux sur la pendule.

– Des questions ? Il faut que je sois de retour chez moi pour finir mon déjeuner à 0710.

– Oui, Commandant, dit Thian. Quel est le personnel prioritaire que nous devons sauver, en cas d'urgence improbable ?

– Moi, dit Ashiant avec un grognement amusé. Contrairement à l'histoire navale, les commandants de tous les vaisseaux, surtout et y compris les commandants 'Dinis, autant de premiers officiers que possible, tous les Doués de niveau 5 et au-dessus, vos 'Dinis, le Capitaine Tikele et le Capitaine Yngocelen...

– Où est-il ? l'interrompit Rojer, se rappelant Yngie avec affection.

– Sur le *Genesee*, et il sera ravi de vous revoir, Lyon. Alors, voyez entre vous lequel sera responsable de qui. Comme vous le savez, le *Washington* transporte six capsules de reconnaissance...

– Mais nous ne sommes que trois, rétorqua Rojer avec consternation.

– Il y a aussi trois autres D-2 que vous ne connaissez pas encore, Métas, incluez-les donc dans vos calculs. Les capsules peuvent transporter quinze personnes à l'aise, vingt serrées. La plupart des capsules de sauvetage du *Washington* sont prévues pour cinquante personnes, pour cent sur le pont des familles. Les capsules des Constellation peuvent en héberger trente...

– Nous nous occuperons de la répartition, Commandant, promit Thian, jetant un coup d'œil sur l'heure.

– Nous ferons les exercices de sauvetage habituels, dit Ashiant en se levant. Vous pourrez donc vous entraîner.

– Commandant ? fit Rojer, lui tendant solennellement sa tasse.

– Merci, mon garçon !

Tasse en main, un sourire amical et amusé aux lèvres, Ashiant fut téléporté dans sa suite.

– Quelle sécurité ! s'écria Clancy, en s'épongeant le visage à l'aide de sa serviette.

– En fait, c'est une bonne idée, assura Rojer.

Le carillon de la porte tinta presque impérieusement.

– Aïe ! dit Clancy, en se hâtant d'annuler la fermeture intérieure.

La porte s'ouvrit sur une Semirame Kloo perplexe. Elle regarda sa main.

– Je croyais que mon empreinte était enregistrée.

– Rojer, je t'ai dit que nous n'avions pas besoin de fermer de l'intérieur sur le *Washington*, déclara Thian, feignant la contrariété.

– Désolé, Rame. Café ? demanda le coupable en prenant le Thermos.

Et ainsi commença la première journée d'un très long voyage vers un but inconnu et lointain.

Flavia et son équipe – Zara, Asia, Mallen et Jes – arrivèrent à la Tour de Clarf pour assister à une conférence avec Kincaid, Flavia désirant qu'il étoffe un peu son rapport initial.

Il n'a aucune objection, Flavia, répondit Laria. *Et j'ignore s'il ne veut pas développer son rapport ou si c'est l'*époque *à laquelle il l'a fait qui le perturbe.*

Nous ne sommes pas obligés de...

Non, répondit Laria, d'un ton mental traînant, *et je crois que ça lui fera beaucoup de bien de parler de cette période. Il est beaucoup plus détendu intérieurement, tu sais.*

C'est une bonne nouvelle. C'est un homme très attachant.

Je sais. À son ton mental, Flavia se posa des questions sur les sentiments de Laria à l'égard de Kincaid. *Je t'ai « entendue », Flavia Bastianmajani, et je suis son* amie, *c'est tout. Je l'aime beaucoup.*

Alors, il a de la chance.

C'est moi qui ai de la chance. Bon, je vous prendrai demain chez vous à 1400, heure locale. Ce qui vous amènera ici dans le frais crépuscule automnal de Clarf.

Le ton facétieux de Laria rendit Flavia encore plus pensive, mais elle pouvait garder ses doutes pour elle, et elle le fit. L'enthousiasme de Zara pour appliquer ses connaissances pouvait se communiquer à sa sœur aînée, et cela, dans l'esprit de Flavia, eût été totalement inconvenant. Flavia avait une haute opinion de Laria, et quels que fussent ses rapports avec Kincaid, c'était une affaire privée. Comme tous ces rapports devaient l'être.

– C'est ça, la fraîcheur automnale ? demanda Flavia à Lionasha, le front couvert de sueur après la courte marche pour arriver à la Tour de Clarf, dans la pénombre du crépuscule.

– Oui, il fait plutôt frais, répondit Lionasha, avec l'entrain de quelqu'un habitué aux caprices du climat local. Quand rejoignez-vous votre expédition ?

– Dès que nous aurons confirmé certains détails avec Kincaid.

Lionasha hocha la tête.

– Il a vraiment apprécié son séjour sur Aurigae, dit-elle.

– On s'est tous bien amusés, soupira Zara. Il s'écoulera des mois, peut-être des années, avant qu'on y retourne.

– Déjà le mal du pays ? demanda Mallen, d'un ton taquin de « grand frère ».

– Je n'ai jamais eu le mal du pays de ma vie, répondit vivement Zara. Mais j'ai la nostalgie des choses qu'on peut faire à Aurigae et nulle part ailleurs dans l'Alliance.

– Ça fait partie du mal du pays, dit Mallen, regardant sa sœur aînée pour voir s'il n'y allait pas un peu fort.

Il adorait taquiner Zara Raven-Lyon : elle rendait coup pour coup sans complexe.

Les longues jambes de Jesper l'amenèrent le premier à la porte de la Tour qui s'ouvrit devant lui dans une bouffée d'air frais.

– Ma parole, ça fait du bien !

– Pour le moment, dit Lionasha avec un sourire de regret. Car nous devons monter la température chaque fois que quelqu'un sort, sinon il s'évanouirait.

– Hum, oui, le coup de chaleur...

Laria, Kincaid sur les talons, descendit de la Tour ; ils célébrèrent ces retrouvailles avec de grands sourires, tandis que Flavia présentait Mallen et Jesper.

– Par ici, dit Laria, prenant la direction des opérations et, faisant signe à Lionasha d'assurer la permanence à la Tour, elle conduisit ses hôtes aux quartiers d'habitation. Des rafraîchissements les y attendaient, et, une fois installés dans des fauteuils et des couches confortables, les 'Dinis leur servirent des boissons fraîches et des canapés.

– Sais-tu que cette expédition de nature scientifique n'a pas le soutien sans réserve du Conseil ? demanda Flavia.

– C'est peut-être aussi bien, répondit Laria. Elle suscite une grande curiosité ici, sur Clarf, surtout si certaines de ces planètes peuvent être nettoyées pour que *nous* les occupions, poursuivit-elle en souriant. Il y a des problèmes de résistance ?

– Pas pour nous, dit Zara, fronçant le nez avec dédain. Mais certains membres des équipages ont été malmenés quand on a affiché la liste des astronefs de l'Escadre B.

Asia se tortilla sur le coin de couche où elle s'était assise et cessa de manger.

– C'est pourquoi nous avons commencé notre mission en arrachant les matelots à leurs bagarres pour les téléporter à bord.

– Il a fallu envoyer leurs familles dans des enclaves de sécurité, ajouta Asia.

Comme c'était la première fois qu'Asia donnait une information par elle-même, Laria la valorisa par l'attention qu'elle lui consacra, en émettant des ondes rassurantes. Zara avait plusieurs années de moins qu'Asia, pourtant, c'est elle qui paraissait l'aînée.

– Mais c'est quand même idiot, dit Laria. Comme si les familles avaient quelque chose à voir avec les ordres ! Et pourquoi tant d'histoires à propos des objectifs de l'Escadre B ? Il ne s'agit pas d'une expédition guerrière, mais scientifique.

– C'est qu'il s'était formé toute une organisation pour empêcher le lancement du *Washington,* dit Mallen. Il restait donc pas mal de rancœurs et de colère rentrées, qui se sont reportées sur des cibles parfaitement innocentes : la plus proche étant les équipages de la deuxième escadre. Les dissidents, dupés, n'ont pas pu faire sauter le *Washington,* fit Mallen, grimaçant à l'idée d'une telle folie.

– Et encore, ce n'était qu'un hologramme, ajouta Zara. Le plus grand jamais réalisé.

– Le *Washington* aussi, enfin, l'astronef réel, je veux dire, renchérit Mallen, qui avait été impressionné par l'opération de diversion aussi bien que par l'immensité du dernier bâtiment de la Flotte.

– Eh bien, qu'est-ce que je peux faire pour vous aider dans votre... euh... votre aventure scientifique ? demanda Kincaid avec un sourire ironique, les regardant l'une après l'autre, sans insister sur Asia. Je croyais que les vidéos des sondes étaient suffisantes.

– Elles montrent ce que tu as *vu*, Kincaid, dit lentement Flavia. Mais ce que nous voyons, nous l'interprétons tous à partir de notre propre expérience. Tu es un télempathe, alors as-tu eu certaines réactions qui n'apparaissent pas sur les bandes ?

Kincaid la regarda un moment, impassible, mais son grand corps se détendit, et il eut un sourire de regret.

– Il n'y a aucune empathie possible entre les Humains et les Coléoptères, et très peu entre les Humains et les 'Dinis, même si nous sommes très proches de nos amis 'Dinis.

Ses Nil et Plus parlaient avec animation aux 'Dinis visiteurs, leurs voix graves formant contrepoint à la conversation des Humains.

Zara lui sourit.

– Dis-nous ce que nous ne savons pas, Kincaid.

– Zara ! s'écria Flavia, la rappelant à l'ordre. Quelles ont été tes impressions, tes réactions à ce que tu as vu, surtout sur les planètes désertées ?

– J'ai déploré la dévastation de mondes coloniaux valables, dit Kincaid, légèrement désinvolte. La première... poursuivit-il, se penchant en avant.

– Marengo...

– C'est comme ça qu'ils ont fini par l'appeler ? Elle avait été raisonnablement prospère dans le passé. Avec une agriculture pas tout à fait aussi intensive que sur Xh-33, d'après ce que j'ai cru comprendre, et je me suis étonné que les cultures n'aient pas été plus nombreuses...

Il s'interrompit et regarda Flavia.

– C'est ce genre de renseignement que tu voulais ?

– Oui, exactement.

– Pourquoi ?

– Je ne sais pas, répondit-elle honnêtement. Simple question de bon sens que de rassembler autant d'informations que possible à partir des sources disponibles.

– Et tu es l'une de ces sources, ajouta Zara en souriant.

– Je n'étais pas le seul Doué de la fusion exploratrice, dit Kincaid d'une voix soudain durcie.

– Mais tu étais le seul D-2 et le point focal de la fusion... commença Zara. Sûrement que...

– Je peux seulement donner *mes* impressions, l'interrompit Kincaid.

Laisse-le tranquille, Zara, dit Laria à sa sœur sur bande étroite, tout en ajoutant tout haut :

– Même tes seules impressions peuvent nous fournir des points de vue intéressants... Par exemple, tu n'as jamais mentionné aucun... aucun détritus dans les bâtiments que tu as télexplorés.

– Des détritus ? demanda Kincaid avec un grognement dédaigneux. Tu veux dire des cadavres ? Pas sur Marengo. Trop ancien.

– Voilà un autre fait qu'il me fallait connaître, répondit Flavia, souriant de soulagement. Car beaucoup de gens supposent que TOUTES les colonies du Multiple ont réussi – et c'est le principal problème, avec les dissidents : ils sont certains que notre « interférence » fera des Coléoptères nos prochaines victimes.

– Nous devons découvrir pourquoi ces colonies ont échoué, dit Zara. Et pourquoi le Multiple Central ne l'a pas su. Ou s'en est moqué. Ou autre chose. Parce que tu as dit que la seconde planète avait l'air...

– Waterloo..., lui souffla Flavia.

– Merci. Tu as dit que la planète Waterloo semblait avoir bien démarré, puis avait été abandonnée par la suite. Alors, qu'est-ce qui s'est passé ?

Kincaid fronça les sourcils.

– Oui, je me suis posé la question, puisque la Ruche colonisatrice était encore en orbite. Même avec des sondes en plastique, je me suis approché de la planète et de la Ruche avec beaucoup de prudence. Spatialement parlant, le système de Waterloo n'est pas très éloigné de celui de Marengo. Le groupe de Marengo avait-il émigré sur Waterloo, tout simplement ?

– Je ne possède pas d'informations originales, dit Mallen, mais les 'Dinis soutiennent que les Coléoptères n'ont pas changé leur *modus operandi* depuis des siècles. La comparaison des installations de Xh-33 avec celles de Marengo et de Waterloo montre qu'ils y ont utilisé les mêmes structures et les mêmes méthodes agricoles – du moins sur ces trois planètes.

– Et sur les deux autres que j'ai sondées, poursuivit Kincaid, maintenant assez détendu pour se pencher vers eux, mains croisées, coudes sur les genoux. Ils choisissent des sites largement à l'intérieur, comme s'ils n'aimaient pas les grandes étendues d'eau, ou en avaient peur.

– Pourtant, ils irriguent leurs champs, intervint Zara.

– J'aimerais bien voir leurs pompes hydrauliques... dit Asia. Tu en a vu ?

Kincaid lui sourit.

– Asia, je ne suis pas capable de reconnaître une pompe, à moins que ce ne soit écrit dessus en grosses lettres ! Mais partout où il y avait eu des cultures, il y avait aussi des canaux d'irrigation, que je sais identifier. Sur la planète écologiquement épuisée, la troisième, Talavera, ce n'étaient plus que des gouttières, pleines de feuilles, de terre et de sable. Triste spectacle.

– Mais rien qui indique pourquoi la planète était écologiquement assassinée ?

Kincaid secoua la tête.

– Si les Coléoptères nettoient toutes les planètes qu'ils veulent coloniser, ils ne rétablissent pas forcément l'équilibre écologique ensuite. Si on pouvait la sauver, ce serait un endroit magnifique, dit-il avec tristesse.

– En tout cas, on va essayer ! assura Zara, faisant la grimace à Jesper qui la regardait d'un air dédaigneux. Attendez seulement, et vous verrez !

– C'est là que vous irez en premier ? demanda Kincaid, avec une nuance d'espoir.

– C'est le plan, répondit Flavia.

Il se pencha, l'air pressant.

– Mais ce système est très proche de celui où le Multiple est encore actif.

– Ne t'inquiète pas, Kincaid, rétorqua Flavia avec un sourire assuré, en projetant des ondes de confiance.

Il écarta son assurance d'un geste impatienté.

– Cette planète est dangereuse. Ils ont un astronef. Vous serez à portée de leurs capsules de reconnaissance.

– L'Escadre B est armée des nouveaux missiles, Kincaid, dit Mallen, sans sous-estimer l'avertissement. Et dans nos effectifs, il y a aussi les destroyers rapides des 'Dinis.

– Qu'est-ce qui t'a tellement gêné dans l'exploration de cette planète ? demanda Laria, comme en passant.

Il la regarda, prit une profonde inspiration, puis expira.

Flavia était assez empathe pour capter son anxiété croissante et sentir que Laria le calmait tout en protégeant sa réaction. Un rapide contact avec Zara, et Flavia réalisa que la jeune thérapeute empathe était amusée. Zara ne pensait pas à mal, mais Kincaid n'était pas totalement guéri de ce qui avait épuisé ses forces physiques et mentales.

– L'activité frénétique, l'urgence presque désespérée avec laquelle les Coléoptères se consacraient à ce qui, dans une autre culture, serait fait avec... énergie... mais pas avec une agitation si fougueuse.

– C'était le printemps sur la planète ? demanda Jesper.

– Non, sinon, j'aurais compris !

Kincaid secoua la tête et se mit à se tordre les mains.

– Je sais ce qui t'a perturbé ! s'exclama Zara, rebondissant sur son siège. Le ping-zing !

– Le quoi ?

Kincaid la regarda, médusé, puis tourna un regard accusateur sur Laria qui éclatait de rire.

– Personne n'a pensé à te le dire, mon ami, mais la proximité des Coléoptères, et surtout de leurs métaux et artefacts, provoque une curieuse réaction chez tous les Doués. Nous l'avons baptisée « ping-zing », parce que c'est la façon dont ça nous résonne dans la tête. Ça laisse un mauvais goût métallique dans la bouche, et tend à rendre les Doués très irritables !

Puis, à la surprise générale, Laria lui ébouriffa les cheveux, riant de soulagement.

– En explorant tous les bâtiments des Coléoptères, et en terminant par une planète encore occupée, tu as reçu une overdose massive de ping-zing.

– Ping-zing ? répéta Kincaid, apparemment oublieux du geste de Laria, et comme cherchant à rattacher ce terme à son expérience. J'avais un goût dans la bouche qui gâchait tout ce que je mangeais, ce qui était déjà assez contrariant... et j'étais... très irritable, c'est certain.

– Et c'est sans doute un euphémisme, remarqua Laria. Que je suis bête de n'avoir pas pensé à ça plus tôt ! Avec ces réactions, tu as dû croire que tu devenais fou.

– Oui, répondit Kincaid, son visage et sa voix exprimant la stupéfaction. Oui, j'ai cru que je devenais fou. Et vous, ajouta-t-il, regardant les autres Doués, vous avez tous eu les mêmes réactions ?

– Pas moi, dit Jes, tandis que Mallen secouait la tête et que Zara et Asia la hochaient avec vigueur.

– On passait l'été sur Deneb, tu comprends, dit Zara. Et même si nos parents, oncles, tantes et cousins avaient déjà récupéré la plus grande partie des métaux des Coléoptères tombés en pluie sur la planète, on en flairait de temps à autre un bout ou deux.

Kincaid se tourna vers Flavia.

– Mais tu es allée à la Base de Phobos, pour travailler sur le *Réfugié*...

– Pas à l'intérieur, Kincaid, dit-elle en souriant. Et l'on nous avait fourni des combinaisons protectrices censées diminuer l'effet du ping-zing sur les Doués. Et nous pouvons te dire que ça marche.

– Je pourrais me battre, disait Laria, navrée de sa négligence. Pas étonnant que tu te sois trouvé dans un tel état, Kincaid.

N'en fais pas trop, sœurette, lui dit Zara sur bande étroite. *Pourtant, ça calme son angoisse. Et elle est profonde, l'angoisse de ton Kincaid.*

Il n'est pas mon *Kincaid, et il y a peu de chances qu'il le devienne.*

Dommage, sœurette. Il a une aura vraiment bien. Mais Vanteer, bien qu'il soit dragueur, est plus ton genre.

Vanteer? Zara Raven-Lyon, arrête de jouer les thérapeutes avec moi, tu m'entends?

Avant que Zara ait réalisé à quel point elle avait contrarié sa sœur, elle se retrouva près de la capsule de transfert dans la chaleur de l'aube.

Je sais ce que parler veut dire, dit-elle d'un ton d'excuse. *Laria? Je suis désolée. Sincèrement. Et on ne se reverra pas d'une éternité.*

Tant mieux, dit Laria d'un ton sans équivoque. *Oh, d'accord, je te pardonne. Mais ne me refais plus jamais ce coup-là! Compris?*

Compris.

L'humilité ne te va pas. Bon, voilà les autres.

Les portes du complexe s'ouvrirent, et le reste de l'équipe se dirigea vivement vers la capsule, tous impatients de quitter Clarf avant que le soleil levant ne leur donne un échantillon plus accablant de sa puissance.

L'entrain naturel de Zara la soutint pendant les instants embarrassants où les autres montèrent dans la capsule.

Bonne chance à tous! Donnez de vos nouvelles! dit Laria. *Grand-Père me dit de vous mettre à bord du* Vadim.

Merci, Zara, ajouta Kincaid. Puis la capsule fut téléportée vers la Seconde Force Expéditionnaire et l'Escadre B, qui filait vers Talavera, troisième planète du système de Tau Ceti VI.

Quand le régime des générateurs baissa, après avoir propulsé la grande capsule jusqu'au point où David de Bételgeuse et son fils Perry purent prendre le relais pour la téléporter le reste du chemin, Kincaid s'assit sur sa couche et posa les pieds par terre. Très consciente que la révélation de Zara sur le ping-zing constituait un pas décisif dans la guérison de son partenaire, Laria s'assit également et le regarda.

– On aurait quand même pu nous prévenir de cette réaction aux artefacts du Multiple, tu ne trouves pas, Laria ? demanda Kincaid d'un ton raisonnable.

Derrière ces paroles, Laria sentait à la fois un immense soulagement, une colère furieuse d'avoir été tenu dans l'ignorance de ce détail capital, et un mélange tumultueux de regret et de récriminations qu'il n'exprimerait sans doute jamais vocalement.

– Le ping-zing...

Joli mot pour décrire les effets de ce maudit truc sur l'individu sans méfiance. Le ton mental était rageur.

Tais-toi et écoute, Kincaid, et Laria poursuivit tout haut, du ton du professeur agacé d'être constamment interrompu par son élève. Kincaid grinça des dents et la foudroya du regard.

– Jusque très récemment, le ping-zing était limité à Deneb, seule planète humaine à avoir jamais été attaquée par le Multiple. Et sans doute la seule à s'être défendue avec succès. C'est vrai, tous les Métas impliqués en prirent conscience quand mes grands-parents furent le point focal des deux fusions qui détruisirent les capsules de reconnaissance de la Ruche. Mais, au cours des décennies suivantes, personne n'eut plus de contacts avec les Coléoptères, Dieu merci.

« Toi, continua-t-elle, pointant le doigt sur lui, tu devais faire des expériences de communication pour les TTF, quand ton escadre a été détournée pour suivre l'une des Ruches. On n'avait pas prévu de te demander de sonder les planètes occupées par le Multiple, et la

Flotte ne croit toujours pas au ping-zing. Il s'est passé tant de choses, ensuite, avec la découverte de la Grande Ruche, puis la capture de la reine – et, il est vrai, beaucoup de personnes prirent alors conscience de cette réaction, mais aucune en dehors de l'Escadre C. D'accord ?

Il hocha la tête, sa colère se calmant peu à peu, mais pas, remarqua Laria, ses autres émotions tumultueuses.

– Puis il y eut les événements d'Xh-33, et l'Escadre C cessa d'être le centre de l'attention jusqu'à ta réaffectation ici.

« Quand tu es arrivé, tu n'étais pas en état de supporter un débriefing, de sorte qu'il ne m'est jamais venu à l'idée que tu ne connaissais pas l'existence de cette réaction et n'avais pas pu prendre en considération le bon vieux ping-zing qui rend dingues tous les Doués.

– Je croyais vraiment que je devenais fou, sans compter le reste, dit-il, soutenant son regard.

– Je ne suis pas seulement ton chef à la Tour, Kincaid, je suis ton amie, et Vanteer et Lionasha aussi, parce que nous constituons déjà une équipe. Beaucoup plus qu'avec les deux tarés que Grand-Père m'a envoyés avant toi, pensant que je pourrais travailler avec eux.

Elle eut une expiration indignée.

– Je ne suis pas un taré ? demanda Kincaid d'un ton cocasse.

– Tu peux être aussi gay que tu le veux dans ta vie privée, mais tu t'accordes tellement mieux que les autres avec moi, Lio et Van que nous avons tout fait pour t'intégrer...

– Jusqu'à m'emmener à Aurigae ?

Laria saisit la nuance d'indignation soupçonneuse et lui fit la grimace.

– Tu avais besoin de changement, et tu étais assez reposé pour profiter d'un peu de vacances. C'était l'idée de Grand-Père, pas la mienne. Et il ne voulait pas que ses manœuvres de marieur soient trop voyantes.

Kincaid se redressa pour protester.

– Mais il sait que je suis homo.

– Bien sûr qu'il le sait, dit Laria en riant. Nous le savons tous, mais il voulait rapprocher Flavia et Thian. Pourtant, j'aurais pu lui dire qu'elle s'intéresse davantage à Jesper Ornigo.

Un sourire ironique fit frémir les lèvres minces de Kincaid.

– J'avais déjà compris que les calculs de Flavia concernaient un autre que Thian.

– Calculatrice, Flavia ?

– À sa façon discrète, Flavia Bastianmajani sait exactement ce qu'elle veut, et elle trouvera le meilleur moyen de l'obtenir. Mais c'est une qualité chez une Méta.

– Et une qualité dont j'ai besoin chez mon D-2, Kincaid Dano. L'a-t-il ? Me donneras-tu le soutien amical dont j'ai besoin pour faire mon travail sur cette planète tropicale, au milieu d'extraterrestres que j'admire la plupart du temps et que je crains quelquefois, parce que parfois leur « extra-terrestreté » étouffe l'Humain en moi ? Me secoueras-tu vigoureusement, au besoin, pour m'éviter de faire une sottise ? Seras-tu mon ami fidèle ?

Kincaid se leva, lui prit les mains et la mit sur ses pieds. Puis il baissa les yeux sur elle, et Laria vit trembler en elle de nombreuses émotions : incrédulité/ surprise/ gratitude, et quelque chose de plus indéfinissable qui lui inspira reconnaissance et humilité.

– Je serai ton ami fidèle, Laria, assura-t-il avec une étrange tristesse, et je regrette de ne pas pouvoir être plus.

La surprenant une fois de plus en ce jour plein d'événements étonnants, il l'attira à lui et l'embrassa. *Alors* elle sut tout ce qui lui était arrivé durant son long voyage, comment il avait été émotionnellement blessé dans la lutte que se livraient deux hommes de forte personnalité, et dont chacun pensait plus à priver l'autre de sa compagnie qu'au mal qu'ils lui faisaient, à lui qui les admirait tous les deux.

Elle étreignit ses épaules d'un bras, et, de l'autre, pressa la tête contre sa joue. Elle doutait que même Élizara, avec toute sa compétence, puisse jamais guérir complètement sa psyché blessée et tourmentée. Mais elle était là, il était grand ouvert, et elle pouvait *essayer* ! Et elle essaya.

Ils s'écartèrent lentement, car ils avaient tout partagé pendant ce rapport.

– Vanteer est peut-être un dragueur il aime beaucoup de femmes avec ardeur, mais cela ne dure jamais longtemps. Il te reviendrait toujours, car tu ne le retiendrais jamais. Maintenant, si les Humains pouvaient se diviser comme les 'Dinis et produire un toi mâle, ce serait la meilleure des solutions, poursuivit Kincaid, lâchant enfin sa main. Mais nous ne savons pas encore cloner, alors je continuerai à t'admirer, à te respecter et à t'aimer comme ma meilleure amie.

Les générateurs se mirent à tourner, les rappelant à leurs occupations.

– Maudit ping-zing, grommela Kincaid en se rallongeant sur sa couche.

– C'est une épreuve effroyable, acquiesça distraitement Laria, consciente de la nouvelle sérénité de son partenaire, et soulagée qu'il soit en passe de retrouver son équilibre.

Un astronef de classe Constellation, deux de classe Galaxy et deux destroyers rapides composaient maintenant l'Escadre B pour l'Opération Retour aux Sources. Le Commandant Vestapia Soligen commandait à la fois l'Escadre et le *Columbia*; Hyner Steverice était commandant du *Valparaiso*, Li Hsiang du destroyer *Vaillant,* Hptml du KMTM, et Klml, un 'Dini de couleur bronze inusitée, du KVS, équivalent 'Dini d'un destroyer.

Le Commandant Soligen, son officier des sciences et deux autres spécialistes reçurent les Doués à bord avec toute la solennité voulue. Le commandant du *Columbia* n'était pas ce que pensait Flavia, bien qu'elle ait demandé une Méta. Flavia se promit de découvrir pourquoi, quand elle en aurait le temps. Pour le moment, elle constata que cette femme lui plaisait instantanément. Soligen avait un visage lisse et agréable, mais pas vraiment beau. Elle avait des yeux clairs largement écartés, qui hésitaient entre le bleu et le vert, sous des sourcils noirs bien arqués. Dans la combinaison de bord rituelle, sa silhouette était mince et athlétique, sans perdre sa féminité. Derrière l'expression aimable, Flavia discerna une forte personnalité et un esprit astucieux. Elle sourit, sans découvrir les dents, en réponse aux présentations d'Asia, Zara, Rhodri Eagle, Mallen Bastianmajani et Jesper Ornigo.

– Heureuse de vous avoir à bord, mesdames, messieurs, Lieutenant. Permettez-moi de vous présenter mon officier des sciences, Wayla Gegarian ; elle est aussi mon interprète officielle pour le 'Dini. Je n'ai jamais été capable de passer du gargouillement aux salutations...

– Commandant, déclara aussitôt Zara, les mains sur les épaules tombantes de Pal et Dis, mes 'Dinis sont des moniteurs hors pair. Et rien ne leur plaît davantage qu'un défi posé à leurs capacités.

– On vous enseignera..., commença Pal.

– Vous comprendrez tout ce que vous avez besoin d'entendre, intervint Dis.

– Plus important, tout ce que vous avez besoin de dire, termina Pal.

L'officier des sciences réprima une quinte de toux, et le commandant haussa les sourcils, ses yeux bleus pétillant légèrement.

– J'aime... les personnes qui savent relever un défi, répondit-elle. Et je vous préviens, poursuivit-elle, pointant le doigt sur Pal et Dis, je serai un vrai défi. Mais je suis résolue à essayer. J'aurai...

Flavia la surprit à vouloir dire autre chose, qu'elle réprima.

– ... J'aurai tout le temps, malgré la formidable poussée qui nous a amenés si loin, d'apprendre quelques phrases et de commencer à comprendre.

Puis le grand mince qui se balançait impatiemment d'un pied sur l'autre tendit une main à Flavia, qui l'ignora gracieusement en laissant tomber son carisak. Il le ramassa courtoisement et le tendit à un matelot qui semblait là pour s'occuper des bagages.

– Je suis le Dr. Tru Blairik, le biologiste de l'équipe. Et voici mon assistante qui est aussi l'archiviste du groupe, Mialla Évshenk.

Je n'arrête pas de dire à Tru que les Doués évitent les contacts physiques, dit Mialla, souriant et s'inclinant à cette présentation. Nous sommes beaucoup plus nombreux dans l'équipe, mais vous avez tout le temps d'apprendre qui est quoi. Nous sommes ravis d'avoir des Doués pour nous aider. *Non que je sois capable de vous aider beaucoup moi-même, mais je voulais voir si vous me receviez. Je ne suis pas très puissante.*

Assez puissante, et salutations, Mialla, répondit Flavia. Enchantée, Évshenk.

– Je vous invite à prendre un verre chez moi à 1930, Métas, messieurs, annonça le commandant. Maintenant, Wayla va vous conduire à vos quartiers.

– Nous pourrions..., proposa Blairik.

– N'importe qui sauf toi, Tru, rétorqua Mialla, gentiment taquine.

– Sachez, dit sombrement le commandant, que mon officier électronicien est en train de fabriquer un localisateur pour le Dr. Blairik.

– C'est inutile, maintenant que nous sommes là, dit Zara. Je pourrai trouver le Dr. Blairik n'importe où.

L'intéressé lança à Zara un regard frisant l'hostilité.

– Très discrètement, je vous assure.

Ce correctif ne fut pas mieux accueilli que la proposition originelle.

Laisse tomber, Zara, dit Flavia. De toute façon, des localisateurs seront indispensables pour les excursions planétaires.

– Effectivement, si l'on considère le nombre de spécialistes et de gardes nécessaires pour faire une exploration valable, dit vivement le Commandant Soligen, les distances à parcourir, et le fait que les Doués ne doivent pas être surmenés.

Il y eut un bref silence, pendant lequel Zara rumina l'embarras provoqué par sa gaffe, silence qu'Asia rompit la première.

– Je suis ingénieur qualifié, intervint-elle, d'une voix si timorée que le Dr. Blairik la regarda avec étonnement, et si cela est possible, j'aimerais participer à la fabrication.

– Votre aide serait des mieux venue, Méta...

– Je ne suis pas Méta, seulement D-4, corrigea-t-elle en s'excusant.

– Quatre, trois, cinq ou six, le chef accueillera avec plaisir un ingénieur qualifié, répondit Gegarian avec conviction.

– Je vais donc vous laisser entre les mains compétentes de Gegarian, déclara le commandant, sur quoi elle partit d'un pas décidé.

– Sakers, Perley, dit Wayla, montrant les bagages qui furent rapidement rassemblés tandis que Wayla prenait la tête du groupe.

– Je vous reverrai au dîner, dit Blairik.

– Nous sommes tous assez contents de la façon dont le *Columbia* a été réarmé, poursuivit Wayla, en les dirigeant vers un ascenseur. Et en un rien de temps. On reconnaissait à peine le vieux sabot, poursuivit-elle, avec l'affection née d'une longue association.

– Il paraît qu'il y a eu des troubles..., commença Flavia avec hésitation.

Il ne fallait guère de Don pour « entendre » l'explosion de fureur et d'indignation émanant de l'officier des sciences. Mais Gegarian contrôla rapidement ces émotions avant de répondre assez calmement.

– Incident stupide et mal géré – par la police de terre. Heureusement, nous avons des marines. Nous n'avons eu que des blessés légers, et ce sont les familles venues nous dire adieu qui ont été le plus touchées. Violence inutile et méprisable. Ça ne nous a pas empêchés de partir, mais j'espère qu'ils seront plus contents de nous voir au retour ! Nous y voilà. Juste au bout du couloir.

Il régnait de fortes odeurs de peinture et de moquettes neuves.

– Je parie que le bleu est la couleur préférée du commandant, déclara Zara, retrouvant son entrain coutumier.

– Non, c'est le vert. Mais le bleu est traditionnel dans les quartiers des officiers. Ah, nous y voilà, dit Wayla, faisant enregistrer à chacun l'empreinte de sa main sur la plaque de sécurité.

– Nous ne prenons pas la place de quelqu'un, au moins ? demanda Asia avec gêne.

– Pas du tout, répondit Wayla, si promptement que les scrupules d'Asia s'évanouirent. Comme je vous l'ai dit, ce vaisseau a été réarmé en vue de cette expédition. On y a donc prévu pour vous des quartiers avec écrans protecteurs contre les intrusions mentales. Peut-être pas aussi vastes que ceux du *Washington*, mais pas exigus non plus, et tout à fait dignes de vous.

Se rappelant son bref séjour sur le *Genesee*, Flavia constata qu'elle disait vrai : un vaste salon s'ouvrait devant elles, avec six postes de travail rétractables dans les murs ou sous les tables, et six chambres individuelles. La paroi du fond était couverte d'écrans, un grand au milieu et six petits de chaque côté, avec six couches disposées devant en demi-cercle.

– Toutes ces installations s'expliquent d'elles-mêmes, mais vous avez un distributeur alimentaire là-derrière, dit Wayla, leur montrant un panneau opaque marron foncé. Installez-vous et sonnez s'il vous manque quelque chose.

Elle regarda Rhodri qui sourit.

– Ce qu'ils ne savent pas, je le leur apprendrai, dit-il, et elle lui rendit son sourire, jetant un dernier regard derrière elle en sortant.

– Tu as déjà fait une conquête, Rhodri ?

Rhodri haussa les épaules, avec un clin d'œil à Jes et Mallen.

– On vient d'arriver, sapristi ! Et il y a encore deux vaisseaux humains qu'on n'a même pas eu le temps de prospecter ! Bon, si personne n'a rien contre, je vais prendre cette piaule, conclut-il.

Et, ramassant son sac, il alla s'installer en fredonnant joyeusement.

Flavia réalisa rapidement que son séjour sur le *Genesee* n'avait rien de commun avec ce voyage. Non seulement les Doués devaient assurer le courrier, mais encore assister à d'interminables briefings et conférences avec les équipes de l'astronef et s'entraîner au maniement des armes sous la direction du Capitaine de Marines Kwan Keiser-Tau. Il fut quelque peu ahuri de constater qu'ils avaient tous un niveau de tireur d'élite.

– Vous utilisez le Don ? demanda-t-il, rejetant la tête en arrière et avançant la mâchoire d'un air soupçonneux.

Zara éclata de rire.

– Je viens d'Aurigae, Capitaine, et je chasse depuis l'enfance. Il est plus facile de se servir de ses réflexes que du Don pour ces cibles stationnaires.

Il se tourna vers Flavia, toujours méfiant.

– Je suis d'Altaïr, également planète de pionniers, Capitaine.

– Aucun de nous n'est un enfant des villes, Capitaine, dit Mallen, se déplaçant légèrement pour se rapprocher d'Asia.

Il avait plusieurs fois intercepté les critiques destinées à la timide jeune fille.

– Et je viens de Deneb, dit Asia, assez consciente de ce soutien discret pour en profiter de temps en temps.

– Permettez-moi de vous rassurer, Capitaine : inutile de vous inquiéter pour *notre* sécurité, reprit Mallen avec un sourire conciliant. Mais les scientifiques du bord ont rarement conscience des basses contingences extérieures, obsédés qu'ils sont par leurs recherches. N'hésitez donc pas à faire appel à nous pour assurer leur sécurité si nécessaire.

– C'est *vous tous* que j'ai ordre de protéger, répondit le Capitaine Keiser-Tau, qui ne semblait guère apprécier ledit ordre.

– Bon, maintenant que vous nous avez testés, dit Zara, occupez-vous des autres et laissez-nous retourner...

Surveille tes manières, Zara, lui lança Flavia.

– ... à notre travail, termina-t-elle, sans pause perceptible. Je dois voir mes 'Dinis, qui donnent des cours au Commandant Soligen, ajouta-t-elle.

Et, assujettissant la sécurité de son arme avec panache, elle alla la remettre au râtelier. *Franchement, je crois qu'elle est imperméable aux langues !*

Quand l'Escadre B fut suffisamment proche du fanal laissé par l'Escadre C, Flavia proposa au commandant de gagner trois semaines en tentant une fusion.

– Je resterais sur le *Columbia,* mettrais Rhodri sur le KMTM, Mallen sur le *Valparaiso*, Asia sur le *Vaillant,* et Zara et ses 'Dinis sur le KVS, et, en effectuant une fusion avec tous les Doués de niveau inférieur, nous pourrions atteindre le fanal de Talavera avec deux semaines d'avance.

– Cela ne vous occasionnera pas une trop grande fatigue ? demanda Soligen, bien que l'idée lui plût manifestement.

– Non, pas avec la Gestalt que peuvent nous fournir les générateurs, répondit Flavia, l'air confiant et rassurant.

Vestapia Soligen se tripota pensivement la lèvre, puis demanda :

– Pourquoi mettre Zara sur le KVS ? Ne serait-elle pas plus utile sur l'un des grands vaisseaux ?

– Je crois qu'il est plus sage de placer Zara et ses 'Dinis sur un bâtiment si... impatient d'affronter l'ennemi, dit Flavia. Zara pourrait l'arrêter net ; Asia lui a montré comment faire.

Soligen gloussa.

– Ainsi, l'attitude de Klml ne vous a pas... échappé ?

– L'attitude du Commandant Klml a été remarquée par le Lieutenant Eagle dès la première réunion. Il est raisonnablement sûr qu'à l'instant où nous serons à portée du système, le KVS se séparera de la flotte. Le Lieutenant pense que le commandant a des ordres secrets en ce sens. Il n'y a pas eu de véritable attaque Mrdini contre le Multiple depuis trop longtemps pour qu'on mette aucune couleur à l'honneur.

– Voulez-vous répéter cette dernière phrase, Flavia ?

– Vous aurez remarqué que les pelages des 'Dinis sont de couleurs différentes, dont chacune dénote l'appartenance à un clan. Tous les 'Dinis d'une même couleur gagnent du prestige si un 'Dini de leur couleur accomplit un exploit.

– Dans le cas présent, la destruction d'une Ruche, même s'ils y restent tous ?

– C'est à peu près ça.

– Comme les groupes ethniques de l'histoire humaine, qui considéraient comme une fin honorable le suicide pour la cause qu'ils épousaient. J'espère qu'ils ont été totalement intégrés, ajouta le commandant d'un ton acide, ou isolés sur des mondes où ils sont les seuls à entretenir cette folie.

Flavia acquiesça de la tête.

– Les 'Dinis trouvent notre insistance sur la prudence et la sécurité aussi bizarre que nous trouvons leur enthousiasme à se sacrifier.

– Je me demande quelles seraient les chances des 'Dinis de détruire cette Ruche ?

– Commandant ? s'écria Flavia, étonnée de cette réflexion.

Le commandant gloussa.

– La Flotte est une force passive depuis très longtemps, Flavia. Vous avez remarqué, je suppose, que l'âge moyen de mes officiers et hommes d'équipage est plus bas que sur la plupart des astronefs de cette classe ?

– Oui, je l'ai remarqué.

Cela expliquait l'assurance grandissante d'Asia, soudain devenue populaire parmi les jeunes du même âge qu'elle.

– Quelle que soit la façon dont nous conduisions cette campagne contre le Multiple, Méta, nous devrons apprendre de nouvelles techniques, dont certaines se révéleront fatales. Peut-être pas aussi suicidaires que ce que mijote le KVS, mais certainement plus téméraires que les tactiques habituelles.

– Si vous pensez ainsi, Commandant, le *Columbia* ne se trouve peut-être pas dans la bonne escadre.

Le commandant attacha sur Flavia un long regard pénétrant et glacé.

– Quelle est votre position personnelle sur cette question ?

– Je viens d'une planète à peine colonisée. J'ai l'habitude de chasser pour nourrir ma famille. Il y a des moments où l'agression est nécessaire, mais jamais elle n'est recherchée. Toutefois, je considérerai comme un privilège de servir sous vos ordres sur une planète qui pourrait mettre mes théories à l'épreuve.

– Vos théories ? demanda le commandant, se penchant vers elle avec intérêt.

Flavia éluda la question d'un sourire.

– Pour le moment, éliminons le danger immédiat, qui est de voir le KVS nous fausser compagnie. Toutefois, je suis obligée de vous informer que ce genre de manœuvre n'est pas spécifiquement mentionné dans les fonctions que je dois remplir pour l'Escadre B.

– Je ne pensais pas que cela l'était. Disons qu'il s'agira d'une légère « entorse » au règlement. Je mentionnerai le fait dans mon journal de bord comme un moyen de sauver la planète. J'espère que nous n'aurons pas à faire trop « d'entorses » de ce genre...

– Je prendrai en considération toute requête raisonnable, commandant.

– Je vous remercie, Méta. Il ne reste plus qu'à organiser et exécuter cette téléportation. Je préfère avoir à expliquer cette action que la défection d'un vaisseau de l'Alliance. Quand pourrons-nous prendre ce... raccourci ?

– D'ici une heure.

Vestapia Soligen regarda Flavia avec une admiration non dissimulée, son esprit public manifestement soulagé. Ainsi, elle avait entretenu les mêmes craintes que celles que Rhodri avait exprimées.

– Plus tôt ce sera, mieux ça vaudra !

Le transfert des Doués sur leurs bâtiments respectifs, la montée des générateurs à leur puissance maximale et la mise en alerte de tous les Doués des astronefs humains furent effectués dans l'heure.

D'abord, Flavia projeta son esprit pour localiser les pulsations identifiables et la faible masse du fanal. Puis elle demanda à tous ceux de son équipe de rassembler tous les Doués inférieurs de leurs vaisseaux en des fusions individuelles qu'elle intégra progressivement, d'abord celle de Rhodri, puis celles de Jesper, de Mallen et d'Asia, et finalement l'étincelante puissance qu'était la fusion Zara.

Allons-y ! dit Flavia, intégrant la puissance maximale des générateurs pour la Gestalt.

Ça y est ! exulta Zara une seconde plus tard.

De retour sur le *Columbia*, Zara sollicita immédiatement une audience auprès du commandant.

– Commandant, il est certain que le Commandant Klml aurait fait défection. Il est très contrarié de se retrouver là où il n'avait pas l'intention d'aller, et il est mécontent d'être privé d'entreprendre « une action honorable », pour reprendre ses propres paroles. Les 'Dinis disent qu'il rage intérieurement d'être dans une escadre de... enfin, il n'y a pas vraiment d'équivalent en Basic, mais...

Zara haussa les épaules devant son impuissance à trouver le mot juste.

– Une bande de mollassons sans courage ? proposa Vestapia.

– C'est l'idée, répondit Zara sans aucun enjouement. De plus, j'ai la nette impression que ses ordres diffèrent des vôtres.

– En cela, Méta, vous manifestez une compréhension pénétrante d'une situation secret-défense. Suis-je assez claire ?

– Vous l'êtes, Commandant.

– Veillez à ce qu'elle le reste. Et, au fait, Flavia a également compris de quoi il retournait, mais j'aimerais mieux que les autres restent dans l'ignorance.

– Ils ont sans doute déjà compris, mais ils ne diront rien.

– Nous devrions atteindre l'orbite appropriée dans trois jours au plus. Je demanderai au Commandant Klml de débarquer le premier, dans l'espoir de dissiper sa rancœur refoulée. Je crois qu'il n'y a aucune chance d'y trouver encore aucun Coléoptère vivant, mais on ne sait jamais. Et puisque Klml est tellement pressé d'affronter l'ennemi, laissons-lui ce plaisir.

Zara hésita, puis sourit.

– Savez-vous que vos marines auraient aimé avoir cet honneur ?

– Ils pourront se couvrir de gloire en protégeant les scientifiques partout où ils iront.

– Oui, Commandant. Désirez-vous que je transmette vos ordres au Commandant Klml ?

– Je vous en prie, vu que j'arrive tout juste à dire « bonjour » et « avez-vous besoin de ravitaillement ». Mais même ça, c'est un progrès pour moi.

– Dis et Pal parlent de vos progrès en termes très élogieux.

– Ils sont bien les seuls ! Et moi qui croyais tous les Mrdinis pessimistes !

– Seulement ceux élevés sur Clarf. Puis-je me retirer, maintenant ?

– Oui, mais si vos 'Dinis le peuvent, qu'ils gardent le contact avec notre rusé Commandant Klml.

– Ils ne demanderont pas mieux.

Au moyen de compliments discrets et d'habiles insinuations – chose difficile dans la langue peu nuancée des 'Dinis –, Rhodri parvint à faire entendre à Klml qu'il serait le premier commandant de son espèce à poser le pied sur un monde colonial du Multiple, fait qui contribua beaucoup à mettre un baume sur sa fierté blessée et son honneur outragé.

– Très astucieux, Rhodri, lui dirent Flavia et Vestapia Soligen quand il leur rapporta son entrevue. J'espère que le Capitaine Keiser-Tau n'en conclura pas que Klml a usurpé ses privilèges.

Le commandant sourit.

– Keiser-Tau gardera ses pensées pour lui, heureusement. Il n'est pas fou de joie d'avoir à surveiller les scientifiques.

– À propos de surveiller, je dois aller tester les boutons localisateurs avec Asia et le Lieutenant Ismail, dit Flavia. Si vous voulez bien m'excuser...

Et elle disparut sans attendre l'autorisation.

– Parler le 'Dini m'a desséché la gorge, dit le commandant, quittant son bureau pour aller au distributeur.

– La mienne aussi, dit Rhodri, tout prêt à justifier son hospitalité.

Zara raconta qu'elle avait entendu le capitaine jurer par plusieurs divinités dont elle ignorait jusqu'à l'existence dans l'espace de l'Alliance, mais qu'il s'était tu dès qu'il avait pris conscience de sa présence dans l'atelier de réparations.

– Il a déniché toutes les cassettes de la bibliothèque pour instruire ses hommes de ce qui les attend sur une planète du Multiple.

Rhodri sourit.

– C'était prévisible. Le Commandant affirme qu'il rechigne à escorter les scientifiques, parce qu'ils ont tendance à se mettre dans des situations dangereuses qu'éviteraient des gens « raisonnables ».

– Nous aurons les boutons localisateurs, dit Asia avec une fierté tranquille. Sadler... je veux dire, le Lieutenant Ismaïl... a organisé une chaîne de montage très efficace avec le personnel hors service.

– Dont tu fais partie ? demanda Rhodri avec un sourire affectueux. Pas étonnant qu'on ne te voie guère, sœurette, ajouta-t-il en lui ébouriffant les cheveux.

– Arrête de faire ça, Roddie, dit-elle avec beaucoup plus d'irritation qu'elle n'avait jamais osé en manifester.

– D'accord, d'accord ! s'écria Rhodri, retirant sa main comme s'il s'était brûlé. Il n'y a pas de quoi mettre ta culotte à l'envers !

– La mienne est bien à l'endroit, rétorqua-t-elle, avec un regard si ironique que Rhodri rougit inexplicablement, de sorte que Zara se demanda quelle femme avait ses faveurs du moment.

– C'est pas vos oignons, bon sang ! dit-il, et, rentrant dans sa chambre, il ferma en force la porte automatique.

Pas de spéculations pour le moment, Zara, lui dit Flavia avec fermeté. Alors, quand aurons-nous ces boutons localisateurs, Asia ?

– On est en train de les distribuer à tous ceux qui iront à la surface, répondit Asia, avec sa réserve coutumière.

– Eh bien, ce sera un soulagement d'entrer enfin dans le vif du sujet, dit Flavia, et personne ne la contredit.

Le débarquement proprement dit parut banal après l'excitation qui avait précédé, bien que l'état de la planète mît en révolution tout le corps scientifique. Les capteurs indiquaient que la couche d'ozone était indemne, ce qui soulagea les écologistes, mais amplifia le mystère de sa stérilité. Les rivières, les lacs et plusieurs mers semblaient non pollués, et grouillaient de formes de vie visibles, sinon identifiables. Il y avait encore une couche de terre arable, mais, si l'on ne parvenait pas à y faire pousser des plantes, elle serait bientôt enlevée par les vents. Sur les hautes terres, l'érosion était déjà bien avancée.

Avidement regardés sur les écrans relais, les 'Dinis débarquèrent en bon ordre et investirent la principale installation des Coléoptères, qui couvrait trois arpents et était absolument vide, à part quelques détritus apportés par le vent. L'équipage de Klml cartographia le site, mesurant l'intérieur et l'extérieur, faisant les plans des différents niveaux et envoyant les résultats aux équipes en attente. Quand les tunnels furent découverts, Klml en personne prit la tête du groupe d'exploration. On demanda à Flavia de leur téléporter du matériel, et elle se félicita de ne pas avoir à participer à cette nouvelle Opération Lumière. Tous les tunnels, sauf un, se terminaient en cul-de-sac, et le seul d'entre eux qui était fini était relié à un bâtiment plus petit, à dix kilomètres du premier – sans doute le quartier général.

Entre les deux, certains signes révélaient des tentatives de mise en culture : réservoirs d'eau doublés de plastique, et plusieurs centaines de mètres de canaux d'irrigation.

Quand le Commandant Klml fut certain qu'il ne restait aucun ennemi vivant, il permit aux « autres », c'est-à-dire aux Humains, de débarquer. Malgré Flavia qui proposa de les téléporter, ils utilisèrent des capsules à tout faire, pouvant assurer les transports au sol mieux que la téléportation, qui tendait à passer directement, sans transition d'un point A à un point B. Mais on demanda aux Doués de téléporter les instruments délicats quand le camp de base fut installé.

Là où les Doués se révélèrent incontestablement indispensables, ce fut pour voir si les panneaux du quartier des reines, que Klml avait localisés, étaient encore opérationnels. Flavia, Rhodri et Zara se laissèrent glisser dans les boyaux connecteurs du grand bâtiment. Tandis qu'Asia, constamment accompagnée du Lieutenant Ismail et d'un détachement de marines, se rendait à la seconde bâtisse, Mallen et Jesper Ornigo escortaient tous les groupes qui pensaient avoir besoin d'un Doué.

– Ils ne changent vraiment pas beaucoup leurs structures, dit Flavia, quand les trois Doués atteignirent des chambres poussiéreuses qui ressemblaient à s'y méprendre à celles du Réfugié.

La poussière infiltrée à l'intérieur formait une couche épaisse sur les panneaux de « pieds », les panneaux supérieurs en étant à peine saupoudrés. Rhodri et Flavia étaient assez grands pour les épousseter.

– Le premier panneau de gauche est absolument identique, dit Rhodri, regardant ce que sa main avait dégagé. Mais ceux-ci sont différents.

– C'est normal, non ? demanda Zara, un peu acide. C'est une installation fixe. Bon, alors qu'est-ce qu'on fait, maintenant ?

– On essaye de tout mettre en route : ce panneau est comme ceux qu'on connaît, et j'ai apporté des maquettes, dit Rhodri, tirant de sa poche de cuisse une poignée de baguettes à terminaisons triangulaires imitant les palpes d'une reine.

Il en tendit quelques-unes à Flavia et Zara.

– Zut, je ne suis pas assez grande, marmonna Zara.

– Moi non plus, dit Flavia, écœurée.

– Il y a plein de caisses qui feront l'affaire...

Et Rhodri alla en chiper quelques-unes à l'entrepôt pour les deux femmes.

– Tu te rappelles la séquence qui a démarré le *Réfugié*, Flavia ?

– Elle est gravée sur ma rétine, répondit Flavia, prenant trois baguettes dans chaque main et les disposant en triangle.

Quand elle eut obtenu la configuration satisfaisante, à l'aide d'une légère application de télékinésie, elle les inséra dans les ouvertures selon la séquence voulue.

Des lumières tremblotantes s'allumèrent, en même temps qu'un début de panique se déclarait chez les 'Dinis stupéfaits qui exploraient les installations. La lumière, si l'on peut dire, ne dura que le temps de localiser la source d'énergie et les restes desséchés d'une reine et de neuf serviteurs.

Après avoir examiné les cadavres – ou du moins les parties qui se prêtaient encore à l'examen, car la plupart tombèrent en poussière au premier contact –, les spécialistes déclarèrent d'un commun accord que les Coléoptères étaient morts de faim. Puis les discussions commencèrent : une seule reine avait-elle été installée sur la planète ? Ce n'était pas la procédure habituelle. Ou cette reine était-elle restée alors que les autres s'envolaient vers une planète plus hospitalière ? Était-elle morte avant ou après leur départ ? Mais les champs avaient été labourés et ensemencés, un second bâtiment avait été commencé, avec un tunnel le reliant au premier, assez large pour livrer passage à une reine. Les énigmes posées par cette découverte étaient plus nombreuses que les questions résolues.

Seules les reines semblaient avoir des quartiers spéciaux, même si des tubes et des tunnels les reliaient à ce qui semblait être des entrepôts où les récoltes étaient traitées et entreposées. Des tubes à œufs ouvraient dans chaque chambre de reine.

– Travail, travail, travail et encore travail, marmonna Zara entre ses dents quand le xénobiologiste Yakamasura se lança dans une longue explication des structures sociales possibles des Coléoptères. Aucune éthique, hormis le travail.

– Et la conquête, murmura Rhodri en réponse. N'oublie pas la conquête !

– Le changement d'activité servant à lui seul de repos.

Poursuivant leurs investigations méthodiques, les scientifiques prirent des échantillons et examinèrent tout, depuis la poussière jusqu'aux couches sous-jacentes d'argile et de pierre, en passant par des fragments desséchés de végétation. Puis ils s'éloignèrent du camp de base, devenu assez imposant, pour examiner la végétation agonisante, aussi bien les arbres que le couvert végétal. Buissons, arbustes, haies, plantes, lianes, graminées : tout était mort ou mourant jusqu'à la limite des neiges éternelles.

Ce fut vers les sommets les plus hauts qu'on découvrit des restes de squelettes, vestiges de différentes espèces, comme si ces créatures – quelles qu'elles aient été – avaient cherché refuge en hauteur, loin des prédateurs et des moyens utilisés pour détruire les formes de vie indigènes de la planète.

Un grand dôme préliminaire de Régénération fut construit au-dessus de ce que l'écologiste Rovenery Mordmann considérait comme un site prometteur pour un redémarrage écologique rapide. Quand les équipes d'investigation aériennes des Humains et des 'Dinis revinrent à la base, on l'entendit se lamenter, car ils n'avaient trouvé aucune forme de vie, ne fût-ce que des vers de terre. Ses gémissements prirent la forme de malédictions ininterrompues contre les Coléoptères qui avaient assassiné ce monde.

– D'accord, ce monde est mort, mais les mers ? demanda le Commandant Soligen pendant une séance nocturne qui avait essentiellement consisté en lamentations funèbres de Mordmann, sans aucune proposition positive.

– Les mers ?

Mordmann la regarda, comme frappé de stupeur.

– C'est la terre que les Coléoptères infestent, Commandant.

– Et ce sont les mers qu'ils ne touchent jamais, lui rappela Zara. Ni aucune eau d'aucune sorte. Nous buvons actuellement de l'eau de rivière, bien qu'elle ait un arrière-goût sulfureux.

– Les mers... les eaux...

Sans un regard en arrière sur la réunion qu'il quittait si précipitamment, Mordmann sortit et, peu après, ils entendirent son airbob décoller.

– Je n'ai pas arrêté de le lui dire, dit le xénob Yakamasura d'un ton chagrin, mais il répondait que c'étaient les terres qui comptaient.

– Il arrive souvent qu'on soit aveugle, à l'évidence, conclut Flavia d'un ton apaisant.

L'espoir de rendre Talavera à la vie s'améliora quand on découvrit que les eaux – mers, fleuves, lacs et rivières – étaient en meilleure condition que les terres, quoiqu'elles fussent pauvres en quantité et en qualité. Mordmann déclara que l'équilibre écologique pouvait être restauré, et qu'ils allaient immédiatement mettre en œuvre certains programmes adéquats. Quelles qu'aient été les créatures indigènes, elles avaient sans doute des besoins différents des Coléoptères, car le sol manquait de certains constituants de base – chitine, sélénium, la plupart des terres rares – et avait une teneur en calcium très basse, quoique les Coléoptères eussent pu en trouver en quantité dans les créatures marines. Le manque de chitine, à lui seul, avait dû être crucial pour les Coléoptères, car la reine captive consommait beaucoup de végétaux riches en cette substance.

Mordmann retarda autant qu'il le put son départ de Talavera, pour être sûr que certaines graines semées dans le sol régénéré germaient au moins sous l'un des dômes.

– Nous avons au moins appris un fait indéniable, pontifia Mordmann, tandis que son groupe s'installait dans la capsule pour retourner au vaisseau.

– Et c'est ? demanda le Commandant Soligen, sachant le danger qu'elle faisait courir à toute la compagnie.

– Que la politique de fumigation appliquée par les Coléoptères pour débarrasser les mondes qu'ils colonisent de toutes leurs formes de vie indigènes a des effets plus courts qu'il ne le prévoient. Je suppose qu'ils perdent la moitié des planètes qu'ils découvrent à cause de ce programme autodestructeur.

Puis, l'air excessivement content de lui, il croisa les mains sur sa brioche naissante et ne dit plus rien jusqu'à l'arrivée au *Columbia*.

Sur Marengo, la seconde ancienne colonie, les installations étaient plus nombreuses, et s'étendaient dans toutes les directions vers les montagnes. Les champs avaient été intensivement cultivés pendant bon nombre de décennies. De nouveau, l'analyse des sols révéla l'absence de certains minéraux et terres rares : chitine, vitamines A et E, sélénium ; mais en revanche mit en évidence une grande abondance de soufre. Les formes de vie indigènes avaient disparu sans laisser de traces, mais la végétation luxuriante et vigoureuse sur les hautes terres que les Coléoptères n'avaient pas encore défrichées donnait à penser qu'aucune créature animale n'avait encore évolué dans cet environnement qui rappelait le Pléistocène.

Rhodri prévint le Commandant Soligen que l'astronef de Klml ne suivrait certainement pas docilement le reste de l'Escadre B jusqu'à la prochaine M-5.

– Il y a une Ruche en orbite autour de Waterloo, et je ne voudrais pas qu'elle nous attaque, déclara Vestapia, fronçant les sourcils.

– Commandant ?

Quand le Commandant Soligen fit signe à Flavia de continuer, elle dit :

– Je crois que nous devrions pouvoir leur faire le même coup qu'à Xh-33.

– Quel coup ? Faire sauter la Ruche en orbite ? demanda le commandant, avec un reniflement dédaigneux.

– Non, la voler, répondit Flavia. Bien sûr, nous ne savons pas si elle est occupée. Celle d'Xh-33 ne l'était pas. Si elle l'est, nous pouvons imiter la tactique des Coléoptères et gazer l'équipe de maintenance.

– Si je me rappelle bien le rapport, dit Vestapia du ton que Rhodri appelait maintenant à part lui son « ton de commandant », le gaz était si corrosif qu'il a fallu tout le voyage jusqu'à la Base de Phobos pour l'évacuer.

– Il y a d'autres gaz disponibles...

– Vous savez que Klml est assoiffé de sang de Coléoptères...

– Il n'y aurait sur l'astronef que des créatures spécialisées pour l'entretien des câbles, conduits et autres. Seules les reines contrôlent les Ruches. C'est une reine que Klml veut combattre, pas ses ouvriers.

– Je doute que nous puissions fournir une reine à Klml, rétorqua Vestapia d'un ton acide, mais je voudrais bien pouvoir régler ce problème. Je ne réalisais pas... Peu importe (et elle interrompit ce qu'elle voulait dire avec un geste désinvolte).

Rhodri « entendit » ce qu'elle ne disait pas, car son esprit était tout plein de son idée : « à quel point les Mrdinis sont sanguinaires ». Un rapide contact avec Flavia lui apprit qu'elle avait « entendu » aussi.

– Klml, reprit Vestapia, aura l'honneur d'une autre première : l'occasion d'envahir une Ruche, et cela devrait conquérir la gloire pour sa couleur, non ?

– Ça y contribuerait, acquiesça Rhodri.

Il était assis au bord du bureau, espérant que cette séance de briefing se terminerait bientôt, afin qu'il puisse se consacrer à un briefing d'une autre nature. Il saisit le regard de Flavia devant cette posture familière et, décidant d'observer plus de discrétion, se mit à marcher pensivement de long en large.

– Nous connaissons assez l'intérieur d'une Ruche, insista Flavia, pour savoir où téléporter les détachements de Klml afin qu'ils s'emparent des commandes. Dans ce cas, Klml pourrait faire ce qu'il voudrait des individus trouvés à bord, et ce serait un autre coup. Après, nous volons la Ruche. Les Coléoptères de Waterloo seront coincés sur cette planète et nous nous en occuperons quand... quand on aura décidé du sort des colonies du Multiple.

Vestapia considéra un moment les traits distingués de Flavia, puis elle éclata de rire.

– Quelle gloire ce serait, pour Klml, de ramener une Ruche propulsée par ses propres moteurs !

– Ils pourraient y parvenir ?

– S'il y a assez de carburant à bord, et avec quelques instructions de notre part sur la façon de manipuler le tableau de bord, oui, répondit Rhodri, hilare, parce qu'il trouvait l'idée de Flavia aussi téméraire que la trouvait le commandant. Sauf qu'il faudrait la couvrir d'insignes 'Dinis pour qu'elle ne soit pas attaquée en route. Si vous le désirez, Commandant, j'expliquerai tout ça au Commandant Hptml du KMTM. Il craint que Klml ne se lance dans la bagarre à moitié prêt. Dans ce cas, le KMTM devrait se porter au secours du KVS... s'il le pouvait. Et le Commandant a mortellement peur de nous nuire ainsi qu'à sa couleur, à cause des rêves de bravoure de Klml.

– Alors, nous allons emprunter une page au journal de bord du *Genesee* ?

– Ça a marché.

De nouveau, le commandant réfléchit.

– Sauf que, cette fois, nous permettrons au KVS d'utiliser sa vitesse et sa manœuvrabilité pour bombarder les défenses de la planète. Dans le cas, bien entendu – et elle leva la main –, où nous découvririons qu'ils ont les mêmes capacités de feu que sur Xh-33.

– Pourquoi les Coléoptères modifieraient-ils des habitudes qui ont fait leurs preuves depuis des siècles ? demanda Rhodri.

– Et cette fois, ajouta Flavia, nous demanderons l'autorisation du Méta de la Terre.

– Naturellement, acquiesça suavement Vestapia Soligen, ses yeux semblant à Rhodri plus verts que jamais.

– Ce sera super, dit-il, se frottant les mains d'anticipation.

– Je vais demander l'autorisation de Jeff Raven, déclara Flavia, et elle les laissa tous les deux.

C'était exactement ce que désiraient Rhodri et le commandant. L'imminence de l'action avait l'avantage d'éveiller également d'autres instincts élémentaires.

Flavia reçut de Jeff Raven l'autorisation nécessaire de répéter – avec toute la prudence voulue en ce qui concernait les Doués – la tactique victorieuse du *Genesee.*

– Ce n'est pas drôle, gémit Zara. Nous serons des observateurs – comme toujours.

– Mais je battrai le cousin Clancy en passant à l'action avant lui, rétorqua Rhodri, ravi à cette idée.

– À l'action ?

– D'accord, à l'observation rapprochée. Parce que, les enfants, nous sommes bien plus proches de notre objectif...

– Nous en sommes encore à des semaines, rectifia-t-elle.

– Oui, mais pas à des mois, comme les unités d'attaque principales.

– Nous avons peut-être l'autorisation d'agir, dit Flavia, mais nous ne savons pas si Klml acceptera notre plan. C'est un Mrdini frustré, et nous savons tous ce qui est arrivé à Rojer.

– Et c'est pourquoi rien de vaguement similaire ne devra arriver, cette fois, intervint Zara d'un ton dur, glacial et vindicatif qui stupéfia tous ceux qui l'entendirent.

Jes rompit le silence par une question.

– Est-ce que la Flotte principale se rapproche de sa Ruche ?

– Le Méta de la Terre n'a rien voulu me dire de précis, répondit Flavia, son front lisse creusé de quelques rides, mais j'ai senti quelque chose...

– Alors, c'est que Grand-Père voulait que tu le sentes, dit vivement Zara. Bon, qu'est-ce que tu as senti ?

Flavia réfléchit un moment.

– Quelque chose de triomphal, je crois.

– Zut ! dit Rhodri. Ils vont peut-être passer à la curée avant qu'on n'arrive à Waterloo.

– Peu probable, parce que nous avons déjà localisé le fanal de Waterloo que Kincaid a eu la gentillesse de nous installer.

Elle sourit devant la jubilation de toute son équipe, à l'exception d'Asia.

– Je ne vois pas pourquoi vous êtes tous si contents de faire des blagues de collégiens aux Coléoptères. Surtout toi, Zara.

Zara rougit.

– On ne me pardonnera jamais ce que j'ai fait pour la reine, hein ? Mais tu n'as pas vu ce que les Coléoptères ont fait à Talavera ! Ils ont ruiné une planète parfaitement habitable. Et fait la même chose à Marengo. Ils ne *méritent* pas de coloniser leur propre système.

– Qui a explosé en nova, poursuivit Asia, mais avec moins de véhémence. Ils doivent quand même être bons à quelque chose.

– J'ai beau essayer, dit Flavia après un long silence, je n'arrive pas à trouver quelque chose de « bon » chez une espèce qui annihile délibérément toutes les autres formes de vie pour dominer un monde dans le seul but de s'y multiplier au point d'être forcée d'en trouver un autre à nettoyer pour recommencer le processus.

Asia était si muette et exsudait tant de tristesse que Zara, s'approchant d'elle, écarta doucement ses fins cheveux de son visage.

– Ce sont de grands cultivateurs, dit-elle avec douceur.

– Si cette capacité pouvait être canalisée vers des objectifs utiles..., commença Flavia.

– Plus personne n'aurait plus jamais à s'occuper de cultures vivrières, termina Jesper.

– Si seulement il y avait un moyen de communiquer avec eux..., ajouta Mallen.

– Trêve de bavardages, nous avons d'autres plans à dresser pour le moment, dit Flavia, à partir des observations que nous sommes parvenus à rassembler sur cette espèce énigmatique et son *modus operandi.* Il est quand même dommage que nous ne puissions pas communiquer et travailler ensemble.

– Ce serait le bouquet ! dit Zara, qui eut ainsi le dernier mot.

CHAPITRE VIII

Les semaines devinrent des mois, et la Flotte suivait toujours la queue ionique de plus en plus nette de la Ruche 2. L'Escadre D se traînait derrière la Ruche 1 qui s'était séparée de l'autre et se dirigeait vers le « bras » de la galaxie.

Clancy Sparrow prouva qu'il savait quoi inventer pour atténuer l'ennui du voyage, comme, par exemple, une loterie pour deviner la teneur en particules de la queue ionique à la fin de chaque semaine. Cette loterie lui donna aussi l'occasion, ainsi qu'à Rojer, de contacter la plupart des autres Doués, connus ou inconnus, du *Washington*.

– Nous avons pas mal de D-3 à bord, dirent-ils à Thian, lui en transmettant mentalement la liste et les signalements.

– Et maintenant, tous réagiront au mot de code, ajouta Rojer, qui avait procédé à la plupart des implantations.

– D'une façon ou d'une autre, conclut Clancy en souriant.

Un autre divertissement consista à donner un nom aux systèmes de type G qu'avait ignorés le Multiple. Plus tard, un nom officiel fut tiré au sort parmi ceux proposés par tous les astronefs. Kloo s'était jointe à Rojer et Clancy pour se téléporter sur les autres vaisseaux afin d'expliquer la procédure, et ainsi, ils contactèrent d'autres Doués et en découvrirent de nouveaux.

– Je ne sais pas à quoi je pourrai vous servir, dit le chef cuisinier D-4 à Rojer dans l'immense cuisine du

Genesee. Jusqu'à preuve du contraire, les seuls problèmes que je contrôle sont professionnels.

– Par exemple ? avait demandé Rojer, perché sur un coin de la table de travail et lorgnant les gâteaux que le chef glaçait à la spatule d'une main experte.

– Je ne me coupe jamais – et il s'arrêta pour considérer son ouvrage. La graisse ne me gicle jamais dessus. Je n'ai jamais lâché une casserole chaude ou une plaque de gâteaux – et j'en ai manié des milliers sans jamais me brûler, ni même avoir une ampoule. C'est pour ça qu'on m'appelle Lucky Louie.

Amusé et intrigué, Rojer s'appuya contre le comptoir.

– Autre chose ?

– Eh bien, je n'ai jamais eu une fracture, ajouta-t-il, un grand sourire sur son visage rond, jamais perdu une bagarre ou une partie de cartes. D'ailleurs, je ne joue plus. Je ne trouvais pas juste de gagner tout le temps.

Rojer en profita pour lui mettre la main sur l'épaule, comme pour le féliciter d'une telle probité, établissant ainsi un contact avec l'esprit de Lucky Louie qui lui permettrait de l'inclure dans une fusion mentale si le besoin s'en présentait.

– Et ses gâteaux et ses soufflés ne retombent jamais non plus, marmonna un mitron, tandis que Rojer s'en allait, avec une naïve admiration envieuse et sans aucune acrimonie.

Sur le destroyer *Athene*, Semirame Kloo « découvrit » une Douée inattendue en la personne d'une électricienne qui avait la réputation d'éviter tous les accidents dans un poste estimé dangereux. Le Premier Maître Lea Day avait toujours attribué cela au fait qu'elle était prudente, et n'entreprenait jamais une réparation avant d'avoir bien revu les schémas de montage. Elle fut très surprise d'apprendre qu'elle était une D-4 kinétique.

– Mais je n'ai jamais rien entendu dans ma tête, objecta le Premier Maître Day à Kloo, l'air perplexe.

Thian, dit Kloo, *je viens de trouver une nouvelle D-4 kinétique. Le Premier Maître Lea Day affirme qu'elle n'a jamais rien entendu dans sa tête.*

Premier Maître Day, dit vivement Thian, *hochez la tête à l'adresse du Capitaine Kloo si vous m'entendez.*

Les yeux exorbités de surprise, Lea Day hocha docilement la tête. Puis, se penchant vers Rame Kloo, elle murmura :

– Qui c'était ?

– Le Méta Thian Raven-Lyon.

– Mais il est sur le *Washington* !

– Il est aussi D-1, et m'a également permis de l'entendre dans ma tête. Maintenant, Premier Maître Day, avec un Don kinétique comme le tien, nous te contacterons sans doute bientôt pour que tu nous apportes ton aide.

– Quel genre d'aide ? demanda-t-elle, dubitative et inquiète à la fois.

– Rien qui dépasse tes capacités, rassure-toi. Mais si le Méta Thian t'appelle, arrête immédiatement ce que tu es en train de faire et laisse-toi aller.

– Me laisser aller ? Comment ?

Kloo détendit tout son corps, mains mollement posées sur les cuisses, épaules et poitrine avachies.

– C'est tout ce que j'aurai à faire ?

– Exact. Le fait que tu sois détendue aidera Thian à puiser dans ton énergie kinétique.

– Alors, c'est ça que je possède ? De l'énergie kinétique ?

– Et c'est pour ça que tu as toujours pu détourner des décharges électriques qui, sinon, t'auraient blessée.

– Mais comment, puisque je ne savais pas que je le pouvais ?

Kloo était devenue très habile à convaincre les incrédules. Elle sauta sur Lea Day, qui se mit instantanément en posture de défense.

– Comme ça, tout simplement, dit Kloo en reculant. Instinct de survie primaire. Sauf que ton cerveau déclenche le bouclier kinétique.

Elle se leva et serra la main du Premier Maître Day, qui avait une poignée de main énergique, avec des doigts racornis par le travail. C'était l'avant-dernière étape de la préparation.

– Si tu entends le mot « Saki » dans ta tête, arrête ce que tu fais et détends-toi.

– « Saki ! » répéta-t-elle en hochant la tête. Et si je ne suis pas près d'un siège ?

Kloo éclata de rire.

– Ne viens pas me dire que tu ne sais pas te reposer chaque fois que tu en as l'occasion !

– Si, Capitaine.

Les officiers des sciences avaient d'autres énigmes à résoudre, concernant les raisons pour lesquelles le Multiple avait dédaigné tant de systèmes. Étaient-ils déjà habités par des Coléoptères ? Ou inhabitables ? Certains avaient-ils, par un hasard peu probable, repoussé une attaque de la Race de l'Essaim ? Les sceptiques pensaient que cette région de l'espace était trop écartée pour avoir beaucoup intéressé les Coléoptères. D'autres arguaient au contraire que le fait même de cette exploration de la Ruche, si loin de son monde d'origine, prouvait qu'elle avait examiné tous les systèmes intermédiaires, et constaté qu'ils étaient soit déjà occupés par leur espèce, soit inadaptés pour elle.

Afin de mettre un terme à ces discussions – parfois tumultueuses –, le Commandant Ashiant instaura un programme pour les vedettes de reconnaissance rapides du *Washington.* Chaque fois qu'ils croisaient un système M-5, les vedettes – avec un équipage différent à chaque fois – décollaient pour une rapide inspection.

Pour ces expéditions, Ashiant demanda le concours des Doués, aussi heureux que l'équipage d'échapper à la routine quotidienne. Thian emmenait toujours avec lui le Premier Lieutenant Alison Greevy ; Rojer prenait avec lui une enseigne D-3 de la section Ingénierie, Cyra Charteris, alors que Clancy avait besoin de deux Doués pour augmenter ses capacités de D-2. Invariablement, il choisissait Semirame Kloo et la seule autre D-3, Targia Upland, de la section Artillerie. Sympathique et séduisante, son surnom de « Targette » exprimait le respect que suscitaient sa compétence professionnelle et sa connaissance des armes anciennes.

Quand la vedette se trouvait suffisamment proche du système pour que les Doués lancent les sondes plastiques indétectables, la planète qui les intéressait dans le système était examinée. Quatre colonies du Multiple furent ainsi découvertes sur vingt mondes survolés, dont deux avec des Ruches en orbite, et l'anneau de détritus habituel. Dès qu'une colonie de Coléoptères était repérée, les vedettes avaient l'ordre strict de quitter immédiatement le système. Il fallait éviter la détection. Les

Coléoptères exploitaient souvent les gisements minéraux des lunes et d'autres planètes. Une nouvelle discussion s'éleva pour savoir comment les Coléoptères pouvaient savoir qu'un de leurs systèmes avait été envahi s'ils ne possédaient pas de communications inter-systèmes, et si leurs capteurs de surface n'avaient qu'une portée limitée, comme l'avaient montré les événements à Xh-33.

– Gardons-nous de *présumer* ce qui n'est pas établi avec certitude, rappela le Commandant Ashiant aux commandants et aux seconds qui assistaient à ses mises à jour hebdomadaires. Il y a encore des panneaux du *Réfugié* dont la fonction nous est inconnue.

C'était l'avertissement standard que le commandant de chaque vedette répétait à son équipage avant l'envol pour une mission exploratrice.

Chaque semaine, la carte stellaire était mise à jour grâce à ces reconnaissances, et de nouveaux primaires ajoutés, dont une étoile binaire qui fascina les fans d'astronomie.

Après la découverte du second monde occupé par le Multiple, le nouveau commandant du *Vadim*, Pat Shepherd, suggéra d'installer un fanal multifonctions à l'héliopause des systèmes du Multiple, pour avertir tout vaisseau de l'Alliance de la présence de l'ennemi, et enregistrer toute sortie, auquel cas une capsule de message serait relâchée en direction de l'espace de l'Alliance, où n'importe quel Méta entendrait sans tarder ses « bips » et pourrait la récupérer. Après la Pénétration Dénébienne, tous les systèmes de l'Alliance avaient installé des balises avancées pour identifier le ping-zing et émettre un avertissement.

Un concours pour la conception d'un tel appareil fut instauré dans la Flotte, et de petits groupes de mécaniciens, professionnels et amateurs, rivalisèrent entre eux pour l'inventer. Le groupe vainqueur appartenait au *Washington* : Rojer et le Capitaine Tikele y avaient en effet consacré toutes leurs heures de loisir, afin de remporter la compétition. Le plan en fut ensuite distribué dans les ateliers de mécanique de tous les astronefs pour le fabriquer en nombre suffisant.

Les planètes M-5 inhabitées furent examinées plus en détail : l'une d'entre elles avait une forme de vie indigène qui possédait déjà des outils primitifs et la maîtrise du feu. Ce système fut dûment interdit. Plusieurs planètes, malgré une atmosphère adéquate et une bonne distribution des masses continentales et des mers, ne semblèrent pas viables pour les Humains ou les Mrdinis, à cause d'un taux important de radiations, d'un excès d'activité sismique, ou autres anomalies.

– Ces conditions peuvent expliquer pourquoi le Multiple les a négligées, déclara le Commandant Ashiant lors de l'une de ses réunions hebdomadaires des « huiles » auxquelles assistaient les Doués. Il y a quand même une chose qui me tracasse. Comment les Coléoptères pouvaient-ils savoir quelles planètes laisser de côté ? Si nous avons des sondes, qu'ont-ils pour obtenir les mêmes informations ? Car ils ont sûrement quelque chose. A-t-on jamais établi si Deneb avait été sondé par un appareil du Multiple ? demanda-t-il, se tournant vers Clancy.

– Commandant, la Pénétration Dénébienne a eu lieu longtemps avant ma naissance. Mon oncle, qui a vécu cette époque, n'a jamais parlé de sonde, mais, en ce temps-là, Deneb était encore très primitif. Et qui pouvait bien attendre des visiteurs d'outre-espace ?

– Mais, dans votre enfance, n'avez-vous pas récupéré des tas de matériaux du Multiple ? demanda le Commandant Spktm.

– Oui, Commandant, nous avons tous trouvé des pièces et des morceaux, répondit-il, montrant Thian et Rojer, et les installations dénébiennes de la Marine s'efforcent toujours de les adapter les uns aux autres, termina-t-il en souriant.

– En général, les sondes retournent à l'envoyeur pour délivrer les informations recueillies, ajouta Rojer.

– C'est vrai, c'est vrai, approuva Ashiant, en se tripotant le menton comme cela lui arrivait souvent.

– Flavia Bastianmajani nous a récemment fait savoir que le premier système occupé par le Multiple témoignait d'un effondrement total qui est encore en cours d'analyse. Les xénobs et les biologistes ont émis l'hypothèse, encore non confirmée, que la planète manquerait de certains éléments vitaux pour la survie des Coléoptères. S'ils ont des sondes, elles ne leur disent donc pas tout ce qu'ils ont besoin de savoir.

– En conséquence il y a des lacunes dans leurs programmes coloniaux, remarqua le Commandant Germys du *Genesee*, avec son ironie coutumière. C'est consolant.

– Et ils évitent certaines planètes qui nous conviendraient parfaitement.

– Mais, si cette colonie a échoué, quel genre d'informations peuvent bien rechercher les sondes du Multiple ? demanda le second de Germys, Beckin Watusa, immense gaillard à la peau très sombre.

– L'une d'entre elles avait beaucoup d'îles, dont certaines de bonne taille, mais pas de grandes masses continentales, répondit Selig Derynic, du destroyer *Comanche*. Peut-être avons-nous là un de leurs critères, de larges masses continentales.

– Ils doivent aussi analyser les atmosphères, car deux des planètes laissées de côté montraient un déséquilibre dans le rapport hydrogène-azote, précisa Vandermeer.

– Non, rétorqua avec force le Commandant Prlm du KLTL, sa fourrure généralement lisse se hérissant en signe d'agitation. Les sondes découvrent quelles formes de vie existent et en quelles quantités, afin de les « gazer ».

– Alors, réjouissons-nous des limitations, quelles qu'elles soient, de leurs sondes, dit Ashiant, avec entrain. Nous pourrons au moins proposer quelques sites coloniaux à l'Alliance.

– Jusqu'à présent, rien de ce que nous avons découvert n'explique pourquoi ils sont venus rôder si loin, surtout maintenant, ajouta Spktm d'un ton lugubre, faisant ainsi écho au pessimisme de Prlm.

– J'aurais cru que c'était évident, Commandant, dit courtoisement Ashiant. Ils ont perdu leur monde natal dans l'explosion de la nova. Ils doivent lui chercher un remplaçant.

– C'est hors de question ! rétorqua Spktm abattant ses deux mains supérieures sur la table dont chacun sentit les vibrations.

– C'est l'objectif de cette escadre, Commandant, déclara Ashiant d'un ton résolu. Et, en particulier, la raison pour laquelle le *Washington* a été conçu et construit !

– Et pour laquelle les Coléoptères ont construit leur Grande Ruche, ajouta Thian. Se pourrait-il que, dans les immensités spatiales qu'eux et nous avons explorées, ils n'aient pas encore trouvé un monde similaire ? Et que ce soit la raison pour laquelle ils sont venus si loin, en explorant dans toutes les directions ?

– Vous créditez les Coléoptères d'émotions qu'ils sont incapables de ressentir, dit Spktm, braquant son œil pédonculé sur Thian.

– Un instant, Spktm, intervint Ashiant en levant la main. La remarque du Méta est intéressante. Privés de Clarf, les Mrdinis ne rechercheraient-ils pas une planète aussi proche d'elle que possible ?

La fourrure de Spktm se hérissa davantage, de même que celle de Prlm et des deux autres commandants 'Dinis assis à la table. Thian regretta intérieurement sa remarque malavisée. Émettant autant d'ondes pacifiantes qu'il le put, il reprit, dans la même veine qu'Ashiant :

– De par leur longue connaissance historique, les Mrdinis savent que les Coléoptères obéissent à un instinct qui n'a pas changé au cours des siècles, honorable Commandant, et que c'est, avant tout, l'instinct de survie de l'espèce. Ils doivent avoir eu un monde natal très particulier où ils ont pu devenir dominants. Ce monde a disparu. La survie de l'espèce leur commande d'en trouver un identique. C'est ce que voulait dire celui qui parle. Pardonnez l'offense qu'il a involontairement commise à l'égard de l'honorable Spktm.

La fourrure de Prlm et des autres commandants 'Dinis commença à se rabattre. Thian sentit qu'une onde de soulagement émanait des Humains à la vue des Mrdinis calmés par ses explications.

– Ainsi donc, ils n'ont pas trouvé ce monde de remplacement. Et, sur mon honneur, j'espère bien qu'ils ne le trouveront jamais, conclut Cheseman, du *Solidarité*, mais donnez-nous un peu d'espoir, Commandant Spktm. Savons-nous seulement quel était le spectre de leur primaire, avant qu'il se transforme en nova ?

Spktm et Thian, qui étaient allés jusqu'à la région où l'étoile morte était encore en voie de refroidissement, secouèrent la tête.

– À parler franchement, non, dit Thian.

– Nous avons des immensités spatiales à explorer, dit le Commandant Cheseman, l'air lugubre à l'idée de la tâche qui les attendait. Cinq ans n'y suffiront pas !

– Mais de l'étincelle jaillit la lumière, messieurs, déclara Ashiant, adoptant un ton résolument positif, et ne dédaignons pas ce que nous avons accompli depuis deux ans. Les circonstances nous ont obligés à explorer plus loin qu'aucune expédition de nos deux espèces, mais nous avons déjà découvert assez de planètes pour accueillir les membres de l'Alliance pendant des milliers de générations.

« Revenons à la question principale, à savoir que les Ruches peuvent avoir un objectif spécifique – trouver un nouveau monde natal sous un soleil analogue à leur soleil d'origine. Je ne connais pas les moyens d'analyse spectrale dont disposent les Coléoptères, poursuivit-il, s'efforçant d'injecter un certain humour dans ses propos, mais j'aimerais que notre officier d'astrogation commence à vérifier le spectre de toutes les étoiles de type G, quelque éloignées qu'elles soient, pour le cas où ils rechercheraient un certain type de primaire, et non pas n'importe quel système de type G avec des planètes M-5.

Même les Mrdinis comprirent l'intérêt de cette suggestion, et les participants quittèrent la réunion avec plus d'enthousiasme et de dynamisme qu'ils n'en avaient au départ. Plus tard, Ashiant confia à Thian qu'il y avait eu quelques moments délicats où la réunion avait failli mal tourner, mais qu'il était sûr d'être maintenant sur une voie de recherche qui se révélerait très féconde.

– Il est certain que ça nous donne un but pendant que nous poursuivons cette maudite Ruche, où qu'elle aille. D'après vous, quelles sont les probabilités qu'elle ait un objectif spécifique ?

Thian regarda Ashiant un instant avant de s'esclaffer. Ashiant commença par le foudroyer du regard, puis, réalisant ce qu'il avait dit, dissipa la tension dans un rire réparateur.

– Dans le même ordre d'idée, Commandant, poursuivit Thian, encore secoué de rire, je devrais peut-être contacter Flavia. L'Escadre B a visité pas mal de systèmes, elle aussi. Ils pourraient sans doute jeter un peu de lumière sur la matière.

– De la lumière sur la matière ? répéta Ashiant, se remettant à rire. Ah, ça m'a fait du bien, Lyon. Il y a eu un moment délicat...

– Vous pensez, bien sûr, à celui où tous les ‘Dinis ont hérissé leur fourrure ?

Ils repartirent d'un fou rire, jusqu'à ce qu'Ashiant, toussant et hoquetant, reprenne son sérieux, mais ses yeux continuèrent à pétiller et sa bouche à sourire.

– En fait, Commandant, même en procédant par élimination, en nous basant sur le type d'étoiles G qu'ils dédaignent, nous pourrons peut-être découvrir les critères qui les guident. Même d'infimes différences – taille, période de variabilité, cycle des taches solaires – entre des primaires de type G peuvent avoir des répercussions incalculables sur les satellites du système. En tout cas, cela a été prouvé dans l'adaptation des espèces.

« Pour en venir à un autre sujet, Commandant – je n'ai pas eu le temps de vous en parler avant la réunion –, le message matinal de Flavia contenait plusieurs détails intéressants, dont le fait qu'ils ont eux aussi fabriqué un fanal à installer hors de tous les systèmes M-5 occupés par le Multiple, afin d'en éloigner nos vaisseaux et d'envoyer un message au Méta le plus proche pour l'avertir de la sortie d'une Ruche.

– Les grands esprits se rencontrent, hein ?

– J'ai reçu les spécifications de leur appareil, Commandant. Le Commandant Soligen pensa que vous souhaiteriez y jeter un coup d'œil, au cas où ils auraient pensé à des détails que nous pourrions utiliser.

Thian lui tendit une copie papier et le software.

– Ou vice versa, ajouta-t-il avec tact.

– Nous y veillerons, répondit Ashiant, parcourant les matériaux. Bien que l'appareil conçu par Tikele et votre frère me semble similaire.

– Flavia m'a également informé qu'avec l'autorisation expresse du Méta de la Terre, ils vont approcher une planète occupée par le Multiple.

Ashiant le fixa, médusé.

– Il y a de bonnes raisons de tenter l'aventure, dit Thian en souriant, la principale étant de donner au Commandant Klml du KVS la possibilité de refaire le coup du *Genesee.*

– Voler une autre Ruche ? faillit exploser Ashiant. Et pour quoi faire, grands dieux ?

Thian rit, autant à cause de la réaction du commandant qu'à l'idée du triomphe attendant l'équipage qui reviendrait à son bord.

– Le Commandant Klml appartient à la nouvelle génération de Mrdinis n'ayant pas eu beaucoup de contacts avec une espèce qui permet aux couleurs d'acquérir du prestige...

– Jeunes morveux héroïques, grommela Ashiant, s'agitant nerveusement dans son fauteuil. Ils pourraient créer des troubles...

Puis il s'éclaircit la gorge, au souvenir de la rupture qui avait failli éclater le matin même entre Humains et 'Dinis.

– Enfin, je suppose que la guerre est plus récente dans leur culture que... Bon, exposez-moi ces plans 'Dinis pour acquérir du prestige, afin que je puisse en empêcher l'émergence dans cette escadre.

– D'abord, Flavia a obtenu l'autorisation du Méta de la Terre. Je vous assure, comme Flavia me l'a assuré, que le Commandant Soligen n'envisagerait pas ce mouvement si elle n'était pas sûre du succès.

– Vestapia est certainement un commandant hors pair, admit Ashiant qui commençait à se calmer, même si elle a l'idée bizarre de préférer les équipages jeunes et sans expérience. Je suppose que tous les Métas doivent observer les mêmes règles limitatives ?

– Oui, Commandant !

– Alors, faites-moi savoir le résultat de ce... comment avez-vous dit, déjà ?

– Le coup du *Genesee.*

– Ça doit faire plaisir à Osullivan. Dommage qu'il soit maintenant coincé derrière un bureau. Et comment le commandant Klml compte-t-il ramener sa prise dans l'espace de l'Alliance ?

– Flavia a l'air de penser que le commandant pourra la ramener grâce à son propre système de propulsion. Nous avons pu déterminer la fonction de nombreux contrôles. Elle les connaît. Et nous savons quel carburant ils utilisent.

– Tout ça, c'est très bien, tant qu'ils ne seront pas dans un secteur spatial plus fréquenté...

Thian acquiesça de la tête en souriant.

– Je crois qu'ils envisagent de décorer la Ruche de symboles 'Dinis, pour faire savoir à tout l'Univers qui ramène ce trophée.

– Demandez à votre Méta d'envoyer un avertissement à tous les vaisseaux. Il ne manquerait plus qu'un équipage à la détente facile s'avise d'essayer ses nouveaux missiles sur ce vrai-faux ennemi ! Et essayez de demander aux autorités concernées de nous adresser toute leur documentation sur les variations connues des étoiles de type G, que les systèmes planétaires aient été explorés ou non. Peut-être l'ennuyeux processus d'élimination nous livrera-t-il l'information qui nous manque.

Quand Thian, qui avait toujours été fier de sa mémoire eidétique, se surprit au bout d'une heure à confondre les chiffres des analyses spectrales très complexes des étoiles de type G, il laissa la place à Rojer. Clancy était sur le point de prendre sa relève quand Jeff Raven décida que ses D-1 et D-2 avaient mieux à faire que de transférer mentalement des données si compliquées. De sorte que le reste des fichiers astronomiques humains leur fut téléporté. Laria leur en téléporta encore plus en provenance des bibliothèques des Mrdinis.

Cette théorie passionne tout le monde ici, dit-elle à son frère. *Tu as l'air en pleine forme, Thi. Tout va bien pour toi, Roj et Clancy ?*

Pourquoi ? On te manque ? demanda-t-il, taquin.

Curieusement, je crois que oui.

Comment va Kincaid ?

Kincaid est en pleine forme lui aussi. Puis le ton se teinta d'un frémissement équivalant à un rire. *Ainsi que Vanteer.* Et elle coupa la communication, le laissant digérer cette information, juste à l'instant où l'officier de fret annonçait l'arrivée d'une petite capsule en provenance de la Tour de Clarf.

L'analyse comparative des étoiles de type G continua tant et si bien qu'on dut assigner une équipe à cette seule tâche. Car tous les vaisseaux de la Flotte voulaient accéder aux fichiers pour démontrer leurs propres théories, et les constantes et longues conversations intervaisseaux interféraient avec la transmission des messages.

Au cours des semaines suivantes, et bien que ni Thian ni Ashiant n'aient parlé à personne du coup du *Genesee*, tout le monde savait soit qu'il allait être réédité, soit qu'il l'avait déjà été. Aussi ce ne fut une surprise pour personne quand on apprit que la manœuvre avait réussi, et que le KVS avait détruit l'astroport des Coléoptères de Waterloo et les trois vedettes de reconnaissance qui avaient tenté de décoller, mais cette victoire fut le prétexte d'innombrables réjouissances sur les onze astronefs.

Ils en étaient à peine remis quand les capteurs du *Washington* donnèrent à penser que la Ruche qu'ils poursuivaient avait lancé ses vedettes de reconnaissance. La cible était un soleil de type G dont tout le monde pensait que le Multiple ne s'y intéresserait pas, car son analyse spectrale ne semblait pas prometteuse.

Instantanément, les équipages s'empilèrent dans les vedettes rapides du *Washington*, et Thian ordonna à Rojer d'accompagner le *Revere*, commandé par le Lieutenant Vergoin.

Tu sautes dans une capsule de sauvetage à l'instant où il y a du grabuge, dit-il à son frère.

Mais, Thi..., commença Rojer, puis, se rappelant les ordres stricts de son grand-père, il se soumit. *Ouais, d'accord, mais les destroyers? Qui va contenir les ardeurs de Prl et Ktpl quand ils approcheront de la Ruche?*

Le Commandant Spktm. Il a confié son commandement à son second, et se trouve à bord du KLTS.

Spktm ne plaisante pas.

Nous non plus, on ne plaisante pas!

Thian envoya Clancy, avec la même injonction de sauver sa peau de Doué, sur l'un des deux destroyers humains. Les quatre gros astronefs reçurent l'ordre de suivre, à la vitesse maximale, les vaisseaux plus légers et plus rapides. L'astronef de classe Nebula, les deux de classe Constellation et les quatre de classe Galaxy mettraient plus de temps à atteindre la vitesse requise pour rattraper les autres et soutenir leur action.

Nous avons dépassé les vedettes du Multiple, dit Rojer à son frère quelques jours plus tard. *Et elles ne nous ont même pas vus venir sur l'écliptique.* Le ton était enjoué. *Ces reines ne voient-elles rien, à part leurs objectifs? Sont-elles arrogantes au point de se croire totalement invulnérables?*

Jusqu'à ce qu'elles viennent à Deneb, elles l'étaient, remarqua Thian d'un ton cocasse. *Les astronomes ont-ils fourni des données supplémentaires sur le primaire?*

Ils étudient l'activité des taches solaires et les émissions d'UV et, naturellement, on a lancé des sondes pour un survol orbital de la planète. On rapporte qu'il y a une végétation luxuriante, quelque activité sismique visible, de belles mers bleues, et une chaîne de grands lacs à travers la principale masse continentale que nous avons déjà détectée du côté nuit. De petites calottes polaires, mais c'est normal – de même que la couche d'ozone. Pas de signes de civilisation, pas d'habitations, pas de feux – à part un incendie de forêt qui fait rage dans l'Ouest. Il y a aussi des créatures indigènes qui détalent vers le point d'eau le plus proche. Du moins, c'est ce que signifie le nuage de poussière que nous avons observé, si l'on en croit l'officier des sciences.

L'incendie pourrait-il avoir été allumé par les Coléoptères? demanda Thian.

J'en doute! Leurs vedettes sont juste à l'intérieur de l'orbite de la cinquième planète, la géante à anneaux typiques.

– Votre frère fait son rapport? demanda Ashiant, assis derrière la couche de Thian.

Thian lui fit signe de venir devant; il détestait parler en l'air. Il répéta mot pour mot ce que lui avait dit Rojer.

– Trop de potentiel pour laisser cette planète au Multiple pour quelque raison que ce soit, déclara Ashiant. C'était aussi l'avis de Thian.

Le commandant ouvrit les communications avec la passerelle.

– Le spectre du primaire concorde avec celui de Sol à 0,0356 près?

Thian et Ashiant ruminèrent cette information.

– Pourtant, les Coléoptères ne se sont jamais approchés de la Terre, Commandant. Mais ils ont tenté de coloniser Sef, dont le primaire ressemble beaucoup à Sol.

– Assez pour être le soleil de leur nouvelle patrie? demanda Ashiant, branlant du chef. Je hasarderai plutôt l'hypothèse que c'est une escale de ravitaillement. Ils ne se sont arrêtés nulle part...

Il se pencha sur l'unité-com.

– Ailsah, d'après l'examen des provisions entreposées dans le *Réfugié* et la taille des équipages de Coléoptères telle qu'elle a été estimée par les 'Dinis, dites-moi s'il leur reste quelque chose à manger.

– Vous pensez qu'il s'agit d'un arrêt-ravitaillement ?

– C'est une possibilité, mais j'ai d'abord besoin des chiffres.

Ashiant sourit en se frottant les mains.

– Dans combien de temps les éléments principaux de la Flotte peuvent-ils intercepter la Ruche ?

– Sept heures, Commandant, mais elle semble ralentir. Ce qui confirmerait une action de ravitaillement. Nous savons que leurs vedettes ont un long rayon d'action, mais elles peuvent aussi vouloir économiser le carburant – s'ils sont toujours en mode de recherche. Le LSTS vient de confirmer ce ralentissement et il demande les dispositions de bataille pour les destroyers.

Thian perçut l'excitation dans la voix du second.

– Premièrement, ordonnez à tous les vaisseaux de surveiller tout signe pouvant indiquer que le Multiple a détecté notre approche. Je n'ai jamais tout à fait cru les 'Dinis, quant à la courte portée des capteurs de l'ennemi. En tout cas, Méta, demandez à votre frère de transmettre au Commandant Vergoin l'ordre de lancer les sondes à basse altitude. Autant déterminer si ce sont des animaux ou des sentients potentiels que nous allons sauver.

La passerelle sonna de nouveau.

– Le KLTL, le *Vadim,* le *Solidarité* et le *Genesee* voudraient vous parler.

– Je suis à eux dans un instant.

Quand le canal fut fermé, Ashiant prit une profonde inspiration.

– Il me tarde de savoir si ces nouveaux missiles seront efficaces contre une Ruche.

Regardant Thian avec un sourire ironique, il ajouta :

– Laisserai-je aux 'Dinis l'honneur de tirer les premiers ?

Sentant plus d'une question dans ces paroles d'une candeur rare, Thian eut un sourire rassurant :

– Je crois que cela va de soi, mais ce sera un triomphe pour nous tous. Nous aurons réduit d'une

Ruche leurs chances de trouver cette nouvelle patrie qu'ils cherchent si désespérément, cette nouvelle base à partir de laquelle ils pourraient multiplier les difficultés que nous avons déjà à les contenir. Ensuite, il ne restera plus que celle que poursuit l'Escadre D, et *alors,* nous aurons vraiment réduit la menace du Multiple à des proportions raisonnables.

Ashiant aboya un bref éclat de rire.

– Raisonnables, Méta ? Quand nous savons que, des planètes M-5 que nous avons croisées, sans doute une sur cinq est une colonie du Multiple ! ajouta-t-il avec un rire sardonique, en levant les bras au ciel.

– Même ça, nous l'ignorions avant que les 'Dinis ne tombent par hasard sur ces trois Ruches.

– Sapristi ! s'écria Ashiant, claquant son poing dans sa paume, je me sentirais mieux si ce système *était* celui que le Multiple cherche si désespérément.

– En tout cas, Commandant, c'est une planète de plus qu'ils n'occuperont pas, même brièvement !

– Bien dit, Méta. Pour un peu, je plaindrais notre ennemi.

– Je ne répéterai ces paroles à personne, Commandant, répondit Thian en souriant, tout en se préparant à transmettre à son frère les ordres et l'annonce du ralentissement de la Ruche.

Les Coléoptères ne dépassèrent jamais la première lune de la planète. Et ils n'étaient pas aussi aveugles que leur approche directe le faisait penser. Quand les vedettes du *Washington* quittèrent leur orbite planétaire pour les intercepter, les trois vedettes du Multiple se séparèrent pour faire diversion, selon des trajectoires soigneusement calculées, tout en ouvrant sur elles un barrage de feu avant que les destroyers n'aient eu le temps d'arriver à portée de tir pour les protéger.

Thian, si ma voix est faible, prête l'oreille. Je suis dans une capsule de sauvetage. Vergoin m'y a fait fourrer avec mes 'Dinis par deux matelots, dès qu'on a commencé à se rapprocher des Coléoptères, dit Rojer, d'un ton plus indigné qu'effrayé.

L'écran est en grossissement pour montrer les explosions. Des avaries ?

Mineures, d'après ce que je sais. J'ai allumé l'unité-com de la capsule, mais je ne reçois pas tout... Attends une minute...

Rojer ? ROJER ?

Ne me dérange pas maintenant, frérot, j'ai du travail.

Thian continua à le déranger par des demandes constantes de réponses. Dans les intervalles, il contactait Clancy qui n'était pas plus disponible que Rojer. Furieux de cette désobéissance qui équivalait à une mutinerie, il fila au pas de charge vers la passerelle du *Washington,* où l'atmosphère tendue lui rappela qu'il ne serait peut-être pas le bienvenu. Il allait retourner sur ses pas lorsqu'il s'aperçut que le grand écran de la passerelle affichait des vues plus nettes et détaillées que celui qui se trouvait au-dessus de sa couche. Ce qu'il vit lui fit aussi comprendre à quoi s'occupaient pour l'heure Rojer et Clancy : ils déviaient une véritable averse de missiles. À l'évidence, il pourrait affirmer au Méta de la Terre qu'ils agissaient en autodéfense : si le *Revere* encaissait un coup mortel, les vedettes des Coléoptères n'auraient plus qu'à cueillir les capsules de sauvetage une par une avant que les évacués ne puissent se mettre hors de leur portée. Rojer avait fait preuve de bon sens, avec sa politique de déviation !

Les grosses batteries de la Ruche se mirent alors à ouvrir le feu sur les sept astronefs de l'Alliance qui s'étaient déployés pour empêcher la fuite des vedettes du Multiple, tandis que le Nebula et les deux Constellation convergeaient vers elle. Sa forme sphérique présentait l'avantage de permettre le tir dans toutes les directions. Thian connaissait par le Réfugié la puissance de feu de ces astronefs.

– Regardez, Commandant, dit Vandermeer, les Coléoptères gaspillent les munitions, comme d'habitude. La Ruche n'est même pas à portée de nos vaisseaux.

– Nos vedettes le sont.

– Mais leurs missiles ne font pas mouche, quoique... Commandant, l'Enseigne Upland pense que la détonation de ces missiles peut provoquer des ondes de choc presque aussi dangereuses qu'un impact direct pour la coque des vedettes.

– Mes compliments à l'Enseigne Upland, dit Ashiant, hochant la tête pour le remercier de cette information.

Puis il grommela entre ses dents :

– Quand je mettrai la main sur ces deux Doués, ils vont passer un mauvais quart d'heure.

Thian et certains officiers présents l'entendirent.

– Mais ils parviennent à dévier les roquettes, ajouta-t-il. Tikele, quand serons-nous à portée de la Ruche ?

– Dans trente-deux minutes.

– Pourquoi Ktlp ne tire-t-il pas les missiles dont il dispose sur le KLTS ?

– Je crois que le commandant manœuvre pour se mettre en position de tir, Commandant, répondit Tikele. Et deux de nos vedettes le protègent. Il doit viser juste, sur les réservoirs de carburant, et à bonne portée... Il... il en a tiré deux, Commandant.

De façon incroyable, l'une des vedettes du Multiple parvint à passer entre la Ruche et les missiles qui la pénétrèrent de part en part.

– Comme un lapin embroché sur une flèche, murmura Thian.

Puis l'explosion se produisit, éruption orange d'une force telle que le KLTS fut projeté en arrière comme une feuille dans la tempête. Les vedettes qui le flanquaient s'étaient écartées, et, bien qu'elles aient été déportées hors de leurs positions originelles, elles ne semblaient pas avoir souffert. Contrairement au KLTS. Comme les vaisseaux 'Dinis n'embarquaient toujours pas de capsules de sauvetage, il était impossible d'estimer le nombre des survivants de l'équipage.

ROJER ? CLANCY ! POUR L'AMOUR DU CIEL, RÉPONDEZ-MOI ! rugit Thian, s'emparant de la Gestalt des générateurs pour les atteindre.

Je n'ai rien, Thian. Mais j'ai dû dévier des missiles. Comme Grand-Père quand le Multiple a attaqué Deneb.

Ce n'est pas du tout la même chose, Rojer. CLANCY ?

Je t'entends, je t'entends. Par-dessus le carillon de mes oreilles. On a eu une de ces veines ! Et Kloo est sacrément bon pilote !

– Thian ! cria Ashiant d'un ton pressant. Pouvez-vous contacter l'un de vos deux Doués et lui demander des nouvelles du KLTS ? Les autres destroyers doivent rester en position pour contenir la Ruche.

– Oui, Commandant. *Rojer, tu as tes 'Dinis. Ashiant ordonne à Vergoin de se porter à l'aide du KLTS et d'évaluer sa condition. Tu assureras la liaison...*

Il vaudrait mieux que la vedette de Clancy vienne aussi – les vedettes du Multiple approchent pour la curée et on va avoir à dévier d'autres roquettes...

Et, à l'évidence, c'est ce que firent les deux Doués du *Washington*, pendant que les destroyers lançaient des missiles moyens sur les deux vedettes restantes du Multiple, tout en approchant peu à peu de la Ruche.

– Nous venons d'atteindre la distance maximale de portée des nouveaux missiles, Commandant, annonça Vandermeer.

– Signalez aux vaisseaux de classe Galaxy de prendre la Formation C et de commencer à tirer dès qu'ils seront à distance maximale. Il faut détourner la Ruche des destroyers.

Elle se pose là, cette Ruche ! entendit distinctement Thian, sans savoir qui avait émis cette remarque. Ce pouvait être n'importe qui sur la passerelle, même Ashiant, car, dans l'excitation de la bataille, il avait abaissé ses écrans mentaux.

Le premier missile que tira le *Washington* n'était pas loin de sa cible quand il explosa au contact d'un gros fragment de la vedette du Multiple. Les trois suivants, un du *Washington,* et les autres du *Solidarité* et de l'*Athene*, entrèrent dans la Ruche comme dans du beurre.

– Un, deux, commença Ashiant entre ses dents, *trois*... Et Vandermeer joignit sa voix à la sienne. QUATRE ! hurlèrent-ils pratiquement en chœur. Ils n'arrivèrent jamais à « cinq ». La Ruche se désintégra par quadrant, comme la peau d'une orange qui s'écarte en corolle. Puis une boule de feu s'épanouit et sa chaleur fondit tout à la ronde.

Le KLTL se détacha des autres pour suivre une vedette du Multiple, tandis que le *Franklin* poursuivait l'autre. Les communications normales étant rouvertes, maintenant que l'ennemi était en déroute, le Commandant Ktpl put exprimer ses remerciements au *Washington.* Sa voix était un peu tremblante, mais on le sentait fier d'appartenir au vaisseau qui avait tiré le premier missile sur l'ennemi. L'onde de choc avait causé de graves avaries au KLTS : beaucoup de 'Dinis étaient morts ou blessés. Il avait fallu fermer certains compartiments ouverts sur le vide de l'espace, sans savoir s'ils étaient occupés ou non.

Thian n'eut pas le temps de chercher Rojer et Clancy afin de leur passer le savon qu'ils méritaient pour avoir désobéi aux ordres, bien que leur action ait sauvé de nombreuses vies. Mais quand il les trouva, sa colère s'était un peu calmée. Ils étaient aux deux bouts de la soute de chargement du *Washington*, transformée en hôpital auxiliaire pour les 'Dinis, et faisaient le même usage que lui de leur Don télékinétique : ils « soulevaient » les blessés pour les mettre au lit ou sur des civières. Rojer aidait le médecin Sblipk à soigner les 'Dinis, avec Gil et Kat comme messagers et garçons de course. Clancy s'occupait des Humains.

J'aurai deux mots à vous dire tout à l'heure, Rojer, Clancy, déclara Thian avec froideur.

D'accord, frérot. Quand on sera un peu moins bousculés...

Ne fais pas le mariole avec moi, Rojer Raven-Lyon!

Qui? Moi? Faire le mariole? Après ce que je viens de vivre? C'était presque... presque pire que le KTTS, Thi.

Bien que n'exprimant aucun regret, les paroles de son frère calmèrent un peu Thian, mais il faudrait quand même qu'il informe le Méta de la Terre de leur insubordination. Il était responsable de tous les Doués de cette expédition, et il n'avait pas su leur faire respecter des ordres qu'ils n'auraient pas dû ignorer, il le savait. Quand il devrait apprendre à son père et à sa mère que Rojer avait...

– Hé, Thi, dit une voix douce à son oreille en même temps qu'on lui touchait l'épaule, tu as besoin de repos, chéri.

Gravy levait vers lui ses yeux bleus anxieux. Son visage semblait aussi fatigué que le sien. Thian avait travaillé avec elle et ses 'Dinis, en mettant sa télékinésie au service de ses soins médicaux.

– Je me reposerai quand vous vous reposerez aussi, Premier Lieutenant Greevy, répondit Thian d'un ton sévère.

Elle regarda la soute où régnait maintenant un ordre parfait, avec les 'Dinis immergés dans du fluide reconstituant ou emmaillotés de bandages pour guérir blessures, brûlures et fractures. Les 'Dinis supportaient la souffrance mieux que les Humains, se dit Thian, se demandant si c'était là du stoïcisme ou un caractère de l'espèce.

– Ah, voilà la relève, dit Gravy avec un soulagement proche du sanglot.

Thian s'appuya au support le plus proche et « écouta » son frère. Rojer dormait – Thian ne put déterminer où – et Clancy aussi. Demain, quand il aurait dormi... ils ne perdaient rien pour attendre.

– Thian, dit Gravy, l'entraînant vers la sortie. Te reste-t-il assez d'énergie pour nous téléporter dans ma chambre ?

Il l'entoura mollement de ses bras fatigués, posant sa tête sur la sienne, et les téléporta un niveau plus bas. Elle posa la paume sur la plaque-serrure et ils s'affalèrent sur le lit toujours enlacés, endormis presque avant de toucher le matelas.

– Est-ce que tu réalises que, même avec ses trois vedettes de reconnaissance, cette Ruche n'avait pas une chance ? déclara Rojer, tard dans l'après-midi, en attaquant avec appétit un repas gargantuesque dans leur suite. Une opération Massacre, voilà ce que c'était.

– Faut-il te rappeler combien de 'Dinis sont morts sur le KLTS ? demanda Thian, foudroyant son frère du regard..

Il les avait vertement chapitrés d'avoir « exposé » leurs vies, trop précieuses pour être mises en danger. Il aurait pu aussi leur rappeler que leurs coupures et ecchymoses, souffertes lors des brusques changements de direction de leurs vedettes respectives, auraient facilement pu être mortelles.

– Mes réflexes ne sont pas complètement engourdis, Thian, répliqua Rojer avec indignation, même si je n'ai pas toujours pu conserver mon équilibre, avec tous les virages et les cahots du *Revere*. Mais tu aurais dû voir les autres. Je me suis téléporté chaque fois que j'ai pu.

– Moi, j'ai attrapé la plupart de mes bobos en amortissant le choc d'un autre, poursuivit Clancy d'un air innocent, en tripotant le pansement de sa joue, l'attelle de son bras gauche et l'estafilade de son bras droit.

– Et en plus, grand frère, dit Rojer, les mains sur les hanches et les sourcils intensément froncés, si on avait été dans une capsule de sauvetage, c'est là que tu aurais eu des mauvaises nouvelles pour la famille ! Il a fallu que je sois coincé dedans pour réaliser que ces maudites capsules étaient l'endroit le plus dangereux de la bataille ! N'oublie pas que j'étais à Xh-33, moi, et que j'ai vu les Coléoptères tirer ces capsules comme des vaches dans un couloir ! N'importe quelle vedette du Multiple aurait pu faire un tabac... en abattant les capsules de sauvetage !

– Sans compter qu'on a évité au *Revere* et au *Franklin* d'être transformés en passoires ou aplatis comme des galettes, lui rappela Clancy. En protégeant nos vaisseaux, nous nous protégions nous-mêmes, et c'était respecter l'esprit, sinon la lettre, des ordres d'Oncle Jeff, poursuivit-il avec un sourire engageant. Disons que les vedettes n'étaient que des capsules de sauvetage un peu plus grandes.

– Je lui dirai quand même ce que vous avez fait !

Thian n'avait pas l'intention de les laisser s'en tirer sans réprimande.

– À ton aise ! répondit Clancy, son sourire s'élargissant encore. Mais j'ai entendu dire que Spktm et Ashiant voient dans notre action défensive la principale raison pour laquelle les pertes ont été minimales. En revanche, je comprends maintenant pourquoi les Mrdinis ont dû recourir aux attaques-suicides ! Il ne peut pas y avoir beaucoup de place sur ces vedettes de reconnaissance, avec tous les missiles qu'ils balancent. Et la Ruche n'aurait jamais lâché prise avant la destruction totale !

Thian ne restait jamais furieux très longtemps, surtout en présence de Clancy, mais il demeura frustré et irrité, d'autant que les deux jeunes héros parlaient de leur exploit avec désinvolture, comme d'une action parfaitement normale pour des Doués de leurs capacités, ce qui contrariait Thian encore davantage.

– Je crois, lui dit Gravy, alors qu'ils déjeunaient tranquillement au mess de l'infirmerie, que tu es un peu jaloux de ne pas avoir participé à l'action.

– Moi ? Jaloux ?

Il fixa Alison Anne, stupéfait. Il ne s'était jamais considéré jaloux, pour quelque raison que ce soit.

Elle le regarda, les yeux pétillants de malice.

– Jaloux des biens ou des gens, non, Thian. Mais jaloux du prestige, peut-être un peu.

– Tu es sûre que tu es toujours D-5 ?

– Sans doute pas, répondit-elle d'un ton désinvolte, avec un soupir ravi. Mais je suis empathe, et en pleine empathie avec toi, ajouta-t-elle, lui frôlant la main, en un contact qui dépassait de loin l'empathie. J'en ai appris autant sur toi dans le domaine du Don que sur Sblipk dans le domaine de la médecine 'Dini. Plus peut-être, rectifia-t-elle, les yeux rieurs. Tu avais le mauvais rôle – l'observation, l'attente, l'espérance. Est-ce que les Doués prient ? demanda-t-elle, l'air si ingénu que Thian sentit toute sa frustration et sa contrariété s'envoler. En outre, termina-t-elle, taquine, tu as participé à une action bien avant eux, à la Grande Ruche.

Thian lui fit la grimace.

– Cette petite opération n'avait pas lieu contre des Coléoptères vivants.

– La différence est académique, Thian. Et c'était beaucoup plus dangereux que ce qu'ont fait ton frère et ton cousin.

Thian transmit au Commandant Ashiant le rapport fidèle de la rencontre, et décida, quand il ne put faire autrement que « sentir » la fureur de Jeff Raven en apprenant l'héroïsme de Rojer et Clancy, qu'il pouvait s'en remettre aux Métas de la Terre et de Callisto. Et sans doute aussi aux deux Aurigéans, pour toute action disciplinaire. La juste colère mûrit souvent dans l'attente.

Le Méta de la Terre le rappela plus tard pour lui transmettre les éloges officiels de l'Alliance et du Grand Conseil, et de nouveaux ordres.

La Flotte devait maintenant rejoindre l'Escadre D, en utilisant tous les Doués disponibles pour la téléportation, afin de traquer la troisième Ruche aussi vite que possible. On accordait maintenant beaucoup de crédit à la théorie selon laquelle les trois Ruches cherchaient une étoile spéciale de type G, aux caractéristiques aussi proches que possible de celle qui s'était transformée en nova. Le Grand Conseil ne se souciait pas d'attendre que la Ruche restante l'ait trouvée – et, avec elle, une nouvelle patrie et une nouvelle base d'opérations.

Une fois cette Ruche détruite, la Flotte devait revenir, en explorant à fond, au passage, toutes les planètes potentiellement habitables et en mettant hors d'état de nuire les colonies des Coléoptères, du *Genesee* pour les priver de leurs vaisseaux.

– Qu'est-ce qu'ils veulent, au Grand Conseil, vous pouvez me le dire ? demanda Ashiant à Thian d'un air agité. Une flotte de Ruches ? On en a déjà plus qu'il ne nous en faut. On devrait plutôt les faire sauter. Ça nous épargnerait du temps et du travail.

– Les utiliser comme épouvantails, peut-être ? proposa Thian.

– Je trouve que ça va un peu loin, cette histoire de « connais ton ennemi, tu le vaincras plus facilement ».

– J'ai peut-être mal compris, Commandant, hasarda Thian, en repassant mentalement les ordres reçus. Mettre hors d'état de nuire les colonies du Multiple, peut-être que ça veut dire simplement les priver de leurs moyens de transport. Dois-je demander confirmation ?

– Oui, je vous en prie.

Je doute que le Grand Conseil vous demande de ramener d'autres Ruches, dit Jeff Raven, d'un ton incertain. *Mais, avec les 'Dinis, on ne sait jamais, hein ? Je te rappelle.*

Il riait quand il rappela. *Les 'Dinis aimeraient avoir une Ruche pour chacun de leurs mondes coloniaux, en guise de trophées. L'Amiral Mekturian leur a représenté que les deux Ruches opérationnelles actuellement en notre possession pourraient être déployées n'importe où ce serait nécessaire. Je ne comprendrai jamais l'honneur ou la logique des 'Dinis. L'Amiral Mekturian est plus raisonnable. Il préconise la destruction des Ruches jusqu'à ce qu'on trouve un autre moyen de contenir leurs conquêtes coloniales.*

Un autre moyen ?

C'est de cela qu'on discute en ce moment. Il existe un puissant lobby qui voudrait empêcher l'Alliance, et pas simplement l'élément humain, d'infliger aux Coléoptères ce qu'ils ont fait subir aux autres. Pourquoi nous rabaisser à leur niveau ?

Mais que pourrait-on faire d'autre, Grand-Père ? Non que je croie justifiée l'annihilation d'une espèce quelconque, ajouta-t-il vivement.

Pour le moment, Thian, les discussions vont bon train, et elles sont tumultueuses. Pour Gltmglnt et l'Amiral Mekturian, rien ne doit être gravé dans la pierre avant le retour de la Flotte et de l'Escadre B, chargées, nous l'espérons, d'assez d'informations pour que nous trouvions une solution humaine et 'Dinifiée.

Si on doit s'arrêter pour explorer toutes les planètes M-5 sur le chemin du retour..., commença Thian.

D'ici là, une solution de bon sens aura sans doute émergé du chaos actuel. Une fois de plus, je me félicite que les TTF ne soient que des exécutants et non des décideurs politiques en cette situation. De plus, poursuivit-il d'un ton amusé, *en tant que messager, je suis trop éloigné de ceux à qui je les transmets pour souffrir le sort réservé aux porteurs de mauvaises nouvelles. C'est pourquoi je te le répète, mon garçon : rapportez autant d'informations que possible sur les nouveaux mondes qui n'ont pas encore été coléoptérisés afin de donner un autre aliment à la fougue des excités.*

Est-ce qu'une explosion coloniale de notre part n'imiterait pas la tactique du Multiple ?

Vraiment, Thian, ton sens des proportions est sérieusement affecté par la distance. Les Humains et les 'Dinis respectent toutes les formes de vie, et toute planète porteuse de vie sentiente sera rayée de la liste. Mais placez partout un fanal avertisseur d'un déplacement du Multiple. Il y a encore pas mal de ces maudites Ruches lâchées dans la galaxie.

Les parties officielles de cette longue conversation furent dûment transmises au Commandant Ashiant, puis répétées aux commandants et aux seconds en Humain et en 'Dini, pour qu'il ne puisse pas y avoir de contresens sur les directives.

Ensuite, Thian se retira, pour laisser les hauts gradés discuter entre eux. Hors de la suite des Doués, les coursives du *Washington* résonnaient encore des célébrations de la victoire, bien que l'astronef de classe Nebula fût en train de contourner la planète rescapée pour sortir du système. Thian savait que les officiers des sciences étaient sur les dents, s'affairant à enregistrer la moindre information recueillie pendant cette circumnavigation. Les sondes étaient rentrées avec des échantillons qui, plus tard, seraient dûment analysés et évalués. Il regarda la planète tourner sous lui tandis que le *Washington* la contournait pour rejoindre le site originel qu'il avait... il n'y avait que deux jours ? L'incendie de forêt avait cessé, éteint par la pluie, ce qui, malheureusement, avait provoqué la formation d'un nuage de fumée qui obscurcissait toute la région, de sorte que la cause du feu demeurait un mystère. Les créatures qui avaient fui l'incendie broutaient maintenant paisiblement près du lac qui les avait sauvées. Il y avait beaucoup de gros ruminants et plusieurs grands prédateurs, mais aucun ne paraissait doué d'intelligence.

– Et aucune de ces créatures ne saura jamais quel sort nous leur avons épargné, dit doucement Gravy, depuis la porte ouverte de sa chambre.

La veille, à la fin de son service, ils avaient célébré la victoire à leur façon. Tous ses patients allaient guérir, et elle était désormais tranquillisée sur le sort des grands brûlés 'Dinis.

Thian lui tendit un bras. Les pieds nus, elle vint se nicher dessous, ravie d'être de la bonne taille. Il referma le bras et l'attira contre lui.

– Est-ce que nous sommes en train de sortir du système, Thian ? demanda-t-elle, en remarquant la rotation.

Il acquiesça de la tête.

– Les ordres sont arrivés. Si cette porte s'ouvre, sois prête à te re-téléporter dans la chambre.

Elle voulut s'écarter, mais il resserra son étreinte.

– Tous les gros bonnets sont là et ils ont des tas de trucs à discuter, alors je crois qu'on n'a pas à s'en faire. De plus, Alison Anne, dit-il, baissant les yeux sur elle, j'aimerais qu'on arrête de jouer à cache-cache...

– Thian, tu sais parfaitement que ta famille voudra pour toi quelqu'un de mieux qu'une empathe D-5 qui...

Thian lui ferma la bouche de l'index.

– Ne vous rabaissez pas devant moi, Premier Lieutenant Greevy !

– Écoute, tu n'étais qu'un gosse...

Je ne suis plus un gosse maintenant, Alison Anne Greevy, rétorqua Thian, la tournant face à lui et la regardant dans les yeux. *Et, plus que tout, j'ai besoin d'une empathe D-5 que j'aime, admire et respecte pour certaines qualités de cœur que je n'ai trouvées chez per-*

sonne d'autre. Si nous nous supportons encore à la fin de cette mission, je dirai que nous avons de grandes chances de vivre heureux ensemble. Et je choisirai sans doute de servir comme Méta Naval. Je serai le premier à le faire... si j'arrive à convaincre Grand-Père de créer le poste.

Alison pouvait lui cacher ses pensées, et ne s'en privait pas. Cette fois, cependant, elle ne put cacher l'espoir qui brillait dans ses yeux.

– Et si tu penses à Flavia Bastianmajani, laisse tomber ajouta-t-il en l'embrassant, de tout son cœur et de toute son âme. Elle avait déjà d'autres projets, la première fois qu'on s'est vus.

– Non !

Thian éclata de rire devant son indignation.

– Sans doute poursuit-elle ses projets aussi assidûment que moi les miens.

Une D-1 entraînée comme Flavia ?

– Je t'assure, il y a des moments où tu me sidères, Alison Anne.

– Et j'en suis très fière, Méta Isthian Lyon.

– Parfait. Eh bien, viens donc me sidérer, maintenant. Je crois qu'on a un peu de temps devant nous.

Quand, tard dans la soirée, on demanda à Thian de contacter le Méta de la Terre, ce fut pour obtenir l'autorisation d'échanger le destroyer 'Dini avarié, KLTS, contre le KLLM actuellement dans l'Escadre D. La demande fut acceptée, bien que les deux autres vaisseaux de l'escadre dussent rentrer à la base pour être réparés.

Il paraît qu'il y a une prison respectable sur le Valparaiso. *Vous pouvez donc nous renvoyer les dissidents et vous débarrasser des bagages superflus,* ajouta le Méta de la Terre.

Thian n'avait pas apprécié cet aspect de ses responsabilités, mais, ce n'était plus un secret, il y avait eu des tentatives pour fausser le système de guidage des missiles. Les suspects avaient été interrogés par les officiers du contre-espionnage, Thian assistant aux interrogatoires, invisible dans une cabine d'observation. Dans tous les cas sauf un, il n'avait pas eu besoin de recourir à son Don. Et dans l'unique cas où il y avait recouru, il avait éprouvé pitié et compassion pour l'enseigne en cause, une jeune femme travaillant aux machines, aux états de service impeccables, qui pensait remplir son devoir envers l'Humanité en détruisant le premier astronef de classe Nebula, parce que de si gros vaisseaux allaient contre la volonté du Dieu de sa planète natale.

Comment avait-elle pu entrer à l'Académie Navale, où tous les candidats étaient soigneusement passés au crible ? Ce problème fit l'objet de sérieuses recherches de la part des Services Secrets de la Marine et des autorités médicales. Elle fut mise en prison sous surveillance maximale. Elle protesta avec véhémence contre les saboteurs vénaux et incroyants qui occupaient les lieux avec elle. De leur côté, ils se plaignirent parce qu'elle priait tout le temps à haute voix, dans ses efforts pour leur faire « voir la lumière » et « sauver leurs âmes ». Seuls des accès de laryngite la réduisaient au silence. Mais, s'il fallait en croire l'officier de garde, ils ne duraient jamais assez longtemps.

Tous les vaisseaux de la Flotte sortaient majestueusement du système si bienheureusement inconscient d'avoir échappé à l'annihilation. Un jour, une espèce sentiente à venir se poserait peut-être des questions sur l'anneau de débris entourant la première lune.

Dans leur bureau, Thian, Rojer et Clancy supputaient la puissance potentielle sur laquelle ils pouvaient compter pour téléporter la Flotte jusqu'à l'Escadre D.

– Bah, ce n'est pas si loin que ça, dit Rojer, pour se donner du courage.

Gil et Kat, allongés près de lui sur le canapé, jouaient avec leurs doigts comme ils le faisaient souvent, et avec un bout de ficelle de couleur.

– Avec quatre-vingt-dix D-2 et D-3 à répartir, plus les soixante D-4 – et n'oubliez pas que la plupart sont des kinétiques – stratégiquement placés...

– Il n'y en a aucun sur les vaisseaux 'Dinis, leur rappela Clancy.

– Alors on les balancera en dernier...

– Ça serait une erreur, dit Rojer. Écoute, Thian, toi et Clancy, vous balancez le *Washington*. Donne-moi dix

D-2 et vingt D-3, et je pourrai téléporter Spktm. C'est la masse du *Washington* qui sera la plus dure à bouger. Après ça, même les Constellation paraîtront légers.

– Ou encore, je reste ici avec le *Washington* et je t'envoie les autres.

– Qui est le D-2 attaché à l'Escadre D ? demanda Clancy.

Thian et Rojer le regardèrent, l'air dégoûté.

– Stierlman !

– Oh !

Rojer haussa les épaules.

– Il n'a rien perdu de ce qu'on lui a envoyé... jusqu'à maintenant.

– En tout cas, on ne va sûrement pas lui balancer le *Washington* sans préavis, dit Thian.

Semirame Kloo et Alison Anne, qui avaient terminé leur service, arrivèrent, et Thian leur téléporta distraitement des boissons et des canapés.

– L'important, c'est de placer les Doués expérimentés aux bons endroits pour épauler les novices qui n'ont jamais eu l'occasion de fusionner.

– Alors, pourquoi ne fais-tu pas d'abord un exercice de fusion ? demanda Kloo avec un sourire espiègle, au souvenir de certain exercice bidon dont elle avait pris l'initiative.

– Avec qui ? Avec quoi ? Comment ? demanda Thian, tout en l'approuvant mentalement.

Elle tapa une séquence sur le terminal, et une vue spatiale de la Flotte s'afficha sur l'écran. Elle fronça le nez et tapota les destroyers, disposés sur les flancs.

– Intervertis-les. Mets l'*Athene* à la place du *Comanche* et vice versa.

Puis elle eut un gloussement malicieux.

– Et vois le temps que mettront les équipages à s'apercevoir de ce qui s'est passé. Ça pourrait être amusant.

– Je crois, dit Thian en se levant, qu'il vaut mieux avoir l'approbation du commandant pour cette manœuvre.

Mais il souriait avec jubilation en priant le commandant de les rejoindre le plus vite possible.

– Des problèmes, Thian ? demanda Ashiant, entrant dans le bureau presque immédiatement après avoir terminé la communication.

– Non, Commandant, pas de problèmes. Mais nous étudions la façon de faire le saut en utilisant au mieux les Doués à notre disposition, et j'aimerais faire un exercice de fusion, par exemple en intervertissant l'*Athene* et le *Comanche.*

– On pourra voir combien de temps ils mettront à réaliser qu'ils ont été déplacés, ajouta Rojer, incapable de résister à la tentation.

Ashiant regarda alternativement les deux frères, les mains derrière le dos, le visage impassible.

– Et ce serait peut-être salutaire, en plus. Allez-y.

Thian attendit un moment.

– J'aimerais rester, déclara Ashiant, secoué d'un rire rentré qui faisait onduler l'étoffe de son uniforme.

Immédiatement, les deux Métas s'allongèrent sur leur couche.

– On va essayer, en fusionnant juste avec les Doués des deux destroyers. Rojer avec ceux de l'*Athene*, moi avec ceux du *Comanche*, expliqua Thian.

– Pas d'avertissement préalable ? demanda Ashiant.

– Juste le mot de code. Prêt quand tu l'es, Rojer.

Trois, deux, un, SAKI ! émirent les deux frères. Instantanément, ils sentirent la réaction des Doués, un peu brouillonne dans leurs efforts pour obéir à cette injonction inattendue.

Interversion !

Le Commandant Ashiant, le Capitaine Kloo, le Premier Lieutenant Greevy et le D-2 Clancy Sparrow avaient les yeux braqués sur l'écran.

– Ça y est ! s'écria triomphalement Ashiant. Pas un pli. Et maintenant, voyons comment...

– Commandant Ashiant, il y a une fluctuation indéterminée autour de l'*Athene* et...

Vandermeer s'interrompit.

– Commandant, pouvez-vous venir à la passerelle, s'il vous plaît ?

– J'arrive, Vandermeer.

Alors que la porte s'ouvrait déjà, il se retourna vers les Doués, levant le pouce en guise de félicitations, et en ajoutant un clin d'œil inattendu.

– Commandant, c'est très bizarre, dit Vandermeer, perplexe, à portée de voix des Doués, mais j'aurais juré que l'*Athene* était sur le flanc tribord...

– Message de l'*Athene*, Commandant..., annonça l'officier des communications.

– Compliments à l'*Athene*, Capitaine, répondit Ashiant d'une voix calme, mais où les Doués reconnurent le frisson d'un rire réprimé.

– Message du *Comanche,* Commandant.

– Dites-leur de garder leur position actuelle. On a procédé à un exercice top secret. Passez-moi le *Comanche*... Ah, Commandant Derynic, votre équipe de passerelle aurait besoin d'être un peu « affûtée ». L'*Athene* a signalé son changement de position deux minutes avant vous. Je veux que les équipages soient en permanence sur le qui-vive. Nous avons détruit une Ruche, mais nous savons qu'il y en a une autre quelque part, et nous ne savons pas encore si elles ont des communications intercoloniales d'une nature qui nous reste à découvrir. À vous d'être vigilants.

Ashiant revint dans la Tour des Doués. Une fois la porte fermée, il put donner libre cours à son hilarité.

– Je pense que cet exercice s'est révélé plus efficace que la plupart de ceux que j'ai ordonnés, dit-il, s'étranglant de rire. A-t-il été aussi concluant pour vous, Métas ?

– Très concluant, répondirent en chœur Thian et Rojer.

– Avec encore un peu de pratique, plus aucun d'eux n'hésitera, ajouta Thian. Maintenant, Commandant, reste le problème de protocole : quels sont les gros vaisseaux à expédier en premier ? Nous venons de prouver que nous pouvons déplacer les destroyers en recourant uniquement à la fusion de leurs Doués indigènes.

– C'est la masse qui pose problème ?

– Pas autant que les susceptibilités froissées de ceux qui passeront en dernier.

– Ah, ce n'est pas un problème, Métas. Je donnerai les ordres et ils seront exécutés. Le Commandant Spktm partira le premier sur le LSTS, suivi du Commandant Germys à bord du *Genesee.* Ensuite, tous les destroyers, puis le reste des Galaxy, avec le *Washington* en dernier. Qu'en dites-vous ?

– C'est parfait, Commandant. Il nous faudra déplacer certains Doués pour les mettre à des endroits plus stratégiques...

– Mettez-les où vous voudrez...

– Et il nous faudra deux jours pour accomplir la téléportation.

– Ah bon ? fit Ashiant, un peu étonné, mais Thian ne comprit pas si la surprise était agréable ou non.

– Sans vous offenser, Commandant, dit Kloo, la masse à téléporter est considérable.

– Je ne me plaignais pas, Kloo. Il y a un Doué dans l'Escadre D, n'est-ce pas ? poursuivit-il, se tournant vers Thian. Il pourra vous assister ?

– Oui, Commandant. Nous le contacterons dès que nous aurons redéployé le personnel. Ça prendra le reste de la journée.

Ashiant hocha la tête et retourna à la passerelle, laissant les Doués perplexes.

– Je ne crois pas qu'il comprenne vraiment l'ampleur de la manœuvre, dit pensivement Alison Anne.

– Je ne suis pas sûr de la comprendre non plus, dit Thian.

Puis il se secoua et se mit à établir les listes indiquant les nouveaux emplacements des Doués.

Quand Thian prit contact avec le D-2 Stierlman à bord du *Valparaiso* de l'Escadre D, son esprit émit tant de surprise et de consternation devant la tâche à accomplir que Thian l'exclut immédiatement de ses appuis clés. Au poste qu'il occupait, Stierlman avait juste besoin de maintenir un ton mental ferme qui servait de fanal. La seule mention de la fusion proposée affaiblit son contact, qui devint hésitant comme s'il était un apprenti de Tour. Sa petite sœur Petra lui aurait été plus utile. Comment Laria avait-elle pu supporter aussi longtemps son indécision ?

Les distances, Méta, ce sont les distances, dit-il, d'un ton chevrotant. *Elles s'allongent toujours plus. Nous n'avons pas le droit de faire des intrusions si loin de nos mondes d'origine. Vraiment pas. C'est si loin !*

Alors tu seras heureux d'apprendre que le Valparaiso *va rentrer à la Base de Phobos pour être réarmé.*

Vraiment ? Et je pourrai rentrer avec lui ? L'espoir raffermissait son ton mental.

Certainement, et j'y veillerai, Stierlman. Tu es parti depuis très longtemps. Thian grinça des dents en émettant ces paroles rassurantes, mais il avait besoin que Stierlman reste opérationnel pendant deux jours encore.

Mais comment rentrerons-nous? Nous sommes si loin!

Oh, ce n'est pas un problème. Cette Flotte est bourrée de Doués – ce qui n'était pas tout à fait exact, même si Thian avait repositionné les meilleurs d'entre eux aux endroits clés. *Nous serons avec vous demain. Quelle est votre heure locale?*

Ah... oh... 1635.

Informe le Commandant Halstead que le LSTS de classe Constellation, Commandant Spktm, vous rejoindra en téléportation demain à 0800, heure locale.

Qu'est-ce que j'aurai à faire? Une peur à peine réprimée faisait trembler sa voix mentale.

Rien, Stierlman, répondit Thian avec gentillesse. *Tu es déjà là-bas. Nous n'avons qu'à vous rejoindre.*

Deux jours plus tard, Thian regretta le « nous n'avons qu'à ». Les téléportations s'étaient passées sans incident, mais elles avaient épuisé les D-1 et les D-2 qui assumaient l'essentiel de la fusion. Le fait que chaque fusion partielle avait différents composants ajoutait au stress, pour le point focal de la fusion générale. Le deuxième jour, après une rapide conférence, Thian ramena sur le *Washington* des D-3 et – 4 soigneusement sélectionnés, dont les bâtiments avaient déjà rejoint l'Escadre D. Rojer était parti sur le LSTS pour renforcer les liaisons futures, vu que Stierlman était inutilisable. À contrecœur, Thian avait évacué Alison Anne sur le *Genesee*, avec ordre de se rendre sur le *Valparaiso* pour déterminer ce qui n'allait pas chez Stierlman.

Il s'était demandé plusieurs fois s'il n'aurait pas mieux fait de téléporter le *Washington* en premier et de diriger les opérations de là-bas. Mais il n'avait aucune raison valable de penser que ç'aurait été plus facile. Surtout quand il eut réussi la dernière et principale fusion, qui téléporta l'astronef de classe Nebula.

Et maintenant, si quelqu'un me réveille pour quelque raison que ce soit, excepté la matérialisation d'une flotte de Ruches juste devant nous, je l'étrangle. Je vous jure que...

Thian poussa un soupir de soulagement quand sa tête lourde et douloureuse s'enfonça dans la mollesse de l'oreiller. Il s'endormit immédiatement.

CHAPITRE IX

Alison Anne eut beau lui jurer ses grands dieux qu'il avait dormi quatorze heures sans bouger, que les 'Dinis étaient levés, restaurés et qu'ils se consacraient à leurs cours, Thian était sûr qu'il venait de poser la tête sur l'oreiller quand elle le secoua pour le réveiller.

– Excuse-moi, mon chéri, mais Rojer affirme que vous avez une communication du Méta de la Terre. C'est urgent.

Elle sépara ces derniers mots pour en souligner l'importance, son visage annonçant une si mauvaise nouvelle qu'il ne voulut pas « regarder », dans l'état semi-comateux où il était. Il but le breuvage stimulant qu'elle lui tendit, bien content qu'il soit tiède pour l'avaler plus vite.

Il saisit la combinaison propre qu'elle lui tendait, glissa les pieds dans les chaussures souples qu'il affectionnait, et traversa le salon pour se rendre à la Tour.

Le temps que la porte s'ouvre, il s'était un peu détendu les épaules et la nuque. Rojer et Clancy étaient sur leurs couches ; Semirame Kloo, appuyée à la paroi, les bras croisés, observait leurs visages, impassibles dans la concentration. Elle détourna brièvement les yeux à l'entrée de Thian et lui fit signe de la tête de s'installer rapidement.

Il avait déjà trouvé le fil du message que les deux autres recevaient.

... Informez les commandants de se préparer... Je sais que les missiles sont lourds à téléporter, mais vous aurez besoin de tous ceux que vous pourrez entreposer à vos

bords... Thian! Bonjour, dit le Méta de la Terre, conscient de son arrivée. *Je répète brièvement ce que je viens de dire en détail à Rojer et Clancy. Ces fanaux d'alarme que les Escadres ont installés à l'héliopause des mondes occupés par le Multiple donnent l'alerte les uns après les autres. Le Commandant Soligen nous a fait savoir qu'elle poursuit deux Ruches et qu'elle croit en avoir une ou deux autres derrière elle. Avec seulement deux vaisseaux de classe Galaxy et deux destroyers, dont l'un privé d'une bonne partie de son équipage, elle n'est pas vraiment équipée pour affronter deux Ruches ou plus, et leur armada de vedettes de reconnaissance surarmées. Et elle n'a pas les nouveaux missiles-perceurs-de-Ruches.*

Est-ce que ce dingue de Commandant 'Dini a appareillé dans la Ruche capturée? pensa Thian avec un grognement mental. *Le Commandant Klml était-il armé? Flavia lui a-t-elle dit où nous pensions que se trouvaient les contrôles des systèmes d'armes?*

Du calme, Thian. Flavia et les autres ont téléporté Klml dans l'espace de Clarf la semaine dernière. Laria nous assure qu'il est bien arrivé, mais qu'il a flanqué une peur bleue à la moitié de la population. Mais revenons à la situation présente. Thian n'avait jamais entendu ce ton chez son grand-père, et il se concentra sur le briefing. *Avec les alarmes qui carillonnent dans tout l'espace de l'Alliance, le Grand Conseil répugne à vous envoyer des unités supplémentaires de soutien, bien qu'il soit évident que vous allez devoir combattre. Mais, avant que vous communiquiez la bonne nouvelle au Commandant Ashiant, avez-vous des informations sur cette mobilisation de Ruches totalement inattendue? Le Grand Conseil est... plutôt... retourné, dirons-nous.* Cette légère ironie, où il retrouvait le ton habituel de son grand-père, rassura Thian. *Et qu'est-ce que cette histoire que me racontait Rojer, sur la recherche d'un soleil semblable à leur soleil d'origine?*

Cette théorie semble beaucoup plus valide maintenant que les Coléoptères ont réagi. Et la théorie selon laquelle les Coléoptères n'ont pas de communications vient de prendre du plomb dans l'aile, j'en ai peur.

Jeff émit mentalement un long sifflement de surprise. *Le Grand Conseil va avoir le trouillomètre à zéro.*

Pas autant que moi, Grand-Père. Cette Flotte a installé des fanaux aussi et le Capitaine Kloo vient de me transmettre une note annonçant qu'ils ont sonné l'alerte tous les quatre. Nous pouvons ajouter ces Ruches aux deux ou trois du Commandant Solingen, PLUS *celle que nous poursuivons.*

Sept, peut-être huit Ruches? Et elles peuvent communiquer entre elles? Pourquoi maintenant? s'exclama Jeff, d'un ton exaspéré.

Je crois que nous avons commis l'erreur de présumer trop de choses sur les Coléoptères, Grand-Père.

C'est évident. Revenons à cette théorie du soleil d'origine.

Le soleil natal des Coléoptères a explosé en nova. Ils ont envoyé les trois Ruches à la recherche d'un primaire et d'une planète M-5 similaires pour remplacer ceux qu'ils ont perdus. Ce que nous pensons, maintenant, c'est que les trois Ruches originelles qu'ont repérées les 'Dinis constituaient une avant-garde, qu'elles se sont dispersées à la recherche de ce primaire, ce qui explique pourquoi elles ont dédaigné tant de planètes M-5 qui auraient pu leur convenir. La Grande Ruche suivait avec tout ce qu'il fallait pour installer une nouvelle base. Partons donc de la théorie – parce que je ne veux plus rien présumer *que je ne puisse prouver, concernant les Coléoptères – que la Ruche Trois est la gagnante, et qu'elle a localisé le primaire qu'ils recherchent avec la planète qu'il leur faut. À moins que la Ruche Trois n'ait invité les autres à venir y jeter un coup d'œil, et/ou qu'elle ne veuille des troupes supplémentaires pour investir ce nouveau monde. Ou bien, et cette possibilité me plaît encore moins, Trois, sachant qu'elle est poursuivie, a demandé des renforts, car elle est le seul vaisseau d'exploration qu'il leur reste. Ou encore, elle les a tous convoqués !*

Oh ! Jeff Raven se tut un moment pour digérer ces informations. *De toute façon, nous – l'Alliance – ne pouvons pas les laisser établir une nouvelle base. Informe le Commandant Ashiant de la situation à l'intérieur de l'Alliance. Assure-le qu'il aura tous les missiles et tout le matériel que vous pourrez téléporter, mais qu'il devra se débrouiller avec les deux éléments de Flotte qu'il a dans son quadrant. Le Grand Conseil restera inflexible sur ce point : toutes les autres unités de la Flotte resteront déployées à l'intérieur de l'Alliance pour repousser toute intrusion éventuelle d'une Ruche. Je ferai tout ce que je pourrai, personnellement et professionnellement, pour vous aider, Thian.*

Merci, Grand-Père.

Bon sang, mon garçon, si j'avais su que je vous jetais dans une GUERRE*!* Jeff semblait plus indigné qu'inquiet sur leur sort.

Grand-Père, on ne te laissera pas tomber!

Rappelez-vous bien, Métas et Clancy, et je l'ai déjà dit à Flavia, que vous devez sauver vos vies à tout prix, vous autres Doués!

Ça, tu peux en être sûr, dit Thian avec force.

J'espère bien, conclut Jeff.

À la fin de cette conversation, Rojer et Clancy regardèrent Thian d'un air moqueur.

– Et comment on fera, frérot? demanda Rojer, alors que nous connaissons le taux de mortalité des capsules de sauvetage au voisinage des Coléoptères?

Thian se mit à glousser, puis il s'affala sur sa couche, plié en deux de rire, tandis que les deux autres le regardaient comme s'il avait perdu l'esprit.

– Rojer... tu devrais... savoir... ce qu'il y a de si drôle. Tu l'as fait toi-même. *On utilisera une variante du coup du* Genesee*! Bon sang, on connaît l'intérieur d'une Ruche comme notre Tour. Tout ce qu'il nous reste à faire, c'est de nous en rapprocher assez près, et encore, pas si près que ça!*

Semirame Kloo fut la première à comprendre la pensée de Thian, et elle le regarda, bouche bée.

– Ce n'est pas une façon de faire la guerre, Thian Raven-Lyon!

– Qui donc a dit que tout est permis, en amour comme à la guerre? Diable, Rame, pourquoi d'autres individus que les Coléoptères devraient-ils mourir dans une guerre qu'ils ont commencée?

– Ça ne va pas plaire aux 'Dinis, rétorqua Clancy. Ils acquièrent honneur et gloire en détruisant les Ruches.

Thian écarta cette objection.

– Il leur restera les vedettes de reconnaissance à abattre. Ce sera suffisant pour la gloire. Et si je connaissais l'intérieur d'une vedette aussi bien que celui d'une Ruche, on pourrait aussi leur faire un sort.

– Tu crois qu'Ashiant va marcher dans ton plan génial ? demanda Kloo, sceptique.

– Je crois qu'il vaut mieux les laisser mijoter un peu dans leur jus. Pas question de faire le mariole, comme dit Grand-Mère. Mais est-ce que les 'Dinis ne nous ont pas proposé une Alliance de protection mutuelle parce que nous étions parvenus à détruire une Ruche sans aucune perte de notre côté ?

– Qu'est-ce que tu disais à Grand-Père, Thian ? dit Rojer. Que tu ne voulais pas *présumer* quelque chose dont tu n'étais pas absolument sûr ?

– Tout d'abord, intervint Clancy, l'utilisation de la télékinésie pour dévier les missiles a des limites... nos forces individuelles. Pour être franc, j'avais pratiquement épuisé mon énergie pour rester en Gestalt avec le *Franklin* à la fin de l'engagement.

Rojer approuva de la tête.

– On ne devrait pas avoir à dévier. Bon, informons le Commandant Ashiant. Même ma solution exigera des connaissances en tactique navale que je n'ai pas.

– Heureuse de te l'entendre dire, Thi, approuva Kloo. Mais si j'ai bien compris ton plan, il sauvera un nombre incalculable de vies.

Ashiant écouta le rapport, impassible, mais, à sa façon de cligner des yeux rapidement de temps à autre et de déplacer son regard sur les objets de son bureau, Thian, qui le connaissait bien, comprit qu'il ruminait déjà les options disponibles. Quand Thian lui apprit que le Grand Conseil garderait toutes les autres unités de la Flotte dans l'espace de l'Alliance, il fit la grimace et poussa un « hum » venu du tréfonds de sa gorge.

– Je comprends ça, dit-il, en expirant longuement. Nous allons d'abord accepter la proposition du Méta de la Terre, et stocker autant de missiles et de matériel que nous le pourrons.

Il appela la passerelle.

– Wasiq, convoquez une session d'urgence de tous les commandants, seconds, officiers d'intendance et d'artillerie. Les Métas seront prêts à téléporter les capsules sur le *Washington*. Vandermeer, faites évacuer le pont d'atterrissage, et soyez prête à accueillir les visiteurs Humains et 'Dinis avec les honneurs qui leur sont dus.

Ayant donné ces ordres préliminaires, Ashiant resta parfaitement immobile, sans même joindre les doigts comme il le faisait parfois, les yeux perdus dans le vague. Mais, bien qu'il fût incapable de lire ses pensées, Thian avait conscience qu'il se livrait à une intense activité cérébrale.

Brusquement, Ashiant se leva et, expulsant bruyamment une profonde inspiration, rajusta sa vareuse.

– Nous avons du pain sur la planche, hein ?

Thian hocha la tête. Rojer, Clancy et Kloo lui lancèrent un regard bizarre, mais il les ignora.

– Rojer, voulez-vous demander aux Métas du Commandant Soligen quelle est sa trajectoire actuelle dans la poursuite des deux Ruches ? Sait-elle de quels systèmes elles émergent et d'où la troisième peut provenir ?

Puis, regardant Thian, il ajouta :

– L'Escadre B est-elle informée de la situation ?

– Le Méta de la Terre n'a rien dit de spécifique sur ce point, Commandant.

Ashiant hocha la tête.

– Alors, informez Soligen, Roger, et, avec autant de tact que possible, demandez-lui de s'abstenir de toute action directe pour le moment. Je crois que nous avons trop présumé, à partir d'informations insuffisantes...

Ashiant ne vit pas le regard que lui lancèrent les autres.

– ... Mais, à en croire les 'Dinis, une Ruche prend rarement l'initiative d'une attaque spatiale. Espérons que les Coléoptères resteront, comme cela a toujours été leur *coutume*, obsédés par l'objectif de leur mission actuelle.

Ashiant se mit à marcher de long en large, les mains derrière le dos.

– Nous ne savons pas encore si ce primaire idéal a été découvert, n'est-ce pas ? À quelle distance pourriez-vous téléporter une vedette de reconnaissance, Méta ?

– En utilisant la masse de la Ruche Trois comme point de référence, nous pourrions l'envoyer au-delà de la Ruche, à une distance égale à celle qui nous en sépare actuellement.

Nous n'avons jamais fait ça, Thian, dit Rojer, d'un ton mental consterné.

Et je crois que nous devrons faire beaucoup d'autres choses que nous n'avons encore jamais faites, Rojer. Mais je sais *que nous pouvons faire ça.*

L'échange fut si bref que Thian put entendre la réponse d'Ashiant.

– Notre position tactique serait meilleure si nous pouvions établir exactement vers quoi se dirige la Ruche. Personnellement, je serais soulagé de le savoir.

– Pardonnez-moi, Commandant, dit Kloo, mais nous ne savons même pas ce qu'ils cherchent. Comment pourrions-nous trouver ce qu'ils n'ont pas découvert eux-mêmes ?

– Comme nous avons maintenant une liste respectable de systèmes qu'ils ont dédaignés, peut-être vaudrait-il la peine de nous embusquer près d'une étoile G présentant des fluctuations ou variations bizarres, des taches solaires actives ou des aberrations non mentionnées. Cette Ruche Trois... – et, pour la première fois depuis qu'il avait appris la mauvaise nouvelle, le Commandant Ashiant manifesta une certaine agitation.

– Sapristi, messieurs, ce sera l'Opération Numéro Trois. Et Numéro Trois devra obligatoirement, tôt ou tard effectuer une correction de trajectoire. Si des vedettes de reconnaissance avancées – il vaudrait mieux déployer toutes celles que nous avons...

Il fit une pause, regardant Thian d'un air interrogateur. Celui-ci hocha la tête en montrant plus d'enthousiasme qu'il n'en ressentait vraiment pour ce projet.

– ... nous serions dans une meilleure position. Kloo, vous commanderez le *Revere*, et quand vous choisirez votre équipage, prenez avec vous le Capitaine Langio – c'est la meilleure astrogatrice – et d'autres officiers pouvant être utiles dans ce domaine. Je laisserai les autres Commandants choisir leur personnel, mais je vous réserve pour moi.

Elle lança un bref regard à Clancy, mais, Thian secouant vivement la tête, elle salua et sortit.

Au même instant, l'unité-com bourdonna.

– Commandant, déclara Eki Wasiq, l'officier des communications, tout le monde a répondu et la plupart des gars sont déjà prêts à partir au signal des Métas.

Ashiant hocha la tête à l'adresse des trois Doués.

– Je veux que vous assistiez tous les trois à cette conférence stratégique.

Est-ce qu'on sait dans quoi on va se fourrer, frérot? demanda Rojer, faisant écho aux sentiments que Clancy ne se donnait pas la peine de dissimuler, tandis qu'ils trottaient tous les trois vers leur Tour.

Non, mais, jusqu'à présent, on ne s'est pas trop mal débrouillés en prenant les choses comme elles viennent, non? dit Thian avec un grand sourire, en s'allongeant sur sa couche et en commençant à capter la Gestalt des générateurs.

Il s'aiderait au maximum de cette force extérieure, afin d'économiser son énergie pour ce qui l'attendait bientôt. *Et j'ai aussi peur que toi.*

Les deux Métas ne s'étonnèrent pas de voir leurs 'Dinis les rejoindre et s'allonger à côté d'eux, comme pour les protéger.

– Par qui commençons-nous, Mr. Wasiq? demanda Thian. Donnez-les-nous par fournées de trois.

– Eh bien, Spktm, Prlm et Ktlp semblent très impatients...

– Y a-t-il un officier 'Dini disponible pour les accueillir comme il se doit?

– Oui, Méta.

Prenez-les dans l'ordre, dit Thian aux deux autres, projetant son énergie pour saisir la capsule du Constellation LSTS.

– Tous bien arrivés, Thian, répondit Wasiq, une nuance de soulagement dans la voix. Viennent ensuite les Commandants Shepherd, Cheseman et Germys.

Tous furent transférés à bord dans le quart d'heure et, comme les Doués quittaient leurs couches, Alison Anne apparut avec un plateau de barres énergétiques et des boissons stimulantes.

– J'ai prévenu le Capitaine Exeter qu'il fallait vous surveiller, déclara-t-elle, les foudroyant tous les trois du regard, et vous le serez! Même vos 'Dinis savent qu'il y a anguille sous roche!

Mais ils ne savent pas la moitié de l'histoire, hein? dit Thian, souriant, en mettant quelques barres dans sa poche de cuisse et en vidant son verre, imité par Rojer et Clancy.

– Gravy, ajouta-t-il, la prenant par le coude pour qu'elle reçoive au moins empathiquement l'impression de l'importance de la journée, alerte tous les D-2 et D-3 et demande-leur d'être prêts à entrer en action n'importe quand.

J'utilise le code ?

Pas pour le moment. Il faut attendre la conférence stratégique. S'il y a des D-2 et D-3 désignés pour les vedettes de reconnaissance – bon, Rame peut prendre qui elle veut, mais, pour les autres, je veux choisir le premier. J'aurai besoin sur place des meilleurs kinétiques.

Alison Anne hocha la tête en guise de réponse. Thian eût bien voulu l'embrasser pour se donner du courage, mais il approuva quand même son départ immédiat pour exécuter ses ordres.

Rojer, contacte Flavia et dis-lui de demander au Commandant Soligen les informations que désire le commandant.

D'accord. Ça ne sera pas long. Je ne veux pas rater une seconde de cette conférence.

Rojer arriva avec lesdites informations et les donna au Commandant Ashiant au moment où on finissait de lui communiquer le message du Méta de la Terre et la situation du Commandant Soligen. Puis les trois Doués se renversèrent sur leurs sièges, attendant que les premières réactions se calment. Enfin, le Commandant Ashiant demanda des commentaires sur la tactique à adopter. Tout en écoutant les avis, conseils, opinions, et, plus important encore, l'optimisme exagéré qui les inspirait, Thian regretta presque que l'engagement avec la Ruche 2 et ses vedettes de reconnaissance se soit si bien terminé pour eux. La confiance, c'était utile – à doses modérées. L'orgueil, et, dans ce domaine les commandants Mrdinis étaient les plus dangereux, pouvait conduire au désastre.

– Méta Thian !

Tiré de ses ruminations, il sursauta en entendant son nom.

– Commandant ? répondit-il, faisant pivoter son fauteuil vers le Commandant Shepherd du *Vadim*.

– Avez-vous identifié des moyens de communication sur le tableau de bord du *Réfugié* ?

– Non, Commandant, mais il y avait des tas de boutons et manettes dont nous ignorions encore la fonction, à la fin de notre mission.

– Pouvez-vous vous renseigner pour savoir si une telle fonction a été découverte depuis lors ?

– Je poserai la question au Méta de la Terre, Commandant.

Comme Shepherd semblait attendre que Thian s'exécute immédiatement, il ajouta :

– Sans vous offenser, Commandant, le temps du Méta de la Terre est très précieux, et il m'a demandé de grouper toutes les questions pour les lui transmettre en une seule fois.

– Oui, bien sûr, je comprends, quoiqu'il s'agisse là d'une question prioritaire, répondit Shepherd, dont les sourcils proéminents se rejoignirent presque à la racine du nez, tant il fulminait intérieurement devant ce délai.

– Elle l'est effectivement, Commandant, et je suis certain que la Base de Phobos travaille nuit et jour pour la résoudre.

– Et ça nous servirait à quoi, Shepherd ? demanda Cheseman sans ambages. On n'aurait pas la moindre idée de ce qu'ils disent, même si on connaissait leur fréquence.

Shepherd rumina cette remarque un instant, mais sans vouloir en reconnaître le bien-fondé.

– On saurait au moins *quand* ils se contactent, et, si nous pouvions déterminer la direction des émissions, nous saurions de quels quadrants peuvent venir les renforts pour la Ruche Trois. Je serai franc, Cheseman, Ashiant : une Ruche nous a déjà posé de gros problèmes. Nous avons peut-être les missiles les plus perfectionnés qui se sont révélés efficaces, mais la possibilité de huit... ou plus de ces vaisseaux, plus une vingtaine de redoutables vedettes de reconnaissance... cela fait un adversaire formidable.

– Nous avons des renforts..., commença Germys, s'interrompant à l'entrée d'un enseigne qui donna une note à Ashiant, aussi discrètement que possible.

Shepherd profita de cette pause pour intervenir :

– Des renforts qui ne sont pas eux-mêmes en position favorable, avec sans doute une troisième Ruche qui leur arrive dans le dos. Et, Ashiant, qu'est-ce que cette idée d'envoyer les vedettes de reconnaissance *en avant* de la Ruche Trois pour *essayer* de découvrir vers quelle étoile de type G elle se dirige, dans je ne sais combien d'unités astronomiques ? C'est bien ça qu'elles vont faire ? Et à quoi rime cette soudaine mobilisation générale ? Franchement, je crois qu'ils rassemblent leurs Ruches en vue d'une action de représailles contre cette Flotte, qui menace leur expansionnisme !

– Commandant, déclara Spktm, se levant et se redressant de toute sa taille, ce que font actuellement les Coléoptères n'a jamais été observé depuis deux cents ans que nous les combattons. Les Mrdinis sont d'accord avec la théorie selon laquelle les trois Ruches et la Grande Ruche étaient à la recherche d'une planète pouvant remplacer le monde natal qu'ils ont perdu dans l'explosion de la nova. Il est seulement regrettable que la nature spécifique de ce primaire soit inconnue...

Ashiant, se levant, s'inclina devant Spktm, pour s'excuser de l'interrompre.

– Quant à cela, Honoré Commandant, la nature de ce primaire *est* maintenant connue.

Il sourit devant l'attente impatiente de l'assistance, et agita la note qu'on venait de lui remettre.

– Comme vous le savez, nous avons étudié les spectres des systèmes qu'ont dédaignés les Coléoptères, mais l'un de nos brillants enseignes qui s'intéresse à l'astronomie, Cyra Charteris, a eu l'idée de les comparer avec les fichiers astronomiques du quadrant des Coléoptères et avec ceux que vous avez enregistrés vous-même, Spktm, sur le site de la nova. Nous connaissons maintenant la signature du spectre du primaire !

Sa voix vibrante résonna dans le bref silence qui suivit ces paroles. Puis tout le monde se mit à parler en même temps.

– Alors, je n'ai plus d'objection à envoyer les vedettes vers cette étoile avant que la Ruche Trois ne l'atteigne, dit Shepherd, hurlant presque pour se faire entendre.

– Nous approuvons également, déclara Spktm, en élevant la voix pour dominer le tumulte. Mais, ajouta-t-il, levant un bras en forme de nageoire et déployant les doigts en éventail, il nous reste quand même huit Ruches à mettre hors de combat, de préférence avant qu'elles n'atteignent cette étoile. Et elles combattront plus férocement que jamais pour la protéger. Et pour nous en interdire l'accès.

– Les Coléoptères combattront avec une énergie démentielle, une énergie encore jamais vue, dit Prlm. Peut-être même que les nouveaux missiles ne suffiront pas.

– Ils suffiront très bien, assura Thian, se levant soudain pour concentrer sur lui l'attention. S'ils sont *placés* là où ils peuvent causer le plus de dégâts, et *Ça*, c'est ce qu'un Doué peut faire !

Le silence momentané fut rompu par un éclat de rire d'Yngocelen, commandant du *Vadim.*

– Méta Lyon, vous venez de remporter la journée !

Et il se leva d'un bond, avec un « youpi ! » triomphal.

– Vous ne *comprenez* donc pas ce que propose le Méta ? Avec cette technique, peu importe le nombre de Ruches qui nous poursuivent ! Chacune se verra livrer un missile au bon endroit, et boum ! dit-il, claquant ses mains l'une contre l'autre puis ouvrant tout grands les bras. C'est une variation du coup du *Genesee* ! Et ça veut dire que nous n'avons même pas besoin d'arriver à portée de tir d'une Ruche pour la détruire ! Nous avons seulement besoin de savoir *où* elle se trouve ! Thian, Rojer et Clancy ici présents implantent les missiles – et ça n'a même pas besoin d'être des missiles...

– Qui, en fait, ne tiendraient pas dans la salle des machine des Ruches..., remarqua Rojer, souriant devant l'enthousiasme d'Yngocelen.

– Missiles ou autre chose, peu importe, reprit Yngocelen, en écartant ce détail mineur d'une main aux longs doigts fuselés. Le paquet est livré et la Ruche appartient à l'histoire !

– MAIS CE N'EST PAS AINSI QUE LES MRDINIS COMBATTENT LES RUCHES DU MULTIPLE, rétorqua Ktpl, commandant du Galaxy KLTS.

Sa fourrure se hérissa d'indignation, et il regarda Spktm, qui, toujours debout, dardait son œil pédonculé sur tous les Humains à tour de rôle.

– TRÈS RESPECTÉS COMMANDANTS, intervint Thian, en s'inclinant d'abord devant Spktm, puis devant Ktpl, LES MRDINIS ONT PROPOSÉ UNE ALLIANCE AUX HUMAINS PARCE QU'ILS AVAIENT DÉTRUIT UNE RUCHE SANS AUCUNE PERTE

DE VIES. AUCUN SANG HUMAIN NE FUT VERSÉ. TROP DE SANG MRDINI A ÉTÉ RÉPANDU DEPUIS DEUX SIÈCLES. LE TEMPS EST VENU DE METTRE UN TERME À CETTE DILAPIDATION DU SANG DES COULEURS, ET DE VOUS CONSACRER À DÉCOUVRIR DE NOUVEAUX MONDES OÙ VOUS VIVREZ EN PAIX. NOTRE PRUDENCE VOUS PARAÎT PARFOIS LÂCHE...

Des murmures de protestation, émanant autant des 'Dinis que des Humains, l'interrompirent un instant.

– MAIS NOUS AUTRES HUMAINS NE POUVONS PAS NOUS RECRÉER COMME LES MRDINIS, ET NOUS MÉNAGEONS DONC DAVANTAGE L'UNIQUE VIE QUE NOUS AVONS.

Thian se demanda s'il ne commettait pas une indiscrétion, mais il supposait que des 'Dinis du rang de Spktm et Prlm devaient être au courant de la recréation de Gil et Kat.

– IL Y AURA ASSEZ DE COMBATS POUR SATISFAIRE À L'HONNEUR, MAIS MOINS DE MORTS À PLEURER. LAISSEZ LES HUMAINS FAIRE CE POUR QUOI VOUS AVEZ RECHERCHÉ LEUR ALLIANCE : DÉTRUIRE LES RUCHES AVEC LE MOINS DE PERTES POSSIBLE POUR LES MEMBRES DE NOS DEUX ESPÈCES.

On résuma rapidement ce discours passionné pour les Humains qui n'avaient pas tout compris. Même Shepherd sembla l'approuver. Avec beaucoup de dignité, Spktm inclina tout le haut du corps devant Thian, manifestant ainsi son accord.

Hé, frérot, tu viens de marquer des points !

Thian, tu es formidable, commenta Alison Anne.

Je suis avec toi, Lyon, renchérit Kloo avec enthousiasme.

Ce briefing est censé demeurer top secret, Kloo, mais embrasse de ma part l'enseigne qui a eu la bonne idée de comparer les enregistrements !

Très peu pour moi. Tu l'embrasseras toi-même... ou alors, Rojer !

Ashiant se leva et donna un coup de maillet pour rétablir le silence.

– Je vois que la plupart d'entre vous approuvent les excellentes suggestions du Méta Lyon. Mais, j'en suis certain, lui-même reconnaîtra que nous n'avons pas encore résolu tous les problèmes tactiques qui se posent. Cependant, nos priorités sont maintenant clairement établies. Yngocelen, vous pouvez déterminer la charge à téléporter dans la salle des machines pour détruire une Ruche ?

– J'aurai besoin de quelques détails supplémentaires, mais, étant donné le carburant qu'utilisent les Coléoptères, une charge relativement compacte devrait suffire à allumer un incendie que rien ni personne ne pourra éteindre, assura-t-il, souriant de plaisir à cette idée.

– Avons-nous à bord tous les composants nécessaires ?

– Oui, Commandant.

– Parfait. Il vaut mieux que nos Doués réservent leur énergie pour les exportations que pour les importations.

Ce trait d'esprit ne fut pas immédiatement compris. Rojer, le premier, partit d'un éclat de rire qu'il étouffa précipitamment à deux mains. Puis quelques gloussements se firent entendre, auxquels Ashiant répondit d'un sourire.

– J'ai déjà choisi l'équipage du *Revere* ; il ne vous reste plus qu'à désigner le personnel des cinq autres vedettes du *Washington* pour que nous puissions passer à la tâche suivante de notre liste – trouver cette maudite étoile, maintenant que nous connaissons son spectre.

Thian profita de la pause pour se pencher vers Ashiant.

– Commandant, puis-je me retirer brièvement pour informer le Commandant Soligen du diy...

– Le diy, Méta ?

– Oui, Commandant, le « destroy-it-yourself »... Le Commandant Soligen sera impatiente de régler leur compte aux trois Ruches aussi vite que possible... et c'est bien compréhensible. Qui sait combien d'autres Ruches nous devrons détruire ? Elle a les Doués qu'il faut pour procéder à... aux exportations.

Une ombre de sourire passa sur les lèvres d'Ashiant.

– Je vous en prie, Méta, informez-la de la stratégie. Et informez-en aussi le Méta de la Terre. Nos frileux dirigeants de l'Alliance pourraient en prendre de la graine et l'appliquer utilement.

– Je me renseignerai aussi sur les communications du Multiple, Commandant.

De la main, Ashiant l'invita à se retirer pour sa tournée de messages.

Restez là, Rojer, Clancy, pour garder la boutique !

Thian contacta Flavia à bord du *Columbia.*

Rojer ne t'a pas informé de la trajectoire de la Ruche Trois ? Dès qu'elle changera de cap, nous vous le signalerons, commença Flavia, plutôt stupéfaite de recevoir deux communications si rapprochées.

Si, nous avons tes informations, et les Ruches que vous poursuivez vont dans la même direction que la Trois. Mais j'ai de bonnes nouvelles pour vous. Peux-tu faire venir le Commandant Soligen afin de lui répéter à voix haute ce que je vais te transmettre ? Comme ça, si elle a des questions, elle pourra les poser au fur et à mesure.

Il se trouve qu'elle est déjà là. Alors, vas-y, Thian.

Flavia, tu connais le mécanisme du coup du Genesee*? Eh bien, nous allons en utiliser une variante sur les Ruches qui vous précèdent et vous suivent. Celles que vous pourchassez sont loin devant vous ?*

Non, et Vesta réduit tous les jours la distance. Autrefois, je pensais que Klml avait la détente facile, mais la vue de deux queues ioniques a non seulement transformé Hptml au point que son œil pédonculé a viré au fuchsia, mais aussi les Commandants Stevenrice et Hsiang, qui sont devenus presque aussi sanguinaires que lui. Ils désirent ces Ruches encore plus ardemment que Klml ne désirait la sienne. Et je parie qu'il y a sur Clarf un fougueux 'Dini qui regrette de ne pas participer à l'action. Bon, alors, qu'est-ce que cette variante du coup du Genesee*?*

Quand Thian lui eut tout expliqué, il entendit son exclamation stupéfaite – et un écho de celle du Commandant Soligen. Et il perçut aussi le soulagement qui envahit son esprit. Elle avait toujours affiché le plus grand calme et le plus grand sang-froid. Maintenant, il se rendait compte qu'elle avait été aussi effrayée que lui-même jusqu'au moment où il avait réalisé l'avantage que pouvaient donner les Doués à la Flotte. Et, en fait, à toute l'Alliance.

Qu'est-ce que tu viens de dire à Flavia? demanda Zara. *À l'entendre, elle a l'air de souffrir, mais elle a un sourire qui lui fait le tour de la tête, comme si tu venais de demander sa main.*

Je ne l'ai pas demandée en mariage, petite sœur, mais écoute.

Le temps qu'il commence à lui exposer la situation, elle était totalement concentrée sur ses paroles.

– *C'est une nouvelle formidable, Thian,* dit Flavia. *Tout le monde pousse des acclamations démentielles!*

Pourtant, gardons-nous de fêter prématurément la victoire. Personne ne doit présumer *que nous avons l'avantage...*

Et qu'est-ce que c'est, d'après toi, Thian? demanda Flavia. *Nous avons des capacités que les Coléoptères n'ont pas et qu'ils n'auront jamais, étant donné leur tournure d'esprit.*

Il y a toujours les vedettes de reconnaissance à abattre, et qui sait combien d'autres Ruches vont nous tomber dessus? Par ailleurs, nous savons maintenant que les Coléoptères communiquent entre eux à un niveau ou à un autre...

Et à quoi ça nous sert, de le savoir? répliqua Flavia. *Personne ne sait quels moyens ils emploient pour communiquer.*

La reine émet des sons, intervint Zara, son ton mental coloré d'une nuance bizarre. *Nous avons des bandes et des bandes de clics et de clacs, de bégaiements et de coups de glotte. Je sais que je suis dans la minorité, mais je continue à la plaindre et je n'en ai pas honte.*

Et tu n'as pas à rougir de cette compassion empathique, répondit Thian avec force, recevant la curieuse ambivalence de Zara.

Après tout, elle avait un jour sauvé la reine sans jamais comprendre pourquoi elle s'était sentie contrainte de le faire.

Est-ce que quelqu'un a pu interpréter ces sons, Zara? demanda Thian avec douceur.

Nooon, répondit Zara avec mélancolie, puis, avec plus d'allant, elle ajouta : *Et vous, petits génies, avez-vous trouvé la fréquence sur laquelle ils communiquent?*

Thian gloussa. *Le* Réfugié *doit grouiller de spécialistes cherchant à le découvrir, je suppose. Et il en va sans doute de même pour la Ruche que Klml a ramenée sur Clarf! Bon, il faut que je transmette tout ça à Grand-Père, pour le dédouaner auprès du Grand Conseil qui commence à paniquer. Flavia, l'un de nous te rappellera dès que le Capitaine Yngocelen aura calculé les spécifications du paquet surprise.*

Tu sais, Thian, c'est bizarre, la vie, dit Flavia. *Si nous n'avions pas travaillé sur le* Réfugié, *nous ne serions pas capables d'exécuter ce que nous allons faire.*

Thian ressentait la même admiration révérencielle, mais jamais il ne l'aurait exprimée. Il se réjouit qu'elle l'ait fait.

Et si Rojer n'avait pas participé à l'action d'Xh-33, nous n'aurions pas pensé à cette stratégie, ajouta Thian.

Oh, quelqu'un aurait bien pensé à autre chose.

Mais nous avons davantage de Doués pour fusionner, cette fois.

Par l'Amas Galactique, Thian, contre combien de Ruches? Flavia semblait atterrée à cette perspective. *Heureusement que nous disposons d'une solution plus raisonnable!*

Elle rompit le contact, et Thian sourit de sa véhémence finale. Il ne souriait plus quand son grand-père, très Méta de la Terre jusqu'à la fin de l'entretien, lui eut fait détailler toutes les discussions qui avaient eu lieu dans la salle de conférence du *Washington,* et répéter son discours à Spktm – dont le ton rhétorique le fit rougir d'embarras. Mot pour mot, son intervention lui parut plus pompeuse et passionnée que lorsqu'il l'avait formulée.

Puis il y eut une longue pause, et Jeff reprit la parole, davantage Grand-Père que Méta de la Terre.

Je suis d'accord avec Flavia, Thian. Il y a eu un remarquable concours de circonstances, commençant à Deneb il y a un quart de siècle, et menant inexorablement à cette confrontation. Peut-être qu'à Deneb, les Coléoptères savaient déjà que leur soleil allait se transformer en nova. Tu peux être sûr que le Grand Conseil sera soulagé de la tournure que prennent les événements. Sans parler des citoyens terrorisés de l'Alliance. Et qu'ils vous seront reconnaissants, à vous autres Doués et à cette jeune astronome... Comment s'appelle-t-elle? Tu ne me l'as pas dit.

Elle s'appelle Cyra Charteris.

Merci. Eh bien, si Ashiant ne lui accorde pas une promotion, elle en sera avisée officiellement sous peu. Bon, réglez tous les détails et recontacte-moi aussitôt. Ou plutôt, laisse Clancy établir le contact. Réserve tes forces autant que possible. Tu es aux commandes, mon garçon. Est-ce que ça te plaît?

Pas davantage que ça ne t'a jamais plu, Grand-Père. Mais j'y suis.

Et moi... je suis avec toi, Thian.

Thian ne sut que beaucoup plus tard qui avait décidé le déploiement des vedettes de reconnaissance du *Washington,* mais les trois Doués, avec l'aide de trois D-2 amenés à la Tour pour cette téléportation massive, placèrent les six bâtiments à leur position assignée.

Aucun Doué ne prit la Ruche Trois comme point de référence – ils souffraient trop de l'intense ping-zing –, mais ils téléportèrent les vedettes au-delà de l'obstacle sans alerter la Ruche de leur passage.

Tous les experts en munitions de la Flotte apportèrent leur concours à Yngocelen. Tard dans la soirée du même jour, quand il vint à la Tour pour écouter la transmission des instructions de fabrication, il confia aux Doués qu'il avait fallu plus de temps pour écouter toutes les théories que pour préparer en nombre suffisant les « paquets surprises ».

– Nous en avons fabriqué bien plus que nécessaire, j'espère, dit Yngocelen, haussant ses maigres épaules en souriant. Mais tant pis, une fois lancés, on a continué. C'est des belles petites choses compactes et maniables à souhait !

Il sourit de nouveau et bâilla.

– Ne faites pas ça devant moi, dit Thian, bâillant à son tour en s'allongeant sur sa couche.

Oh, comme je suis contente de t'entendre, Thian ! dit Flavia. *On a trois Ruches derrière nous, à moins que nos capteurs ne voient triple...*

Du calme. Le Commandant Soligen est là ? Et votre officier d'artillerie ?

J'ai appelé Rhodri. Il peut noter des informations et t'épargner des efforts. Tu es fatigué.

Peu importe. Fusionne avec Rhodri pour qu'il puisse poser les questions qui pourraient se présenter. Bon, voilà comment Yngocelen a confectionné le paquet surprise.

Hé, cousin, ça fait un beau petit pétard ! Et on a tout à bord pour le fabriquer. Ah, le Commandant vient d'arriver. Je vais lui demander si elle a des questions.

Thian, est-ce que ça va marcher ? demanda Flavia, s'efforçant de conserver son sang-froid habituel.

Les artificiers savent ce qu'ils font avec les explosifs. Et nous savons effectuer la livraison. Tu te rappelles où se trouvait ce fouillis de tuyaux connecteurs, dans la salle des machines du Réfugié *?*

Oui, oui, je me rappelle.

C'est là que tu implantes l'explosif. Tu peux régler le détonateur juste avant de téléporter. Yngie conseille de ne pas dépasser cinq secondes pour éviter d'être détecté. Les Coléoptères voient mieux que nous dans le noir.

Compris. Le Commandant Soligen vous envoie ses plus chaleureux remerciements, et le Capitaine Searles assure que le paquet est facile à fabriquer. Il vient de partir pour s'y mettre. Vesta vous informe qu'elle va d'abord s'occuper des Ruches qui nous suivent. Ça la rend nerveuse de les sentir dans notre dos.

Je la comprends. Clancy prend le premier quart, alors, tiens-le au courant.

Il y eut une brève pause, mais Thian sentit que Flavia n'avait pas rompu le contact.

Bonne chance, Thian Lyon !

Bonne chance aussi, Flavia Bastianmajani ! Et laisse Rhodri participer à la téléportation. Après, il n'arrêtera pas de s'en vanter, mais ça vaudra mieux que de l'entendre se plaindre d'être resté sur la touche !

En fait, j'avais déjà décidé de le mettre dans le coup. Le ton mental frémissait d'amusement.

Tandis que Thian dormait, enroulé autour d'Alison Anne, avec Mur et Dip blottis contre son dos, il fit de bons rêves. Et, pendant qu'il dormait, Flavia, assistée de Rhodri et de son frère Mallen – Zara, quant à elle, avait carrément refusé de participer aux téléportations –, livra les paquets.

– Elle nous a dit, raconta Clancy à Thian au petit déjeuner, que tout le monde a participé au compte à rebours et vu les explosions lointaines marquant la destruction. Le Commandant Soligen, après avoir annoncé que les quatre Ruches sont anéanties, file pleins gaz pour nous rejoindre. Selon Flavia, le Méta de la Terre était aux anges.

Il fit une courte pause, baissant la tête, l'air navré.

– Je trouve qu'on aurait pu attendre que tu te réveilles ! Rojer a abondé dans le même sens, mais, une fois les bombes assemblées par Yngie, Spktm brûlait de les essayer. Alors le Commandant Ashiant nous a donné l'ordre de les expédier.

– Pourquoi fais-tu cette tête-là, cousin ? Vous n'avez pas bousillé le travail, au moins ?

– Sûrement pas ! s'écria Clancy avec un rire nerveux. *Mais je trouve que ce n'est pas juste que tu n'aies pas pu placer une charge.*

Thian lui donna une bourrade amicale sur l'épaule.

– Tant que vous me laissez la Ruche Trois..., dit-il, feignant un air sévère.

Clancy leva les bras au ciel, comme effrayé de tant de perfidie.

– Bon ! Alors, relaxe ! Tant que la Ruche Trois est *à moi* !

– Elle est en sursis uniquement parce que le Commandant Ashiant veut être sûr qu'elle nous conduit vers la bonne étoile, dit Rojer en entrant.

– On l'a identifiée ? demanda Thian.

– Pas encore, dit Clancy, mais nos six vedettes ratissent large, et ça ne devrait plus tarder... Si la Ruche Deux s'arrêtait pour refaire son ravitaillement, la Ruche Trois ne doit plus avoir grand-chose à manger non plus.

– Peut-être s'est-elle déjà arrêtée, dit Clancy. Wasiq a regardé les bandes-journal de bord de l'Escadre D, et il s'est aperçu qu'ils avaient perdu la queue ionique pendant trois semaines, et qu'ils avaient dû battre la campagne pour la retrouver.

– Stierlman n'en a jamais parlé.

– Pourtant, c'est dans le journal de bord.

– Je parie qu'Ashiant était furax, dit Thian, maudissant Stierlman.

– Contre le Commandant Halstad, pas contre Stierlman. Enfin, ils ont quand même retrouvé la queue ionique.

Thian soupira.

– À quelle distance est-on de la Ruche Trois ?

– Assez loin pour n'être détectés par aucun capteur connu.

– Mais s'ils ont effectivement des communications...

– Écoute, frérot, les Ruches qui ont sauté n'ont pas eu le temps d'émettre un seul clic, un seul clac ou un seul gloup !

– Le silence subit des astronefs jusque-là opérationnels qui suivaient la Ruche Trois pourrait éveiller les soupçons des autres, dit Thian, passant une main impatiente dans ses cheveux et repoussant la mèche blanche qui s'obstinait à lui tomber dans les yeux.

– C'est aussi l'avis d'Ashiant, déclara Clancy, en haussant les épaules. Mais les Coléoptères ne savent pas ce qui les a anéantis. Je crois que Grand Oncle Jeff va s'assurer que personne ne quitte l'espace de l'Alliance. Ashiant a ordonné au KLTR et au *Comanche* de rester en arrière pour intercepter toutes les retardataires.

– Alors, on va encore jouer à attendre ? demanda Thian.

– On dirait, répliqua Clancy.

– On peut toujours passer le temps à fabriquer d'autres paquets surprises, Thian, proposa Rojer. On ignore le nombre des colonies du Multiple, et des Ruches qui nous attendent sur le chemin du Paradis Retrouvé.

Le *Franklin*, avec un équipage mixte composé d'Humains du *Vadim* et de 'Dinis du KLTS, découvrit la destination de la Ruche Trois : une jeune étoile de type G, dont le spectre concordait avec celui du primaire d'origine à 0,0378 près, ce que les astrogateurs jugèrent négligeable. Elle avait onze planètes, deux d'entre elles ayant les atmosphères désirables et la proportion continents/mers que préférait le Multiple, dans les positions M-5 et M-6. La Ruche devrait bientôt effectuer une correction de trajectoire, si c'était bien là le primaire qu'elle cherchait.

La tension monta dans la Flotte quand un rapport du Commandant Soligen, annonçant qu'elle avait « surpris » une nouvelle Ruche derrière elle, accrut la consternation de ceux qui désiraient une confrontation.

Le Commandant Ashiant fit notifier à tout l'astronef que, dès que la Ruche Trois ferait une correction de trajectoire, ils l'intercepteraient. Pour plus de précaution, il demanda à Thian de téléporter le Commandant Spktm et le LSTS, ainsi que les deux classes Galaxie, le KLTL et le *Vadim*, plus les destroyers KLTR et *Comanche*, pour le cas où la Ruche Trois enverrait ses vedettes de reconnaissance en avant, afin de confirmer que le système leur convenait. Il rappela les vedettes les plus éloignées, mais laissa le *Franklin* et le *Revere* avec la force spatiale.

Jeff Raven rapporta à qui de droit le succès phénoménal du coup du *Genesee*, et le Commandant Osullivan fut réaffecté à l'un des nouveaux astronefs de classe Constellation pour prendre une part active à la défense de l'Alliance. Son ancien équipage fêta dignement son commandant retrouvé, avec Germys qui poussait à la consommation. Si Rojer eut l'air un peu suffisant, puisque c'était lui qui avait eu l'idée du coup du *Genesee,* aucun de ceux qui étaient au courant ne lui en tint rigueur.

Comme Zara restait « indisponible » pour les actions offensives, le Commandant Soligen redéploya son Escadre afin de couvrir une plus vaste région de l'espace. Asia et Mallen Bastianmajani furent transférés sur le KMTM, Rhodri et Jes sur le *Valparaiso* ; les deux vaisseaux de classe Galaxy restèrent un peu en arrière du centre du *Columbia* qui, gardé par deux destroyers, continua à suivre la queue ionique de la Ruche Trois à la suite de la Flotte.

Une seule Ruche supplémentaire trouva sa fin sous leur égide, au grand dépit de la Flotte principale, car cela donnait à l'Escadre B un tableau de chasse impressionnant – sans une seule perte.

– La Ruche Trois a ralenti, dit Ashiant aux Doués par l'unité-com. Elle se trouve juste à l'extérieur de l'héliopause. Ah, elle déploie ses vedettes de reconnaissance. Pourrait-elle avoir des capteurs susceptibles de détecter nos éléments avancés ?

– Qu'elle en ait ou non, quelle différence ça fera, quand elle recevra le paquet surprise, Commandant ? demanda Thian, s'avançant vers sa couche. *Celle-là est à moi, ne l'oubliez pas !*

Ah, là ! là ! On ne peut même pas regarder ? demanda Rojer, affectant le ton « petit-frère-insupportable ».

– Méta Thian, ici Capitaine Yngocelen. Le paquet est prêt à être livré.

– Merci, Capitaine.

Thian s'allongea, capta la Gestalt des générateurs, « trouva » le paquet explosif sur le sol du pont d'atterrissage, projeta son esprit dans les ténèbres de la salle des machines de la Ruche Trois et téléporta le paquet dans le tas de macaronis des tuyaux et des tubes.

Un... et Rojer bondit vers le terminal pour activer l'écran avant.

– Deux, dit Thian, courant vers la passerelle.

Quand il l'atteignit, Ashiant disait « trois ». L'équipe de la passerelle, les yeux rivés sur l'écran, cria en chœur : « Quatre ! »

Rojer, Clancy, quatre 'Dinis et Alison Anne se bousculaient à la porte quand tout le monde hurla : « Cinq ! » La vive efflloraison de l'explosion s'épanouit sur l'écran, minuscule dans la distance, puis disparut, sans doute plus vite que ne l'auraient désiré les assistants en cet instant d'ultime triomphe. Mais ils reverraient longtemps par les yeux de l'esprit l'image de ce dénouement spectaculaire. Personne n'avait envie de pousser des acclamations, mais on entendit des soupirs de soulagement sur la passerelle, et tous les visages étaient pensifs.

– Wasiq, appelez le LSTS pour savoir si les vedettes de reconnaissance de Trois se sont échappées, dit enfin Ashiant, rompant le silence.

Sur la passerelle, d'autres bruits indiquaient la reprise des activités normales.

– Le Commandant Spktm et les autres vaisseaux donnent la chasse à deux vedettes, la troisième ayant été détruite dans l'explosion de la Ruche Trois, Commandant. Le commandant pense qu'elles ont toutes les deux subi des dommages...

– Sans aucun Esprit Multiple pour les guider, c'est normal, murmura Thian.

– ... et le *Vadim* et le KLTL ont déclenché un tir de barrage. Le Commandant Spktm annonce la démolition des deux vedettes restantes, Commandant.

– Opération Numéro Trois terminée, conclut doucement Ashiant.

Allongé sur sa couche, en se préparant à rapporter les paroles du Commandant Ashiant au Méta de la Terre, Thian n'éprouvait pas l'impression de triomphe qu'il avait anticipée. Le soulagement dominait, soulagement d'être délivré de la tension, du stress, de l'appréhension, de l'incertitude. *Cette* phase de la lutte centenaire contre l'expansion du Multiple était terminée, et l'Alliance n'était plus menacée. Mais il restait encore toutes ces planètes occupées par les Coléoptères, et qui sait combien de Ruches attendaient que leur population s'accroisse jusqu'au stade où une autre planète devrait être « préparée » pour recevoir la Race de l'Essaim ! Cela pourrait être sa mission jusqu'à la fin de sa vie : trouver ces myriades de colonies.

Pas nécessairement, Thian, dit son grand-père dans sa tête. *Tu peux choisir n'importe quel poste de Méta, désormais, j'en suis sûr.*

Tu sais que la Ruche Trois est détruite ?

Je l'ai lu. J'ai aussi perçu ton état d'esprit, dont je te complimente. Tu fais honneur à notre vocation et à notre famille. Une guerre dans laquelle seul l'ennemi meurt !

Thian sursauta en entendant ses propres paroles dans la bouche de son grand-père, même si cette idée devait être venue à tous ceux qui détestaient les violences inutiles.

Nous avons gagné cette bataille, Thian, mais nous n'avons pas gagné la guerre. Si cela peut te rassurer, beaucoup de gens, des sages et des simples, cherchent le moyen de contrôler la démographie des mondes des Coléoptères, pour réduire leur besoin de coloniser et éliminer ainsi leur agressivité.

Ce serait préférable à leur émigration sur d'autres planètes, dit Thian.

Tu es fatigué, n'est-ce pas ?

Fatigué, oui, Grand-Père.

Que dirais-tu de découvrir d'autres mondes où les Humains et les 'Dinis pourraient vivre, ensemble ou séparément ?

Nous en avons déjà deux, très chauds, que les 'Dinis peuvent garder pour eux. Mais j'ai cru comprendre que nous allions explorer tous les systèmes coloniaux possibles sur le chemin du retour.

Oui. Ce sont les ordres officiels à transmettre au Commandant Ashiant, en même temps que sa promotion au grade d'amiral.

Thian sourit, enchanté de cette commission.

Pendant ce temps, les sociologues, les bios, les xénobs et tous les spécialistes imaginables étudieront les données amassées par la Flotte pour tâcher de trouver le moyen de contenir les Coléoptères dans leurs colonies actuelles.

Ça va faire plaisir à Zara.

Il y eut une pause – imperceptible.

Oui, je suppose, avec son ambivalence. Et elle pourra participer à ces recherches, surtout si elle devient un fardeau pour Flavia et le Commandant Soligen.

Si tu transfères Zara dans un poste de recherche, tu pourrais peut-être aussi affecter Rojer sur le Columbia, *Grand-Père.*

Tu penses à la petite Asia?

Oui.

Eh bien, le degré de parenté n'est pas un désavantage. Thian eut l'impression que son grand-père était peu enthousiaste. *Bon, les deux Escadres vont maintenant se consacrer à des explorations coloniales, mais... je ne vois pas de raison de lui imposer plus de stress émotionnel qu'il n'en a déjà eu. Elle lui plaît tellement, cette Asia?*

Il est très protecteur à son égard. Soit sa présence à dose massive le guérira, soit elle renforcera son intérêt actuel.

Tu n'aimes pas Asia? demanda Jeff, du ton incontestablement « grand-père ».

Elle est douce et gentille, et quand elle sort de sa coquille, elle peut être amusante, mais...

Ce n'est pas ton genre.

En un mot, non. Et j'ai mes propres projets.

C'est ce que j'ai cru comprendre. Et nous approuvons.

Brusquement, et bien qu'un gloussement résonnât encore au loin, Jeff Raven avait rompu le contact.

ROJER! CLANCY! hurla Thian. *Est-ce qu'un de vous deux a parlé...*

TU NOUS PRENDS POUR DES DINGUES, répondirent les deux Doués à l'unisson, puis Rojer surgit dans la salle de la Tour, foudroyant son frère du regard pour l'avoir cru capable d'une telle indiscrétion.

Mais alors, comment Grand-Père connaît-il l'existence d'Alison Anne?

Rojer haussa les épaules.

Comment connaît-il la moitié de ce qu'il sait? Il le sait, un point c'est tout. Et qu'est-ce qu'il t'a dit? Merci, peut-être?

Ne fais pas le mariole avec moi, dit Thian, avec un sourire et une bourrade amicale à son frère, avant d'aller faire son rapport au Commandant Ashiant.

Résume-nous au moins ce qu'a dit le Méta de la Terre ! supplia Clancy, joignant ses plaintes à celles de Rojer.

Écoutez, j'en ai marre de tout répéter, soupira Thian, en frappant poliment à la porte d'Ashiant.

– Commandant, le Méta de la Terre vous présente ses compliments, dit-il, avec les remerciements et la gratitude du Grand Conseil et de tous les citoyens de l'Alliance pour avoir assuré le salut de notre civilisation par cette rapide victoire.

Ashiant le considéra un long moment sans rien dire.

– C'est exactement ce qu'il a dit qu'ils ont dit ?

– Enfin, Commandant, peut-être pas mot pour mot. Le Méta de la Terre est profondément soulagé – et, ça, il l'a dit – que nous ayons livré une bataille où seul l'ennemi a trouvé la mort.

– Ce n'est pas tout à fait exact, mais presque, répondit Ashiant, acceptant le compliment d'un hochement de tête.

Puis Thian sourit jusqu'aux oreilles.

– Et j'ai l'agréable mission de vous informer de votre promotion au grade d'amiral, en reconnaissance de vos services.

– Méta, je n'aime pas beaucoup les mauvaises plaisanteries.

– Ce n'est pas une plaisanterie. Je ne me permettrais pas, Commandant.

– Amiral, donc ?

Ashiant fit pivoter son fauteuil, de sorte que, lorsqu'il revint face à Thian, son visage était aussi composé que jamais, à part un imperceptible retroussis des commissures. Il rajusta sa vareuse.

– C'est une bonne nouvelle, et certainement un honneur.

– Oui, Amiral, un honneur pour votre famille, votre couleur, et tous ceux qui servent sous vos ordres.

– Si cela ne vous fait rien, Méta, je préférerais attendre la confirmation officielle, mais je vous remercie de m'avoir prévenu.

On frappa à la porte, mais le Second Vandermeer n'attendit pas la réponse et entra avec l'habituelle capsule à documents.

– Cela vient d'être téléporté, Commandant, et c'est adressé à l'Amiral Ashiant.

Le visage plissé d'un large sourire, elle lui tendit l'étroite capsule de la main gauche, tout en faisant un salut impeccable de la main droite.

– Voyons, dit Ashiant, retirant le couvercle et sortant le mince rouleau du document officiel. Voyons, continua-t-il en le déroulant. C'est bien ce que ça dit.

– Permettez-moi d'être la première à vous féliciter, Amiral Ashiant, déclara Vandermeer, des larmes de fierté dans les yeux.

– Eh bien, voilà une merveilleuse nouvelle, Amiral Ashiant, ajouta aussitôt Thian, en s'avançant, main tendue. Mes plus sincères congratulations, Amiral Ashiant, pour une promotion bien méritée.

Ashiant haussa un sourcil moqueur à son adresse, mais Thian n'eût voulu pour rien au monde priver Vandermeer de son moment de triomphe.

La nouvelle se répandit dans tout le vaisseau avant que Thian n'eût terminé son rapport suivant et reçu les ordres à transmettre à Ashiant. Peu importait que Rojer et Clancy eussent joué un grand rôle dans sa dissémination. La promotion était officielle, et tout le monde vaquait à son travail avec le sourire. Ashiant était populaire.

– Ainsi, nous avons ordre de rendre sûrs pour les colons Humains et 'Dinis nos quadrants de cette grande galaxie, conclut Rojer quand ils furent revenus dans leur suite.

Thian brossait Mur et Dip, tâche qu'il remplissait avec plaisir, mais pour laquelle il trouvait rarement le temps.

– Nous avons signé pour une mission de cinq ans, lui rappela Thian.

– Qui pourrait comporter quelques moments dangereux, dit Clancy, d'un ton plein d'espoir. Mais le cousin Raven a raison. Il y a beaucoup à faire pour déterminer si l'on peut modifier suffisamment les Coléoptères afin de réduire le danger qu'ils posent.

– Est-ce que nos intellos de la Base de Phobos ont découvert comment communiquer avec les Ruches ?

demanda Rojer, se rappelant ce point qui n'était toujours pas résolu.

– Qui sait ? Nous avons détruit toutes celles auxquelles ils auraient pu s'adresser. Mais il doit bien y avoir un moyen d'établir le contact. La communication pourra peut-être même leur expliquer – d'une façon beaucoup plus douce – pourquoi ce qu'ils font actuellement n'est pas un comportement socialement acceptable, dit Clancy, facétieux. Cela réglerait le problème, et l'on diviserait également les M-5 entre nous.

– Sauf que les Coléoptères voudraient être plus égaux que nous autres, dit Rojer. Ils se reproduisent plus vite.

Le soir même, tout le monde était au courant de la promotion d'Ashiant, et il dut faire la tournée des popotes dans tous les vaisseaux pour fêter son nouveau grade. Quand Alison Anne eut terminé son service, Rojer proposa de remplacer Thian pour téléporter l'amiral partout où il voulait se rendre, afin que son frère puisse dîner tranquillement avec elle et Clancy.

– Tu sais, je suppose, dit-elle sur le ton de la remontrance, en fixant sur Thian ce qu'il appelait son « regard d'infirmière », que c'est *toi* qui aurais dû avoir cette promotion ! Parce que c'est ton idée qui a valu à Ashiant sa promotion.

– Allons, chérie, répondit Thian, lui mettant le doigt sur la bouche en essayant de la faire sourire ; Ashiant mérite ses étoiles d'amiral. Tu ne peux pas le nier.

– Mais est-ce qu'il réalise que, sans vous autres Métas – elle inclut Clancy dans son regard et agita les doigts en direction de Rojer, toujours dans la Tour –, il serait dans de beaux draps à l'heure actuelle, avec toutes ces Ruches jouant au billard avec lui qui serait la huitième boule ?

– Chérie, protesta-t-il, interrompant cette défense inattendue des Doués.

Il tapota la chaise voisine pour qu'elle s'asseye près de lui.

– Vainqueurs ou vaincus, nous sommes tous dans le même bateau. Et nous avons vaincu, si c'est vaincre que tuer les ennemis.

D'un vif mouvement du bras, il l'attira sur ses genoux, mais elle lui résista. Il l'embrassa sur la nuque, et sentit qu'elle se détendait un peu.

– Considère la chose de mon point de vue, chérie. Je ne suis pas censé être un combattant. Je suis censé téléporter et transmettre les messages télépathiques, et je n'ai pas fait autre chose.

– Oui, mais c'est ça qui a permis à Ashiant de gagner la guerre...

– ... ainsi qu'à nous tous, ma chérie. Et j'espère bien que ce sera la seule fois de ma vie où j'aurai eu à faire *Ça* !

Il s'efforça de tourner sa tête vers lui pour la regarder dans les yeux, mais il échoua. Il essaya donc une autre tactique.

J'ai demandé à Grand-Père d'envoyer Rojer rejoindre le Columbia *et Asia. Elle lui manque vraiment...*

– Tu as fait ça, Thian, mon chéri !

Soudain, elle devint toute souple dans ses bras et se retourna pour lui jeter les siens autour du cou.

Ni l'un ni l'autre ne remarqua la discrète sortie de Clancy, avec Dip et Mur.

– Quelle bonne idée ! Je veux dire, cette mission va encore durer des années, et je crois que Rojer est vraiment amoureux d'elle...

Thian s'intéressait davantage à étreindre amoureusement le corps abandonné d'Alison qu'à écouter son avis sur les amours de son frère.

Je sais que ça ne date pas d'aujourd'hui, déclara-t-il en l'embrassant passionnément pour interrompre une conversation sans intérêt pour lui, *mais n'est-il pas agréable de pouvoir s'embrasser et se parler en même temps ?*

Hmmm, répondit-elle tandis qu'il la prenait dans ses bras et, sans cesser de l'embrasser, la transportait dans la chambre.

Et tu sais, Grand-Père est d'accord pour nous, dit-il.

Elle interrompit le baiser et le regarda, ses grands yeux bleus dilatés d'incrédulité.

– Le Méta de la Terre est d'accord sur *mooooi* ?

Pour revenir à tes plaintes au sujet de la promotion, aussi longtemps que je t'aurai avec moi, Alison Anne Greevy, je ne me plaindrai pas.

Je suppose, dit-elle d'une voix rêveuse et contemplative comme il l'étendait doucement sur le lit, *que je devais avoir juste un tout petit peu de précog la première fois que je t'ai vu...*

Vraiment? Et qu'est-ce que ton Don précognitif t'a appris?

Que je ferais cela *avec toi pendant très longtemps!*

IMPRIMÉ EN FRANCE PAR BRODARD ET TAUPIN
1652X – La Flèche (Sarthe), le 31-12-1999
Dépôt légal : janvier 2000

POCKET – 12, avenue d'Italie - 75627 Paris cedex 13
Tél. : 01.44.16.05.00